Ceux qu'il nous faut retrouver

L'autrice

Autrice américaine d'origine chinoise, **Joan He** est née et a grandi à Philadelphie. Très jeune, elle a étudié la peinture à l'huile avant de découvrir que l'écriture est son mode d'expression favori. Elle a reçu une formation en psychologie et en langues et culture de l'Asie du Sud-Est à l'université de Philadelphie. Biberonnée toute son enfance aux contes et légendes chinois, elle est par ailleurs une grande fan du *Voyage de Chihiro.* Après *Descendant of the Crane*, un premier roman de fantasy young adult très remarqué, elle vient de mettre la dernière main à *Ceux qu'il nous faut retrouver*, le premier standalone d'un dyptique placé dans un univers partiellement apocalyptique.

Joan He

Ceux qu'il nous faut retrouver

Traduit de l'anglais (États-Unis)
par Céline Morzelle et Camille Cosson

LUMEN

Publié en accord avec Folio Literary Management, LLC.
Publié aux États-Unis par Roaring Brook Press

Pour ma mère, ma sœur spirituelle.
Et pour Leigh. Merci d'avoir aimé Kasey à la folie.

Car quoi que nous perdions (un toi, peut-être un moi),
en mer, on ne retrouve rien d'autre que soi-même.

e.e. cummings
« maggie et milly et molly et may »

1

Lorsque je me réveille, je suis debout, les cheveux agités par le vent. Le sable est froid sous mes pieds et la marée monte peu à peu. L'écume laiteuse de l'eau anthracite mousse autour de mes chevilles avant d'aller pétiller entre mes orteils.

Qui sont nus.

Ce qui, en soi, n'a rien de problématique. Seulement, je porte aussi le plus doux des treillis que j'aie pu dénicher dans la garde-robe mangée aux mites de M. M. Je me rappelle l'avoir enfilé hier soir avant d'aller me coucher. Pas de doute, cette nuit, j'ai encore fait une crise de somnambulisme qui m'a menée jusqu'au rivage.

C'est loin d'être la première fois...

— Et merde...

— Merde, répète une voix monocorde dans mon dos.

Dénuée de la moindre inflexion, elle semble aux antipodes des vagues ondoyantes qui s'étirent devant moi à perte de vue. En jetant un regard embrumé de sommeil par-dessus mon épaule, je vois Nou-2 traverser en roulant la plage noyée de brume matinale. Ses chenilles crantées laissent derrière elles un chapelet de triangles, comme les empreintes d'un étrange animal. Lorsqu'elle s'arrête à ma hauteur, sa tête cubique, perchée au sommet de son tronc cylindrique, m'arrive à mi-cuisse. Elle reprend aussitôt :

— Merde, substantif féminin : matière fécale. S'emploie au sens figuré dans des expressions à valeur dépréciative, comme « être dans la mer… »

— J'avais pourtant bien verrouillée la porte…

À l'énoncé de cette affirmation, Nou-2 change d'angle d'approche :

— Tout à fait d'accord.

— Et tu avais bien cachée la clé…

— Tout à fait d'accord.

La houle enfle soudain, m'obligeant à reculer vers la plage. Tandis que je bats en retraite, un scintillement sur le sol attire mon attention. La clé de la maison ! À moitié enfoncée dans le sable gris, tel un coquillage. Je la ramasse.

— Et merde !

Ce simple mot suffit à réactiver, chez Nou-2, le mode dictionnaire, mais les vagues grondent si fort que je l'entends à peine.

Une nuit sur deux, je rêve que je nage jusqu'à l'horizon et que je finis par retrouver ma sœur à l'autre bout du monde. Qu'elle glisse sa main dans la mienne pour me ramener chez nous. Chez nous, c'est parfois une cité, haut dans le ciel, parfois une autre île. Moi, je m'en fiche : ça pourrait même être cette plage déserte aux confins de la terre, tant que ma sœur est avec moi. Mais elle n'est pas là. J'ignore pourquoi on a été séparées, je sais seulement que le moment du réveil est terrible – surtout quand mon corps paraît farouchement déterminé à accomplir réellement ce que je fais en songe. Et ce, quel que soit le nombre de portes que je verrouille à double tour pour lui barrer la route. Mais j'ai trouvé une solution à ce souci : je vais faire de mes rêves une réalité. Retrouver ma sœur – et le plus tôt sera le mieux.

— Allez, viens, ma belle ! lancé-je à Nou-2 en tournant le dos à la marée montante. On va essayer de coiffer le soleil au poteau.

Je prends malgré tout mon temps pour remonter la plage. Mes épaules souffrent encore de ma dernière expédition – récente – à l'intérieur des terres, mais j'aurai tout le temps de récupérer plus tard. À vrai dire, m'en remettre n'est vraiment pas ma priorité. Jusqu'à présent, mes échappées nocturnes ne m'avaient jamais poussée au-delà du rivage. Or voilà qu'aujourd'hui, je me retrouve avec de l'eau jusqu'aux chevilles ! Alors demain, qui sait ? Bref, autant terminer Hubert le plus vite possible et ne pas rester dans les parages assez longtemps pour le découvrir.

En une cinquantaine d'enjambées à peine, je me retrouve devant la maison de M. M. La petite bicoque trapue, construite sur un promontoire rocheux dangereusement proche de la côte, est à moitié ensevelie par le sable. Ses fenêtres donnent directement sur l'océan. Je laisse traîner mes affaires un peu partout : sur les marches du perron, sous l'auvent… mais les objets les plus précieux, comme le sac banane de M. M., doivent à tout prix être entreposés au-dessus du niveau du sable. Je détache la sacoche en question de la rambarde de la véranda, avant de contourner la maisonnette pour gagner l'endroit où se prélasse Hubert. Campée devant lui, je passe la bandoulière du sac sur mon épaule.

— Salut, Bébert ! Alors, comment ça va, aujourd'hui ? La forme ? Tu le sens bien ?

Pas de réponse. Hubert n'est pas un grand bavard, mais ça ne me gêne pas. Je me charge de faire la conversation – lui, rien que par son existence, il me permet de préserver ma santé mentale.

Parce que, quand je pense au temps que j'ai passé sur cette île, il y a vraiment d'un côté la vie avant Hubert et de l'autre, la vie après. Et avant lui… Nom de Joule, je me rappelle à peine à quoi je passais mes journées ! Sans doute à planter du taro et à réparer les canalisations de M. M. – les vicissitudes ordinaires de la vie d'une naufragée, quoi…

C'est le jour où je suis parvenue à m'aventurer pour la première fois à l'intérieur des terres que je suis tombée sur Hubert. Il était en pièces détachées. Maintenant qu'il n'est plus qu'à une hélice seulement de redevenir enfin lui-même, je dois dire que je ne suis pas peu fière du chemin qu'on a parcouru ensemble. Bon, c'est vrai que ramener sa carcasse jusqu'ici a failli me coûter la mienne… Et qu'une péripétie inattendue, qui impliquait sa coque, une bonne longueur de corde et les effets de la gravité, a bien failli me garrotter puis m'arracher la jambe – quand j'y repense, j'en ai des frissons… Mais il compte sur moi et cette idée me donne du courage. D'ailleurs, moi aussi, je compte sur lui. J'aimerais bien, comme dans mes rêves, pouvoir nager des jours et des jours pour retrouver ma sœur. Sauf que, le problème avec les océans, c'est que, de la rive, ils ont toujours l'air plus petits qu'ils ne le sont vraiment…

Je tapote Hubert du bout du pied.

— T'inquiète, mon petit père. Toi et moi, on prend la mer. Dès ce soir, promis.

Une hélice, c'est tout ce qu'il me manque...

Je ne reviendrai pas sans.

Nou-2 me rejoint et, ensemble, on tourne le dos à l'océan, direction l'intérieur des terres. Peu à peu, on laisse derrière nous les cris des mouettes et le murmure du ressac et, bientôt, on n'entend plus que les roues du petit robot crisser sur les rochers, mes chaussures en caoutchouc – merci M. M., au passage – chuinter dans la boue grisâtre et le silence cotonneux vibrer à des kilomètres à la ronde. Au bout d'un moment, le sol se change en schiste argileux. Çà et là, des flaques d'eau de pluie forment de petites mares stériles, peu profondes. Buissons et arbustes s'inclinent sous le vent, leurs racines rampant comme autant de veines à la surface des rochers. Le relief de ce côté-ci de l'île – côté rivage – demeure relativement plat. N'était le brouillard, on verrait jusqu'à la crête. C'est une sorte de mur de pierre qui traverse l'île de part en part : impossible de le contourner, il faut le gravir.

Une fois dans l'ombre de l'imposante muraille, j'ouvre la fermeture Éclair de mon sac banane pour en tirer un rouleau de corde en nylon que je passe autour du cou de Nou-2.

— Tu sais quoi faire.

— Tout à fait d'accord.

Aussitôt, elle franchit en roulant la base friable de la crête puis s'attaque à la paroi, s'élevant encore et encore jusqu'à n'être bientôt plus qu'un minuscule point, tout là-haut. Une fois parvenue à destination, elle me renvoie les quelque cent mètres de câble qu'elle a solidement attachés au sommet. Boucle après boucle de nylon dégringolent jusqu'à moi.

Après avoir récupéré l'extrémité du filin, je tire brutalement dessus plusieurs fois histoire de vérifier la solidité de l'arrimage avant de nouer la cordelette autour de ma taille. Ensuite, j'empoigne le plus fermement possible la fibre glissante, j'inspire un grand coup et je prends mon élan pour commencer à grimper.

Les prises se succèdent : un pied, une main, et on recommence. Lorsque j'aborde le dernier segment de la montée, les premiers rayons du soleil me réchauffent déjà les épaules. En nage sous mon pull, je finis par me hisser sur l'étroite arête du sommet où je reprends mon souffle en balayant du regard le paysage qui s'étend de l'autre côté.

Le côté prairie, comme je l'appelle. Tout en nuances de gris, comme le reste de l'île, mais parsemé d'arbres regroupés en bosquets clairsemés. Ici et là, comme autant de tumeurs, des monticules de briques dépassent des hautes herbes qui m'arrivent pourtant à peu près à la taille. Je n'ai pas encore réussi à comprendre ce qu'étaient exactement ces espèces de tertres. Des sépultures, sans doute. Des sépultures à l'abandon, recouvertes de mousse…

Je m'étire les bras afin de détendre mes muscles endoloris avant d'entamer la descente. Roulant à mes côtés, Nou-2 gratifie de temps à autre mes choix de prise d'un « Pas du tout d'accord », mais j'ai mémorisé la plupart des passages délicats, si bien qu'à mi-parcours, je la renvoie vers le sommet.

La cordelette dénouée tombe à mes pieds pile au moment où ils retrouvent la terre ferme. Le temps de la fourrer dans mon sac banane, Nou-2 m'a déjà rejointe et je lui tapote la tête.

— Bien joué, ma belle.

À part nous et les volutes de brume, rien ne bouge ce matin dans l'étendue des prés. J'en ai la chair de poule et j'évite scrupuleusement de regarder les sanctuaires qui m'entourent : je préfère mettre mes frissons sur le compte de la sueur qui refroidit dans mon dos. Même si la faim me tord l'estomac, hors de question de m'arrêter pour grignoter un biscuit de taro. Manger ici me mettrait trop mal à l'aise.

Les prés s'achèvent à la lisière d'une forêt de pins clairsemée dont les troncs, pour certains, ont fusionné tels des siamois. Mêlés aux conifères, on trouve aussi quelques arbres dotés de feuilles à huit pointes – plus on avance dans la forêt et plus ceux-ci prolifèrent.

Sous les branches qui s'enchevêtrent au-dessus de nos têtes, le sentier est couvert d'un terreau de feuillage en décomposition. Soudain, devant nous, un scarabée file sur le sol… et termine écrabouillé sous les chenilles de Nou-2.

Je tressaille en entendant la carapace de l'insecte craquer. L'anéantissement d'une vie – aussi humble soit-elle – prend une ampleur particulière sur cette île où il y en a si peu.

— Sans-cœur, va…

— Sans-cœur : substantif masculin ou féminin. Individu insensible, cruel…

— Ou littéralement dépourvu de cœur.

— Neutre.

— Hmm… On peut savoir ce que tu entends par là ? C'est ma définition qui te laisse froide ou bien l'idée de ne pas avoir de cœur ?

Les ventilateurs de mon interlocutrice commencent à vrombir. Je me baisse pour passer sous une branche basse.

— Ah, au temps pour moi, ma belle. Je sais bien… les questions directes, ce n'est pas ton fort.

Et si ce n'était que ça… Mais un bon milliard de trucs lui échappent, à vrai dire…

Le jour où j'ai découvert Nou-2, sévèrement carencée en énergie solaire, dans le placard sous l'évier de M. M., j'ai dansé de joie dans toute la maison. Ce petit robot allait pouvoir m'aider à construire mon bateau, à cartographier les eaux environnantes – ou tout simplement me fournir des informations cruciales, me dire d'où est-ce que je venais et comment faire pour retrouver ma sœur !

Sauf que Nou-2 n'a rien d'une intelligence artificielle classique. Mélange de dictionnaire et de questionnaire de satisfaction, elle est, dans une situation désespérée comme la mienne, à peu près aussi utile que l'un ou l'autre. Encore heureux qu'elle sache au moins faire des nœuds, creuser des trous et me suivre docilement, comme en ce moment.

Nous voilà arrivées devant les piles de bric-à-brac et de pièces détachées du Chantier naval, comme je l'ai baptisé. Il s'agit d'une clairière dans la forêt, où s'élève un autre de ces espèces de sanctuaires, juste à côté de ce qui ressemble à s'y méprendre à une piscine. Envahi par la mousse, le rebord du bassin est encerclé de plusieurs amas de ferraille.

La plupart des morceaux de métal qu'on y trouve sont oxydés, tout déformés et complètement irrécupérables, surtout maintenant que je me suis servie des meilleures pièces pour reconstruire Hubert. Malgré tout, je m'accroupis et j'entreprends de farfouiller dans la décharge – au début, plutôt méthodiquement, puis, très vite, il faut bien le dire, un peu au petit bonheur. Les probabilités de dénicher une hélice dans tout ce fatras sont assez minces, pour être honnête. Mais celles de mettre la main sur les autres pièces de bateau l'étaient aussi, et pourtant, à l'heure qu'il est, coque, gouvernail, barre, moteur, transmission, écrous… rien ne manque ! À chaque fois que je commence à me dire que ma chance a tourné, boum ! je tombe sur un nouvel élément. Le plus beau dans l'histoire, c'est que tous ces fragments ont l'air de provenir de la même embarcation, à l'origine. C'en est presque miraculeux.

Mais, de toute façon, tout ce qui touche à Hubert l'est. Il a débarqué dans ma vie au moment où j'en avais le plus besoin. Le jour de notre rencontre, c'était comme si l'univers me murmurait : « Ne baisse pas les bras… » Depuis, je n'ai rien lâché. Je n'ai jamais été aussi près de retrouver Kay. Rien que de penser à elle, j'en ai le souffle court… Une robe à sequins. Un rire haut perché. Un sourire barbouillé de glace à la cerise – une tache écarlate disparue aussi vite qu'elle était apparue. Deux mains jointes, la sienne glissée dans la mienne. Une échelle d'un blanc immaculé qui relie le ciel et la mer. Se jeter à l'eau et flotter des jours durant…

Quand je m'attarde au cœur du souvenir, cependant, les flots qui nous entourent se mettent à frémir. Je vois un bateau emporté par les vagues. J'entends chuchoter « Je suis désolée », et ce murmure est empreint de tristesse, comme un au revoir.

Je me rappelle aussitôt à l'ordre : *Pense à des choses positives.* Mieux vaut se concentrer sur le présent. Décomposer un but en apparence lointain en une liste de tâches réalisables. Construire Hubert. Retrouver Kay.

Construire.

Retrouver.

Construire.

Retrouver.

Rien à faire. Malgré mes efforts, la peur empoisonne mes pensées.

Je lâche le morceau de métal que je tenais. Mes genoux craquent lorsque je me redresse pour m'approcher de la piscine sans me préoccuper des fourmis qui se répandent dans mes jambes, jusqu'à mes orteils. L'eau de pluie dont elle est remplie à ras bord me renvoie un reflet tremblotant : celui d'une fille au visage trop pâle et aux iris noirs, dont les cheveux bruns et raides lui descendent juste au-dessous des épaules – enfin, c'est ce que je devine. Parce que, en plus de la mémoire, j'ai aussi perdu la faculté de distinguer les couleurs. Bizarre, je sais. Mais ce qui se passe ensuite l'est encore davantage : l'image dans l'eau se transforme et je me retrouve en train de contempler Kay.

— Où es-tu ? me demande-t-elle d'une voix semblable à la mienne, mais plus posée, plus grave.

— Je ne vais plus tarder, ma puce.

— Tu es en train d'oublier… (Je secoue la tête avec véhémence, mais elle poursuit sur sa lancée.) Regarde mieux : tout ce que tu vois, c'est toi.

Et c'est la vérité : la fille dans le bassin, ce n'est pas Kay, c'est moi.

Le sang bat furieusement à mes tempes. Bien sûr, ma sœur n'est pas vraiment là, mais la Kay sortie de mon imagination n'a pas tort : je suis en train de l'oublier. Quand je rêve d'elle, c'est à travers des images aux couleurs vives, à mille lieues des tonalités grises de mes journées monochromes. Seulement, à mon réveil, tout s'embrume, les détails s'embrouillent, les teintes se fanent.

Je serre les paupières de toutes mes forces, presque à m'en faire mal, puis je rouvre les yeux. Au fond du bassin, les carreaux chatoient. L'eau semble m'appeler par mon nom.

Cee.

Mes pieds se sont rapprochés du rebord sans même que je m'en rende compte. Je me gifle les deux joues. Je suis réveillée, pas en train de rêver, pas en pleine crise de somnambulisme – hors de question que je finisse dans ce bouillon de culture !

Un pas après l'autre, je recule. Aussitôt, ma poitrine se contracte, comme si un élastique la reliait à la surface de l'eau et s'étirait peu à peu. J'ai beau être à moitié convaincue que mon cœur va finir par sauter hors de ma cage thoracique si je m'éloigne trop du bassin, il reste sagement derrière mes côtes, battant à tout rompre, et je finis par m'agenouiller à nouveau devant le tas de ferraille d'où je suis partie.

Je me laisse parfois submerger par le besoin irrépressible de retrouver Kay. C'est pour ça que je préfère ne pas penser à elle. Je me concentre sur Hubert, qui compte sur moi. Sur l'immensité de cette mer impossible à traverser à la nage. Sur toutes les nuits agitées que j'ai passées dans la maison de M. M., vêtue de ses treillis et de ses pulls, à mener une vie de seconde main – l'existence de quelqu'un d'autre. Rien ici ne m'appartient vraiment, pas même Nou-2. Non, mon véritable chez-moi m'attend là-bas, de l'autre côté de l'océan.

Mais commençons par le commencement : je dois quitter cette île.

Je me remets à fourrager, plus profond encore dans les rebuts… pour en retirer ma main aussi sec, aspirant l'air entre mes dents serrées. La douleur s'atténue cependant dès que je découvre la coupable : une lame qui sort de terre, luisant d'une espèce de liquide gris – mon sang, probablement. Et il me semble bien que…

Arrête, n'y pense même pas, tu vas te porter la poisse !

Avec mille précautions, j'exhume le reste de l'objet. Deux autres pales émergent après la première. Toutes trois s'enroulent autour d'un moyeu central. Je lève l'engin vers la lumière qui filtre à travers les arbres. Le trio de pétales métalliques étincelle au soleil, légèrement cabossé mais à part ça très proche, dans sa forme, d'une hélice – du moins, à mes yeux de non-spécialiste.

— Nom de Joule…

Est-ce que je serais en train de rêver ?

A priori, non : je continue de saigner copieusement. Et de brandir devant moi la pièce de métal terni comme s'il s'agissait d'une délicate fleur exotique.

Nou-2 roule jusqu'à moi.

— Joule : substantif masculin, unité d'énergie ou de trav…

— Joule tout-puissant ! On a réussi, Nou-2 !

Pressée de serrer le petit robot dans mes bras, je le plaque carrément au sol en poussant un hurlement de joie qui résonne au moins jusqu'à l'autre bout de l'île. Les loupiotes de ma compagne clignotent – elle se demande sans doute si le son sorti de ma bouche compte comme un mot à part entière. Quel que soit son verdict, je ne l'entendrai pas : je suis déjà repartie comme un boulet de canon droit vers la crête, sans trop savoir si je dois rire, pleurer ou bien crier de plus belle.

Du coup, je fais les trois à la fois.

Adieu, prés verdoyants. Je me rue à travers les herbes trop hautes. *Adieu, sépultures.*

Adieu, crête. Les bras insensibilisés par l'adrénaline, j'escalade la muraille en un temps record.

Adieu, M. M. Merci de m'avoir ouvert ta porte. Navrée que les mites aient trouvé tes pulls avant moi.

Le dernier au revoir, je le garde pour moi-même, la seule âme qui vive dans ce coin du monde oublié de Joule. J'ai fait mes devoirs, croyez-moi : j'ai cherché partout, absolument partout. Mais ma situation se résume à une poignée de faits pour le moins décourageants :

1. Je suis naufragée sur une île déserte.

2. Je n'ai aucune idée de comment ni pourquoi j'en suis arrivée là, car (voir point numéro 3)…

3. Je souffre très probablement d'une forme d'amnésie qui s'aggrave de jour en jour.

Reste la certitude numéro 4, beaucoup moins désespérante : je vais enfin pouvoir me tirer d'ici !

2

De loin, la ville dans le ciel semblait aussi morne que l'océan qui s'étendait en contrebas. Derrière ses murs, en revanche, c'était une tout autre histoire.

Dans la strate-99, l'avant-dernier niveau de l'éco-cité, la fête avait laissé Kasey Mizuhara naufragée près de l'îlot central de sa propre cuisine. Tandis que tous les autres invités, silhouettes chatoyantes dans la lumière noire, sautillaient sur les rythmes entêtants de la musique, la jeune fille, elle, restait plantée derrière une barricade de verres et de bouteilles, à regarder les danseurs comme un être humain observerait les animaux dans un zoo. À ceci près qu'elle-même ne se sentait pas vraiment humaine. Elle avait plutôt l'impression d'être une extraterrestre… ou un fantôme.

Quel soulagement, d'ailleurs ! Sa précieuse invisibilité avait en effet beaucoup manqué à Kasey ces derniers temps… Rien qu'au cours de la semaine écoulée, on l'avait reconnue deux fois, si bien que lorsque la première vague de fêtards s'était connectée, la jeune fille, elle, avait failli faire l'inverse et prendre ses jambes à son cou.

Mais l'univers avait le chic pour toujours revenir à son point d'équilibre. Il n'avait pas fallu plus d'un quart d'heure pour que ses propres camarades de classe n'en viennent à la prendre pour… la barmaid embauchée pour l'occasion ! En puis, alors qu'elle s'était résolue – sans grande difficulté – à s'improviser préparatrice de cocktails, un petit message l'avait avertie que Meridian n'allait finalement pas pouvoir venir. « T'inquiète, pas grave », lui avait-elle répondu. Après tout, cette soirée était censée montrer à tous que la cadette des Mizuhara avait fait son deuil et passait enfin à autre chose. Alors ce n'était pas plus mal si le cerveau à l'origine de ce concept foireux (en l'occurrence, Meridian) renonçait à assister aux réjouissances. Cette absence allait permettre à Kasey de préserver son anonymat. De toute manière – pour son plus grand bonheur – personne n'était vraiment venu pour elle.

Non… À sa grande consternation, c'était pour sa sœur Celia qu'ils étaient tous là. La preuve ? « Je te parie cinquante octets que c'est ce soir qu'elle réapparaît ! » lança à son cavalier l'une des filles en train de se trémousser sur la piste de danse – trop loin pour être entendue, bien sûr, mais ses paroles se retrouvaient sous-titrées comme par magie au bas du champ de vision de Kasey, grâce de son Intraface. Cet équipement informatique, le plus puissant et le plus miniaturisé jamais créé, était une interface implantée dans le cerveau, capable d'enregistrer les souvenirs de son utilisateur ou de convertir ses pensées en messages vocaux. Il permettait aussi de lire sur les lèvres d'autrui ses élucubrations (complètement absurdes dans le cas présent, mais néanmoins compréhensibles au vu des circonstances). Après tout, s'incruster en douce à sa propre soirée, voilà qui aurait bien ressemblé à Celia. Elle serait arrivée en retard, juste ce qu'il faut, au meilleur moment, pile quand la fête battait son plein, dans une sublime robe à sequins, et tous les invités auraient immédiatement tourné vers elle des visages où se serait lue la même inquiétude : celle de manquer un rire, des embrassades ou une confidence murmurée.

Pourtant, ils en laissaient passer, des détails, eux qui se croyaient si malins. Par exemple, la manière dont le regard de Celia parvenait toujours à retrouver sa cadette au milieu d'une foule.

Exactement comme en cet instant...

Le sang de Kasey ne fit qu'un tour. Elle s'arracha à la contemplation du flot de têtes qui ondulait devant elle et se retourna aussitôt vers la ville de gobelets qu'elle avait commencé à bâtir. C'était la faute des lumières et de la musique. Les unes trop sombres, l'autre trop forte, elles lui embrouillaient les sens. La jeune fille se retira à la hâte en elle-même, fit abstraction de la fête et s'attela à la kyrielle de demandes de connexion qui s'accumulaient peu à peu dans son champ de vision *via* son Intraface. ACCEPTER L'INVITÉ. ACCEPTER L'INVITÉ. ACCEPTER L'INVITÉ. De nouvelles silhouettes apparurent sur la piste de danse. Aucune, cependant, n'arrivait à la cheville de Celia – qui, lorsque Kasey risqua un second coup d'œil, était toujours là, en train de danser avec un garçon. Les deux jeunes filles échangèrent un regard et l'aînée leva un de ses sourcils parfaitement dessinés au laser, l'air de dire : « Celui-là, il est à tomber ! Tu as envie de tenter ta chance, ma puce ? »

La cadette voulut faire non de la tête, mais sans succès. Pétrifiée, elle regarda Celia abandonner son partenaire et fendre la foule de fêtards avec aisance pour la rejoindre près de l'îlot, dispersant au passage le groupe qui, depuis quelques minutes, soufflait des ronds de fumée hallucinogène dans cette direction.

Les volutes grises se dissipèrent.

Celia avait disparu.

À sa place se tenait une fille à la chevelure bleu électrique, qui arborait des pendules de Newton en guise de boucles d'oreilles. « Un peu gadget », aurait jugé Celia. Kasey, elle, aurait trouvé les bijoux plutôt chouettes si la courbe de son encéphalogramme ne venait pas de s'aplatir d'un coup. Le cœur battant à cent à l'heure, elle se retrouvait incapable de formuler la moindre opinion – esthétique ou autre. La nouvelle venue attrapa un verre et se servit à boire.

— Vite, dis-moi quelque chose.

Attends... Je suis toujours en pleine hallu ? se demanda Kasey.

— Moi ? demanda-t-elle après avoir vérifié d'un regard que les parages étaient toujours déserts.

— Oui, toi.

Son Intraface lança aussitôt DUTACOTAC, une application d'aide à la conversation que lui avait justement recommandée Celia. *« Pour te faciliter la vie »*, avait dit cette dernière.

Mais le feu roulant des suggestions du logiciel avait surtout tendance à donner le tournis à Kasey. Elle cligna des yeux pour chasser les pop-up qui envahissaient sa vision.

— Et tu veux que je te parle de...

— N'importe quoi.

Paramètre complètement insuffisant, merci bien... Agacée, Kasey jeta un regard circulaire autour d'elle pour trouver l'inspiration.

— Hmm… La totalité de la population humaine tient dans un seul kilomètre cube ? finit-elle par proposer, comme si c'était une question, avant de se reprendre et d'adopter un ton affirmatif. Euh… La totalité de la population humaine tient dans un seul kilomètre cube.

« **RÉPÉTITION DÉTECTÉE !** » intervint DUTACOTAC sur le ton du reproche.

— Sérieux ? répondit l'inconnue tout en épiant la piste de danse par-dessus le rebord de son gobelet. Vas-y, continue.

— Quoi, sur le… volume d'Homo sapiens sur la planète ?

L'autre s'esclaffa, comme si Kasey venait de faire une bonne blague. Était-ce le cas ? Une plaisanterie, c'était toujours un bon signe, non ? Sur l'Échelle d'humanité des Cole, l'humour figurait parmi les attributs fondamentaux. C'était juste que… pour être franche, elle ne s'était pas attendue à ce que sa question provoque l'hilarité. D'un point de vue scientifique, rien n'allait dans cette discussion. Elle était presque sur le point de demander ce qu'il y avait de si drôle, quand la conversation la prit de vitesse :

— Un grand merci, en tout cas, lança la jeune fille en daignant enfin quitter les danseurs des yeux pour la regarder en face. Tu sais ce que c'est : il y a des mecs vraiment incapables de capter que tu n'es pas intéressée, même si tu multiplies les signaux. Enfin bref… Tu es là pour la voir, toi aussi ?

Les questions, ça, c'était plus facile… Elles donnaient moins de fil à retordre à Kasey – surtout quand, comme dans ce cas, la réponse espérée était évidente.

— Qui ça ? demanda-t-elle malgré tout, parce qu'elle se refusait à encourager l'obsession générale autour de sa sœur.

Elle était persuadée de s'entendre répondre : « Celia. » Et pourtant…

— Ben… Kasey ! C'est sa soirée, non ? (Face à l'absence de réaction de son interlocutrice, l'inconnue désigna d'un geste la tour de gobelets.) Enfin, je vois bien que tu n'es pas là pour papoter en mode virtuel. Je comprends, d'ailleurs : au début, c'est tellement réaliste qu'on est bluffés, mais une fois passé l'attrait de la nouveauté, on s'en lasse vite… Par contre, cette Kasey…

Non, ne rebondis pas. Qu'est-ce qui pourrait en résulter de positif ?

— Quoi, qu'est-ce qu'elle a ? demanda tout de même l'intéressée, sa curiosité piquée au vif.

— Je ne sais pas trop… Mais c'est ce qui la rend captivante, non ? répondit la fille aux cheveux bleus en buvant une gorgée de son cocktail, songeuse. Un jour, elle évite la presse comme la peste, le lendemain, elle e-invite tout le monde dans un rayon de vingt strates à cette soirée… Le revirement est intrigant, tu ne trouves pas ? Enfin quand même… Moi aussi, j'ai une sœur, et je ne sais pas ce que je ferais si elle était portée disparue… (Les premières notes d'un nouveau morceau retentirent – le moins qu'on puisse dire, c'est qu'il n'y allait pas de main morte sur le synthé-delta.) Mais une chose est sûre : je ne serais pas en train de danser jusqu'au bout de la nuit sur du Zika Tu.

Logique. Un argumentaire imparable.

— Peut-être que cette fête, c'est sa façon à elle de dire qu'elle a fait son deuil, qu'elle est prête à passer à autre chose ? suggéra Kasey, qui, à la réflexion, aurait finalement préféré que Meridian ne lui ait pas fait faux bond.

Celle-ci aurait su démontrer, comme lorsqu'elle avait pondu le concept, en quoi cette soirée avait du sens. Alors que là, tout de suite, Kasey ne se rappelait d'aucune de ses explications fumeuses.

Oh, et puis tant pis ! J'ai fait ce que je pouvais... Elle entreprit d'ajouter un nouveau gobelet à son œuvre, mais manqua de tout renverser quand elle entendit son interlocutrice répliquer :

— Ça paraît quand même difficile d'aller de l'avant quand on sait que le corps n'a toujours pas été retrouvé... Ah, trop morbide ? Désolée... ajouta-t-elle en voyant Kasey se hâter de stabiliser sa construction.

Un des verres alla tout de même rouler hors de portée. L'inconnue s'en saisit et revint le déposer sur deux de ses semblables, eux-mêmes en équilibre précaire. L'architecte remédia à cette maladresse d'une main assurée.

— J'oublie tout le temps que ce n'est pas pareil, ici, poursuivit l'autre. Là d'où je viens, il y a des cadavres partout dans les... Enfin, hmm... passons. (Elle leva son verre comme pour saluer sa camarade.) C'est tout moi, ça ! Yvonne, la reine des gaffes.

Pas de réponse.

Kasey mit quelques secondes à comprendre qu'elle était censée se présenter à son tour. *Trop tard pour révéler ma véritable identité ? Sans doute, oui.*

— Moi, c'est Meridian, répondit-elle donc.

— Pardon ?

— Meridian.

Comment les gens parvenaient-ils à se faire entendre dans un boucan pareil ? D'ailleurs est-ce qu'on se parlait vraiment dans ce genre de soirées ? Cette fille n'aurait pas pu se contenter de commander un verre et d'aller voir ailleurs, comme tout le monde ?

— Meridian ! s'époumona Kasey juste au moment où le volume de la musique montait encore.

— Quoi ?

— Me… ri… dian !

Je fais quoi, je l'épelle ? Ce serait condescendantt, non ? Et un peu ridicule, vu la longueur de ce nom… Pourquoi je n'ai pas choisi plus court ?

— M… E… R…

— Attends, je sais !

Yvonne cligna trois fois des yeux. Aussitôt, l'Intraface de Kasey, en émettant un joyeux petit tintement, projeta son identité en lettres lumineuses au-dessus de sa tête :

KASEY MIZUHARA
Rang : 2

Et merde !

L'intéressée supprima l'affichage, puis balaya la salle du regard pour s'assurer que personne n'avait rien remarqué. À l'extérieur, dans les rues, les magasins ou les écoles – n'importe où dans le domaine public, en somme –, le rang de chacun s'étalait automatiquement au-dessus de sa tête et l'accompagnait, où qu'il aille. Seul le domaine privé échappait à cette règle : y exhiber son rang sans raison particulière, comme pour s'en vanter, était mal vu.

Aussi mal vu que de mentir sur son nom.

— Tu es… bredouilla Yvonne en fronçant les sourcils. La sœur de…

Sauve qui peut ! Déjà ouverte, la fenêtre de déconnexion attendait la cadette des Mizuhara dans son Intraface : elle n'était plus qu'à un clic de la délivrance quand quelque chose se posa sur son épaule. Une main.

— Kasey ?

Elle se retourna et, à la seconde où son regard se posa sur le garçon, elle sut qu'il s'agissait d'un des ex de Celia. Tristan, probablement. Ou Dimitri. L'un des deux. Oui, mais lequel ?

— Kasey… répéta Tristan/Dimitri en clignant des paupières comme s'il n'en croyait pas ses yeux. (Derrière lui, les danseurs continuaient à se déhancher. En cet instant, la jeune fille aurait donné cher pour pouvoir s'évanouir dans la foule.) Joule soit loué ! Ça fait des mois que j'essaie de te contacter.

Comme à peu près tout le monde, à vrai dire… L'Intraface de l'adolescente avait été inondée de messages indésirables et de tentatives d'hameçonnage. Rien que des expéditeurs inconnus qu'elle avait dû filtrer un à un.

— J'ai besoin de savoir si c'est ma faute, insista le garçon avant de se faire plus pressant lorsque Kasey secoua la tête. Il faut que je sache !

Yvonne, dont le regard passait de l'un à l'autre, n'en perdait pas une miette. La respiration de Tristan/Dimitri s'était faite presque haletante, il avait des sanglots dans la voix. La bouche de Kasey était sèche comme le désert.

— Je n'en dors plus, reprit-il. Je n'ai plus fermé l'œil depuis que… Je croyais que tout allait bien entre nous, après la rupture, je pensais… Mais maintenant, je me demande… Est-ce que j'aurais dit… Est-ce que j'aurais fait quelque chose qu'il ne fallait pas ?

« Dimitri, aurait-elle voulu pouvoir répondre (elle avait, après tout, une chance sur deux de tomber juste), tu n'y es absolument pour rien. » Ce n'était la faute de personne. Parfois, il n'y avait tout simplement pas de réponse à ces questions-là. Pas de lien de cause à effet, pas de victime ni de bourreau. Juste un accident.

Mais ce n'étaient pas là les mots d'une sœur inconsolable, elle en avait bien conscience. C'était d'ailleurs ce qui lui donnait le plus de fil à retordre : elle ne savait pas comment adopter le comportement attendu d'un être dévasté par le chagrin.

Une sœur en deuil n'aurait jamais laissé de simples statistiques guider ses décisions… *Tristan ou Dimitri ?* N'aurait jamais, en pareilles circonstances, organisé cette foutue soirée, sans même savoir pourquoi. *Tristan ou Dimitri ?*

Une chance sur deux de se tromper… Comment Kasey pouvait-elle accepter ce ratio ? Comment pouvait-elle « accepter » tout court, quand tous les autres semblaient bouleversés ?

Elle se sentait étrangement faible, les battements de son cœur paraissaient noyés dans les basses. D'une main mal assurée, elle chercha dans son dos l'îlot central, auquel elle s'agrippa comme on se raccroche au bord d'une piscine. Elle entendit Yvonne s'adresser à Tristan/Dimitri, mais sa voix lui parvenait comme étouffée, comme si la jeune fille s'exprimait sous l'eau.

— Laisse tomber, tu t'es trompé de personne.

— Mais je viens de voir son nom s'afficher !

— Eh bien, tu as mal vu.

C'était sympa de la part d'Yvonne d'essayer de s'interposer. Kasey aurait dû la remercier – c'était ce qu'aurait fait Celia. Enfin, pas que l'aînée des Mizuhara se serait jamais retrouvée dans une situation pareille, mais bon, sur le principe, c'est ce qu'elle aurait fait.

Il y avait de toute façon un bon milliard de choses que Celia aurait faites différemment de sa sœur, qui profita de cet instant de flottement pour appuyer sur CONFIRMER LA DÉCONNEXION.

L'îlot central disparut. La piste de danse, les spots, les verres et les bouteilles – autant de consommables qui se seraient transformés en émissions de dioxyde de carbone à la fin de leur cycle de vie s'ils avaient existé pour de vrai – s'évanouirent, n'ayant jamais été que de simples chaînes de code informatique. Là-bas, la fête virtuelle continuait de battre son plein pour tous ceux qui étaient restés connectés. Kasey ne manquerait à personne – aucun invité ne s'apercevrait de son départ.

Ce n'était pas plus mal.

Elle ouvrit les yeux dans la pénombre bleutée de son caisson de stase. La paroi interne de la capsule aux faux airs de sarcophage scintillait faiblement à la lueur des divers courbes et tableaux de données affichés par le biomoniteur de la jeune fille, qui surveillait ses constantes vitales sitôt qu'elle passait en mode holo. Sa fréquence cardiaque, bien qu'élevée, restait dans les limites acceptables. À la périphérie de son champ de vision s'affichait l'heure – 0 h 15 – ainsi que la proportion des résidents qui déambulaient à travers l'éco-cité sous forme d'hologrammes en cet instant précis : 36,2 %.

S'holographier – c'était le terme consacré – tenait moins de l'alternative écologique que du dernier recours, presque de la manœuvre désespérée. Pour vivre de manière durable, il fallait vivre moins. Accomplir toute activité non essentielle (c'est-à-dire autre que se sustenter, dormir et faire de l'exercice) en mode holo. Dîner dans les plus grands restaurants et sortir en boîte aux quatre coins du monde, d'accord, mais virtuellement, sans laisser la moindre trace de son passage, la moindre empreinte carbone. Le but ? Réduire les besoins en matière de transports et d'infrastructures, économiser l'énergie et les matériaux. À la condition *sine qua non* que la population mondiale accepte ces divers sacrifices, les architectes seraient en mesure de concevoir des villes respectueuses de l'environnement, suspendues dans le ciel, à l'abri de la hausse du niveau des océans.

Aux yeux de Kasey, ces compromis en valaient la peine. Mais c'était loin d'être l'opinion majoritaire. Que ce soit pour leur bien ou celui de la planète, la plupart des gens avaient commencé par rejeter l'idée de vivre serrés comme des légumes dans une boîte à bento, préférant rester sur terre, chacun dans son « territoire », comme on les appelait. Après tout, même s'il était nettement plus extrême qu'avant, le climat demeurait supportable. La fonte de la banquise arctique, par ailleurs regrettable, ne les affectait pas autant que les populations insulaires ou côtières.

Les feux de forêt, en revanche, si – de même que les ouragans ou les pluies torrentielles. La magnitude des séismes, exacerbés par des décennies de forage à grande profondeur, ne cessait de croître. Les catastrophes naturelles provoquaient toujours plus de désastres industriels et, bientôt, usines de produits chimiques et réacteurs nucléaires éventrés se mirent à répandre leurs radioaxons, leurs nanoparticules et autres microcinogènes à travers tous les continents et toutes les mers du globe.

La volte-face de l'opinion mondiale fut immédiate. Désormais, les éco-cités, si éloignées de l'épicentre des cataclysmes, apparaissaient comme un véritable idéal. S'holographier sans quitter son caisson de stase, pratique jusqu'alors considérée comme bien trop contraignante, devint vite synonyme de liberté et de sécurité. À quoi bon chercher à multiplier les expériences dans la vie réelle maintenant qu'elle était devenue si dangereuse, si instable ?

À quoi bon, hein ? La question de Kasey s'adressait cette fois à sa sœur… Mais elle connaissait déjà la réponse. Les limites n'existaient, au fond, que pour permettre à Celia de les repousser. L'aînée des Mizuhara refusait de s'interdire quoi que ce soit et n'économisait jamais ses efforts. Elle vivait pleinement, à cent à l'heure, dans un univers de plus en plus dissocié de la réalité, du monde tangible. Voilà pourquoi ses concitoyens étaient si nombreux à peiner à accepter la disparition de la jeune fille.

Certains allaient jusqu'à la nier en bloc…

« Je te parie cinquante octets que c'est ce soir qu'elle réapparaît ! »

D'autres la déploraient…

« Moi aussi, j'ai une sœur. »

D'autres encore se flagellaient…

« J'ai besoin de savoir si c'est ma faute. »

C'était cette dernière réaction que Kasey trouvait la plus absurde. Sa sœur n'était plus là. Se torturer à coups de nuits sans sommeil n'y changerait rien. Les remords étaient hors de propos, complètement irrationnels.

Et Kasey aurait donné cher pour en éprouver moins…

III

Attends-moi, Kay, j'y suis presque. Je viens te chercher ! Lorsque j'entreprends de rincer l'hélice dans l'évier de M. M., mon sang se retrouve entraîné en tourbillon jusque dans le siphon. Je sèche ensuite ses pales avec un pull roulé en boule, puis je commence à aplatir ses bosses à grands coups de marteau.

Mes mains tremblent tellement que c'est un miracle si mes pouces s'en sortent indemnes. Mon cœur me donne l'impression d'être sur le point d'exploser et, une fois dehors, je fais tomber deux fois l'un des écrous dans le sable avant de réussir à le visser sur l'arbre de transmission pour y fixer l'hélice.

Et voilà le travail : Hubert est terminé ! Au coucher du soleil, je le tire jusqu'au rivage pour sa première séance d'essai, équipé pour l'occasion des cellules photovoltaïques de M. M., reconverties en batterie. Sitôt dans l'eau, je démarre le moteur, puis je rampe en crabe jusqu'à la poupe, où j'agrippe des deux mains les rebords de la coque.

— Allez, Bébert. Rends-moi fière !

Un grondement monte de ses entrailles.

— Allez, mon petit père, allez !

Soudain, un rouleau nous soulève, si bien que je vais m'étaler à plat ventre au fond du bateau. Je m'arc-boute pour me préparer à la secousse suivante…

Mais celle-ci ne vient jamais.

Parce qu'Hubert avance. Il file, même ! Il fonce sur les flots, laissant dans son sillage une traînée d'écume… J'en aurais presque envie de l'embrasser ! Après avoir effectué quelques réglages et testé son gouvernail, je le ramène jusqu'à la rive, où je l'abandonne sur la plage le temps de courir à la maison chercher mon stock de provisions. Dans le lot, quelques-uns des biscuits ont moisi. Qu'à cela ne tienne, je les jette sur le sol de la cuisine pour les remplacer par d'autres, plus frais, tirés du bocal en verre de M. M. À la réflexion, je décide de tous les prendre. C'est le grand départ, il faut ce qu'il faut !

Je transporte ensuite mes victuailles jusqu'à Hubert et je les range dans un casier installé à la poupe du bateau. J'attends ce moment depuis si longtemps… Nou-2 ne me lâche pas d'une semelle.

— Pas du tout d'accord, lance-t-elle.

— Arrête… Ce n'est pas comme si tu ne connaissais pas mon objectif depuis le début.

— D'accord.

— Donc mon départ ne devrait pas te surprendre.

— Pas d'accord.

— Tu te contredis, dis-je en soupirant.

Mais elle ne me regarde déjà plus : elle s'est tournée vers l'océan.

Je finis par l'imiter. Dans mes rêves, là-bas au large, il y a d'autres îles… et même des cités flottantes. Sauf qu'en songe, je suis capable de distinguer les couleurs et de nager des jours entiers d'affilée. C'est illusoire, bien sûr. J'ai parfaitement conscience que je ne peux pas me fier à ces fantasmes.

Où est Kay, en ce moment même ? Si je suis tout à fait honnête avec moi-même, je n'en ai pas la moindre idée. Je ne sais même pas où je me trouve, moi, nom de Joule ! Avant, il m'arrivait souvent de partir en mer avec Hubert, rame à la main. De m'aventurer aussi loin que je l'osais dans l'espoir d'apercevoir une autre côte ou quoi que ce soit qui me permette de me repérer. Mais je n'ai jamais rien trouvé, si ce n'est des kilomètres de flots tourmentés.

D'un seul coup, les émotions que j'éprouvais au large reviennent toutes me submerger sans crier gare. La quiétude qui y régnait, les jours de calme plat. L'agitation, par temps d'orage. L'immensité des éléments, cette masse d'eau colossale qui s'étirait à perte de vue... L'insignifiance de toute chose aussi, le silence et l'éclat du soleil seuls témoins de ma disparition en cas de noyade.

Soudain secouée de frissons, je m'en retourne d'un pas lourd vers la maison. Lorsque je les gravis, les marches ensablées du perron crissent tout doucement sous mes pieds. Derrière la porte, la cuisine m'accueille. Les fenêtres au-dessus de l'évier donnent sur l'océan : grandes ouvertes, elles invitent la brise côtière à l'intérieur. Les jours de grand vent, il arrive qu'une rafale passe la demi-porte qui sépare cette pièce du salon, remonte tout le petit couloir et s'engouffre dans les moindres recoins pour y insuffler la vie, faisant danser les rideaux de dentelle en lambeaux ou osciller le fauteuil à bascule de la chambre à coucher.

Mais même sans que la mer lance son sortilège, l'endroit a quelque chose de profondément vivant. Les meubles, peu nombreux, sont tous dépareillés, comme s'ils avaient été récupérés au hasard, un à un, au fil des générations. L'architecture de la maisonnette, simple en apparence, cache çà et là quelques singularités – des alcôves creusées dans les murs comme autant de passages condamnés vers des mondes parallèles. C'était sans doute une maison de famille aimée de tous et transmise religieusement à travers les âges. En tirant de l'armoire, pour l'enfiler, l'un des pulls de M. M., je suis subitement tentée de rester. Tant pis si j'en deviens folle de solitude, si j'en perds totalement la vue – en plus des couleurs – ou si mes plants de taro finissent par flétrir, victimes de parasites, l'avenir me paraît trop lointain, trop abstrait. Alors qu'ici et maintenant, je suis en sécurité. La maison de M. M. et moi… on prend soin l'une de l'autre.

Dans mon dos, la porte de la chambre s'ouvre presque sans bruit. Je ne prends même pas la peine de me retourner : qui ça pourrait être d'autre, de toute façon ? Sans surprise, c'est bien Nou-2 qui s'approche de moi, un vêtement posé en travers des bras.

C'est un pull tricoté, orné de patchs thermocollants à l'effigie de carlins.

Aussitôt, ma gorge se noue. Je me remémore mes premiers jours sur l'île, à commencer par le moment où je me suis réveillée sur le rivage, nue comme un ver, luttant pour remplir d'air mes poumons épuisés. Les flots marins n'ont jamais été chauds par ici mais, ce jour-là, ils devaient être glacés : mes dents claquaient si fort qu'en rampant vers la maison qui se dressait sur les rochers noyés de sable, j'avais du mal à garder les yeux ouverts.

C'est M. M. qui m'a sauvé la vie. Enfin, ses pulls, pour être précise. Quand, d'un coup sec, j'ai tiré de son armoire le tricot orné de carlins, une flopée de mites s'en est envolée. Mais il était épais et chaud – c'était tout ce qui m'importait.

Il m'a fallu une journée entière pour cesser de trembler. Une semaine pour me rappeler mon propre nom. Puis, les autres morceaux du puzzle ont commencé à me revenir : le souvenir de couleurs que je ne parvenais déjà plus à percevoir, d'une sœur restée au bercail… Où ça ? Bonne question. Mais on était très proches, toutes les deux – cette conviction-là restait profondément inscrite dans mes os. Elle avait dû se faire un sang d'encre après ma disparition. Et si je commence à l'oublier… qui me dit que ce n'est pas réciproque ?

Je continue de fixer le vêtement tandis que, petit à petit, ma résolution s'affermit. Ce n'est pas la mer, mon ennemie, non : c'est cette satanée baraque ! Ces foutus pulls… et même Nou-2. Je me suis habituée à eux et au confort qu'ils m'apportaient…

Or, je ne peux tout simplement pas me le permettre !

Je quitte la chambre, traverse le salon. Sans prêter la moindre attention aux biscuits éparpillés sur le sol de la cuisine, je ressors sous le porche. Nou-2 me suit de près et me regarde ramasser un bout de ferraille rapporté du Chantier naval pour graver une encoche de plus dans le bois de la balustrade, zébrée d'une entaille pour chacun des jours que j'ai passés sur cette île depuis que je m'y suis échouée.

Avec un peu de chance, ce sera la dernière.

— Reste là, dis-je au robot. (Je lâche le morceau de métal, avant de commencer à descendre les marches à reculons sous le regard clignotant de mon interlocutrice immobile sous l'auvent, le pull toujours drapé sur ses bras métalliques.) Voilà, très bien. Surtout… ne bouge pas.

Le cœur dans la gorge, je fais volte-face pour rejoindre Hubert à petites foulées. Je le pousse dans l'eau, puis je me hisse à bord et démarre le moteur.

Je m'oblige à ne pas jeter un seul regard en arrière.

Mon bateau et moi, on file droit vers la boule de feu qui sombre à l'horizon. Je me souviens des couchers de soleil, bien sûr. De leur beauté, de leurs teintes de miel et de pomme bien mûre… Mais tenter d'extraire des images de mon passé, c'est comme essayer de courir dans des sables mouvants. Au bout d'un moment, les cieux charbonneux finissent par virer au noir complet. Telle une ampoule à filament d'autrefois, la lune se fait petit à petit plus lumineuse. Au bout de deux heures environ, la houle autour de nous se calme : j'éteins le moteur d'Hubert pour en économiser la batterie, puis je me couche contre le casier à provisions, un pull de rechange calé sous la tête. La dernière chose que je vois avant de clore les paupières, ce sont les étoiles au firmament… et déjà le soleil se lève, rehaussant les flots autour de moi de gris poudré. Je relance le moteur.

J'ai décidé de marquer le passage des jours sur le plat-bord d'Hubert. Je bois un peu de mon eau, certaine qu'il ne tardera pas à pleuvoir. De temps en temps, je grignote un biscuit tout en tentant d'entretenir la conversation.

« Bébert, mon petit père, tu crois qu'on va dans la bonne direction ? »

« Ça te dirait, une petite devinette ? Ben cache ton enthousiasme, surtout… »

« Bon, je te la pose quand même… Alors voilà : quel coquillage est le plus léger de tous ? C'est la… palourde ! Tu l'as ? Pas lourde ? O.K., d'accord, je me tais… »

« Dis, Bébert… Pourquoi tu ne me proposes jamais de définition, toi, quand je te sors un gros mot ? »

« Nom de Joule, tu es pire que Nou-2. Tu ne pourrais pas raconter quelque chose, pour changer ? N'importe quoi, ce que tu veux, ça me va ! »

J'arrête de parler à Hubert au bout d'une semaine, parce que je suis à court d'eau potable.

Au moment de partir, j'ai dû faire un choix : emporter un maximum de réserves au risque de ralentir le bateau ou bien espérer qu'il pleuvrait. J'ai parié sur la pluie. Sur l'île, il tombe une petite averse au moins deux fois par semaine. Mais ici, rien.

Jusqu'à ce que…

Je suis en train d'essayer de faire un petit somme – je n'ai pas trouvé meilleure technique pour oublier le désert qu'est devenue ma bouche – quand une goutte me tombe sur le crâne. Je crois d'abord à une fiente de mouette, mais le ciel est désert. Je me redresse en position assise. Et lorsqu'une deuxième goutte vient rejoindre la première, je manque de sangloter de joie.

Il pleut ! De grosses gouttelettes descendues tout droit de la grisaille de l'éther.

La tête renversée en arrière, j'entrouvre les lèvres pour accueillir sur ma langue cette manne aussi froide que douce. Puis je me jette sur le casier à provisions pour en extirper mon bidon vide…

Qui se remplit d'un coup, d'un seul, quand la première vague s'abat sur nous.

L'espace d'un instant – quelques secondes effroyables –, Hubert se retrouve submergé. Une myriade de bulles me remonte soudain devant le nez : un cri m'a échappé, je crois. La seconde d'après, je me retrouve en train de tousser et de postillonner – on a déjà refait surface, Joule soit loué ! –, les yeux brûlés par l'eau salée et assaillis sans merci par les trombes d'eau qui nous tombent désormais dessus. Face à l'océan noir qui se déchaîne, je me cramponne de toutes mes forces au bastingage. Et là, au milieu de l'obscurité, j'aperçois une petite tache blanche.

Mon bidon d'eau potable ! Emporté par-dessus bord, il s'éloigne rapidement en tourbillonnant sur lui-même. Mes biscuits, eux aussi, saupoudrent les flots, comme autant de pellicules. La porte du casier d'Hubert a disparu, arrachée. Aucune trace de mon sac de provisions, et dans la coque, le niveau de l'eau monte dangereusement.

— Putain…

Je m'attends presque à entendre Nou-2 saluer ce juron d'une petite définition. Mais elle n'est pas là. Il n'y a qu'Hubert et moi – malmenés par la tempête, misérables jouets des vagues. J'éteins son moteur, en espérant que ça l'aidera. C'est loin de s'avérer probant. *Réfléchis !* Un éclair lacère le ciel, le déluge me fouette le visage de plus belle quand, soudain, surgie de nulle part, une lame gigantesque se dresse au-dessus de nous, la gueule grande ouverte.

Il n'est plus temps de réfléchir. Je redémarre le moteur, j'empoigne la rame de secours, et je me mets à pagayer de toutes mes forces.

Doucement, on commence à bouger.

Mais dans la mauvaise direction.

La vague nous happe… et s'écrase sur nous.

Mes oreilles ont beau se boucher sitôt qu'on s'enfonce sous l'eau, je n'ai aucun doute : ce que je viens d'entendre, c'est le hurlement du métal qui se déchire.

4

Dans la cité, la nouvelle avait eu l'effet d'une bombe dont les répercussions, pour ne pas dire les retombées, avaient duré des semaines. Celia, la fille aînée de David Mizuhara – l'architecte qui avait présidé à la construction même de la ville –, s'était perdue en mer.

Une affaire de disparition comme au bon vieux temps d'avant les Intrafaces, quand s'holographier n'était pas encore un mode de vie, quand les biomoniteurs n'étaient pas là pour corriger chez tout un chacun les déséquilibres neurologiques sources de comportements anormaux, quand les allées et venues d'un individu n'étaient pas en permanence à portée de géolocalisation. Pourtant, les autorités avaient confirmé l'authenticité de la vidéo prise ce jour-là par le robot-caméra de surveillance.

Avant le lever du jour, Celia avait emprunté une conduite pour descendre jusqu'à la plate-forme de location de bateaux située sous l'éco-cité. La jeune fille et son embarcation s'étaient ensuite littéralement évanouies dans la nature, laissant derrière elles un fait divers tout trouvé pour la presse. Amis et ex-petits copains s'étaient aussitôt bousculés au portillon pour combler les vides restés béants dans l'histoire de la disparue.

Une de ses proches persistait cependant à manquer à l'appel.

— Kasey Mizuhara ! (Elle avait beau fuir les reporters, ils s'holographiaient devant elle dès qu'ils parvenaient à la localiser dans l'espace public.) Comment tenez-vous le coup depuis que votre sœur est officiellement portée disparue ?

— Présumée morte, avait rectifié Kasey la première fois.

Elle s'était dit que si elle se contentait de réponses brèves, ils finiraient par la laisser tranquille.

Au contraire. Malheureusement pour elle, sa réplique était devenu virale. Sur les réseaux sociaux, les uns tournaient en ridicule son intonation monocorde quand d'autres la défendaient, certains que son stoïcisme n'était qu'un masque destiné à cacher sa peine.

Cette interprétation-là la dérangeait – encore plus, à vrai dire, que les accusations au vitriol. Car l'espoir était une drogue. Pourquoi s'en injecter, dose après dose, pourquoi s'y raccrocher, quand il suffisait de regarder les chiffres, clairement inscrits au bas de l'enregistrement du robot-caméra ? Trois mois et douze jours, déjà, que sa sœur était partie en mer. On pouvait dire beaucoup de choses de Celia – que c'était un sacré numéro, une fille extraordinaire –, mais elle n'en restait pas moins mortelle. Par élimination, c'était sans doute la déshydratation qui avait eu raison d'elle, puisqu'elle avait apparemment pris le large sur un coup de tête, sans ajouter de provisions au peu de réserves que contenait le bateau.

Normal, lorsqu'on louait une embarcation de plaisance juste pour aller faire une balade. Mais peut-être qu'il ne s'était jamais agi d'un simple petit tour sur l'océan…

— Toutes les tentatives de géolocaliser votre sœur se soldent par des échecs, ne manquaient jamais de souligner les journalistes. Son Intraface semble complètement déconnectée du réseau… Est-ce que vous souhaitez faire un commentaire ?

— Non, je n'ai rien à vous dire.

— Vous pensez que ça pourrait être un acte délibéré de sa part ? insistaient-ils.

En entendant ces mots, Kasey se figeait, où qu'elle se trouve – la plupart du temps devant la conduite où les journalistes l'avaient surprise en train d'attendre la capsule qui lui permettrait de remonter chez elle après les cours. Même le braillement des spots publicitaires, à l'arrière-plan de la conversation, ne parvenait pas, hélas, à noyer le sous-entendu derrière cette question :

« Et si votre sœur ne voulait pas qu'on la retrouve ? »

Que répondre ? Que, plus plausible, l'Intraface de Celia était sans doute simplement hors de portée ? Qu'il y avait de fortes chances que son corps et son bateau reposent au fond de l'océan à l'heure qu'il était ? Que « possible » n'était pas synonyme de « hautement probable » et que n'importe quel scénario restait plus vraisemblable que ce type de thèse complotiste ?

Leur révéler le fond de sa pensée n'aurait cependant eu pour effet que d'atterrer ses concitoyens. Kasey se contentait donc de secouer la tête avant de disparaître dans la conduite dès que la capsule finissait par se présenter devant elle.

Et tandis que la merveilleuse soirée censée montrer à tous qu'elle entamait un nouveau chapitre de sa vie continuait de battre son plein dans le monde virtuel, la reine de la fête sortit en deux enjambées de son caisson de stase, en referma la porte, puis quitta la chambre individuelle dont elle avait la chance de disposer. Attention, qu'il n'y ait pas méprise : les Mizuhara mettaient, bien sûr, un point d'honneur à appliquer leurs propres préceptes. Ils étaient les premiers à respecter les règles. Leur module, comme la plupart de ceux conçus par David pour une famille de quatre, ne dépassait pas les 35 m^2. Mais au moins disposait-il de chambres individuelles reliées par un étroit couloir, ainsi que d'une fenêtre à l'extrémité dudit corridor. Les autres résidents de l'écocité avaient fait murer cette ouverture afin d'améliorer les performances de leur logement en matière d'isolation thermique. La possibilité d'ouvrir ces lucarnes par commande vocale avait même fini par être désactivée dans toute la ville…

Ça n'avait jamais empêché Celia, qui ne se laissait pas décourager par si peu, d'ouvrir manuellement la leur tous les jours après le coucher du soleil. À la regarder faire, on aurait pu croire que la tâche était aisée. En réalité, c'était tout sauf facile, comme le montraient les cals qui ornaient désormais les paumes de Kasey. Malgré tout, ce soir-là, comme la veille, la cadette des Mizuhara se saisit de la manivelle placée sous le rebord et commença à l'actionner. Tour après tour, le panneau de polyverre se souleva, telle la règle pivotante d'un rapporteur.

À l'extérieur, sur le minuscule balcon, une échelle était fixée à la paroi. Kasey en agrippa les barreaux, puis grimpa jusqu'au plafond de leur strate – ou plutôt, jusqu'au plancher de celle du dessus – qui, lui, heureusement, ne s'était pas vu privé de commande vocale. Sur ordre de la jeune fille, un passage circulaire s'y ouvrit donc, tel un œil.

Elle se hissa à travers, puis pénétra dans le module illuminé par le clair de lune qui appartenait autrefois à ses voisins du dessus. On n'y trouvait nul signe de vie, si ce n'était un unique robot-aspirateur, à qui Kasey devait une fière chandelle. Sans lui, elle n'aurait pas tenu plus d'une minute dans cet endroit. Ester et Frain Cole étaient autrefois de fervents collectionneurs et, en plus de leurs caissons de stase (surélevés en mezzanine), ils avaient meublé leur intérieur d'une table basse artisanale en bois flotté, ainsi que de fauteuils tapissés de velours turquoise. Or ces matériaux soumis à la dégradation étaient de véritables nids à particules. La première fois que les parents de Kasey l'avaient emmenée rendre visite à leurs collègues et amis dans ce même module, des années plus tôt, elle avait passé son temps à éternuer. Même chanson, bien plus tard, quand Celia l'avait de nouveau traînée jusqu'au sommet de l'échelle, malgré ses protestations – car personne ne les avait invitées, cette fois, et elles n'étaient pas chez elles…

Mais comment Celia aurait-elle pu résister à l'attraction que représentait la baie vitrée de cet appartement ? Et quelle baie vitrée ! Courant du sol au plafond, elle offrait une vue à 360 degrés sur tout le paysage environnant et faisait de la strate-100 un cône étincelant au pinacle de cette cité conçue en forme de goutte d'eau. L'aînée des Mizuhara avait pris l'habitude de s'asseoir sur la méridienne placée tout près de l'immense fenêtre. Tout comme leurs parents autrefois, lorsque leur mère et Ester, toutes deux responsables politiques, discutaient des dernières crises humanitaires tandis que leur père et Frain comparaient des plans de micro-logements. C'est ainsi que les deux familles les plus influentes de la cité – fondatrices, avec d'autres, du C2P, le Comité de protection de la planète – passaient leur temps ensemble, dans ce lieu nimbé de lumière.

À présent, assise dans la pénombre, Kasey contemplait le panorama de ciel et d'océan qui entourait leur éco-cité, comme les sept autres villes flottantes à travers le monde. À eux seuls, ces huit complexes abritaient près de 25 % de la population humaine. Quant aux 75 % restants, s'ils vivaient toujours dans leurs territoires respectifs, à la surface du sol, ce n'était pas forcément par choix. À mesure que la situation se détériorait, l'immigration vers l'azur s'accélérait, atteignant une cadence infernale. La position des candidats sur les listes d'attente dépendait désormais de leur rang. Pour chacun, ce chiffre était calculé non seulement à partir de l'impact de son mode de vie sur la planète tel qu'évalué par son Intraface, mais aussi à partir du comportement de ses ancêtres. Un système injuste, à en croire les résidents des territoires : leurs aïeux ayant, pour bon nombre d'entre eux, travaillé pour des industries à forte empreinte carbone, les dés étaient irrémédiablement pipés. Kasey, elle, n'en était pas si sûre. À son avis, il était surtout difficile pour les gens d'accepter leur propre insignifiance, de se faire à l'idée que leurs actions n'avaient pas plus de poids que des gouttelettes dans l'océan de leurs antécédents.

Et, de toute manière, même dans un océan, chaque existence continuait d'avoir des répercussions bien après son terme. Aux yeux de Kasey, encore plus que l'ascendance ou les règles du système en place, la vraie responsable de la situation actuelle, c'était la nature humaine. L'être humain n'était pas programmé pour se préoccuper de l'avenir lointain, à l'échelle de plusieurs générations. Les organisations telles que le groupe Mizuhara – qui avait financé les premières éco-cités afin de reloger les populations déplacées par la fonte de l'Arctique – restaient rares. Idem pour des sommités comme les Cole : s'ils avaient atteint le rang numéro 1, c'était pour être parvenus à éradiquer diverses maladies – dont les formes les plus communes de cancer – et avoir réussi, par conséquent, à réduire les effets néfastes de la production pharmaceutique sur la biosphère. Plus que de simples médecins, les Cole étaient deux très grands humanistes. Afin de donner à leurs contemporains plus de prise sur leur propre vie, ils avaient aussi inventé le biomoniteur, une application de l'Intraface qui plaçait la santé de chaque individu entre ses propres mains en lui indiquant, au besoin, la conduite à adopter pour pallier tel ou tel déséquilibre.

Comme en cet instant précis, justement.

Le tintement d'une notification venait de retentir dans la tête de Kasey. En ouvrant son biomoniteur, elle découvrit que ses neurotransmetteurs présentaient une LÉGÈRE DÉGRADATION.

Bizarre… Elle ne sentait pas diminuée du tout. Elle avait même l'impression de fonctionner plutôt correctement. Elle fixa la proposition de correction apparue dans son champ de vision :

RÉAJUSTER TAUX DE SÉROTONINE

Aussitôt qu'elle eut chassé cette recommandation d'un clignement d'œil, une autre la remplaça :

COGNICISER SOUVENIRS RELATIFS À :
CELIA MIZUHARA (sœur)

La thérapie par cognicision consistait à mettre l'embargo sur les pans de la mémoire qui déclenchaient, à un moment donné, une réaction de stress dans l'organisme, avant de les y réintroduire progressivement. Mais ce n'étaient pas ses souvenirs qui tourmentaient la jeune fille. Peu fiables, ils finissaient de toute façon par s'user, par se dégrader, à moins qu'on les enregistre aussi religieusement que le faisait Celia – ce dont Kasey, elle, se gardait bien. Si l'histoire était la matière qu'elle aimait le moins, ce n'était pas par hasard. Avec le temps, même les quelques images qu'elle conservait de sa mère, Genevie, étaient devenues, au mieux, parcellaires. Des doigts manucurés qui venaient recoiffer sa frange quand elle était enfant… Une voix autoritaire lui enjoignant d'aller jouer avec le fils unique des Cole (un garçon plus silencieux encore que son lapin domestique)… Des éclats de rire bruyants, ceux de Genevie et d'Ester, quand la fillette avait refusé, préférant se cacher derrière sa grande sœur.

Kasey se souvenait en revanche parfaitement du temps qu'il faisait, ce jour-là (température : 25 °C, taux d'humidité : 38 %) – le jour où David Mizuhara avait emmené ses filles assister au départ de Genevie et des Cole, qui s'envolaient pour une mission humanitaire vers un territoire extérieur tout juste frappé par une catastrophe naturelle. En signe de solidarité, tous trois avaient décidé de faire le voyage en chair et en os... Un choix qui s'était avéré fatal, lorsque la défaillance du pilote automatique de leur robot-coptère avait envoyé l'appareil s'écraser contre le flanc d'une montagne.

Après les obsèques (quatre urnes d'eau de mer : trois pour les Cole et leur fils, une pour Genevie), David s'était enfermé dans sa chambre, où Kasey avait imaginé qu'il resterait plusieurs jours, comme il le faisait généralement lorsqu'il travaillait sur ses plans. Imaginez un peu sa surprise quand elle l'avait vu en sortir dès le lendemain matin, en costume et rasé de frais, prêt à partir pour le QG de l'éco-cité comme l'aurait fait son épouse disparue. Pourtant, David n'était pas Genevie...

Tout comme Celia n'était pas David. D'où la confusion de Kasey quand elle s'était rendu compte que c'était finalement sa sœur qui refusait de quitter sa chambre et y restait cloîtrée des heures durant. À travers la cloison qui séparait les deux pièces, la cadette avait écouté sangloter son aînée, impuissante et incapable de comprendre pourquoi leur père et elle adoptaient soudain des comportements aussi inhabituels.

Vers midi, Kasey avait fini par pirater l'Intraface de Celia. Elle était d'abord tombée sur ses devoirs du jour (inachevés, et qu'elle s'était empressé de terminer), puis sur une alerte de son biomoniteur qui recommandait un ajustement de ses neurotransmetteurs en berne.

C'est donc pour ça qu'elle se conduit aussi bizarrement ! avait pensé Kasey en cliquant aussitôt sur O.K.

Cinq secondes plus tard, à quelques secondes près, la porte s'était ouverte en grand.

— Non mais ça ne va pas la tête, Kay ?

— Mais… Tu souffres…

Or la souffrance était objectivement une émotion indésirable, une sensation importune. Pourtant, Celia avait dévisagé sa sœur d'un air abasourdi, comme si c'était elle, Kasey, qui se morfondait dans le module, les yeux rougis.

— Franchement, qu'est-ce qui ne tourne pas rond, chez toi ?

Celia mettrait deux jours à s'excuser pour cette horrible accusation et les deux sœurs, deux ans à se réconcilier pour de bon.

N'empêche qu'à cette époque, juste après le décès de leur mère, Kasey, du haut de ses neuf ans, avait tenu à poser la question à son biomoniteur – pour être déçue d'apprendre que, sur les plans biologique et psychologique, elle se portait comme un charme. Inutile de soigner ou d'ajuster quoi que ce soit.

Aujourd'hui encore, elle avait beaucoup de mal à se persuader que c'était bien le cas. Quelque chose en elle avait forcément été mal installé… Pourquoi, sinon, n'avait-elle pas réagi comme Celia à la mort de la femme qui leur avait donné la vie à toutes les deux – ou comme le reste de la cité à l'annonce de la disparition de sa sœur aînée ?

Pourquoi, sinon, lorsqu'elle rejeta d'un clignement d'œil la proposition de cognicision que lui présentait son biomoniteur, se retrouva-t-elle confrontée à la réponse suivante :

REQUÊTE INVALIDE

plus de détails

plus de détails [x]
Tout citoyen est tenu de maintenir son humeur au-dessus du seuil de la DÉGRADATION SÉVÈRE (supérieur ou égal à -50).

Néanmoins, conformément à la décision de justice vous concernant[1], vous vous devez de rééquilibrer votre humeur dès la LÉGÈRE DÉGRADATION (seuil supérieur ou égal à -10).

[1] Archives judiciaires du C2P : Cf. délit antérieur. Tout refus d'obtempérer entraînera votre éviction de la cité.

Entre Celia et moi, il y a vraiment un monde... Je ne lui arrive pas à la cheville, se dit Kasey en retournant à la fenêtre précédente pour accepter le réajustement de ses neurotransmetteurs. Si c'était elle qui avait disparu, s'il l'avait fallu, sa grande sœur serait partie à l'autre bout de la planète pour la retrouver. Si c'était elle qui avait perdu la vie, le moral de l'aînée des Mizuhara aurait présenté un peu plus qu'une « légère dégradation ». Les yeux pleins de larmes, Celia aurait malgré tout regardé droit dans l'objectif de la caméra pour expliquer aux reporters exactement ce qu'elle avait sur le cœur. Elle n'aurait pas menti, contrairement à sa cadette.

Et si elle ne voulait pas qu'on la retrouve ?

Pour être honnête, Kasey n'en savait rien. Elle ne méritait pas de disséquer jusqu'à plus soif le comportement de son aînée. Confrontée à n'importe quel autre problème, elle n'aurait pourtant eu de repos qu'une fois la solution trouvée. Mais Celia était l'unique exception à cette règle. Lorsqu'elle avait insisté pour descendre voir l'océan en personne – comme si ce n'était pas exactement pareil que de s'y rendre en mode holo –, Kasey l'avait suivie en s'efforçant de comprendre ce qu'elle y voyait. Quand Celia avait commencé à filer en douce, au beau milieu de la nuit, pour aller Joule savait où, sa cadette avait choisi de la laisser faire et s'était retenue de pister ses déplacements par l'intermédiaire de son Intraface. Pour peu qu'elle eût cédé à la curiosité, elle aurait pu empêcher le départ de sa sœur, qui serait encore en vie. Mais non : Kasey avait préféré respecter le caractère sacré de ce qui se tramait dans le secret de l'esprit d'autrui. C'était l'attitude préconisée, non ? Sa discrétion aurait dû être récompensée, pas sanctionnée.

Et pourtant, elle en était là : incapable de trouver le sommeil le soir, comme s'il lui restait encore une chance d'empêcher sa sœur de sortir en catimini.

Lançant recherche sur recherche pour dénicher l'Intraface de Celia, longtemps après que les autorités l'avaient déclarée totalement hors de portée.

Contemplant l'océan depuis la plus haute strate, comme si elle allait être la première à voir le bateau rentrer à bon port.

Trois mois et douze jours.

Ces simagrées ne rimaient à rien. Elles ne répondaient à aucune logique. Seul l'espoir les motivait – lui qui avait fini par s'infiltrer dans les pensées de Kasey en dépit de ses efforts acharnés pour le tenir à distance, si bien qu'au matin, elle en goûta pour la première fois l'emprise addictive. À son réveil, une alerte clignotait dans son champ de vision :

[CELIA MIZUHARA] INTRAFACE LOCALISÉE

Où suis-je ?

Qui suis-je ?

Comment est-ce que je m'appelle ?

Cee. Soulagée de me souvenir de mon prénom, je souris, avant de plisser les paupières face à l'éclat blanc du soleil qui brille au-dessus de ma tête. Puis, d'un seul coup, je roule sur le ventre et je vomis sur le sable.

Aussitôt, mon soulagement tourne court, cédant place à la panique. *Non, non, non, non !* Je ne peux pas me payer le luxe de rendre mon taro. Il faut que mon estomac le garde. Mais la substance qui sort de ma bouche ressemble plutôt à un cocktail de bile et d'eau de mer. Dans mes entrailles, plus une once de mes biscuits. Abîmés dans l'océan jusqu'au dernier, réduits en bouillie. Des mois de vivres, jetés en pâture aux poissons.

Quant à Hubert…

Je me hisse tant bien que mal sur mes pieds. Mes jambes faiblissent d'emblée, mes yeux peinent à faire le point sur les environs, mais finissent malgré tout par se fixer sur une forme, échouée un peu plus loin sur le rivage.

Une coque de bateau ou, plutôt, une moitié de coque, enlisée dans un croissant de sable mouillé : Hubert.

Un bruit sourd retentit à mes oreilles lorsque je tombe à genoux. Je rampe jusqu'aux vestiges de mon camarade.

— Salut, Bébert, parviens-je à croasser.

Puis j'éclate en sanglots. Je braille tout ce que je peux, jusqu'à ce que la marée monte. Ce n'est qu'au moment où je plaque Hubert au sol pour empêcher la mer de l'emporter que me vient ma première pensée cohérente de la journée : *Il faut que je l'enterre. Que je lui fasse de vrais adieux.*

Je le tire donc en sécurité sur le sable sec avant de me retourner d'un pas chancelant pour faire face au décor qui s'étale dans mon dos.

Je n'en crois pas mes yeux.

À quelques dizaines de mètres se dresse une maison, bâtie sur un bloc rocheux, qui ressemble à s'y méprendre à celle de M. M.

Et puis, il y a moi, debout sur une plage. Mais pas n'importe laquelle. Après sept jours passés à voguer vers le large avec Hubert, plus tout le temps écoulé depuis la tempête, me voilà de retour à la case départ. Trempée jusqu'aux os, mais vivante.

Ce qui soulève une question : par Joule, c'est quoi, ce délire ? Aurais-je nagé ? Me serais-je accrochée à mon embarcation dézinguée pour ensuite dériver au gré de vagues salutaires ? Même dans ce cas, n'aurais-je pas dû mourir de soif ?

Je me creuse la cervelle dans l'espoir de me rappeler quelque chose, n'importe quoi… En vain. En dehors d'un souvenir flou de noyade, rien ne me revient.

De toute manière, courir après le pourquoi du comment m'épuise et je préfère me concentrer sur ce qui m'attend. Je devrais remercier ma bonne étoile de ne pas être un cadavre ballotté par les flots à l'heure qu'il est. Je devrais retaper Hubert et essayer encore une fois de retrouver Kay.

Sauf que je ne ressens plus rien. Je suis de retour sur cette île. De retour sur cette île de malheur, Joule tout-puissant !

La mission la plus importante de ma vie, la seule qui m'a permis, jour après jour, de tenir bon, s'est soldée par un échec, et il ne m'a même pas été donné de mourir en paix ! Me voilà de retour au point de départ : coincée, incapable de distinguer les couleurs et partiellement amnésique. Si je n'étais pas aussi fatiguée, je serais furax.

— Du calme, Cee, marmonné-je tandis que les nuages s'amoncellent au-dessus de l'île (pas suffisamment pour assombrir la plage, mais assez pour me faire frissonner). Tu es de retour, et alors ? Tant pis ! Tu es une vraie pro. Tu sais quoi faire : gravir la crête, dénicher les pièces adéquates et réparer ton embarcation. Ce sera plus facile qu'avant, crois-moi.

Sauf que mes paroles d'encouragement échouent lamentablement à me remonter le moral. Un hoquet étranglé m'échappe, ainsi que quelques larmes d'apitoiement. Qui est-ce que j'essaie de duper, au juste ? J'ai passé des mois à farfouiller dans des tas de ferraille rouillée en quête d'une simple hélice. Je sais très bien qu'il n'y reste plus d'éléments métalliques exploitables. Du moins, plus assez pour reconstruire un bateau entier.

Après m'être essuyé les joues, je tourne mon regard vers la maison. Pas de métal ? Pas de problème.

— Pas du tout d'accord, entonne Nou-2 lorsqu'elle me trouve accroupie devant les marches à essayer d'en détacher les lattes à mains nues. Pas du tout d'accord. Pas du tout d'accord.

— Pour l'amour de Joule, tais-toi !

Elle s'interrompt net. Aussitôt, j'expire un grand coup, mon visage enfoui dans le creux de mes paumes.

— Désolée…

Mes excuses sont autant destinées à Nou-2 qu'aux marches. Après tout ce que M. M. m'a donné, c'est comme ça que je la remercie ? Hors de question.

— Je te demande pardon.

Nou-2 ne répond pas. Elle se contente de s'approcher de moi en roulant. Je laisse retomber mes mains, puis je me relève.

— Reste ici. (Sur cette consigne, je me dirige vers l'autre bout de la plage, mais le robot commence à me suivre.) Vraiment, reste ici. Ce coup-ci, je reviens, c'est promis.

Pourtant, une fois atteinte l'extrémité de la jetée submergée à la pointe est de l'île, je ne suis plus si sûre d'avoir envie de faire demi-tour. Autour de moi, tout demeure invariablement gris, y compris l'eau qui clapote par-dessus les planches de la digue. Il m'est déjà arrivé de continuer d'avancer pour effectuer quelques brasses. Sauf que je n'ai plus le cœur à nager. Tout ce que je veux, c'est couler. Mes poumons se souviennent soudain des affres de la noyade et c'est presque comme si je les sentais à nouveau se remplir de liquide. Ce sera douloureux, très douloureux. Mais, ensuite, l'apaisement viendra, le calme. Tout deviendra plus facile.

Joule tout-puissant, mais qu'est-ce qui me prend d'envisager un truc pareil ?

Je m'agenouille et je plonge la tête dans l'eau. Le sel me pique les lèvres. Ce qui ne m'empêche pas d'ouvrir la bouche avec l'intention de hurler.

Mais pas un son ne sort.

S'égosiller ne sert à rien quand il n'y a personne pour vous entendre. À la place, je me contente de prononcer son nom. *Kay.* Je lui demande si elle est là-bas, au loin. Si elle sait que je me suis démenée – que j'ai tenté tout ce qui était en mon pouvoir – pour la retrouver. Et si elle me pardonnera de ne plus avoir le courage de recommencer.

• • •

Finalement, je n'enterre pas Hubert. L'idée d'emprisonner une partie de lui sur cette île alors que l'un de nous deux, au moins, peut être libre me semble injuste.

— Adieu, Bébert, dis-je avant de le relâcher.

Les vagues l'entraînent vers le large. L'espace d'une seconde, le doute s'infiltre en moi, tel le vent dans une voile, et me pousse à avancer dans l'eau à la poursuite de mon ami. J'ai changé d'avis. Je veux l'enterrer. Le garder près de moi, au cas où la mer rejetterait ses autres pièces.

Peine perdue : l'océan l'emporte sans me laisser le temps de le rattraper.

Je titube encore un peu avant de m'arrêter. L'écume afflue autour de mes genoux, puis se retire. Bien que le sable se carapate sous mes pieds, je reste bien stable sur mes deux jambes, plantée là jusqu'à ce que les mouettes qui décrivent des cercles au-dessus de ma tête se lassent. Elles s'en retournent vers leur nid et moi aussi.

Les cinquante enjambées qui séparent la rive de la maison m'en paraissent cent. Mes mollets protestent dès la première des marches ensablées menant au porche et quand je m'agrippe à la rampe pour m'aider à progresser, mes yeux se retrouvent pile à la hauteur des encoches qui, sur la balustrade, égrènent le passage du temps. 1112 au total.

1 113, à présent. Je grave cette nouvelle marque dans le bois à l'aide de mon morceau de métal, avant de le lâcher. Il atterrit sur le plancher en tintant.

1 113 jours, soit trois ans et des poussières sur cette île. Et pas la moindre amélioration en perspective !

— Cette nouvelle ère nécessiterait quand même un nouveau nom, dis-je lorsque Nou-2 me rejoint.

Seulement, la « vie après la vie après Hubert » n'a rien de très motivant et, de toute manière, pour être honnête, rien n'a vraiment changé. La cuisine est dans l'état où je l'ai laissée en partant : le bocal vide sur le comptoir, les biscuits de taro en morceaux sur le sol défraîchi. Je ramasse un à un les bris de gâteaux, je les frotte pour les débarrasser de leurs moisissures, puis je commence à en regarnir le récipient. Pourquoi ? Je ne sais pas trop – manger du moisi peut me rendre malade et m'achever aussi vite que de ne rien manger, j'en suis presque certaine –, mais ça m'occupe. Une fois ma tâche terminée, je dépoussière les différents plans de travail avant d'inspecter le réservoir d'eau potable. Ses tuyaux, installés sous la bâtisse, collectent l'eau de mer, qui transite ensuite par une chaudière à énergie solaire pour se transformer en vapeur, puis, délestée de son sel, se condenser en eau. Vu que la moindre anomalie dans ce mécanisme mettrait de sérieux bâtons dans les roues de mon petit programme de survie, je suis soulagée – comme à chaque fois – de constater qu'il fonctionne toujours. Après avoir ouvert les valves de la citerne, je rallie la salle de bain, j'actionne le robinet de la baignoire, puis j'ôte mon pull et mon pantalon couverts de sable en attendant que mon bain soit prêt.

L'eau a beau ne pas être bien chaude, elle l'est toujours plus que celle de l'océan. Non sans un soupir, je me laisse glisser sous la surface. Mes cheveux se décollent de mon crâne comme autant de flotteurs. Mes pensées se gélifient et là, dans ce silence cotonneux, je retrouve un souvenir.

— *On ne devrait pas, murmure Kay.*

Elle et moi, on est dans une capsule de verre, tournées vers l'entrée, prises en sandwich entre six autres voyageurs. Lumière, pénombre, lumière… L'alternance des deux danse sur nos visages dès qu'on s'enfonce dans le sol d'un quartier pour déboucher dans le ciel du suivant. À chaque étage, la cabine s'arrête, ses portes incurvées s'ouvrent en sifflant et quelques-uns de nos voisins s'en vont.

Au-delà d'un certain point, plus personne ne monte à bord. Ils ne savent vraiment pas ce qu'ils ratent. Quant à ceux encore présents, je serais prête à parier qu'ils sont tous retranchés dans leur tête, à lire les nouvelles dans leur champ de vision via *leur Intraface ou à envoyer des messages à leurs collègues. Je me demande bien quel est l'intérêt de se déplacer quelque part en personne, si c'est pour avoir le cerveau ailleurs…*

N'empêche que je ne devrais pas les juger si durement. Je sais que Kay serait anéantie sans son Intraface. Maintenant que la capsule est moins remplie, je peux enfin me tourner vers elle.

— Peut-être, sauf qu'il faut que tu voies ça, ma puce !

Sous sa coupe au carré qu'elle ne coiffe jamais, elle porte encore son uniforme scolaire. Ses joues sont parsemées de taches de rousseur. Inébranlable et éblouissant d'où qu'on l'observe, son esprit a tout du diamant. Contrairement à moi, elle n'a pas besoin de sequins pour briller, ni de lieux ou de compagnie pour se divertir.

D'ailleurs, je vois bien, au léger froncement de son nez, qu'elle se serait bien passée de cette aventure.

— Ce n'est qu'une strate et je l'ai déjà vue.

— Je te parle de l'océan, rectifié-je. Et de tout près, en plus. La différence est phénoménale.

Malgré tout, j'ai peur que ma petite sœur ne trouve l'idée futile.

Pourtant, quand la capsule s'immobilise, elle pousse un soupir en signe de capitulation.

— Bon, d'accord. Juste pour cette fois.

• • •

Pantelante, j'émerge d'un seul coup du fond de la baignoire, deux filets d'eau le long des tempes. Je referme les paupières pour m'accrocher à l'image du visage de Kay, à l'expression de sa bouche aussi stricte que sa frange, à ses iris aussi noirs que le café. J'avais oublié ce détail. J'avais oublié qu'elle avait les yeux brun foncé.

Et l'océan… Dans la scène qui m'est revenue, on aurait dit qu'il se trouvait à un jet de pierre à peine. Peut-être qu'il était juste à notre porte. Ou juste à la porte de notre ville, qui flottait au-dessus des flots comme dans mes rêves.

Tout compte fait, Kay et moi, on n'est peut-être pas si loin que ça l'une de l'autre.

Ma détermination renouvelée, je contracte la mâchoire. Ce soir, je me repose, je me ressaisis. Mais demain, dès les premières lueurs de l'aube, c'est reparti. Quoi qu'il en coûte – un bateau ou une année de plus –, je retrouverai ma sœur. Seuls ceux qui abandonnent échouent.

Un tsunami miniature agite la baignoire lorsque je m'en extrais. Je me sèche avec l'une des serviettes usées jusqu'à la corde de M. M. – brodée de ses initiales, comme une multitude d'autres objets sous son toit – et j'enfile un pull en grosse laine, troué par les mites à deux endroits seulement, sur la manche droite. Comme mon estomac gronde, je me dirige vers la cuisine, avant de me rappeler que mettre en péril la deuxième chance que vient de m'offrir la vie simplement en ingérant un biscuit moisi n'aurait rien de très malin.

— Désolée, Nou-2. (Elle m'accompagne dans le salon, où je m'allonge sur le revêtement vichy du canapé bosselé installé près de la fenêtre, le tapis qui se trouvait dessous reconverti par mes soins en plaid.) On va devoir se passer de dîner, ce soir, dis-je en m'emmaillotant dans le tissu dru de mon édredon de fortune. Je sais que tu aimes particulièrement me regarder manger ce repas-là.

— D'accord.

Peut-être reste-t-il deux ou trois tubercules de taro en terre, derrière la maison. Il faudra que j'aille vérifier demain, lorsque j'aurai assez d'énergie pour me préoccuper de ne pas mourir de faim.

À la nuit tombée, je me mets à mon aise, prenant le bras du sofa pour oreiller et la vitre pour tête de lit. Ma couverture sent les pieds. Cracra, je sais, mais l'odeur a le mérite de me rappeler l'existence d'autres êtres humains. D'ailleurs, quand le sommeil me gagne, je rêve d'eux. Leurs voix emplissent le séjour, leurs rires retentissent alentour lorsque soudain, par-dessus tout ce brouhaha, j'entends qu'on frappe à la porte. Je vais ouvrir.

Sur le seuil, je découvre Kay.

Ce songe est plus saisissant que d'habitude. Comme si mon cerveau savait que mon moral avait bien besoin d'un petit remontant. Résultat, je ne peux m'empêcher de pousser un juron quand j'en suis arrachée en sursaut – par quoi ? je ne sais pas, jusqu'à ce qu'un éclair illumine la pièce. Le coup de tonnerre qui suit quelques instants plus tard ébranle la bicoque entière. Sans tarder, comme si la secousse les avait libérées, une armée d'ombres se dresse sur les murs.

Essuyant d'une main la bave qui m'a coulé sur le menton, je me redresse en position assise dans l'obscurité. Impossible de me rendormir, à présent : je ne peux pas risquer de faire une crise de somnambulisme en pleine tempête. La pluie martèle le toit. Un coup d'œil à l'extérieur. Je confirme : il tombe des cordes. La mer, houleuse et même démontée, semble essayer de nous atteindre, mais elle n'y parviendra pas. J'envoie mes remerciements les plus sincères à quiconque a conçu la maisonnette de M. M., même si, lorsque le tonnerre rugit de plus belle, la vitre tremble et mes doigts plaqués dessus avec. Je décolle ma paume glacée de la fenêtre embuée, puis je commence à frotter du bout de ma manche l'empreinte qui s'y est dessinée.

Soudain, j'interromps mon geste.

Ceux qu'il nous faut retrouver

Le nez aplati contre le carreau, je plisse les yeux dans l'espoir de réussir à percer la tourmente… et recule dès que la foudre déchire de nouveau le ciel. Pas à cause de l'éclair en lui-même, mais à cause de ce qu'il vient de me dévoiler. Qui, même une fois la plage replongée dans les ténèbres, ne risque pas de s'en aller.

Un corps étendu sur le sable.

6

Kasey se sentait parfois comme une étrangère dans son propre corps. S'holographier aussi souvent qu'elle le faisait pouvait avoir ce genre d'effets. Les hologrammes étaient tout à fait capables d'imiter la gamme entière des gênes et inconforts divers ressentis par l'organisme humain, mais la jeune fille avait désactivé cette option. Elle ne tirait aucun plaisir à avoir des fourmis dans les jambes ou les yeux asséchés par la vive lumière des néons de la salle de conférence, un désagrément auquel elle n'avait pas réussi à échapper, même après avoir augmenté sa production lacrymale *via* les paramètres de son biomoniteur.

Heureusement que son esprit était libre, lui, de vagabonder hors de sa prison de chair. Sauf qu'aujourd'hui, il s'était enfermé de lui-même dans la boucle infinie d'une seule et unique pensée, qui tenait en deux mots :

INTRAFACE LOCALISÉE

Le signal ne s'était maintenu qu'une poignée de secondes avant de s'évanouir, si bien que le subit espoir qu'il avait catalysé en Kasey s'était révélé tout aussi fugace.

Les coordonnées GPS correspondant au résultat de la recherche situaient le micro-ordinateur dans un module résidentiel. Autrement dit, dans le domaine privé. Y entrer par effraction – physiquement ou virtuellement – constituait un délit et le casier de l'adolescente en comptait déjà un de trop. De toute manière, quelles étaient les chances que Celia soit parvenue à se réintroduire dans l'éco-cité au nez et à la barbe de tous les robots-caméras ? Infimes. Par conséquent, bien qu'il soit toujours envisageable que le signal détecté vienne vraiment de l'Intraface de l'aînée de Mizuhara, cette hypothèse restait hautement improbable. Plus vraisemblable (et donc possible) ? Qu'un pirate informatique ou autre robot-spameur ait tenté de rouler Kasey, tout bêtement. Ou que son logiciel de recherche lui ait renvoyé un faux positif. C'était aussi une éventualité. Plausible, celle-ci ? Pas s'il s'était agi d'un programme créé par Kasey, configuré de ses propres mains. Mais ce n'était pas le cas : elle n'avait plus le droit de coder ni de toucher à quoi que ce soit qui s'apparente à un projet scientifique. Voilà en quoi consistait sa condamnation par le C2P. Ses faits et gestes dans ce domaine étaient surveillés d'aussi près que ses neurotransmetteurs.

— Terminé !

Un claquement de mains assourdissant retentit et Kasey réintégra d'un seul coup son corps à moitié endormi sur son siège. Hébétée, elle leva les yeux vers la femme debout à l'extrémité de la table ovale.

Ekaterina Trukhin. Ou, plus exactement, son hologramme, qui apparaissait semi-transparent à Kasey. Ce simple réglage lui permettait de distinguer les individus sous forme d'hologramme de ceux faits de chair et d'os lorsqu'elle était elle-même physiquement présente quelque part.

Malgré tout, même à 50 % d'opacité seulement, Ekaterina ne perdait rien de son charisme, le cliquetis de ses talons résonnant implacablement tandis qu'elle faisait le tour de la salle configurée pour réagir aux stimuli virtuels.

— Il est dix-huit heures ! annonça-t-elle au mélange d'individus immatériels et corporels assis alentour, le visage illuminé par les écrans qui flottaient devant eux. Vous savez ce que ça veut dire. (Elle s'arrêta à côté de Kasey, pour planter ses paumes inconsistantes sur le plateau de la table.) Du balai !

Sans tarder, les hologrammes s'évaporèrent – d'abord les écrans, puis leurs utilisateurs. Quant aux autres, parmi lesquels Kasey, ils replaçaient leur chaise sous leur poste de travail et rassemblaient leurs affaires. Tous seraient de retour le lendemain. Le Comité de protection de la planète avait horreur de l'inefficacité, d'autant que ses agents portaient trop de casquettes différentes pour se permettre de se reposer le week-end. Ils avaient non seulement pour mission d'administrer les éco-cités, mais ils devaient aussi les représenter auprès des territoires extérieurs.

Toutefois, ils demeuraient avant tout les intendants de la planète. À ce titre, et face à la multiplication des crises environnementales (et à la pression exercée par l'Union planétaire, qui supervisait la politique des éco-cités comme des territoires), ils avaient récemment hérité d'un rôle supplémentaire : celui de jury chargé d'évaluer les solutions censées permettre d'éviter l'apocalypse. Des milliers de propositions avaient afflué des quatre coins du globe et attendaient désormais d'être examinées.

C'était typiquement le genre de tâches fastidieuses que Kasey ne rechignait pas à effectuer. Au contraire même, car elles ne demandaient que peu d'efforts et d'investissement de sa part. La politique n'avait rien d'une passion pour elle. Pas comme pour Barry Tran, un agent confirmé qui considérait comme une attaque personnelle chacune des suggestions irréalisables qui passaient entre ses mains.

— Mais ils n'apprennent plus à lire, à l'école, ou quoi ? fulminait-il justement.

Kasey repensa à l'époque où Barry se serait tourné spécifiquement vers elle – la gamine de seize ans qui passait tous ses week-ends au quartier général du C2P –, comme si son âge faisait d'elle une experte de l'adolescence.

Heureusement, il avait vite compris son erreur et adressait désormais ses griefs à qui voulait bien les entendre. C'est-à-dire, le plus souvent : Kasey et personne d'autre.

— Qu'est-ce qui est marqué, juste là ? tempêta-t-il après avoir ramené d'un geste la fenêtre qui listait les directives du concours au milieu de son écran. « Une solution pour tous ! » Cinquante pour cent de la population, c'est pareil que la totalité, peut-être ? Et celle-là…

Nouveau geste de la main, nouvelle fenêtre, affichant cette fois-ci le résumé d'une des propositions soumises au C2P. Une histoire d'émigration extraterrestre, apparemment. Kasey en avait elle-même rejeté de semblables. Que l'opinion publique l'accepte ou non, aucune des expéditions destinées à coloniser d'autres planètes similaires à la Terre n'avait jamais été couronnée de succès.

— Et le budget ? Ils s'en soucient, du budget ?

Non, répondit Kasey dans sa tête, en se remémorant une proposition qui imaginait de renvoyer l'intégralité des êtres humains dans le passé, à une période où la planète était plus habitable.

— Les robots ont filtré ce ramassis de bêtises avant de nous le transmettre, au moins ? continua Barry sur le même ton grincheux.

Oui. Seulement, ce n'était pas leur avenir à eux qui dépendait de la solution victorieuse.

— Y a-t-il quoi que ce soit d'intéressant dans votre lot, Kasey ? demanda Ekaterina sans se préoccuper de l'agent acariâtre.

La jeune fille pouvait toujours répondre par l'affirmative. Mais, même si dire la vérité s'avérait parfois aussi ingrat que fatigant, c'était encore ce qui lui correspondait le plus : elle était incapable de se contraindre à donner à ses interlocuteurs ce qu'ils attendaient.

— Non.

— Mais pourquoi ? avait pleurniché Meridian, lors de leur conversation un peu plus tôt dans la journée, quand Kasey lui avait fait la même réponse.

Non, elle refusait de soumettre à l'examen du C2P leur propre solution (qu'elle avait élaborée avec son acolyte dans le cadre du club de sciences du collège, à l'époque où elle en faisait encore partie).

— Allez, s'il te plaît, Kasey… Il faut qu'on envoie nos candidatures aux universités la semaine prochaine. Pouvoir intégrer un truc pareil à mon C.V., ce serait génial ! Imagine un peu : coautrice de la proposition ayant retenu l'attention du C2P. Ça en imposerait, tu ne crois pas ?

Kasey – qui se sentait somnolente et n'avait pas du tout l'impression d'en imposer, elle, dans sa veste d'uniforme qui la grattait (d'autant que l'unique autre option s'offrant à elle était le pyjama) – avait préféré en laisser Meridian seule juge.

— La proposition n'est pas prête, s'était-elle contentée d'expliquer.

— Tu rigoles ? Elle a battu les autres à plate couture !

— Lors d'une compétition entre classes de collégiens. Mais elle n'est pas transposable à l'échelle mondiale.

Et elle ne le serait jamais. Il manquait au puzzle sa pièce ultime, que Kasey ne pouvait obtenir sans enfreindre la loi qui, justement, l'avait privée de science.

Elle détestait décevoir Meridian de la sorte. En général, sa camarade pouvait lui demander n'importe quoi – comme organiser une deuxième soirée ou se teindre les cheveux en rouge – et elle était partante. Il n'y avait pas grand-chose dont elle se souciait vraiment. Mais alors, que faire ? DUTACOTAC lui avait suggéré de changer de sujet. D'accord, mais vers quel thème orienter la conversation ? *Intraface localisée*, avaient avancé ses pensées. Niet. Pas question. Encore une fois, accéder à un quelconque domaine privé sans y être autorisée, c'était tout simplement impossible. Qu'il était loin, le temps où des besognes aussi terre à terre que la livraison de courses justifiaient qu'un inconnu sonne à la porte d'un particulier ! La moindre tâche en deçà du niveau 3 sur l'Échelle d'humanité des Cole avait été automatisée, ce qui avait eu pour effet de supprimer le gaspillage des ressources, certes, mais aussi l'éventail des petits boulots qui auraient pu servir de couverture à Kasey.

Elle n'avait aucun moyen de pénétrer dans cette propriété privée. Aucun. Elle…

— Comment tu t'y prendrais, toi, pour avoir accès au module d'un citoyen ? avait-elle demandé de but en blanc.

— Pardon ?

— Comment tu t'y prendrais pour…

— Oui, oui, j'ai bien compris, l'avait coupée son interlocutrice. Mais… euh… pourquoi ?

Pour changer de sujet. Pour que Meridian s'ôte de la tête l'idée de soumettre au C2P leur solution pour résoudre la crise planétaire en cours. En tout cas, pas – mais alors, pas du tout – parce que Kasey avait besoin d'inspiration en matière d'effraction !

— Juste comme ça, hypothétiquement, avait-elle dit.

Si l'agacement de sa camarade lui avait échappé jusque-là, elle (enfin, DUTACOTAC) l'avait soudain perçu très clairement.

— Aucune idée, avait répondu Meridian. Tu n'as pas… comment… un passe-droit officiel pour ce genre d'intervention ?

Sur ce, elle avait dû interrompre leur communication, laissant Kasey réfléchir à la question. Un passe-droit. Drôle de façon d'envisager les travaux d'intérêt général qu'elle devait effectuer au sein du C2P sur ordonnance du tribunal. Une sanction qui n'avait rien de pénible, il fallait bien l'admettre, d'autant que les agents avec qui elle travaillait se révélaient plutôt sympathiques. Seulement, ils n'en restaient pas moins des êtres humains, et rien que d'en entendre deux – tardant à quitter la salle – discuter de leurs bébés qui faisaient leurs dents, Kasey se retrouva de nouveau à deux doigts de tomber sous un certain seuil neurobiologique, fixé pour elle par un tiers. Elle aurait largement préféré rêver de sa future admission à l'université, où elle se serait spécialisée en biochimie ou en physique pour ensuite faire carrière dans une entreprise d'inno-technologie.

Mais les regrets, comme les remords, étaient improductifs.

— À demain, Kasey, lui dit Ekaterina. Rentrez chez vous, Barry.

L'intéressé se borna à émettre un grognement.

— À demain, répondit l'adolescente à sa supérieure avant de reprendre la parole (sans doute légèrement honteuse de refuser de soumettre leur idée, à Meridian et elle, aboutie ou pas). Vous croyez que le temps nous est compté ? Qu'on sera bientôt obligés de prendre une décision ?

De nouvelles secousses telluriques avaient été détectées au large de la côte du Territoire 4 mais, en même temps, ça faisait déjà trois ans que tous les médias et leurs experts annonçaient l'imminence du « plus puissant mégaséisme jamais enregistré ».

— Il est possible, oui, qu'on y soit amenés de notre vivant, comme il est possible que ce ne soit pas le cas, estima Ekaterina. Mieux vaut parer à toute éventualité. Pas vrai, David ?

Tous les agents présents saluèrent le père de Kasey, qui venait de sortir de son bureau. Il se contenta, pour toute réponse, d'un hochement de tête aussi bref qu'évasif, et alla remplir son mug à la fontaine à eau, avant de s'en retourner d'un pas traînant d'où il était venu.

Sa fille le suivit et s'arrêta dans l'encadrement de la porte en polyverre pile au moment où il se réinstallait derrière sa table de travail.

Lorsque la mère de Kasey était encore en vie, il s'asseyait exactement dans la même posture – l'épaule droite un poil plus haute que la gauche, les lunettes descendues tout au bout de son nez. Mais il se posait alors au pied de son lit, en pyjama plutôt qu'en costume, et penché sur des plans architecturaux plutôt que sur des documents administratifs qui, en toute logique, devaient concerner le projet OASIS.

Dernière initiative de Genevie avant son décès, cette loi d'ouverture accélérée et de solidarité internationale systématique entendait permettre à des cohortes de citoyens des territoires d'émigrer vers les éco-cités, et ce, sans que leur rang entre en ligne de compte. Ironie du sort : travailler sur ce projet visant à offrir à des milliers d'individus un nouveau foyer avait peu à peu éloigné David du sien, à tel point que Celia lui en avait beaucoup voulu.

Kasey, elle, se montrait moins dure envers lui. Après la disparition de Genevie, elle avait su accepter le fait que la perte d'un proche ne laissait personne indemne. La mort de sa mère avait soustrait à son père une part de lui-même, mais était-ce mal de réagir comme un être ordinaire ? Rien n'était pire que de demeurer inchangé, imperturbable. Kasey était bien placée pour le savoir, elle qui, en ce moment même, avait parfaitement conscience que la défection de son père aurait dû la toucher, et ne parvenait pourtant pas à ressentir plus qu'une irritation tiédasse à l'idée d'être obligée de parler pour qu'il la remarque.

— Quelles sont les démarches à entreprendre pour obtenir un mandat de perquisition ?

Le stylet de David poursuivit sa course sur la surface du bureau.

— Adresse-toi à Barry.

— Déjà fait.

Techniquement, ce n'était pas faux. Mais, surtout, passer par son père irait plus vite. Or il fallait qu'elle se dépêche, avant que son cerveau ne décide d'interrompre sur-le-champ toute la manœuvre.

À peine quelques secondes plus tard, une application de perquisition apparaissait dans l'Intraface de Kasey. Elle la sélectionna. La réplique digitale du badge des agents du C2P se matérialisa sur sa poitrine.

Les parents des autres enfants de la cité assistaient peut-être aux compétitions de natation de leurs rejetons et se souvenaient de leurs dates d'anniversaire, mais Kasey, qui n'accordait aucune valeur à ce genre d'événements, appréciait son père tel qu'il était – surtout en cet instant.

— Je compte sur toi pour l'utiliser de manière responsable, ajouta David en levant enfin les yeux et son stylet.

Comment communiquaient-ils ? Sans un mot. Par ce simple regard échangé en silence, ils se signifiaient l'un à l'autre qu'ils n'oubliaient pas l'incident qui avait pourri la vie de l'adolescente et failli la faire expulser de l'éco-cité. Si elle était encore là, c'était uniquement grâce à l'intervention de son père. Il avait agi au moment où c'était le plus nécessaire, chose que Kasey respectait. Elle allait même jusqu'à s'identifier à lui. Il n'était plus architecte. Elle n'était plus scientifique. La vie continuait, d'une qualité simplement inférieure à la moyenne, désormais.

— Je vais essayer, répondit Kasey.

Ce qui suffit à satisfaire son interlocuteur. Il se replongea dans son travail.

— Et vas-y sous forme holographique.

— Impossible.

Un autre père aurait sans doute demandé pourquoi. Ce n'était pas comme si le plafond de la durée d'holographie hebdomadaire autorisée – instaurée par les Cole afin de préserver, dans leurs sociétés dépendantes des technologies, « l'essence menacée de l'humanité » – était bas.

— Dans ce cas, prends l'immobiliseur REM, répondit David.

Kasey ne put s'empêcher d'admirer la manière de raisonner de son père, toujours constructive.

Quelques minutes plus tard, elle filait dans une conduite, direction la strate-22, le holster de l'arme prescrite sanglé à son flanc.

Ce n'était pas la première fois qu'elle se rendait dans les strates inférieures. Elle avait même été au-delà de la vingt-deuxième, avec Celia, qui affirmait mordicus que les étages les plus bas de la cité étaient plus « réels » que les autres, alors que, techniquement, à cet égard, ils étaient tous égaux. Tous avaient été construits à partir des mêmes matières premières avant d'être empilés pour former une seule et même ville, maintenue en suspension grâce à l'antigravité et protégée par un unique bouclier de filtration. S'il existait des disparités visibles entre les strates, elles découlaient de la manière dont chacune gérait ses résidents. Tandis que les habitants des niveaux supérieurs étaient incités à exploiter au maximum leurs quotas d'holographie afin d'alléger la charge pesant sur les infrastructures, ceux des strates inférieures optaient pour un style de vie… pour le moins différent. Une différence qui assaillit d'ailleurs Kasey à la seconde où elle posa le pied hors de la conduite.

Chaleur, puanteur, tumulte… Gémissements des tuyaux et ronflement des groupes électrogènes, robots-poubelles et robots-transporteurs travaillant plus que de raison pour subvenir aux besoins d'êtres humains qui, allant et venant, toussaient, éternuaient et produisaient toute une variété de bruits humanoïdes en remontant les couloirs qui reliaient les complexes de modules entre eux.

Affiché au-dessus de leur tête – conformément aux lois de responsabilisation individuelle dictées par le C2P –, le rang de ces éco-résidents était le seul élément virtuel de leur apparence. Pour le reste, ils se déplaçaient en chair et en os – comme Kasey en cet instant précis. À condition d'occulter le minuscule « 2 » qui flottait au-dessus de son crâne au milieu d'une nuée de nombres à quatre, voire cinq chiffres, elle se fondait parfaitement dans le décor. Elle aurait pourtant préféré ne pas avoir à le faire. Sans Celia, cet endroit lui était encore plus désagréable que dans ses souvenirs. Elle se contraignit à respirer par la bouche pour ne plus sentir les odeurs ambiantes et régla les effets visuels de son Intraface sur « monochrome ». Un monde en noir et blanc lui semblerait moins vrai et, par conséquent, moins oppressant.

La température étant la seule variable impossible à ajuster, Kasey dégoulinait déjà de sueur quand elle parvint à sa destination : GRAPHYC, un salon de chirurgie esthétique qui prenait en charge les opérations d'altération physique que les hospels médicaux jugeaient non essentielles. Persuadée que l'établissement ne devait pas avoir beaucoup de clientèle – puisqu'il était si facile de modifier soi-même son apparence holographique –, Kasey se détendit et descendit les marches qui s'enfonçaient entre deux des perrons de la rue pour conduire à la porte d'entrée. Son rang s'éteignit dès qu'elle poussa le battant et pénétra dans le domaine privé. Enfin un peu de répit, loin des membres de son espèce !

Ce fut là sa première erreur : avoir cru, ne serait-ce qu'un instant, qu'elle comprenait leur façon de fonctionner.

Comparé à l'extérieur, il faisait un froid de canard dans cette boutique ! Kasey en avait la chair de poule. Elle se mit à claquer des dents. Mais c'était peut-être aussi à cause du bourdonnement des machines, qui lui vrillait les tympans. L'éclairage au plafond était on ne peut plus cru, médical. L'espace – un sous-sol vaste, mais dénué de fenêtres – avait été compartimenté en une multitude de box. Dans l'un d'eux, un homme s'appliquait à retirer leurs dents à une rangée de patients endormis sur un tapis roulant. Médusée, Kasey fixait la scène avec de grands yeux lorsque l'arracheur de chicots releva la tête, l'obligeant à baisser la sienne. Elle se dépêcha d'avancer, non sans être témoin d'un certain nombre d'autres pratiques douteuses avant de trouver ce qu'elle cherchait : un employé désœuvré d'à peu près sa taille.

Comme on n'était jamais trop prudent en dehors du mode holo, lorsque Kasey s'approcha du tatoueur – qui arborait une chevelure orange hérissée de pics et un clou doré à chaque tempe –, sa main dériva d'elle-même vers son immobiliseur REM.

— Je suis une agente du C2P. On m'envoie perquisitionner le module 5. J'ai un mandat.

— Je suis à vous dans une nanoseconde, répondit l'autre.

Il était en train de nettoyer son instrument, qui lui glissa des mains quand la jeune fille lui mit son badge électronique sous le nez. Le fracas métallique qui s'ensuivit la fit tressaillir une première fois et le cri de l'employé, une deuxième.

— Jinx ! brailla-t-il.

— Quoi ?

Une fraction de seconde plus tard, une femme s'avança dans le box à grands pas. Elle portait une combinaison de travail fuchsia et avait les bras couverts de tatouages tout aussi colorés. Elle retira ses gants noirs d'un coup sec, ce qui moucheta de rouge le sol de ciment, puis les jeta dans la poubelle la plus proche.

— Quelqu'un est mort ou quoi, pour que tu hurles comme ça ?

— Jinx, répéta le tatoueur d'une voix inquiète.

— Par Joule, détends-toi ! rétorqua la femme.

C'est à ce moment-là qu'elle remarqua Kasey. Ses yeux se plissèrent, tout à coup suspicieux. Ceux du jeune homme restaient, eux, ronds comme des soucoupes. Chacun à sa manière voyait en l'intruse une figure d'autorité.

Elle avait donc tout intérêt à commencer à se comporter comme telle. Elle présenta à nouveau son badge, non sans se remettre à transpirer à grosses gouttes.

— Ceci est une perquisition. Merci de me conduire au module 5.

Il lui apparut soudain – un peu tard – que ses interlocuteurs n'avaient en réalité aucune idée de la véritable raison de sa présence. S'ils paraissaient se méfier d'elle, c'était peut-être parce que GRAPHYC ne respectait pas les réglementations ou parce que le module 5 leur servait à planquer leur stock de produits de contrebande. Mais ce n'était pas ce qui intéressait Kasey – pas aujourd'hui, pas quand la formule INTRAFACE LOCALISÉE demeurait marquée au fer rouge dans son esprit, annihilant toute autre pensée. Sans lui laisser le temps de leur fournir des explications, Jinx se tourna vers son subordonné.

— Tu vois ? dit-elle d'un ton plus calme. Elle n'est là que pour Act.

— Qui me fiche les jetons.

— Ne t'inquiète pas, va. Il n'a rien à se reprocher.

— Comment tu le sais ?

— Je le sais parce que c'est mon locataire, en plus d'être mon salarié.

— Bien sûr, rien que… Aïe ! s'écria le tatoueur quand Jinx lui attrapa l'oreille.

— Tout en haut de l'escalier du fond, c'est la première porte à droite, lança-t-elle alors sans pour autant se retourner vers Kasey.

L'intéressée aurait de toute manière suivi n'importe quelle instruction du moment qu'elle lui permettait de s'éloigner de ces deux-là. Elle gravit donc les marches indiquées jusqu'au dernier palier, où elle dut encore se faufiler à travers un bric-à-brac de gadgets obsolètes. Au milieu de ce bazar, elle trouva même, rempli de litière pour chats, un gros appareil cubique qui avait tout l'air de ce qu'on appelait une machine à laver, datant d'une époque – avant l'invention des éternifibres – où l'industrie de la mode était responsable à elle seule de 20 % des rejets d'eaux usées et où des qualificatifs accrocheurs tels que « éthique » ou « recyclé » alimentaient encore le consumérisme. *Quelle perte d'espace*, songea Kasey avant de se contorsionner pour contourner l'obstacle, puis d'atterrir en trébuchant – comme poussée par une main invisible – devant la porte qu'elle visait et qui la toisait de toute sa hauteur : le module 5, où avait été géolocalisée l'Intraface de Celia.

N'ayant plus aucune difficulté à surmonter pour toucher au but, les pensées de Kasey se calmèrent. Le palier se fit silencieux. En réalité, il l'était depuis le début. Le seul à faire du raffut, c'était le cœur de la jeune fille.

Comment se sentirait une adolescente normale, à quelques secondes de retrouver sa sœur ? Surexcitée, très probablement. Un peu nerveuse, sans doute, ce qui serait aussi acceptable. Mais pas transie par la peur. Or c'était chez Kasey la réaction physiologique dominante. Selon son biomoniteur, son taux d'adrénaline augmentait peu à peu. Elle aurait tout donné pour prendre ses jambes à son cou. Malgré tout, refrénant cette irrésistible envie, elle frappa et, n'obtenant aucune réponse, se servit de son badge pour passer outre le scan rétinien.

Possibilité. Probabilité. Ses chances étaient proches de zéro.

Elle poussa la porte.

Et relâcha l'expiration qu'elle retenait : pas de Celia en vue.

Kasey lança une analyse des lieux, en quête de traces de chaleur corporelle. Aucun résultat. Elle s'avança donc dans la pièce, curieuse de découvrir ce qui, chez cet individu nommé Act, pouvait bien « ficher les jetons » à son collègue. Évidemment, elle n'était sans doute pas la mieux placée pour en juger – ayant elle-même tendance à mettre les autres mal à l'aise. Seulement, en toute sincérité, depuis son arrivée dans la strate, elle n'avait encore rien vu de plus banal que ce module. Quadrangulaire, des murs peints en gris. Un bar à énergie, bien sûr. Pas de lit, mais ça n'avait rien d'inhabituel. Le caisson de stase – fixé à la verticale contre le mur du fond – pouvait très bien servir de couchette.

Une inspection plus poussée du périmètre conduisit l'indiscrète devant le bar à énergie. Ses placards ne cachaient rien de plus qu'une réserve de blocs de protéines en boîte, de cubes de vitamines et de fibres alimentaires en poudre. La jeune fille examina ensuite le caisson de stase. Un vieux modèle en piteux état, auquel il manquait de gros morceaux sur le côté droit.

Beaucoup de gros morceaux, à vrai dire, arrachés du flanc du cocon à intervalles relativement réguliers, comme pour y creuser une espèce d'échelle.

Non, le raisonnement était tiré par les cheveux – il émanait d'un esprit partial, familier des échelles et prêt à en détecter le motif. D'ailleurs, quelle échelle aurait mené à un plafond complètement nu ? Bonne question… Kasey leva les yeux. La surface était peinte du même gris que les murs. On n'y distinguait rien de particulier.

À l'exception d'une petite bosse. Une bulle de peinture. Ou une espèce de perle, fixée à l'aide d'une colle ou ancrée là, de la même façon que l'intruse restait ancrée sur le sol grâce à la gravité.

Bien sûr, imaginer qu'un dispositif d'antigravité puisse être à l'œuvre dans ce module de location des strates inférieures semblait encore plus farfelu que le fait de deviner une échelle dans la tranche d'un caisson de stase. La probabilité que ce soit vraiment le cas était si faible que c'en était ridicule.

N'empêche que Kasey n'était là que pour exclure le presque impossible.

Elle se positionna donc sous la petite bosse, ouvrit l'application de perquisition dans son Intraface et tapa NEUTRALISER TOUTES LES FORCES ACTIVES dans le système de commande manuelle du module.

Pendant une seconde, il ne se passa rien.

Puis la perle tomba.

Kasey la rattrapa dans le creux de ses mains, comme une goutte de pluie descendue des cieux. Le petit objet s'avérait toutefois bien moins poétique et naturel. Blanc et pas plus gros qu'une dent, il était lisse, son polissage industriel, et lorsque l'enquêtrice en herbe le retourna, elle découvrit sur sa face la plus étroite une rangée de numéros gravés au micro-laser.

Elle aurait pu les grossir à l'aide de son Intraface et les comparer à la séquence de quatorze chiffres qu'elle avait mémorisée, donnée aux autorités et entrée dans son propre logiciel de géolocalisation. Elle aurait pu, mais elle n'en fit rien. Elle savait, d'instinct, ce qu'était cet accessoire. À qui il avait appartenu. Et où il avait autrefois résidé : dans la nuque de sa propriétaire, à la base du crâne.

« Et si votre sœur ne voulait pas qu'on la retrouve ? »

Les doigts de Kasey lâchèrent le granule. Pourtant, elle ne le sentit pas lui échapper.

« Vous pensez que ça pourrait être un acte délibéré de sa part ? »

Pas plus qu'elle ne l'entendit rebondir sur le sol.

Tout à coup, un son venu de l'intérieur de sa tête retentit à ses oreilles. Un bip d'alerte, accompagné d'une ligne de texte, apparue en travers de son champ de vision *via* son Intraface :

CHALEUR CORPORELLE DÉTECTÉE

Derrière elle. Elle pivota tel un robot-caméra et pointa son immobiliseur REM sur l'intrus.

Il se tenait dans l'encadrement de la porte : un garçon. Son visage, une tâche floue aux yeux de Kasey, qui ne percevait plus que les nuances de couleurs. Le blanc de sa chemise aux manches relevées. Le gris de son tablier de travail aux poches renflées…

— Les mains en l'air !

La jeune fille s'était exprimée d'une voix trop dure, sa syntaxe était trop basique, mais, à son grand soulagement, le nouveau venu obéit. Il leva une main, puis l'autre. Aucun mouvement superflu, des gestes mesurés, précis.

Lentement, Kasey abaissa son arme… pour aussitôt ouvrir le feu. Quelque chose de pelucheux venait de lui frôler la cheville. Quel qu'il soit, le coupable avait pourtant disparu le temps que la jeune fille fasse volte-face. Un chat, sans doute, qui s'était empressé de déguerpir. Le garçon, au contraire, restait planté sur place. Paralysé par la peur ? Kasey n'en avait aucune idée. Elle distinguait ses yeux – noirs, comme ses cheveux soigneusement coiffés d'une raie sur le côté gauche –, mais ne parvenait pas à déchiffrer son expression à travers la fumée qui s'élevait de la trace de brûlé laissée sur le sol.

Dis quelque chose. Excuse-toi. « JE NE VOUS VEUX AUCUN MAL », suggéra DUTACOTAC. La jeune fille n'avait pas remarqué que le logiciel était ouvert. Elle le ferma aussi sec. Elle détestait énoncer des évidences. De toute manière, aussi insensible que ça puisse paraître, vu la pagaille qui régnait dans ses émotions, ménager celles de cet inconnu lui importait peu. Elle désigna d'un geste du menton la perle blanche tombée par terre.

— Dis-moi où tu te l'es procurée.

— Qu'est-ce qui m'y oblige ?

Une réponse calme, mais assurée. Il n'était pas intimidé le moins du monde. *« Qu'est-ce qui m'y oblige ? »* La question sonnait comme un défi, à la fois froid et logique. Kasey se surprit à être d'accord avec son interlocuteur. Qu'est-ce qui l'obligeait à obtempérer, en effet ? Qu'est-ce qui donnait à la jeune fille le droit d'exiger quoi que ce soit de lui ?

— Le fait que tu aies affaire à une agente du C2P. (Pour ce qui était de ne pas énoncer d'évidence, c'était raté. Kasey reprit sa respiration.) Et le fait que ce dispositif, ajouta-t-elle avec un nouveau geste de la tête vers la bille au sol, appartienne à une personne recherchée.

Rien que de le dire à voix haute rendait la situation plus réelle. Cette minuscule graine sur le sol, c'était l'Intraface de Celia. La cadette des Mizuhara sentit ses jambes se dérober sous elle. Que faisait cet appareil ici, chez ce garçon ? Elle leva à nouveau son immobiliseur REM, observant l'inconnu à travers le viseur.

— Je peux ? finit-il par demander, imperturbable.

Face à l'absence d'objection de Kasey, il s'accroupit, ramassa l'objet du délit, puis se redressa, non sans une certaine grâce. Il tendit ensuite son poing fermé et l'adolescente fut forcée, à contrecœur, d'ôter une de ses mains de son arme. L'Intraface lui tomba dans la paume. Elle l'approcha aussitôt de son regard, pour agrandir la suite de chiffres inscrite dessus.

1930-123193-2315 : l'identifiant de sa sœur. Par précaution, elle décala l'Intraface devant son œil droit. Un anneau vert apparut dans son champ de vision.

IDENTIFICATION EN COURS…
IDENTIFICATION EN COURS…
RÉSULTATS : Intraface (version 4.5) de 18,2/23 g

18,2 grammes sur 23 au total. Le regard de Kasey fusa droit vers le garçon.

— Où est le reste ?

Sans demander la permission, cette fois, son interlocuteur se dirigea vers le bar à énergie, d'où il revint avec une boîte de conserve.

— Elle a exigé que je la détruise, après l'avoir extraite.

« Exigé. » La jeune fille se concentra sur ce terme – qui supposait l'idée de consentement – dans l'espoir de surmonter son soudain vertige. *« Extraite. »* Les chairs et la peau incisées. Par cet inconnu. Qu'avait dit Jinx, déjà, sur lui ? *« Mon locataire, en plus d'être mon salarié. »* Kasey le détailla à nouveau de la tête aux pieds. Seize ans, comme elle, peut-être un peu plus vieux… Avec ses traits géométriques et son visage fin, difficile de lui donner un âge exact. Deux certitudes demeuraient, cependant : il était plus jeune que la plupart des employés aperçus au rez-de-chaussée et son sens de la précision semblait correspondre à sa profession.

Mais qui il était ne changeait rien à ce qu'il avait fait. La gorge remplie de bile, Kasey regarda au fond de la boîte de conserve qu'il lui avait remise. S'y trouvait un petit tas de poudre blanche, de la taille d'un ongle.

RÉSULTATS : Intraface (version 4.5) de 4,8/23 g

— Quand ? demanda-t-elle, recroquevillant les orteils comme si elle espérait agripper le sol avec.

— Une semaine avant son départ.

En plein dans la dernière période de désintoxication technologique de Celia, donc. L'aînée des Mizuhara avait pris pour habitude d'éteindre son Intraface de temps à autre, histoire d'obliger ses concitoyens à interagir avec elle en personne. Kasey n'avait jamais prêté grande attention à cette lubie.

— Et tu as fait ce qu'elle te demandait ?

Sa propre voix lui semblait trop aiguë, trop accusatrice aussi. Comme si elle reprochait à son interlocuteur d'avoir tué sa sœur, alors même qu'il devenait de plus en plus clair que Celia, au cours de ses derniers jours, était venue dans ce salon de chirurgie esthétique de son plein gré, qu'elle avait requis cette intervention… et demandé que ce soit ce garçon qui la réalise, qui plus est.

Deuxième erreur de la part de Kasey : avoir pensé que son aînée se confierait à elle, plutôt que de s'en remettre à un inconnu – en admettant qu'il ait vraiment été un inconnu, bien sûr.

— Évidemment. Comme avec tous mes clients, répondit-il d'un ton posé. Seulement, à mes yeux, elle était plus que ça. (Il y avait dans son expression une vivacité, une palette d'émotions que Kasey avait déjà vues quelque part, quoiqu'elle ne parvienne pas à les nommer.) C'est pour ça que j'ai gardé les vestiges de son Intraface.

Il reprit le contenant des mains de la sœur de Celia, qui le laissa faire, incapable de l'arrêter.

— Même avant d'apprendre qu'elle avait disparu, j'avais déjà prévu de la rafistoler. Je voulais comprendre ce qui s'était passé pour qu'elle en vienne à penser qu'elle n'avait plus d'autre solution que cette opération. Après tout, il n'y a en général que deux types d'individus qui cherchent à se débarrasser de leur Intraface.

— Lesquels ? s'entendit demander Kasey.

— Les criminels ou les victimes.

« Les criminels. » Ce simple mot suffit à tirer l'enquêtrice en herbe de sa transe.

— Tu penses qu'elle tombait dans quelle catégorie ?

— Celia n'aurait jamais pu commettre un crime, répondit l'autre en lui jetant un coup d'œil pénétrant. La seule chose qu'on aurait pu lui reprocher, c'était au contraire d'avoir un trop grand cœur.

Le doute n'était plus permis : il n'avait rien d'un inconnu. À l'évidence, il avait côtoyé Celia, et de près. Ce qui transparaissait dans ses yeux – cette ivresse, cette détermination dévorante –, Kasey l'avait déjà décelé dans le regard de gens tels que Tristan/Dimitri, des gens qui avaient tellement aimé sa sœur qu'ils étaient incapables d'aller de l'avant. Qui opposaient à la pression du deuil une force inverse, d'égale intensité. Chez qui rien ne clochait, en somme.

Tout l'inverse de Kasey. La bouche sèche, elle contempla à nouveau la poudre au fond de la boîte de conserve.

Un grain égaré et l'Intraface de Celia ne se rallumerait jamais. Le locataire du module 5 avait dû mettre des mois à en récupérer la moindre miette et, pendant ce temps, qu'avait fait Kasey ? Non seulement elle s'était appliquée à esquiver les reporters, mais elle avait accepté la tragédie et donné une fête.

Aux yeux du monde, elle faisait finalement plus figure de clown que de fantôme.

Elle rengaina l'immobiliseur REM et fit face au garçon qui avait répondu à toutes ses questions. Une telle coopération méritait au moins une explication.

— Je m'appelle Kasey, dit-elle comme si ce prénom à lui seul signifiait quoi que ce soit pour quiconque. Mizuhara.

Elle n'aurait su dire à quand remontait la dernière fois qu'elle s'était présentée sous son nom complet. À l'extérieur, elle ne pouvait plus le faire sans tomber dans la seconde sur un robot-mouchard et révéler son emplacement aux journalistes. Mais ici, dans le domaine privé, elle était en sécurité. Physiquement, en tout cas.

Parce que, mentalement, elle se sentait encore plus hors de son élément que lors de sa soirée. Pour faire bonne mesure, elle ajouta :

— La petite sœur de Celia.

— Je sais qui tu es, répondit son interlocuteur au même moment.

D'abord stupéfaite, Kasey ne tarda pas à se remettre. Après tout, l'unique réponse qu'elle avait faite à la presse sur la disparition de sa sœur avait fait le tour des réseaux sociaux.

Cependant, si le locataire du module 5 condamnait la froideur avec laquelle elle avait évoqué la mort de son aînée, il n'en laissait rien paraître.

— Reviens me voir quand l'Intraface sera prête.

Justement, celle de l'agente du C2P émit bientôt un tintement : elle venait de recevoir une demande de contact.

ACTINIUM
Rang : 0

Une jeune fille ordinaire se serait sentie reconnaissante. Il avait connu Celia. Il comprendrait Kasey.

Mais envisager qu'on puisse réellement la comprendre aurait été sa troisième erreur.

Elle quitta donc la pièce sans un mot, laissant dans son dos Actinium, l'Intraface de sa sœur et la porte ouverte. N'emportant avec elle que le poids qui lui écrasait la poitrine.

La porte se referme d'un seul coup derrière moi et je m'avance au cœur de la tempête qui souffle au-delà du porche.

J'en ai eu des idées désastreuses, mais celle-ci alors, c'est la meilleure ! À chaque pas supplémentaire sous la pluie battante, je me demande si je ne ferais pas mieux d'attendre. Demain, le ciel sera dégagé.

Le problème, c'est que, dès que cette réflexion me vient, la foudre frappe à nouveau, illumine le corps inanimé sur la plage, et que je me rappelle qu'il s'agit là d'un être humain. Bon, sans doute déjà mort, mais si, par le plus grand des hasards, ce n'était pas encore le cas, impossible pour moi de laisser cet individu à la merci des éléments. Résultat, je persévère à travers le déluge, cap sur le rivage, jusqu'à ce que – au bout de ce qui me semble une éternité – j'atteigne enfin mon but.

Un garçon… et pas désagréable à regarder, en plus ! me dis-je lorsque craquent l'éclair et le coup de tonnerre suivants – si tant est qu'on ignore (ou prenne en compte) sa totale nudité.

Oui, eh bien, on se rincera l'œil plus tard. Je suis en train de réfléchir à comment je vais bien pouvoir le transporter à la maison, quand une vague s'abat dans mon dos et manque de m'envoyer au tapis. Merde, que c'est froid ! De nouveaux rouleaux menacent – je les entends qui s'approchent en rugissant – et, alors que je suis déjà trempée, voilà que je commence à inhaler de l'eau de pluie.

Il est temps de se tirer d'ici.

Après avoir attrapé mon chargement par les aisselles, je me mets à le traîner tant bien que mal. Mais sa peau glisse sous mes doigts, me compliquant la tâche. Le sable, quant à lui, s'est transformé en bourbier et je me retrouve par deux fois à un cheveu de m'étaler de tout mon long.

Or, comme le veut l'adage, jamais deux sans trois !

Je finis par tomber à la renverse, emportant dans ma chute l'inconnu nu comme un ver, qui atterrit sur moi. La situation pourrait être comique s'il ne pesait pas autant qu'Hubert. Non sans une exclamation gutturale, je réussis à me dégager à moitié. L'effort me laisse toutefois pantelante, si bien que je reste un instant couchée sur place, à m'échiner à reprendre mon souffle sous un ciel décidé à me noyer.

C'est à ce moment-là que l'autre moitié du corps du naufragé se soulève.

Il s'est réveillé.

Après tout, je ne vois pas d'autre explication. Un éclair. Le ressuscité a les cheveux dans les yeux : impossible de voir s'ils sont ouverts ou non. L'obscurité, à nouveau. Désormais penché sur moi, au moins, il ne m'écrase plus. Indéniable amélioration, même si je suis toujours coincée sous lui. Sous cet être humain.

La pluie émettant une infime lueur satinée partout où elle tombe, elle donne l'illusion de s'évaporer de la peau de cet inconnu, alors qu'en réalité, elle lui ruisselle des cheveux et du visage pour couler sur le mien. Je cligne frénétiquement des paupières pour en chasser l'eau. Mon cerveau me semble plus imbibé de liquide qu'une éponge. Que faire ? Que dire ?

— Pardon, mais... (À l'arrière de mes pensées, une espèce de déclic : c'est la première fois en trois ans que je m'adresse à un autre être humain. Un instant à marquer d'une pierre blanche, bien que l'orage semble n'en avoir rien à cirer.) Ça te dérangerait de te pou...

Mais ma question me meurt sur les lèvres, ma gorge soudain tenaillée et écrasée par mon congénère.

Que... Pourquoi ? Mes yeux me brûlent. Mon crâne se met à enfler. *Ce n'est qu'un cauchemar. Rien qu'un cauchemar.* Hélas, si j'ai bien appris une chose depuis mon arrivée sur cette île, c'est que ce n'est jamais qu'un cauchemar. Croire le contraire ne sert à rien, à part à finir par crever de faim, de soif ou – dans ce cas précis – étranglée par le premier venu sur une plage.

Je me débats, je lui agrippe les mains. Il a une poigne de fer. Je lui envoie un coup de genou entre les jambes. Il ne tressaille même pas. Peut-être que ce n'est pas un être humain, en fin de compte.

Ma langue me donne l'impression d'être un morceau de viande dans ma bouche. Ma poitrine, un bloc de plomb. Un éclair, un fracas fantôme. L'obscurité, à nouveau, un vide intersidéral.

Puis, tout à coup, une lumière bleue. Une pièce, faiblement éclairée, comme perdue dans la brume d'un rêve. Un homme en costume blanc. Un cercueil. Ma voix – *Je ne la laisserai pas me suivre* – telle une pensée. Je me vois, dissociée de moi-même. Je tends le bras pour toucher cet autre moi. Mais, sous mes doigts, je ne sens rien. Serais-je… morte ?

Retrouve-moi, Cee.

Non, impossible que je sois morte : je n'entendrais pas Kay me parler. À son appel, les sensations renaissent dans mes membres et mon épiderme – juste à temps pour me permettre de sentir la prise de mon agresseur se desserrer. Ses mains se détachent de ma gorge. Son corps s'écroule contre le mien.

— Pas du tout d'accord, lance Nou-2 du timbre plat sur lequel je peux toujours compter.

Tel un concert d'applaudissements, la pluie noie ensuite tout le reste. Elle me lynche et me matraque, sans retenue maintenant que mon assaillant ne fait plus écran. Mes hoquets se transforment en gargouillis et je suffoque à nouveau – étouffée, cette fois, par un mélange d'air et de salive. Je me contrains pourtant à reprendre mon souffle, puis je m'arrache enfin du sol pour rouler sur le côté avant de me hisser sur les coudes. Relevant la tête, j'aperçois, à travers les trombes d'eau, le scintillement de la carcasse métallique de Nou-2.

Elle s'est immobilisée à côté de mon agresseur, qui repose désormais face contre terre dans le sable. Je ne sais pas ce qu'elle lui a fait – ça peut décocher des coups de boule, les robots ? –, mais plus efficace, tu meurs : il est dans les vapes et je n'ai pas péri asphyxiée.

— Merci, ma belle, dis-je sans reconnaître ma voix éraillée. Je te dois une fière chandelle.

— D'accord.

On se tourne toutes les deux vers l'inconnu évanoui.

— Bon, et maintenant, qu'est-ce qu'on fait de lui ?

8

— Alors ? Comment ça s'est passé ?

Par où commencer, au juste ? Par l'Intraface de sa sœur ou par celui qui en a pratiqué l'extraction ?

— Ta fête ? clarifia Meridian.

Kasey chassa de son esprit ses pensées parasites. Sa fête, bien sûr. Quoi d'autre ?

Elle referma la porte du casier où elle gardait ses affaires de sport. À présent qu'il était le seul de la rangée à avoir été repeint, il ressortait encore plus que quand un énorme « CONNASSE » s'y étalait, inscrit à la bombe. Elle se rappelait surtout avoir pensé qu'il était quand même incroyable que certains individus possèdent encore des aérosols. Mais il en aurait fallu davantage pour émouvoir Meridian.

— Qui a fait ça ? avait-elle exigé de savoir.

Sa façon de crier au scandale avait mis Kasey plus mal à l'aise que l'acte de vandalisme lui-même. Même si, évidemment, elle n'en avait rien dit. Il y avait beaucoup de sujets qu'elle n'abordait pas avec sa camarade, histoire d'éviter qu'ils ne fassent boule de neige (à l'image de la soirée chez elle, par exemple, concoctée par Meridian comme un pied de nez à ses détracteurs).

— C'était sympa, répondit enfin Kasey. Pas mal de monde.

Tandis qu'elles parlaient, d'autres filles venaient de pénétrer dans le vestiaire, saturant l'atmosphère d'un mélange de chlore et de bavardages qui conféra aussitôt à Kasey une étrange impression de déjà-vu. Sans ce cours de natation – le moyen le plus simple de s'acquitter des séances d'exercice physique requises par son biomoniteur –, elle serait venue en classe sous forme d'hologramme. Son passage par la strate-22, la veille, l'avait épuisée. Elle avait mal dormi et son premier réflexe en se réveillant avait été de relever ses messages dans son Intraface. Aucune nouvelle d'Actinium. Soulagement instantané. Non pas qu'elle ne veuille pas de réponses, mais l'idée de farfouiller dans les souvenirs de Celia la rendait un peu nauséeuse. Et en cet instant, la moiteur qui régnait dans le vestiaire n'arrangeait rien.

— C'est tout ? Tu n'as rien d'autre à me raconter ? se plaignit Meridian en lui emboîtant le pas.

La cadette des Mizuhara se dirigeait vers la sortie, quand elle faillit emboutir une fille au visage familier. Impression de déjà-vu, le retour.

— Ça alors ! Salut !

Si, dans la réalité, Yvonne avait les cheveux blonds et pas bleus, Kasey, elle, gardait malheureusement la même apparence que lorsqu'elle s'holographiait. De plus, conformément au règlement des établissements scolaires, son nom et son rang étaient affichés au-dessus de sa tête, et – manque de pot – elle se trouvait en compagnie de la seule et unique MERIDIAN LAN, rang 18 154. Un tableau dont la discordance ne demandait qu'à se faire remarquer.

Face au petit sourire en coin d'Yvonne, Kasey retint sa respiration.

— Sans mentir, je vois presque la ressemblance entre vous deux, dit la fille à la chevelure dorée avant de leur adresser un geste de la main. Allez, à plus !

Sur ce, elle les dépassa et Kasey put se détendre, contente qu'Yvonne s'en soit tenue à ce simple commentaire. Meridian – c'était compréhensible – se montra plus choquée.

— Euh… C'était un peu raciste, ça, non ?

Pour être honnête, il fallait reconnaître que les profils géogénétiques des deux camarades ne différaient que de 7 %. Si les multiples identités culturelles de la planète continuaient de se transmettre de génération en génération au sein des familles, la fonte de l'Arctique avait irrévocablement remodelé les sociétés humaines. Sous l'effet de la hausse du niveau des océans, les continents avaient rétréci au point de ne plus former que des territoires, que beaucoup d'habitants des divers pays du monde cherchaient désormais à quitter en émigrant vers l'une des éco-cités – en général, la plus proche de leur implantation géographique.

Malgré tout, Kasey ne se voyait pas défendre Yvonne. Elle ne pouvait que feindre de souscrire à la réaction de Meridian.

— Non mais regarde-la qui se pavane alors qu'elle vient à peine d'emménager, marmonna celle-ci.

Kasey s'exécuta. Elle se retourna, juste avant de franchir la porte du vestiaire, pour jeter un coup d'œil aux informations projetées au-dessus d'Yvonne, qu'elle n'avait pas pensé à lire plus tôt.

Ceux qu'il nous faut retrouver

YVONNE YORKWELL
Rang : 67 007

Ce ne fut pas le nombre – pourtant élevé – qui interpella Kasey, mais le nom de famille. Elle l'avait déjà aperçu quelque part. Où ? Ça, en revanche, elle n'en avait pas la moindre idée…

— J'ai entendu dire que ses parents avaient postulé pour l'éco-cité numéro sept, mais que leur candidature avait été rejetée, commenta Meridian.

La sonnerie retentit à ce moment-là et les portes des salles de classe se mirent à s'ouvrir les unes après les autres, déversant dans les couloirs leurs flots d'élèves affamés. Les deux amies se mêlèrent à la foule des lycéens en chair et en os qui s'orientaient vers la cafétéria.

— C'est à se demander comment ils ont pu être admis dans la nôtre, poursuivit Meridian d'un air revêche. (Elles récupérèrent leurs cubes de protéines et attendaient leurs perches à perfusion nutritionnelle quand la jeune ronchonne reprit la parole.) Je te parie qu'en fait, ce sont des chlorocamés… Quoi ?

D'un geste, Kasey venait de la supplier de baisser d'un ton.

— On dit des photoadeptes, je te rappelle.

C'était en effet le terme approprié et respectueux pour désigner ceux qui avaient opté pour l'altération génétique afin d'être capables de photosynthétiser leur propre glucose uniquement à partir d'eau et de carbone, un procédé deux fois plus efficace que l'absorption de nutriments par intraveineuse.

— Ce n'est pas le problème, grommela Meridian tandis que les robots-infirmiers leur inséraient le cathéter dans le bras. C'est injuste, c'est tout. Mes mamans ont passé la nuit à essayer de calmer ma tante Ling. Et avant que tu ne poses la question : oui, candidature reportée, encore une fois. Je n'en reviens pas.

De l'avis de Kasey, c'était logique, au contraire. Les cousins de Meridian, qui vivaient sur le Territoire 4, avaient passé le plus clair de l'année écoulée à tenter d'émigrer vers les éco-cités, mais leurs efforts se voyaient sans cesse ruinés par l'héritage d'un de leurs arrière-arrière-grands-pères, qui avait fait carrière dans l'industrie des pesticides. Ils avaient beau limiter leurs émissions carbone au strict minimum, le tort causé à leur rang était irréversible. Enfin, presque. Recourir à la photosynthèse était un moyen parmi d'autres de diviser son rang par dix en l'espace d'une génération. C'était la solution qu'aurait privilégiée Kasey : à la place de ces candidats recalés, elle n'aurait pas hésité à s'OGMiser. Mais une opinion pareille, comme la plupart de celles qui peuplaient ses pensées, serait sans doute considérée comme offensante et indélicate. Résultat, elle préférait la taire.

— Je suis désolée, se contenta-t-elle de répondre.

Des paroles creuses.

— T'inquiète. Ce n'est pas comme si tu pouvais y changer quoi que ce soit, pas vrai ? conclut Meridian.

Elles poussèrent leurs perches à perfusion vers la cour de la cafétéria, un lieu de plein air dans la mesure où il donnait directement sur la strate supérieure. Le dessous de cette strate, qu'on appelait aussi plafond de voûte, était ce jour-là parcouru de nuages qui projetaient sur les tables une simulation de lumière grise. Kasey cherchait du regard deux sièges libres quand un cri retentit.

— Meridian ! Par ici !

Assis à une table de cinq, un garçon leur faisait signe de la main.

— Sérieux ? lança l'intéressée en guidant sa perche vers le petit groupe. Ne me dis pas que tu recommences à sécher !

— Pas du tout ! Mirasol a laissé sortir ceux qui finissaient avant la sonnerie, s'offusqua Sid, celui qui les avait interpellées.

Son interlocutrice semblait plus que dubitative.

— C'est ça, oui… Et tu as fini presque une heure en avance ? Tu as pris le temps de te relire, au moins ?

L'une des lycéennes présentes à la table eut un petit gloussement moqueur.

— À ton avis ?

— Ce n'est pas ma faute si je suis un génie, fit Sid pour sa défense.

Meridian leva les yeux au ciel, avant de se tourner vers Kasey.

— Ça te va si on se pose là ?

La cadette des Mizuhara eut beau s'empresser de hocher la tête (seule réaction socialement acceptable, à sa connaissance), elle se mit sans tarder en quête d'une excuse pour mettre les voiles. C'était compter sans Sid, qui, sans lui laisser le choix, tapotait déjà la chaise voisine de la sienne.

— Yo, Kasey, dit-il dès qu'elle se fut assise. Comment ça va, ces temps-ci ? Rien de trop glauque à déclarer, j'espère ! (Meridian le fusilla du regard.) C'est bon, c'est bon, je rigole…

— Tout va bien, merci, répondit l'intéressée.

Dans le même élan, elle salua d'un signe du menton ses autres compagnons de tablée. Deux visages connus et deux nouveaux, tous membres du club de science dont elle avait fait partie. Sans le labo pour les réunir, ses anciens partenaires et elle n'étaient pas restés en contact. Après son expulsion, seule Meridian avait continué à s'asseoir avec elle à l'heure du déjeuner, prenant soin de faire le plus de bruit possible lorsqu'elle posait son plateau à côté de Kasey, comme pour montrer qu'en dépit de la controverse, elle avait choisi son camp. Elle n'aurait vraiment pas dû se donner tant de mal. Kasey se portait très bien toute seule. N'empêche que, d'une manière ou d'une autre, Celia avait fini par avoir vent de cette histoire – la cadette l'entendait encore lui demander de lui parler de sa nouvelle amie –, et la plus jeune des deux sœurs s'était efforcée de se rappeler qu'avoir quelqu'un avec qui manger le midi était un avantage, pas un inconvénient.

En effet, l'étendue du cercle social d'un individu donné influait directement sur la durée de sa vie. Malgré tout, Kasey ne pouvait s'empêcher de se réjouir que la conversation autour de la table se poursuive comme si elle n'était pas là – passant des critiques envers les profs à la préparation de la prochaine compétition du club de sciences. Tant pis si, en termes statistiques, ce détachement faisait d'elle une donnée aberrante par rapport à la norme représentée par les autres lycéens. Très vite, Meridian en vint à leur annoncer le nouveau report imposé à ses cousins par les services d'immigration. Un concert de huées s'éleva parmi son auditoire.

— Qui je dois tuer pour que leur dossier soit enfin accepté ? s'écria Sid, ce qui lui valut d'abord une taloche à l'arrière du crâne, puis un sourire presque gêné de la part de Meridian.

Les gens avaient tendance à réagir de manière excessive simplement pour manifester leur empathie, remarqua Kasey. Ou leur émoi en général. Ils éclataient en sanglots, riaient à gorge déployée ou bien juraient de se venger de ceux qui leur avaient porté préjudice. S'accomplir dans l'autodestruction, remuer ciel et terre en quête de l'inexistant, nourrir autant d'espoirs que de peurs…

Un tintement vint perturber le fil des pensées de la jeune fille.

Boîte de réception : (1) nouveau message

Bref, voilà en quoi consistait l'expérience de la vie humaine, cette mascarade aussi misérable qu'inéluctable, à laquelle Kasey n'avait pas spécialement envie de prendre part, mais qui l'aspira malgré tout dès qu'elle ouvrit le message reçu.

Envoyé par Actinium, il se composait d'un mot unique, sans ponctuation :

prête

Non, aurait voulu répondre Kasey. *Pas du tout.* Sauf qu'il ne s'agissait pas d'une question adressée à elle. C'était l'Intraface de Celia qui était fin prête.

— Et tout à l'heure, n'oubliez pas : rendez-vous à la manif ! Oh, merde ! (L'exclamation de Sid arracha Kasey à ses réflexions. Elle releva la tête, sa vision aussi trouble que si elle venait d'achever un 200 mètres brasse.) J'avais zappé qu'on avait une agente du C2P avec nous.

— Raison de plus pour te calmer, fit Meridian avant de se tourner vers sa camarade. Linscott Horn est censé s'exprimer, aujourd'hui, strate-25.

— Après les cours, ajouta l'une des lycéennes. On va y aller avec des pancartes et tout le tralala.

Sid, qui mâchonnait son cube de protéines à grand bruit, faillit s'étrangler avec.

— Non mais vous êtes du siècle dernier ou quoi ? Le piratage, il n'y a que ça de vrai ! grommela-t-il sans attendre d'avoir avalé sa bouchée. On va désactiver le rang de tout le monde. D'ailleurs, l'aide d'une pro ne serait pas de refus.

Il adressa un clin d'œil à Kasey.

— Sid, intervint Meridian sur le ton de la mise en garde. Ça suffit.

— Ça va, je déconne.

— Oui, eh bien, ce n'est pas drôle, la coupa l'autre sans laisser à Kasey le temps de lui signaler qu'elle ne l'avait pas mal pris.

Un silence gêné tomba sur le groupe. Personne n'osait les évoquer, mais tous pensaient aux sanctions défendant à Kasey de participer à des activités scientifiques – c'était obligé. Le piratage était une pratique strictement interdite. Ce principe valait pour tous les citoyens, mais encore plus pour Kasey. Les préréglages de son Intraface – de la même manière que ceux de son biomoniteur – veillaient à ce qu'elle s'y conforme. Si elle y dérogeait, ne serait-ce que d'un cheveu, le C2P en serait averti.

— Désolée, je ne peux pas, finit-elle par dire avant de déconnecter la perfusion de son bras et de rabaisser la manche de son blazer. J'ai déjà des trucs de prévus.

— Tu vois ? renchérit Sid en décochant un petit coup de coude à sa détractrice. Elle est très demandée.

La tension s'étant dissipée, les conversations reprirent. Meridian croisa le regard de la cadette des Mizuhara et articula un « merci » muet. Dans l'esprit de sa camarade, Kasey avait délibérément menti pour éviter que les autres se disputent à son sujet.

Si seulement c'était vrai.

• • •

Le véritable mensonge était le suivant : elle n'avait rien de prévu… après les cours. Pendant, en revanche, c'était une autre histoire.

Elle quitta l'établissement en plein milieu de son heure d'étude, pour attraper la première capsule qui descendait dans une des conduites menant aux strates inférieures. Aucun de ses camarades de classe ne remarquerait son absence. Ses profs, peut-être, mais ce ne serait que son premier avertissement. Si elle pouvait survivre à cette épreuve-ci, se dit-elle en se frayant un chemin au milieu de la cohue de la strate-22, ce n'était certainement pas finir en retenue qui allait la tuer.

— Ça ne va pas recommencer ! se lamenta le tatoueur aux cheveux orange quand elle fit irruption dans les locaux de GRAPHYC pour foncer droit vers les escaliers du fond.

La porte en haut des marches était entrebâillée. Kasey la poussa sans même prendre la peine de frapper.

Le module ? Vide. Elle leva les yeux et découvrit Actinium, la tête en bas, assis sur le plafond devant une table basse où reposaient deux appareils : un projecteur holographique et un dispositif plus modeste, qui émettait un embrouillamini de rayons laser au centre duquel, suspendue comme un moucheron, se devinait la minuscule graine blanche.

L'Intraface de Celia, exposée au monde. Les cheveux de Kasey se hérissèrent sur sa nuque et elle devint soudain beaucoup trop consciente de son apparence. Transpirante et patraque, elle manquait terriblement de contenance.

Tout le contraire d'Actinium, en somme.

— Tu es en avance.

Sa voix se propagea dans l'espace tel un gaz radioactif. Lorsqu'il se leva, la petite table s'escamota, puis il rallia en quelques enjambées le sommet du caisson de stase – ou sa base, de son point de vue à lui – avant de commencer à en gravir les échelons de fortune. La force gravitationnelle à laquelle il était soumis s'inversa dès qu'il arriva à mi-chemin du sol, si bien qu'il se retrouva à se balancer dans le vide. Il n'eut plus qu'à lâcher prise pour atterrir sur ses pieds.

Pour atteindre une perfection pareille dans l'exécution, il avait dû souvent pratiquer cet enchaînement de mouvements. Il avait touché terre sans le moindre bruit. Malgré tout, l'impact avait suffi à faire vibrer les semelles de Kasey, qui avait reculé d'un pas.

— C'est toi qui m'as envoyé un message.

— Tu étais censée être en cours, répondit Actinium d'un ton neutre.

La jeune fille croisa les bras. Elle renvoyait peut-être l'image d'une élève studieuse, mais le lycée ne l'intéressait pas plus que la compagnie d'autrui et, de toute manière, elle ne voyait pas en quoi son assiduité scolaire le regardait.

— Il reste combien de temps ? demanda-t-elle, piquée au vif.

— Encore dix minutes.

C'était dix de trop. Le module ne semblait tout à coup plus assez grand pour les accueillir tous les deux.

— J'attendrai…

Mais Kasey dut laisser sa phrase inachevée : Actinium s'était dirigé vers le bar à énergie et avait ouvert un placard pour en sortir une boîte étiquetée « THÉ » et deux mugs en verre.

J'attendrai dehors, termina la lycéenne pour elle-même.

Lorsque son hôte actionna le robinet afin de remplir les tasses d'eau bouillante, elle en profita pour l'examiner, recherchant chez lui les caractéristiques qui auraient pu plaire à Celia. Une haute stature ? Actinium n'était clairement pas court sur pattes. Des yeux sombres sous des cheveux noirs ? Là encore, il cochait toutes les cases. Un rapport taille-épaules avantageux ? Sur ce point, Kasey marqua une pause. Si le garçon lui avait semblé plutôt costaud la veille, à travers le viseur de son immobiliseur REM, elle se rendait compte à présent que c'était surtout dû à sa posture. En y regardant de plus près, il n'avait pas une carrure si impressionnante que ça, conclut-elle quand il se retourna pour lui tendre l'un des mugs avant de s'appuyer contre le bar, le sien en main.

Le silence entre eux ressemblait à une respiration en suspens. Il était porteur d'un nom que ni l'un ni l'autre ne prononçait. Aussi paradoxal que ça puisse paraître, la lycéenne en fut très vite persuadée : la pièce, trop petite pour deux, était en réalité faite pour trois. L'espace avait besoin de Celia. Elle – Kasey – avait besoin de Celia, tout comme elle avait désespérément besoin de conseils sur quoi dire, au juste, au garçon face à elle. Ce qu'ils partageaient était, en théorie, assez solide pour supporter tout potentiel faux pas de sa part, et pourtant… elle était terrifiée. Terrorisée à l'idée de révéler que la mort l'ébranlait moins que les autres. Qu'elle ne comprenait pas aussi bien qu'eux. Qu'elle ne se sentait pas aussi investie qu'Actinium dans cette affaire.

Elle souffla sur son thé. Il ne refroidit pas plus vite pour autant. Les principes de la thermodynamique ne se plieraient pas à sa volonté. Le monde – comme à son habitude – ne dépendait pas d'elle pour tourner. Se le rappeler lui donna enfin le courage d'ouvrir la bouche.

— Tu la connaissais depuis combien de temps ?

— Tu as des questions ? demanda Actinium au même moment.

Malaise absolu.

— C'était ça, ma question, reprit-elle.

Mais il n'y répondit pas. Résultat, Kasey, qui était normalement celle dont les longs silences décontenançaient les autres, se retrouva en terre inconnue.

— J'ai essayé d'en savoir un peu plus sur ton compte, dit-elle avant de se mordre la langue.

Elle se serait donné des baffes…

— Et ?

Et elle n'avait rien déniché du tout. Empêchée de recourir au piratage, elle se trouvait aussi limitée que n'importe qui dans ses recherches en ligne.

— Tu n'es pas du genre à étaler ta vie privée sur les réseaux sociaux, répondit-elle (même s'il fallait vraiment qu'elle arrête de débiter des évidences). Je n'ai pas l'intention de fouiner (c'était déjà fait), mais je voulais juste savoir…

Combien de temps cette relation m'a-t-elle échappé ?

Actinium se perdit dans la contemplation du fond de sa tasse, ce qui rendit son expression impossible à déchiffrer.

— Des années.

Kasey ne s'en était pas doutée un seul instant. Elle porta le mug à ses lèvres, sa honte aussi brûlante que l'infusion. Demander comment ils s'étaient rencontrés – demander quoi que ce soit en lien avec leur histoire – lui semblait trop indiscret. *Quoi d'autre ? Quoi d'autre ?* Elle tira sur le revers de sa veste et une idée lui vint enfin.

— Tu n'es pas en cours… toi non plus.

Si Kasey avait ajouté ces trois derniers mots avec un temps de retard, c'était surtout pour apaiser DUTACOTAC, qui venait d'émettre une notification.

— Je n'y vais plus depuis un moment, lâcha Actinium.

— Quand est-ce que tu as été diplômé ?

— Jamais. (Décidément, Kasey avec le chic pour poser les questions gênantes…) J'ai quitté l'école de mon plein gré, il y a sept ans, ajouta son interlocuteur en rattrapant du même coup la bourde de l'enquêtrice en herbe. Juste avant d'entrer au collège.

Information enregistrée. Il avait donc entre seize et dix-huit ans – il était plus âgé que la cadette des Mizuhara, mais plus jeune que l'aînée.

— Tu n'es pas obligée de te forcer, tu sais, dit Actinium quand il vit Kasey avaler une longue gorgée de thé.

Résultat, elle faillit s'étouffer avec. Il désigna le mug de la jeune fille d'un geste du menton.

— Je ne t'ai même pas demandé si tu en voulais.

Était-ce une pointe d'hésitation qu'on entendait dans sa voix ?

— Non, non, ça va, ce n'est pas mauvais. C'est même buvable.

C'était censé être un compliment mais, depuis le début de cet échange, Kasey choisissait mal ses mots. Elle consulta l'heure, affichée dans le coin de son champ de vision *via* son Intraface. Encore deux minutes. Elle jeta un œil au plafond, où la minuscule graine blanche appartenant à Celia flottait toujours au centre de sa toile de rayons laser.

— Tu peux la descendre de là ?

— La dernière fois, tu ne m'as pas attendu pour t'en charger, répliqua Actinium d'un ton plutôt abrupt.

— Je ne savais pas à qui j'avais affaire, riposta-t-elle.

C'était d'ailleurs toujours plus ou moins le cas. De leurs deux face-à-face, elle n'avait tiré que peu de renseignements. Il travaillait chez GRAPHYC. Il avait un chat. Et puis, il aimait sa sœur, ce qui, franchement, en disait bien assez à Kasey. Ce garçon était, par définition, quelqu'un en qui elle pouvait avoir confiance. Quelqu'un d'un peu aventureux sur les bords. Quelqu'un qui se laissait guider par son cœur.

Actinium posa son mug sur le plan de travail du bar, puis rejoignit le caisson de stase pour monter l'échelle de la même manière qu'il en était descendu. Après s'être retourné à mi-parcours, il atterrit cette fois sur le plafond avant de planter son regard dans celui de Kasey, d'un air engageant.

Aucun doute : il s'agissait bien d'une des conquêtes de Celia. Non sans un soupir, la jeune fille abandonna sa tasse à côté de celle du garçon, s'essuya les mains sur son blazer, puis s'approcha du caisson. Les trous creusés dedans se révélant à peine assez profonds pour ses orteils, elle était tellement concentrée sur le fait de ne pas glisser qu'elle en oublia de se préparer à l'inversion des forces gravitationnelles. Son estomac lui donna tout à coup l'impression de faire la roue – tout simplement parce que son corps entier exécutait cette acrobatie. L'espace d'une fraction de seconde, elle se retrouva accrochée au caisson de stase, puis elle chuta… avant d'atterrir à la verticale. Un véritable miracle !

Miracle qui perdit son caractère miraculeux dès que Kasey se rendit compte qu'Actinium se tenait devant elle et lui avait attrapé les bras pour la stabiliser. Lorsque leurs regards se rencontrèrent, elle fut surprise de découvrir celui de son hôte aussi inquiet qu'elle imaginait le sien. L'instant d'après, il la lâcha, recula et elle se focalisa sur le plus important, dans cette cabriole ratée : elle se trouvait désormais sur le plafond. Elle avait les pieds bien campés sur cette surface plane, son sang continuait de circuler sans encombre jusqu'à sa voûte plantaire et les mêmes 9,8 m/s^2 qui ancraient toute vie à la planète Terre l'ancraient simplement, dans le cas présent, à autre chose.

Abasourdie, elle s'assit sur ce qui tenait dorénavant lieu de sol. La petite table en sortit aussitôt et Actinium s'installa à côté de Kasey. Devant eux, le redémarrage de l'Intraface se poursuivait, sa progression affichée sur l'écran du petit dispositif. Même si le module lui avait paru trop étroit pour deux auparavant, la lycéenne était soulagée de ne pas avoir à regarder seule l'avancée du pourcentage de complétion du processus.

98 %
99 %
100 %

Les faisceaux de lumière se rétractèrent. L'Intraface descendit se poser sur le plateau de la table. Kasey n'y toucha pas. Elle attendait qu'Actinium l'insère lui-même dans le projecteur holographique.

Cependant, contre toute attente, l'intéressé se releva et déclara :

— Je vais y aller.

Quatre mots, prononcés à voix basse, mais la jeune fille en entendit davantage : « Je vais y aller pour te laisser un peu d'intimité. »

— Non, laissa-t-elle échapper comme un cri du cœur avant de s'éclaircir la gorge. Ce n'est pas nécessaire. (Elle détourna le regard.) Elle aurait voulu que tu restes.

Actinium demeura immobile.

— Assieds-toi, dit-elle.

Il obéit et elle introduisit l'Intraface dans le projecteur sans se laisser le temps de douter. Aussitôt, un rayon vertical s'éleva du sommet de l'appareil, puis se déploya pour former un écran gris.

BONJOUR, CELIA

L'indécence qu'il y avait à pénétrer dans le cerveau de sa sœur s'enroula telle une vipère autour de celui de Kasey.

Mais son esprit se libéra de cette entrave dès qu'Actinium ouvrit un des rapports d'activité de l'Intraface.

Les données, les faits : voilà ce que la jeune fille se sentait en droit de scruter.

Chaque semaine, Celia s'holographiait 20,5 heures de moins que la moyenne. Elle n'utilisait que les applications préinstallées sur son Intraface et n'en avait téléchargé aucune autre. La majeure partie de la capacité de stockage du système était d'ailleurs consacrée à l'enregistrement de souvenirs, par dizaines de milliers, triés par thème et par date. Cent mille heures d'images au total. Les visionner toutes aurait demandé des années. Quand Actinium suggéra qu'ils se limitent à celles prises dans les six mois précédant la disparition de Celia, Kasey approuva. Va pour six mois !

Elle ouvrit le dossier correspondant, inspira un grand coup, puis appuya sur LECTURE.

L'avalanche l'engloutit. Souvenir après souvenir après souvenir, le bon, le brut et l'accablant. Le jour où les deux sœurs étaient descendues voir la mer en vrai et – ainsi que Kasey l'apprit en parcourant le reste des archives intitulées « OCÉAN » – toutes les fois où Celia y était retournée seule, la nuit, à l'insu de sa cadette. Ses soirées pyjamas et celles secrètement passées en boîte. Ses séances de yoga et ses brunches entre amis – des amis, elle en avait tellement. Rires et visages à l'infini, êtres et lieux… sous l'œil attentif de Celia, tous prenaient vie.

Deux semaines de souvenirs consultées, plus que cinq mois et demi.

Quand il n'en resta plus que quatre, Actinium se leva, quitta le plafond, puis revint. Kasey se retrouva avec un cube de protéines dans la main. Plus tard, elle descendit elle-même jusqu'au rez-de-chaussée, pour aller aux toilettes. Elle fut étonnée de constater que GRAPHYC avait déjà fermé pour la soirée. Dans le module sans fenêtre d'Actinium, le temps ne s'écoulait plus – seule la vie de Celia défilait. À l'extérieur, cependant, le jour devint ténèbres, puis jour à nouveau. Bientôt, la notification annonçant à Kasey la publication des nouvelles du matin apparut dans son Intraface. De nouvelles secousses telluriques au large du Territoire 4. Le report de l'allocution du polémiste Linscott Horn. Un message de Meridian, qui lui demandait où elle était. Silence radio du côté de son père – elle était prête à parier qu'il avait passé la nuit au siège du C2P.

Plus que deux mois à visionner. Kasey leva la tête et croisa le regard de son voisin. Il avait les yeux rouges – elle aussi, sans doute. Pourtant, ni l'un ni l'autre ne proposa d'établir un relais. Un accord tacite existait entre eux, conclu à un moment ou à un autre de leur veille muette : ils étaient tous les deux dans le même bateau, ils y resteraient ensemble, jusqu'à la fin.

Plus qu'un mois. Une semaine. Un jour.

Puis, soudain, l'obscurité. Son dernier souvenir dévidé, le tsunami de la vie de Celia s'était retiré, emportant avec lui celle de Kasey. La cadette se sentait comme un cadavre échoué sur le sable. L'ouïe noyée, la vue saumurée. Pour peu que la sollicitation des sens ait été une ressource non renouvelable, elle venait de dépenser la totalité de sa ration pour ne profiter que d'une fraction de l'existence de sa sœur. Une existence tellement plus saturée que la sienne. Tellement « plus », tout court. Le monde aurait perdu beaucoup moins sans Kasey, dont le cerveau se remettait déjà en branle, établissant la liste de ses conclusions. Aucun signaux alarmants. Rien dont la cadette n'ait déjà été au courant – excursions nocturnes mises à part, mais c'était leur absence qui aurait été suspecte. Rien, comme l'avait évoqué Actinium, qui aurait expliqué que Celia se soit sentie acculée. Les seules victimes, dans cette histoire, étaient celles que l'aînée des Mizuhara avait laissées dans son sillage.

Comme Tristan/Dimitri.

« J'ai besoin de savoir si c'est ma faute. »

Minute, papillon ! Qu'en était-il des souvenirs relatifs aux ex de Celia ? Kasey les découvrit dans un dossier isolé, intitulé « xxx ». Elle lança un extrait d'une des vidéos, avant de l'interrompre aussitôt. Mauvaise idée. Il y avait des limites qu'elle refusait de franchir.

— Ces séquences-là, je te laisse t'en charger, dit-elle à Actinium.

— On peut s'en passer, répondit-il en ouvrant plutôt la sauvegarde des données du biomoniteur de Celia.

Kasey se réprimanda intérieurement. Bien sûr ! Comment n'y avait-elle pas pensé plus tôt ? Les émotions d'un individu se traduisaient toujours en valeurs chiffrées. Elle sélectionna le récapitulatif d'une série de rapports de santé mensuels. Elle savait exactement quoi chercher : des preuves empiriques de traumatisme ou de souffrance psychologique, des irrégularités au niveau de la libération des neurotransmetteurs… des courbes et des dosages, qu'elle trouva sans problème. Sauf qu'ils ne brossaient pas le tableau sur lequel elle aurait cru tomber.

Pour la première fois de sa vie, elle dut même relire les chiffres affichés sous ses yeux. Elle se tourna vers Actinium. Le regard du garçon se voilait à mesure qu'il assimilait les informations mises en évidence.

Pas encore prête à en faire autant, Kasey se leva pour mettre un minimum de distance entre elle et l'écran. Le sang lui battait aux tempes, comme si la gravité avait été rétablie et, avec elle, la menace d'une chute qui aurait rompu le cou de la jeune fille. L'espace d'une terrible seconde, elle appela de ses vœux cette dégringolade. Elle volerait en éclats et irait rejoindre Celia dans son monde inanimé. Car Celia était toujours morte. L'océan l'avait tuée. Il avait pris son temps, mais c'était bien lui qui l'avait achevée.

~~IIII~~ IIII

Après un orage, la mer est toujours au sommet de sa beauté. Ce matin, au-delà de la jetée submergée, elle brille de mille feux, pailletée de soleil. Le ciel doit être d'un azur immaculé, pensé-je. Si seulement je pouvais voir en couleurs !

Bon, je pourrais aussi bien aspirer à ne pas avoir de bateau à construire ou d'étrangleur à neutraliser.

Je porte une main à ma gorge. Avec ma trachée meurtrie, déglutir est un vrai supplice. Il existe finalement plus de manières de mourir sur cette île que je ne l'aurais imaginé. Aux mains d'un inconnu, par exemple – et ce n'est même pas une métaphore.

J'aurais pu le laisser sur le rivage. Les vagues l'auraient peut-être ravalé et renvoyé vers l'endroit d'où il venait – où que ça puisse être. J'aurais pu me débarrasser de ce fou furieux sans lever le petit doigt et ça aurait été bien fait pour lui.

Mais non. Au lieu de ça, moi, je lui ai sauvé la mise. Il est, pour l'instant, ligoté au lit de M. M., toujours nu – hors de question de me décarcasser pour vêtir cet aspirant meurtrier –, mais bel et bien vivant.

Pourquoi ? Parce que lui et moi, on est pareils. On s'est tous les deux échoués sur la même plage, dans nos costumes d'Ève et d'Adam. S'il se remémore quoi que ce soit, n'importe quoi, de ce qui se trouve au-delà de l'océan – qu'il s'agisse d'autres îles ou des cités de mes rêves –, il pourrait être le diable en personne que ça me serait égal. Il détient peut-être la clé de mon passé et de mon avenir. Il pourrait accroître mes chances de retrouver Kay.

Enfin, on verra bien quand il se réveillera…

Sous mes pieds, la marée monte petit à petit, lapant bruyamment les planches de la jetée. La brise marine a un goût divin, encore plus après les événements d'hier.

Une dernière bouffée d'air frais, puis je quitte le débarcadère. Je retraverse la plage en sens inverse, la nuque parcourue de picotements. C'est bizarre de penser qu'il y a désormais une autre âme que moi sur ce petit banc de terre. La maison, quand j'y rentre, me semble inexplicablement différente. Une lame de parquet se met à grincer et je ne peux m'empêcher de sursauter, bien que ce ne soit que Nou-2.

Je finis malgré tout par me calmer lorsque je pénètre dans la chambre de M. M. À cette heure, elle resplendit, sa fenêtre exposée à l'est embrasée de lumière. Aux murs, le papier peint est constellé de petites fleurs. L'atmosphère, où brillent les grains de poussière en suspension, est chargée du doucereux parfum de vieux tissu qui filtre par les persiennes de l'armoire où pendent les pulls de mon hôte, rangés les uns à côté des autres. Je dormirais ici plus souvent, si, ce faisant, le reste de la maison ne me semblait pas aussi vide. Sur le canapé, au moins, j'arrive à me persuader que je ne suis qu'une parmi de nombreux invités, seulement de passage.

Le meurtrier en puissance, en revanche, a aussitôt pris ses aises sous la couverture que j'ai sacrifiée pour le couvrir. Je me laisse tomber dans le fauteuil à bascule chauffé par le soleil qui trône au pied du lit et je le regarde dormir – d'un sommeil plutôt profond, noté-je avec envie, pour quelqu'un qui est attaché. Je parie même qu'aucun rêve ne le perturbe. Je parie – j'en suis même certaine à 100 % ! – qu'il ne s'est pas réveillé une seule fois depuis hier soir. Il s'est assoupi en un clin d'œil alors qu'après avoir frôlé la mort, j'ai dû lutter pour garder les yeux ouverts, histoire d'éviter de mourir emportée par l'ouragan au beau milieu d'une crise de somnambulisme.

Donc, si moi je suis debout, je ne vois pas pourquoi lui pioncerait encore !

Ma patience ayant des limites, je le titille du bout du doigt. Je le secoue un peu. Je décide de vérifier qu'il respire toujours et au moment où je lui glisse mon index sous le nez, le caractère incroyable de la situation me frappe à nouveau.

Un être humain, qui respire, vivant. Le premier en trois ans. Sera-t-il marrant ? Enclin au sarcasme ? Plein de charme ? Ou se réveillera-t-il aussi violent qu'hier ?

Comme si j'espérais trouver les réponses à mes questions sur son visage, je m'en approche encore, pour mieux l'étudier. Quel que soit mon âge, on a l'air d'avoir le même. Et pour ce qui est de son apparence, il n'est pas moche, mais plutôt quelconque. Ses traits n'ont rien de particulièrement remarquable, rien qui attire l'œil. Ses pommettes, bien que saillantes, pourraient être plus définies et sa mâchoire, bien que fine, plus ciselée. Ses cheveux, ondulés et sans tenue aucune, sont coupés trop court pour être considérés comme longs, mais il n'empêche qu'ils se répandent sur le coussin, bouclant autour de ses oreilles et dans son cou, tignasse gris foncé au-dessus de ses sourcils. Et puis il y a ses yeux, interrompus seulement par la déclivité de son nez. Un nez plutôt pas mal, mais encore juvénile. Juvénile, c'est le mot. Dépourvu d'aspérités ou d'ombres ténues. Il n'y a qu'à regarder la demi-lune qui se balade au-dessus de sa lèvre supérieure.

Ce qui m'amène à sa bouche. Des lèvres ni trop pleines ni trop minces. Ordinaires, en somme, sauf que là, ça fonctionne. Elles sont probablement son attribut le plus charmant, si bien qu'avant d'avoir pu me retenir, me voilà en train d'effleurer celle du dessous, étonnée par sa douceur. Les assassins ont-ils les lèvres douces, en général ? Soudain embarrassée par les miennes – gercées comme pas permis –, je me mets à les mordiller, avant d'éclater d'un petit rire. Moi, intimidée par un mec ? Impossible.

Par Joule ! D'où a-t-elle bien pu me venir, cette pensée ?

Je ne me souviens d'aucun garçon. À vrai dire, quand j'essaie de me les remémorer, je me retrouve l'esprit rempli d'images d'esquimaux qui fondent trop vite et de cités célestes suspendues au-dessus de l'océan. Et je vois Kay. Ses yeux de café noir. Sa coupe au carré. Ses rares ébauches de sourire.

Pourtant, un instant plus tard, comme si je ne sais quelle digue avait cédé, tout me revient d'un coup. Des flots et des flots de représentants de la gent masculine. Qui parlent plus qu'ils n'écoutent. Qui se croient drôles sans l'être tant que ça, mais qui ont besoin de moi comme de l'air qu'ils respirent. Qui ont le sourire facile…

Un seul d'entre eux ne sourit pas. Des cheveux de jais, rabattus sur le côté. Des yeux plus noirs que le charbon. Quand nos regards se croisent, j'ai l'impression que c'est moi qu'il voit. Pas la version de moi-même que je m'efforce d'être pour que les autres m'apprécient, mais les facettes de ma personnalité que je cache, les secrets que je tais à Kay de peur qu'ils ne la blessent. Je ne veux faire de mal à personne, jamais, ni à elle ni à lui, ce garçon dont je n'arrive même pas à me rappeler le nom.

Lorsque je refais surface, je suis à bout de souffle. Et quand mon regard se pose sur cet autre anonyme – bien présent, celui-ci –, je me rends compte que mes doigts n'ont pas quitté ses lèvres… et qu'il a les yeux grands ouverts, leurs iris gris plantés dans les miens. Je récupère aussitôt ma main.

— Ce n'est pas trop tôt ! dis-je en feignant la décontraction avant de croiser les bras dans l'espoir de masquer le martèlement de mon cœur derrière mes côtes. À cause de toi, j'ai perdu toute ma matinée.

Deux secondes. C'est le temps dont je dispose avant l'explosion.

— Où est-ce que je suis ? Comment je suis arrivé là ? (Gauche, droite, gauche, le regard du naufragé fuse dans tous les sens, avant de se porter au-dessus de sa tête, vers les montants du lit.) Qu'est-ce que… (Il tire sur ses bras, mais ma corde en nylon tient bon.) C'est quoi ce délire ? Pourquoi je suis attaché ?

Que de questions… Est-ce que je me rappelle au moins comment y répondre ?

— Où est-ce que tu es ? Dans mon lit. Comment tu es arrivé là ? Je t'ai porté. Pourquoi tu es attaché ? Pour assouvir mes fantasmes coquins…

À ces mots, le visage de mon interlocuteur passe par au moins trois nuances de gris. O.K., j'ai peut-être poussé le bouchon un peu trop loin…

— C'est une blague, précisé-je.

Premières impressions, second opus : déjà, mon hôte n'a pas l'air d'un meurtrier, pas plus qu'il n'agit comme tel. Mais ce qui me séduit le plus, c'est sa voix. Même paniquée, elle reste... chantante. Aussi mélodieuse que l'écume quand elle crépite sur le sable. J'aurais presque tendance à penser que ses traits ne font pas justice à son timbre, sauf qu'à l'instant où me vient cette réflexion, sa physionomie – couplée à sa voix – commence à me sembler de plus en plus belle.

Ce que m'apprend ma réaction ? Qu'il est tout à fait possible de développer une carence chronique en voix humaines et que cette maladie, si je n'y prends pas garde, pourrait bien me conduire à ma perte.

— Détache-moi, ordonne l'étranger.

Plus il tire sur ses poignets, et plus le bois du lit gémit. Pourtant, je résiste à la tentation de voler à son secours. Ma vie d'aujourd'hui n'a plus rien à voir avec celle d'avant. Ce qui fait le sel de mes rêves – les capsules de verre et les adolescents aux sourires éclatants – n'existe pas, ici. Il n'y a que moi, mon corps et ses capacités naturelles de guérison. Compatir, c'est bien. Rester en vie, c'est mieux. Une seule erreur de ma part et tout peut basculer.

Je me renfonce dans mon fauteuil.

— Pas avant que tu aies prouvé que tu es digne de confiance.

— Ah, parce que c'est moi qui n'ai pas l'air digne de confiance ? s'offusque-t-il avant de recommencer à se débattre et à ruer de plus belle.

— Arrête de t'acharner et écoute-moi.

Sur ce, j'attends qu'il se calme. De longues minutes durant, sa respiration ne fait que s'affoler et, sa détresse déteignant sur moi, je suis contrainte de me cramponner aux bras de mon siège. Le temps qu'il s'apaise enfin, le bois sous mes paumes est luisant de sueur.

— Commençons par la raison pour laquelle j'ai dû t'entraver, dis-je en me mettant à me balancer dans mon fauteuil à une allure de grand-mère. (On ne sait jamais : ça l'amadouera peut-être encore plus.) Hier soir, tu as essayé de m'étrangler.

— C'est faux.

— C'est la vérité.

— C'est f…

Je tire d'un coup sec sur le col roulé du pull de M. M. Mon geste lui cloue le bec sur-le-champ.

— C'est la vérité, même si tu ne t'en souviens pas. La tempête faisait rage. Tu as de la chance que j'aie pris la peine de te ramener à l'intérieur. (Je réajuste mon vêtement sur les marques qui me zèbrent la gorge.) Y a pas de quoi.

Face à moi, mon hôte digère peu à peu cette nouvelle information. Son cerveau s'escrime à réconcilier la réalité de ce qu'il a sous les yeux et ses certitudes. C'est ma parole contre la sienne. Je ne pense pas qu'il fasse semblant d'avoir oublié. Ce qui s'est produit sur la plage pourrait très bien n'être qu'une crise isolée, provoquée par l'horreur de ce qu'il a dû endurer en mer – je n'exclus pas cette possibilité. Il n'est pas inintéressant non plus de noter qu'à la lumière du jour, mon agresseur d'un soir m'apparaît bien plus maigrichon que dans mon souvenir, et donc loin d'être assez costaud pour m'étouffer, ce qui… Non, stop ! Il faut que j'arrête de lui inventer des excuses. Il n'a qu'à s'expliquer lui-même.

— Où est-ce que ça s'est passé, au juste ? finit-il par demander.

— Dehors, dis-je avec un signe du menton vers la fenêtre. On est sur une île déserte, ici. Tu crèches actuellement dans l'humble demeure d'une certaine M. M. Et non, elle n'est pas là. Non, je n'ai aucune idée d'où elle se trouve. Mais comme cette situation perdure depuis déjà trois ans, je te laisse en tirer tes propres conclusions. Pour l'instant, en tout cas, il n'y a que nous dans les parages. Toi et moi.

— Pas d'accord, lance sans tarder une voix depuis la porte de la chambre.

— Et Nou-2, le robot.

J'attends une réaction de la part du garçon anonyme. Je n'en reçois aucune. Un long moment, il reste muet, puis…

— Mais comment, exactement, est-ce que je… Comment je suis arrivé ici ?

— J'allais te poser la même question. (Je cesse de me balancer et je me penche en avant.) Comment tu as fait ?

— Je ne sais pas.

— Fais un effort !

— Je ne sais pas, je te dis ! s'emporte-t-il avant de se radoucir aussi sec. S'il te plaît, tu ne voudrais pas me détacher ?

Face à son ton implorant, je me blinde le cœur. *N'oublie pas ta résolution.*

— Tu ne te rappelles vraiment rien ?

Nu et sans aucun souvenir ? Ni d'hier soir ni de son passé ? Lui et moi, on a peut-être encore plus en commun que je ne l'imaginais. Ce qui aurait été réconfortant – *ouf, je ne suis pas la seule dans mon genre* – si je n'avais pas compté sur lui pour me fournir les renseignements qui m'aideraient ensuite à retrouver Kay.

— Essaie, ordonné-je. Essaie de te remémorer ne serait-ce qu'un détail : une image, une personne, un endroit…

Peine perdue : mon interlocuteur se contente, en guise de réponse, de recommencer à tirer sur ses poignets, si fort que bientôt, un liquide gris sombre apparaît sous la corde.

Merde ! Sans perdre une minute, je m'éjecte de mon fauteuil. Les gouttes lui coulent déjà vers les coudes.

— Arrête ! Mais arrête !

Lorsque je lui attrape les avant-bras, je ne peux m'empêcher d'être surprise par la tiédeur de sa peau. *Un congénère, un semblable.* Présentement en train de saigner par ma faute. Échouer seul sur une île abandonnée, ça n'a déjà rien de facile, mais qu'est-ce que j'éprouverais, à sa place, si je me réveillais face à une inconnue qui me faisait subir un interrogatoire sous la contrainte ?

Je finis par le lâcher, même si mes paumes continuent à me chatouiller, là où elles étaient en contact avec lui. Il a tenté de me tuer, ça, d'accord, c'est indéniable. Mais je suis toujours en vie, et lui aussi. On est les deux seuls individus de notre espèce sur cette île. La cohabitation pacifique présenterait plus d'avantages que cette configuration-ci. Je suis peut-être sur le point de commettre une bourde monumentale, mais…

— Je vais te libérer. (Je m'exprime en prenant soin de détacher chacune de mes syllabes, histoire de me laisser le temps de réfléchir. *Expose-lui tes règles de base.*) Je n'ai qu'une seule condition : que tu n'essaies plus de m'assassiner.

Eh ben… Que Joule me garde ! Je ne pouvais vraiment pas faire mieux que cette exigence minable ? Je n'ai aucun moyen de la faire respecter et ce n'est pas une fois six pieds sous terre que je réussirai à punir le coupable, s'il venait à trahir sa promesse.

Par chance, il n'en profite pas pour me tourner en ridicule. C'est même tout le contraire : il prend la situation presque trop au sérieux.

— Que je n'essaie plus ? répond-il, dubitatif. Comment je pourrais ne « plus » essayer, si je ne me souviens même pas de ma première tentative ?

Il marque un point. Sauf qu'à vrai dire, cette absence de logique sémantique est bien le dernier de mes soucis.

— Tu préfères rester attaché ?

Il secoue la tête en signe de dénégation. J'attends. Il comprend où je veux en venir.

— Bon, d'accord. C'est promis.

— Recommence, mais avec un minimum de sincérité, cette fois.

— Comment veux-tu que je sois sincère tant que je ne me souviens de rien ? proteste-t-il.

— Dans ce cas, représente-toi la scène : toi et moi sur la plage. Tes mains autour de mon cou.

Il ferme les yeux, un pli entre les sourcils. Il y met du sien, il faut bien le reconnaître. Quand il rouvre les paupières, j'en viens à avoir pitié de lui.

— Je n'ai jamais voulu te tuer et, sincèrement, je ne pense pas que j'en aurai jamais le désir à l'avenir, mais si l'envie m'en prenait un jour, je te promets que je ne passerai pas à l'acte. (Silence, l'espace d'un instant.) Enfin, que je ne passerai plus à l'acte.

— Jure-le sur ta vie.

— Je le jure sur ma vie.

La Cee du futur a intérêt à ne pas regretter ma décision. Je viens de terminer de délier mon interlocuteur quand je me rends compte que j'aurais peut-être dû le prévenir que, sous sa couverture, il était tout nu.

— Mais… Oh, putain !

— Putain, répète Nou-2. Substantif féminin. Registre vulgaire. Prostituée exerçant son métier dans la rue ou en maison close. Employé comme interjection : marque la surprise, l'étonnement, l'admiration ou l'indignation.

— Personnellement, je n'ai aucun problème avec les gros mots mais, comme tu le vois, c'est à tes risques et périls, dis-je alors qu'il s'empresse de retomber sur le matelas et se remonte le plaid jusqu'au menton.

— Qu'est-ce que tu as fait de mes vêtements ?

Je te les ai arrachés. La réplique me vient à l'esprit comme par réflexe. Peut-être l'ai-je déjà sortie aux ex de mon passé, mais je me garde bien de la répéter au pauvre bougre qui se tient en face de moi en ce moment, les yeux ronds comme des billes.

— Tu t'es échoué sur la plage comme ça, dis-je avec autant de délicatesse que possible.

Il ne me croit pas.

— C'est toi qui me les as pris ! lance-t-il, un doigt tremblant pointé sur moi et les joues de plus en plus foncées (c'est-à-dire de plus en plus rouges, j'imagine.) Tu l'as dit toi-même ! Que c'était p… pour assouvir…

— Joule, mais c'était une blague !

— Je ne m'appelle pas Joule !

Sur ses traits, une ribambelle d'émotions défilent. Même sans parvenir à les déchiffrer aussi aisément qu'autrefois, je crois identifier la peur. L'incrédulité. La colère.

— Ce n'est pas ce que je voulais dire. (Je commence à avoir la tête qui tourne. Et moi qui pensais avoir réussi à apaiser le bonhomme !) Bon, écoute : je suis désolée pour tes vêtements. Je vois bien que tu ne me fais pas confiance et rien ne t'y oblige, seulement, je t'assure que tu as vraiment débarqué sans rien sur toi. Mais ce n'est pas grave. (D'un bond, je rejoins l'armoire et je l'ouvre vivement pour en extirper autant de pulls que je peux en porter.) Il y a tout ce qu'il faut ici pour t'habiller en un clin d'œil, dis-je en lâchant ma cargaison sur les genoux de mon interlocuteur avant de m'asseoir au bord du matelas. Sers-toi, je t'en prie.

Mais il n'ouvre pas la bouche. Il ne réagit pas, ne bouge pas d'un poil.

Son silence m'effraie. Lorsque je tends la main vers lui, il a un mouvement de recul. Ça faisait un moment que je n'avais plus eu à essuyer un quelconque rejet. Je m'efforce malgré tout de masquer mon humiliation.

— On pourrait peut-être se présenter, déjà, non ? Moi, c'est Cee, dis-je histoire de donner l'exemple.

— Je ne sais pas comment je m'appelle. (Ses yeux s'écarquillent d'horreur.) Je ne sais pas… (Il fixe ses mains, ouvertes sur ses genoux.) Comment je m'appelle…

Il scrute ses paumes vides comme si son nom s'y était trouvé une seconde plus tôt. Moi, en revanche, ce sont ses poignets qui m'hypnotisent. Les lignes sombres qui s'entrecroisent dessus. La coulure séchée qui lui zigzague le long du bras et dont je suis responsable. Mes propres poignets me font mal, soudain. Je commence à les frotter, avant de m'entendre dire :

— Moi non plus, je ne m'en souvenais pas.

Mon interlocuteur relève lentement la tête.

— Vraiment ?

— Vraiment.

Même si je n'aime pas beaucoup revenir sur cette période, pour lui, je m'y replonge. La semaine qui a suivi mon arrivée sur l'île, j'avais beau avoir un toit sur la tête et de quoi me vêtir, je ne savais pas qui j'étais ni pour qui je vivais. Personne, semblait-il, ne me regretterait si j'en venais à me noyer. Résultat, c'est ce qui a failli se produire, dans la baignoire. Un jour que je m'y étais endormie, je me suis réveillée avec de l'eau plein les narines et la bouche, mais aussi avec un nom qui me pulsait dans la tête, comme les battements d'un cœur.

— Ça ne s'est pas fait du jour au lendemain. (Je préfère ne pas évoquer de délai précis, afin qu'il ne soit pas tenté de comparer sa progression à la mienne.) Mais il a fini par me revenir.

Cee. Je m'appelle Cee. Lorsque mon interlocuteur bafouille mon prénom – « Cee, c'est bien ça ? » –, quelque chose remue au fond de mes entrailles. Depuis que je me suis échouée sur la plage, c'est la première fois que je l'entends sur d'autres lèvres.

— Oui… dis-je dans un souffle. C… E… E. Ça se prononce « si », comme la note de musique.

Je donnerais cher pour qu'il le dise encore. Mais il n'en fait rien. Il se contente de me dévisager, l'air d'accepter peu à peu que ce qu'il vit est bien réel. Je lui rends son regard. Lui aussi est bien réel. Je dois retenir mes mains de le toucher – ainsi que je le découvre, c'est apparemment de cette manière que je rentre en relation avec mes semblables. J'éprouve le besoin de ressentir leurs émotions, d'y compatir et de les protéger. *J'aurais tellement aimé que tu sois là*, dis-je soudain à Kay, dans ma tête. Je l'aurais serrée dans mes bras pour ne plus jamais la lâcher. Pourtant, aussi incomplète que je me sente pour l'heure, je ne suis plus seule.

Je ne suis plus seule.

— Une trace rouge sur la joue.

La voix du garçon m'arrache à ma rêverie. J'ai beau avoir raté une partie de sa phrase, mon cerveau doit l'avoir comprise quand même, car lorsque mon interlocuteur se tapote le coin des lèvres, j'essuie les miennes sans réfléchir, du revers de la main. Sur mes phalanges, une traînée grise. Par acquit de conscience, je passe la langue dessus. Un goût de fer me taquine aussitôt les papilles. Du sang.

Le sien ou le mien ? Je n'en ai aucune idée. Peu importe. « Rouge », a dit le garçon. Il perçoit les couleurs.

Mon estomac se tord. À certains égards, finalement, je suis toujours aussi seule. Il jouit d'un luxe dont je suis privée. Dois-je lui en parler ? Je décide que non. Ses propres lacunes le préoccupent déjà assez comme ça. La preuve :

— Et si mon nom ne me revenait jamais ? s'inquiète-t-il.

Sa pomme d'Adam tressaute. Une boule m'enfle peu à peu dans la gorge. Je sais ce qu'il attend – le genre de réconfort qui ne peut venir que de l'extérieur. La chaleur d'un geste amical ou d'une promesse.

— Tu finiras par t'en souvenir, dis-je en lui offrant les deux.

Cette fois, quand ma main se pose sur la sienne, il ne se dérobe pas.

10

Le souvenir lui revint en mémoire à la vitesse d'un cheval au galop.

Un samedi, six mois plus tôt. Une température agréable, réglée sur 26 °C. Kasey quittait le siège du C2P, situé strate-50, pour aller retrouver Celia qui l'attendait à l'extérieur. L'aînée arborait un ensemble de yoga bleu pâle. La cadette, elle, portait encore son uniforme scolaire.

— Mes vêtements… commença-t-elle quand Celia lui prit la main.

— On n'aura pas besoin de nos fringues.

Un lieu où elles n'auraient pas besoin d'habits ?

— Où est-ce que tu nous emmènes ? demanda Kasey, dont l'inquiétude, justifiée, grandissait à mesure qu'elles s'approchaient de la conduite la plus proche.

Elles n'avaient pas toujours partagé leurs week-ends. Durant la quasi-totalité des deux années qui avaient suivi la mort de leur mère, elles s'étaient, à vrai dire, à peine parlé. Du moins, jusqu'à l'incident qui avait valu à Kasey d'être interdite de toute pratique scientifique. À partir de ce moment-là, Celia s'était efforcée de combler le vide laissé dans la vie de sa sœur en réduisant le temps que sa cadette passait seule avec elle-même – comme si ses pensées étaient susceptibles de se révéler dangereuses. Peut-être l'étaient-elles, au fond. Ce qui était certain, en tout cas, c'était que, tant que Kasey regardait des séries ou faisait du shopping, tant qu'elle s'adonnait, en somme, aux activités planifiées par son aînée, elle ne risquait pas d'enfreindre la loi.

La réponse que Celia lui fit ce jour-là – « Dans un endroit d'exception ! » – pouvait correspondre à n'importe quoi, du bain de boue relaxant à la séance d'escalade. La semaine précédente, Kasey avait par exemple accepté de cuire à l'étouffée dans ce que son chaperon avait appelé un « sauna ».

Pour rendre l'entreprise fatigante en plus de désagréable, ces expériences – rarement sinon jamais virtuelles – nécessitaient presque toujours de rallier la partie inférieure de la cité. Mais, cette fois-là, Celia ne les fit pas s'arrêter à la strate-50, ni même 40. Non, elles dépassèrent la strate-30, puis la strate-25… Bientôt, il ne resta plus que six passagers avec elles, dans la capsule qui poursuivait sa descente. De l'autre côté du cylindre de polyverre, les étages continuèrent de se succéder dans un éclair flou jusqu'à ce que Kasey devine enfin leur destination.

— On ne devrait pas, murmura-t-elle.

L'accès à la strate-0 leur était défendu. Leur père le leur avait lui-même rappelé, dans un de ses messages mensuels.

— Peut-être, sauf qu'il faut que tu voies ça, ma puce ! répondit Celia après que la cabine se fut à nouveau ouverte pour débarquer trois passagers supplémentaires.

— Ce n'est qu'une strate et je l'ai déjà vue.

Kasey s'y était déjà holographiée lors d'une sortie scolaire.

— Je te parle de l'océan. Et de tout près, en plus ! insista l'aînée sans laisser à la cadette le temps de répliquer qu'elles l'avaient déjà vu aussi (depuis le module des Cole, en contemplant le coucher du soleil, un autre des passe-temps favoris de son aventurière de sœur). La différence est phénoménale.

— Bon, d'accord, finit par céder Kasey, (comme si elles ne venaient pas, de toute manière, d'arriver là où Celia souhaitait la conduire). Juste pour cette fois.

En sa qualité de rez-de-chaussée de l'éco-cité, la strate-0 servait à la fois de quai et de pont d'observation. Le point le plus bas de son ventre arrondi était entièrement constitué de polyverre, ce qui donnait aux visiteurs l'impression de marcher sur les flots, mais présentait aussi l'inconvénient d'engendrer un effet de serre étouffant. Dégoulinante de sueur, Kasey regardait sa sœur dévorer les vagues des yeux.

— Pourquoi ça te fascine autant, d'observer l'océan ?

Elle avait beau se creuser la cervelle, elle ne voyait pas ce que cette étendue d'eau saturée de sel et de métaux lourds pouvait avoir de si spécial.

— Parce qu'il est vivant.

— Nous aussi, on est vivants.

— Tu trouves ? répondit Celia d'un ton songeur.

Pour toute réponse, la cadette fit remarquer qu'elles et leurs concitoyens respiraient.

— Oui, enfin, de l'air reconditionné, rétorqua sa sœur. (*Propre*, aurait dit Kasey.) Nos corps sont gorgés de substances chimiques. (*Évidemment, puisque tous les nutriments sont des substances chimiques.*) Et nos esprits, emprisonnés. (*Libérés du monde matériel, plutôt.*) Quand je regarde la mer, je l'entends presque chuchoter mon nom. C'est… réconfortant. (*Perturbant, oui !* pensa la cadette, si bien qu'en avisant l'expression du visage de sa petite sœur, Celia éclata de rire.) Un jour, tu comprendras ce que je veux dire.

— Je ne crois pas, répondit posément l'intéressée. Je ne prévois pas de revenir.

Son aînée se borna à afficher un sourire entendu.

Le jour suivant, pour combattre la chaleur, Celia acheta des esquimaux à la buvette du pont d'observation. En plus de suer à grosses gouttes, Kasey se retrouva donc toute poisseuse, les mains couvertes d'un concentré de saccharose qui, non content de lui couler entre les doigts, barbouillait également la bouche de sa sœur d'une généreuse dose de colorant alimentaire E129. Ce qui n'avait pas empêché la plus âgée des Mizuhara de se goinfrer en mangeant trois glaces d'affilée ni de se débrouiller pour que sa cadette et elle reviennent le lendemain, puis le surlendemain, avant que l'inévitable ne se produise et qu'elle ne suggère carrément de partir se balader en mer.

Le ciel avait beau être couvert, il aurait fallu plus qu'une poignée de nuages pour dissuader la téméraire. Empruntant les conduites, elle traîna Kasey jusqu'à la petite agence de location de hors-bord installée sur l'eau, sous l'éco-cité. L'existence même de ce commerce stupéfiait l'ex-scientifique. Qui pouvait bien s'embêter à descendre emprunter ces bateaux quand il était si facile de profiter de croisières au long cours sans quitter le confort de son caisson de stase ? Non mais, franchement, qui ? Eh bien, des ados, apparemment. Des garçons et des filles aux joues replètes, fanas de matière organique, dont pas un n'osa sourciller quand Celia leur passa devant pour louer une embarcation baptisée *Hubert* – ainsi que l'indiquait le nom peint sur sa coque.

Avec *Hubert* était fourni le matériel requis pour toute excursion hors de la cité – antidermes, masques de protection et toximètres agréés par le C2P. Un équipement dont elles n'auraient pas eu à s'encombrer si elles avaient privilégié l'holographie, ne put se retenir de songer Kasey avant de remonter la fermeture Éclair de sa combinaison en s'efforçant de ne pas imaginer le nombre de corps qui s'étaient glissés dedans avant le sien. Ensuite, elle enfila son masque. Énorme, il rivalisait par sa taille avec celui qu'elle portait en cours de chimie, avant d'être « dispensée » de suivre cette matière. Son propre masque pendu autour du cou, Celia laissa échapper un petit gloussement.

La propriétaire de l'agence de location paraissait avoir autant envie d'être là que Kasey. L'aînée des Mizuhara tint malgré tout à lui demander quels coins il était conseillé de visiter.

— Il y a une carte des environs à l'arrière, leur indiqua la bonne femme avant de se mettre à crier sur une bande de cinq ados qui cherchaient tous à grimper dans le même esquif. Eh ! C'est deux par bateau !

— Embarquement immédiat ! lança Celia en sautant dans *Hubert* pendant que sa cadette farfouillait dans le tas de flotteurs biodégradables qui encombraient le casier installé à la poupe.

La carte qu'elle en extirpa – plastifiée à l'aide d'un matériau de contrebande – révéla, une fois dépliée, un aplat presque uniforme de bleu, quadrillé de lignes. La seule parcelle de terre, représentée par un minuscule point légendé « 660 », se situait à environ 20 km au nord-est.

— Notre cap, moussaillon ? s'enquit Celia.

— Nulle part, dit sa sœur en lui présentant la carte ouverte.

— Va pour nulle part.

Kasey poussa un soupir, mais ne tarda pas à revoir sa position : naviguer s'avérait finalement plutôt agréable. Elle appréciait la quiétude alentour, la sérénité. Celia coupa le moteur dès qu'elles se retrouvèrent en eaux calmes. La plus jeune commençait tout juste à se détendre, quand son aînée entreprit d'ôter son antiderme.

— Qu'est-ce que tu fabriques ?

Affolée, elle regarda sa sœur se débarrasser de la combinaison obligatoire, puis de ses vêtements, sous lesquels elle portait un maillot de bain.

— Je vais nager, andouille.

— Mais il faudra bien qu'on rentre, à un moment...

Quitter l'éco-cité était à la portée du premier venu – la réintégrer, voilà où résiderait le problème. Elles devraient d'abord déposer leurs antidermes dans l'un des collecteurs de matériel à dépolluer, avant de passer elles-mêmes par la case décontamination. Et si, pour quelque raison que ce soit, elles n'obtenaient pas l'autorisation de regagner les étages supérieurs de la ville...

— On risquerait l'éviction, conclut la cadette.

Le mot avait un goût âcre dans sa bouche. Celia se mit à la fixer d'un regard empreint de gravité.

— Tu ne crains rien avec moi, Kay.

— Je ne parle pas seulement de moi.

Mais son sous-entendu n'aurait aucun effet sur son aînée, elle le savait. Celia n'avait jamais peur pour elle-même. Au contraire, presque aussitôt, toute trace de sérieux s'évapora des yeux de l'audacieuse, qui pinça le nez de sa petite sœur.

— Tu as vu notre rang ? On est invincibles.

Kasey resta silencieuse. Meridian aurait reproché à Celia de se comporter comme si elle avait tous les droits. Mais n'était-ce pas exactement ce à quoi servait le rang ? À déterminer de quels privilèges pouvait jouir chacun après avoir remboursé tout ou partie de sa dette envers la planète, en veillant (ou non) à en prendre soin ? De toute façon, réduits à se cloîtrer dans leurs « e-cités », comme les surnommait Celia, les deux sœurs et leurs contemporains payaient déjà pour les erreurs de ceux qui avaient rendu les territoires extérieurs trop dangereux pour y vivre. Dans ces conditions, quel mal y avait-il à se permettre une petite entorse au règlement de temps en temps ?

Kasey n'était pas certaine de la réponse à cette question. Malgré ce que préférait croire le commun des mortels, l'emploi des notions de bien et de mal s'avérait souvent subjectif, intéressé. Seuls les chiffres ne mentaient jamais. C'est donc vers eux que se tourna l'ex-scientifique, qui s'empara d'un des toximètres agréés par le C2P pour l'immerger dans les flots.

L'indice de contamination affiché par le dispositif était catégorique : dans un rayon d'un kilomètre, le contact avec l'eau de mer ne présentait aucun danger.

— Tu vois ? fit Celia avant de plonger sans laisser à sa sœur le temps d'en placer une. Elle est super-bonne ! Viens !

Mais la cadette, qui se trouvait très bien là où elle était, se contenta de lancer un des flotteurs à sa sœur.

— Ne t'éloigne pas trop !

Les vagues n'étaient sans doute pas aussi inoffensives qu'elles en avaient l'air.

— Oui, maman ! ânonna l'aînée des Mizuhara. (Elle s'amusa ensuite à éclabousser la passagère du bateau, qui s'empressa d'essuyer les gouttelettes éparpillées sur la visière de son masque.) Tu n'as qu'à me rejoindre, sinon. Pour me sauver des monstres marins, ce sera plus pratique.

— Alors déjà, les monstres marins, ça n'existe pas…

Pas plus que n'existait sa volonté – ni celle de quiconque, d'ailleurs – face à l'insistance de Celia. Au bout d'un moment, Kasey finit donc par se laisser glisser dans l'eau, qu'elle sentit à peine à travers son antiderme.

— C'est comme ça que devrait être la vie, lâcha Celia lorsque le soleil se mit à percer la couverture nuageuse.

La visière du masque de Kasey était tellement rayée que la jeune fille voyait trouble. Les rayons de l'astre du jour lui paraissaient gris.

— Comme quoi, au juste ?

— Comme avant. Quand personne ne passait ses journées couché dans un cercueil ou dans l'ombre de la strate supérieure à la sienne. Quand il n'y avait que le ciel et le soleil au-dessus des têtes. (*À trop s'exposer au ciel et au soleil, on peut finir par en mourir*, eut envie de répondre Kasey, mais Celia continuait sur sa lancée.) En fait, c'est ce que disait sans cesse Ester à maman : il ne faut pas qu'on oublie ce qui fait de nous des êtres humains.

Les émotions, la spontanéité, la conscience de soi, l'empathie… C'étaient là les caractéristiques de l'Échelle d'humanité établie par les Cole, que la cadette des Mizuhara se mit à réciter par cœur. Mais sa sœur secoua la tête.

— Non, c'est un truc plus… indéfinissable. (Elle flottait sur le dos, les yeux plissés pour les préserver de l'éclat du soleil.) Tu as déjà entendu parler de ce qu'on appelait la « crème solaire » ? Les gens s'en tartinaient pour se prémunir des UV. Bien sûr, ce n'était pas hyper-recommandé d'oublier, mais personne ne s'empêchait de sortir pour autant. J'aurais adoré vivre à cette époque. Je ne supporte pas de savoir que notre propre maison cherche à nous exterminer jusqu'au dernier.

Au contraire, elle nous protège. Kasey se doutait que sa sœur faisait référence au monde qui s'étendait au-delà des éco-cités mais, à vrai dire, elle ne saisissait pas trop pourquoi. Au sein de leur société stratifiée, Celia était une star. Elle n'avait aucune raison d'être attirée par le macrocosme empoisonné des territoires extérieurs. S'il y avait bien quelqu'un qui ne se sentait jamais à sa place – ni dans sa ville flottante ni nulle part ailleurs –, ce n'était pas Celia, mais Kasey.

— C'est comme ça, on n'y peut rien, commenta la cadette.

— Je ne vois pas pourquoi. La situation pourrait être différente. Toi, tu pourrais l'améliorer.

— Je ne crois pas, non.

— Il serait temps de prendre confiance en toi, Kay. Un jour, tu sauveras le monde.

— Le monde n'a pas besoin d'être sauvé.

Pas par elle, en tout cas.

La preuve, elle comprenait à peine les individus qui le peuplaient !

— Crois-moi, répondit Celia, ça ne va pas tarder à changer.

• • •

Elles avaient fini par aller jeter un coup d'œil à l'île que Kasey avait repérée sur la carte. Même si elles y étaient retournées plusieurs fois, elles ne s'étaient plus jamais baignées – du moins, pas quand la cadette des Mizuhara était là pour s'y opposer. L'océan demeurait un espace non contrôlé, une variable inconstante. Le toximètre en avait peut-être absout une zone infime, ce jour-là, mais qui pouvait garantir qu'il en serait toujours ainsi ?

La preuve : à chacun de ses plongeons clandestins, Celia avait un peu plus intoxiqué son organisme. Sur ce point, les rapports générés par son biomoniteur ne laissaient pas l'ombre d'un doute.

Dans ses analyses de sang : des taux élevés de microcinogènes généralement détectés dans les pipelines sous-marins destinés au transport des eaux usées.

Le diagnostic : une défaillance multiviscérale à un stade avancé, accompagnée de tumeurs gliales malignes au niveau des nerfs crâniens.

Le pronostic : en l'absence d'intervention, plus qu'un mois à vivre.

Venait ensuite l'assignation à comparaître d'urgence à l'hospel, émise par le biomoniteur lorsque l'ampleur des maux de son propriétaire dépassait ses capacités d'action. Celia s'était acquittée de ce rendez-vous (forcément en présentiel) deux semaines avant sa disparition. Le médecin de famille affecté aux Mizuhara avait apposé sa signature au bas du certificat attestant que la jeune fille s'y était bel et bien rendue.

Comme pour tout le reste, Kasey n'avait rien remarqué.

Sa température retomba. Sa tension artérielle se stabilisa. Sa raison reprit les commandes sur son cœur. Jamais son cerveau ne l'aurait complètement laissée chuter et se fracasser sur le sol du module. Son corps n'avait pas d'autre mission que de maintenir sa propre homéostasie. Il n'y avait pas plus rationnel que de s'affranchir de l'irréversible. La sentence était claire : « En l'absence d'intervention, plus qu'un mois à vivre. »

Or ça en faisait déjà trois que Celia s'était évanouie dans la nature.

Kasey descendit du plafond en un seul morceau. Actinium aussi. Il rejoignit le bar à énergie et y récupéra son mug, où subsistait un fond de thé, froid depuis longtemps. La cadette des Mizuhara, elle, s'était arrêtée en face de son hôte. Le silence entre eux était désormais différent, aussi vaste que dévasté, pareil à une plaine désertique jonchée de crânes.

Le fracas qui retentit soudain ressembla d'ailleurs au craquement d'un tas d'ossements.

Faute de pouvoir se fier à ses yeux accablés de sommeil, Kasey cligna des paupières. Actinium, lui, ne réagit pas. Il s'en tint à regarder son sang goutter sur le bar puis s'écouler de plus en plus vite à mesure qu'il serrait sa tasse – ou ce qu'il en restait –, enfonçant toujours plus profondément dans son poing une myriade de bris de verre.

« Tu as perdu la boule ou quoi ? » En cet instant précis, Kasey aurait juré entendre l'exclamation de sa sœur. L'aînée des Mizuhara se serait empressée de saisir le poignet d'Actinium pour le contraindre à lâcher les vestiges du mug brisé. Sauf qu'elle n'était pas là. Elle était morte et peut-être était-ce pour cette raison que l'employé de GRAPHYC avait pulvérisé cette tasse, se dit Kasey, comme si elle était face à une des études de cas sur lesquelles ses collègues du C2P et elle planchaient régulièrement en salle de conférence.

Tout à coup, une odeur bien particulière lui assaillit les narines. Une odeur de fer. De sang. Jamais elle n'en avait vu autant.

Elle s'approcha d'Actinium comme on aborderait un animal sauvage. Elle n'avait aucun mal à se représenter ce que devait afficher le champ de vision du garçon *via* son Intraface : une explosion d'alertes intempestives, émanant toutes de son biomoniteur. En revanche, ce qu'il pensait, ce qui lui passait par la tête, c'était une autre histoire. « Ça va ? » se serait inquiété quelqu'un de plus attentionné que Kasey, là où elle s'interrogeait surtout sur le comment. Comment le verre pouvait-il ainsi capituler devant la chair ? Comment la souffrance pouvait-elle engendrer plus de souffrance encore ? Comment Actinium pouvait-il rester si calme ? La question valait aussi pour elle. Si elle modélisait leurs deux réactions, laquelle se révélerait la plus éloignée de la moyenne ?

Alors qu'elle s'efforçait de faire le calcul, l'adolescent desserra enfin le poing. Les éclats du mug tombèrent sur le bar, leur couleur cramoisie beaucoup trop semblable à l'écarlate des esquimaux fondus. De sa main valide, Actinium alla ouvrir la porte du module.

— Viens, dit-il sans une once d'émotion dans la voix. Il devrait être arrivé.

Kasey, qui n'était plus certaine de comprendre quoi que ce soit, se contenta de le suivre. Ils descendirent l'escalier. Le planning du salon de chirurgie esthétique était visiblement chargé, ce matin-là. Les box d'opération étaient déjà remplis de clients sous sédatif, si bien que personne ne remarqua l'employé à la main en sang qui traversait l'établissement, ni la jeune fille qui l'accompagnait. Une fois à l'extérieur, tous deux gravirent les marches. À mesure que Kasey les montait, l'étroite allée qui menait à la rue principale apparaissait devant ses yeux et, avec elle, le robot-coptère garé au milieu, peint en blanc et vert, aux couleurs des hospels.

En un éclair, l'adolescente comprit pourquoi Actinium avait agi comme il l'avait fait. Contrairement aux instituts tels que GRAPHYC, les hospels n'admettaient que ceux qui avaient vraiment besoin de soins. Ce qui était le cas du garçon. Lui et son acolyte avaient désormais une bonne raison de s'y rendre, validée par un biomoniteur. Ils avaient là une occasion en or de demander des comptes au médecin qui avait signé la décharge de Celia – et ce n'était pas grâce à Kasey !

Elle sentit une curieuse pression lui étreindre la gorge. Elle en fit abstraction et monta à bord du robot-coptère tout en se demandant pourquoi elle n'avait pas pensé à le faire venir en sacrifiant son sang à elle. Actinium se hissa à son tour dans la cabine mais, aussitôt, l'appareil indiqua ERREUR : PASSAGER NON CLASSÉ. Un rappel des plus opportuns car, à présent qu'ils se trouvaient dans le domaine public, où leur nom et leur rang s'affichaient au-dessus de leur tête, il était impossible de ne pas se rendre compte que [ACTINIUM, RANG : 0] ne pouvait être qu'une identité piratée. Kasey était assise – et même collée cuisse contre cuisse – à côté d'un parfait inconnu.

C'était tout Celia, ça. Elle avait le chic pour fédérer les gens qui l'entouraient, malgré leurs différences, et même lorsqu'elles étaient de taille, comme entre Actinium et Kasey. Voilà à quoi songeait cette dernière, trop ébranlée par la blessure du garçon – involontaire ou pas – pour prêter attention à la manière dont il reprogramma le robot-coptère afin d'y enregistrer son identité à elle alors même qu'il ne s'agissait pas d'une urgence médicale la concernant.

« KASEY MIZUHARA, déclara l'appareil juste avant le décollage. LOCALISATION DU DOMICILE CONFIRMÉE. NOUS VOUS CONDUISONS À L'HOSPEL DE LA STRATE-10. »

Le labyrinthe des complexes de modules diminuant peu à peu sous leurs yeux, les deux passagers s'élevèrent jusqu'au plancher de la strate supérieure. Un orifice s'ouvrit dans cet étage (comme dans tous les suivants) et, l'instant d'après, le robot-coptère se catapulta à la verticale, fusant à travers l'éco-cité à la vitesse d'un boulet de canon. Celia aurait adoré le frisson de l'accélération… du moins, avant le crash qui avait emporté leur mère et les Cole, à l'époque où elle raffolait encore de ce genre de sensations fortes. Kasey, elle – moins traumatisée, certes, mais aussi moins tête brûlée –, n'avait jamais compris cet attrait et ne le comprenait toujours pas. La douleur née dans sa gorge s'était propagée dans sa poitrine et la comprimait. L'adolescente s'extirpa du véhicule à la seconde où il toucha terre. Elle avait déjà parcouru la moitié du chemin jusqu'aux portes de l'hospel lorsqu'elle se souvint de l'existence d'Actinium. Elle s'immobilisa aussitôt, gênée par cette négligence évidente.

— Vas-y, lui dit-il quand elle se retourna pour l'attendre.

— Mais ta main…

— Doit être examinée aux urgences, compléta-t-il en inclinant la tête vers l'accès au service en question. On se retrouve tout à l'heure, devant l'entrée, si tu veux.

Kasey n'avait rien contre ce plan. Ce n'était pas son soutien moral qui suturerait la plaie du jeune homme. Il survivrait bien sans elle. Mais n'était-ce pas trop grossier de sa part d'accepter la proposition sans aucune hésitation ? Peut-être devrait-elle au moins faire semblant de s'inquiéter et lui demander…

— Je m'en sortirai, va, reprit Actinium avant de s'éclaircir la voix. (Kasey continuait de le fixer et il détourna les yeux.) Enfin, si ça peut te rassurer.

C'était le cas. Elle hocha la tête en signe d'assentiment, puis repartit à grandes enjambées. Lorsqu'elle arriva devant l'entrée, les panneaux en polyverre des portes automatiques s'écartèrent pour la laisser passer. Avec son parquet et ses fougères ornementales suspendues çà et là, le hall d'accueil de l'hospel ressemblait assez – en matière de style – au module des Cole. Après tout, ils en étaient les fondateurs. D'ailleurs, au cas où on ne l'aurait pas deviné d'emblée, la bannière accrochée au mur à l'approche de l'anniversaire de leur disparition se chargeait de le rappeler, de même que l'aspect des robots-enregistreurs : conçus en conformité avec le décret Ester, ces automates à l'allure rudimentaire n'avaient pas de visage et ne pouvaient donc être confondus avec les secrétaires humaines, dont le sourire attirait spontanément tous les nouveaux arrivants. Tous, sauf Kasey. La jeune fille se dirigea d'abord vers les robots, mais quand elle comprit que l'obtention d'une consultation sans rendez-vous nécessitait un entretien personnalisé dépassant leur niveau d'habilitation, elle fut contrainte de se tourner vers la réception, où étaient assises trois jeunes femmes. Le vide au-dessus de leur tête ne dévoilait aucun rang. Lorsque la cadette des Mizuhara leva les yeux, elle s'aperçut que son immatriculation aussi s'était éteinte. Curieux… Son Intraface plaçait pourtant le hall dans le domaine public. Elle finit par remarquer la plaque de cuivre apposée au bureau d'accueil devant lequel elle se tenait :

LE SECRET MÉDICAL EST UN DROIT.
LE RESPECT DE VOTRE VIE PRIVÉE
EST UNE DE NOS PRIORITÉS.

Le secret médical ? C'était précisément l'un des éléments qui avaient tué Celia. Le tison d'une colère ardente embrasa aussitôt Kasey. La fureur dut transparaître jusque dans sa voix, car lorsqu'elle demanda à être reçue par le docteur Goldstein, le sourire de la secrétaire en face d'elle disparut sur-le-champ.

— Quel est le motif de votre visite ?

— Ma sœur.

L'employée laissa le silence s'étirer un instant. Quand elle comprit que son interlocutrice ne développerait pas, elle se borna à soupirer.

— Merci de bien vouloir fixer le point rouge, nous allons procéder à la vérification de votre identité, dit-elle en effleurant la vitre du bureau d'accueil pour y faire apparaître un écran holographique.

Kasey obtempéra, communiquant au serveur de l'hospel, par scan rétinien, son nom, son rang et son lieu de résidence. Le système valida sa requête. Son Intraface sélectionna le premier créneau de libre dans l'emploi du temps du docteur Goldstein et enregistra le numéro de son cabinet. Tous les voyants étaient au vert.

— Attendez une minute, dit pourtant la secrétaire avant de procéder elle-même à toutes les vérifications d'usage.

Une précaution qui rendait l'identification oculaire sécurisée complètement superfétatoire, mais l'adolescente garda cette remarque pour elle. Sans doute était-ce simplement la manifestation du constant besoin d'attention qui caractérisait ses semblables. Elle se retint aussi de réagir lorsque la secrétaire s'arrêta au milieu de sa lecture pour tapoter l'épaule de sa collègue de gauche.

Il ne fallut que quelques secondes avant que la situation ne tourne au vinaigre : les deux jeunes femmes avaient beau échanger à mi-voix – « C'est elle… Qui ça ?… Kasey Mizuhara » –, ce n'étaient pas les oreilles humaines que redoutait l'adolescente.

Sans surprise, l'hologramme d'un premier reporter – prévenu par l'alerte de géolocalisation associée à l'énonciation du nom de Kasey – se matérialisa derrière l'intéressée. Une douzaine d'autres suivirent, profitant du caractère public du hall de l'hospel, pendant que la jeune fille, coincée dans son enveloppe physique, n'avait aucune possibilité de se déconnecter. Sa seule issue : les ascenseurs – référencés par son Intraface comme domaine privé. Fendant la horde semi-transparente des journalistes, elle fonça vers la rangée de cabines.

— Kasey ! Kasey ! la hélaient-ils.

Une chance qu'ils ne puissent pas me toucher, se dit-elle juste avant qu'une de leurs questions ne la prenne à la gorge.

— Ça vous fait quoi de savoir que le bateau a été retrouvé ?

Elle ne s'arrêta pas. Elle ne ralentit même pas et prit soin de conserver la même expression. Mais, en matière d'extrapolation, il n'y avait pas plus douée que la presse.

— « Affaire Mizuhara : Kasey est la dernière à être mise au courant du sort de sa sœur », dictait déjà l'un des reporters.

Les autres clignaient furieusement des paupières, désireux d'engranger le maximum de photos de la jeune fille dans leur Intraface. Pas découragés pour un sou, ils continuèrent de mitrailler – bien que d'un peu plus loin – même quand leur cible eut atteint le fond du hall, où elle pressa le bouton d'appel d'un des ascenseurs. Dès que les portes coulissèrent, elle se rua à l'intérieur. Là, dans l'intimité de la cabine, elle consulta son Intraface. Cinquante-cinq nouveaux messages, de Meridian pour la plupart. Aucun de son père, mais ça ne voulait rien dire.

L'adolescente ouvrit son application de suivi de l'actualité. Le gros titre ressortait dans de multiples fils d'informations :

LA MER REJETTE LE BATEAU SUR
LA MASSE TERRESTRE 660, MAIS LE CORPS
DE LA VICTIME RESTE INTROUVABLE

Elle attendit d'éprouver quelque chose à la lecture de cette nouvelle mais, quand rien ne lui vint, elle se rendit compte que ce maudit bateau n'avait aucune importance. Qu'il n'était qu'un objet inanimé. Que le cadavre même de son aînée n'avait pas d'importance. Retrouvé ou non, à l'heure qu'il était, il serait lui aussi inanimé. Tout ça à cause du médecin qui recevait dans le cabinet 412.

— Toutes mes condoléances, dit d'entrée de jeu le docteur Goldstein à Kasey après qu'elle eut pénétré dans son bureau avec une demi-heure d'avance. C'est une véritable tragédie, ce qui est arrivé à votre sœur.

— Pourquoi ne l'avez-vous pas soignée ? voulut-elle savoir.

— Hmm… fit le praticien. (La jeune fille eut la très nette impression qu'il changeait son fusil d'épaule, ce qui la déconcerta au plus haut point. Elle aurait pourtant cru qu'ils étaient sur la même longueur d'ondes.) J'ai bien peur que Celia ne m'ait pas autorisé à divulguer quoi que ce soit, pas même aux membres de sa famille.

Kasey, elle, avait bien peur de n'en avoir rien à faire.

— Les Cole ont trouvé le remède à tous les cancers, rétorqua-t-elle vivement.

Les yeux fixés sur le médecin, elle le mettait au défi de lui demander comment elle avait découvert ce dont avait souffert son aînée.

— Pas les plus récents, finit-il par répondre avant de se résoudre à un dernier effort (sans doute parce que son interlocutrice avait l'air à deux doigts de décider d'infiltrer elle-même les dossiers de l'hospel.) Venez, je vais vous montrer quelque chose.

Ils reprirent l'ascenseur, qui les fit descendre jusqu'au troisième et dernier sous-sol. L'endroit était plongé dans le noir, mais les lumières ne tardèrent pas à détecter leur présence et s'allumèrent aussitôt, révélant une salle remplie de caissons de stase.

— Ce sont des modèles à usage médical, précisa le médecin lorsque Kasey s'avança dans la pièce.

Elle n'avait pas eu besoin de l'aide de son guide pour le remarquer : elle avait utilisé des prototypes en tous points identiques lors de sa dernière compétition au sein du club de sciences. Pour la même raison, elle devina tout de suite ce qu'allait ajouter le médecin.

— Le cas de Celia était… Il était d'une rareté extrême, mais quelle maladie l'homme n'a-t-il pas réussi à terrasser ? Dans cinquante ans, il se pourrait qu'on soit capables de pratiquer des transplantations cérébrales. Dans un siècle, d'inverser le processus du vieillissement. Ce n'est qu'une question de temps. Et c'est ce que ce petit bijou nous octroie, conclut-il en tapotant l'un des caissons. Du temps.

Un mauvais pressentiment s'installa au creux du ventre de la jeune fille.

— Combien d'années lui avez-vous annoncées ?

— Tout d'abord, ce que vous devez bien comprendre, c'est qu'il est impossible de savoir exac…

— Combien ?

— Aux alentours de quatre-vingts, pour peu que l'innovation continue à progresser au même rythme.

Quatre-vingts ! Comme transpercée par une onde de choc, Kasey s'immobilisa. Le docteur Goldstein se chargea de combler le silence engendré par le mutisme de l'adolescente.

— Elle était déjà en phase terminale quand elle est venue me voir.

Il présumait que la visiteuse était dans le déni en ce qui concernait la gravité de la maladie de sa sœur.

— Elle avait d'ailleurs réussi à cacher son déclin à la perfection, si vous voulez mon avis, poursuivit-il.

Il pensait que la cadette des Mizuhara se sentait coupable de n'être pas parvenue à détecter l'état de son aînée. Il se trompait sur toute la ligne. Elle ne ressentait rien, si ce n'est une gêne provoquée par cette boule qui grossissait dans son estomac.

— Et elle a accepté ?

— Bien sûr que oui, voyons !

Il tapota l'air devant lui pour y faire apparaître un écran holographique où s'affichait un formulaire de consentement libre et éclairé. La date de verrouillage du caisson de la patiente avait été choisie quelques jours seulement avant son départ en mer. Elle avait apposé sa signature au bas du document.

— Comme je l'ai dit tout à l'heure, c'est une véritable tragédie. (Kasey s'arracha à la contemplation du paraphe de sa sœur pour découvrir le médecin en train de la couver d'un regard compatissant.) Nous étions fin prêts à l'accueillir avant… l'accident.

En l'entendant prononcer ce dernier mot, l'adolescente eut soudain envie de le secouer comme un prunier, de lui démontrer à quel point il se méprenait. Le bateau, la sortie en mer… tout ça n'avait rien d'un accident. Celia avait menti. Malgré ce que laissait penser le formulaire, elle n'avait pas renoncé à la vie au profit d'un sommeil encapsulé sans date de fin garantie. Le docteur Goldstein pourrait toujours répliquer que la crainte d'abandonner une existence qui touchait de toute manière à son terme ne rimait à rien et qu'en l'état actuel de l'avancée de la science, la malade n'aurait eu d'autre horizon que la mort, Kasey serait forcée d'admettre qu'il avait raison. Si ça avait été suffisant pour convaincre Celia de l'imiter, elle n'aurait pas hésité à s'enfermer elle-même dans un caisson, rien que pour être aux côtés de sa sœur lorsqu'elle en ressortirait – huit décennies ou un millénaire plus tard, peu importe.

Seulement, le monde de l'aînée ne se réduisait pas à sa sœur cadette. Celia était haute en couleurs, elle vivait pour savourer amours et amitiés, incapable de se contenter de moins. Voilà pourquoi elle avait fait ce choix-là.

— Elle a choisi de mourir, expliqua plus tard Kasey à Actinium.

Ils étaient assis sur le toit d'un complexe de modules de la strate-25, le robot-coptère posé à côté d'eux. L'appareil avait été programmé, à l'origine, pour les déposer chez les Mizuhara dès leur sortie de l'hospel, mais le jeune homme avait piraté le véhicule afin qu'il les emmène où bon leur semblait. Ce qui, pour l'adolescente, ne correspondait ni au module de Kasey ni à celui d'Actinium, tous deux trop gorgés des souvenirs de Celia. Les cours étant terminés pour la journée, elle ne pouvait pas non plus retourner en classe. Il y avait bien l'île, mais à quoi bon aller voir la carcasse de ce bateau ? Elle n'en avait aucune idée. Elle ne voyait plus d'intérêt à rien.

— Elle s'est débarrassée de son Intraface pour qu'on ne puisse pas la suivre à la trace, poursuivit-elle. Elle a choisi de mourir en mer.

Au détriment de la vie, qu'importent ses chances de bénéficier un jour d'un remède.

— Elle n'a rien choisi du tout, répliqua Actinium.

Kasey secoua la tête en signe de dénégation. À sa sortie de l'hospel, elle avait d'abord eu l'impression d'un vide dans sa poitrine. La douleur s'y était ensuite réinstallée et depuis, elle l'irritait presque autant que la manière dont son compagnon chipotait sur les faits.

— Elle a choisi de se baigner dans l'océan.

— Dont l'eau n'a pas toujours été toxique, fit le jeune homme d'une voix étranglée.

La cadette des Mizuhara ne put s'empêcher de lui jeter un coup d'œil furtif. Même avec des morceaux de verre plantés dans la paume, il ne lui avait pas semblé aussi torturé qu'à présent. Les yeux de l'adolescente s'arrêtèrent sur la main blessée de l'employé de GRAPHYC, désormais bandée. Elle aurait cru qu'il sortirait des urgences sans plus aucune trace de sa blessure, mais que connaissait-elle, en réalité, des plaies, des fractures ou des cœurs brisés ?

— Ça fait mal ? demanda-t-elle.

— Non… (Prête à le croire sur parole, elle opina du chef.) Je te demande pardon.

Elle le dévisagea, perplexe.

— Pourquoi ?

— De t'avoir fait peur.

— Ce n'est pas le cas, répliqua-t-elle d'une voix impassible.

Ce à quoi Actinium ne répondit rien. Il ne hocha même pas la tête. Kasey détourna le regard, ses deux poings – parfaitement intacts – serrés sur ses genoux.

À leurs pieds, la foule allait et venait à travers le grand bazar de la strate-25, l'un des rares endroits où l'on pouvait encore se procurer des biens matériels (telle la nouvelle chemise d'Actinium – celle qu'il portait depuis la veille étant désormais trop tachée de sang pour être mise en public). Les étals des vendeurs s'alignaient sur tout le pourtour de cette grand-place, au centre de laquelle luisait pour l'heure l'hologramme de Linscott Horn.

« *Mais je vais vous dire quel est le problème, Pete,* lançait-il au journaliste politique assis dans le fauteuil en face du sien. *À partir du moment où l'humanité dans son ensemble habite une seule et même planète, il lui est impossible, en matière d'empreinte carbone, d'être plus propre que le plus sale de ses représentants. Or, depuis l'avènement des hominidés, la lie de notre espèce s'est toujours concentrée sur les Territoires 1, 2 et 4. Quand le reste du monde passait à la fission nucléaire, eux se cramponnaient au charbon. Quand ils ont commencé à en manquer, ils se sont mis à creuser toujours plus profond pour en trouver, ce qui a déstabilisé l'intégralité de la croûte terrestre et créé les mégaséismes qui nous empoisonneront l'existence jusqu'à la fin de nos jours. Ensuite, quand les autres territoires ont peu à peu abandonné la fission, qu'ont-ils fait, Pete, à votre avis ? Je vous le donne en mille : ils ont décidé de s'y mettre…* »

— Ça te va, si on bouge de là ?

Au grand soulagement de Kasey, Actinium se leva sans poser de questions. Elle ne fut d'ailleurs pas certaine de ce qui l'avait poussée à quitter leur perchoir avant que la portière du robot-coptère ne se referme, réduisant Linscott Horn au silence. Ce n'est qu'à ce moment-là qu'elle se rendit compte qu'elle ne voulait plus rien avoir à faire ni avec lui, ni avec son discours, ni avec Meridian, Sid, ou aucun des autres membres du club de sciences qui se trouvaient sans doute dans les parages – sur la place ou sur un toit, comme elle –, tous tellement accaparés par l'exercice de leur liberté d'expression, alors que Celia, elle, ne pouvait même plus ne serait-ce que respirer… Et Kasey non plus, d'ailleurs. L'aéronef eut beau décoller, la soustraire au plan dans lequel gravitaient ses pairs, leurs actions continuaient de l'affecter : son rang clignota un instant avant de s'éteindre totalement, preuve que la tentative de piratage de ses camarades de lycée avait dû réussir. Tant mieux pour eux. *Tant mieux pour tous les habitants de cette planète*, songea-t-elle lorsque l'image de Linscott Horn se volatilisa à son tour, elle aussi victime de Sid et de ses acolytes.

L'hologramme du polémiste fut aussitôt remplacé par l'emblème du C2P – deux Terres reliées l'une à l'autre pour dessiner le symbole de l'infini.

Au même moment, un message apparut dans l'Intraface de Kasey :

ALERTE MÉGASISMIQUE
LE COMMUNIQUÉ QUI VA SUIVRE
VOUS EST TRANSMIS À LA REQUÊTE
DE L'UNION PLANÉTAIRE
LE C2P INVITE TOUS LES ÉCO-CITOYENS
À RESTER CALMES

Invitation totalement inutile. Pendant que les images du bulletin de l'Union planétaire se succédaient sur l'écran holographique de la grand-place – vidéos de bâtiments qui s'écroulaient comme de simples tours de jeux de construction, de ponts qui rompaient au-dessus d'autoroutes, d'immeubles résidentiels emportés par les glissements de terrain, événements qui se produisaient tous pour de vrai et en temps réel –, les passants continuaient leurs achats de sous-vêtements, de nutriments en cubes et autres articles parmi les rares encore indispensables au quotidien hors du monde virtuel. Après tout, rien ne pouvait atteindre le ciel. Ni les ondes de choc du tremblement de terre ni les tsunamis qu'elles engendraient. La seule chose que les éco-citoyens partageaient avec le reste du monde, c'était l'air qu'ils inhalaient – et encore, il était filtré. Leurs villes flottantes avaient été construites pour protéger la planète, mais aussi pour les protéger, eux, de ses dérèglements.

Malheureusement, la différence entre asile et prison se révélait aussi ténue que la membrane d'une cellule. Cette enveloppe, un rien suffisait à la déchirer : la mort d'une sœur, un mensonge insidieux… ou même un bête dysfonctionnement.

Depuis les hauteurs de la strate, c'est exactement ce dont Kasey fut témoin. Tout partit d'un individu lambda. Il monta dans une capsule qui refusa de se mouvoir, pour la même raison que le robot-coptère lorsque Actinium s'y était assis la première fois. La plupart des services de l'éco-cité ne s'activaient que grâce à la lecture du rang de leurs usagers, c'était aussi simple que ça. Sauf que ce jour-là, vu les récentes nouvelles, toutes les conditions étaient réunies pour que chaque éco-citoyen imagine le pire. S'ensuivit donc un spectacle tellement absurde, tellement aberrant, que Kasey préféra regarder ailleurs. Incapable d'observer la soudaine ruée paniquée des badauds vers les conduites, elle se concentra sur la suite du reportage de l'Union planétaire. Elle vit les journalistes annoncer qu'un nuage de radioaxons libérés par d'anciens réacteurs nucléaires fissurés se déplaçait déjà dans l'atmosphère. Elle fixa, sidérée, le diagramme qui s'affichait à l'écran, les cercles concentriques représentant les zones irradiées, le camaïeu de bleus illustrant la trajectoire des particules actinifères dans l'air et les chiffres recensant d'un côté le nombre des décès attestés, de l'autre celui des décès imminents.

Kasey aurait dû compter parmi ces victimes. C'est ce qui se serait produit si Celia avait gardé son antiderme dans l'eau et pas elle.

Une nouvelle alerte en provenance du C2P surgit dans le champ de vision de son Intraface, réclamant cette fois le renfort d'agents désœuvrés pour contenir le mouvement de foule de la strate-25 et aider à la restauration de l'affichage des rangs. Pour ce dernier point, Kasey aurait pu mettre ses compétences à disposition, pour peu qu'elle ait été à même de répondre à l'appel. Mais elle était imperméable à toute sollicitation, comme déconnectée de la réalité. Même les cris de la foule, qui étouffaient jusqu'au bourdonnement du moteur du robot-coptère, ne parvenaient pas à la tirer de sa transe. Quelques minutes plus tôt, à peine, chaque habitant de la ville flottante demeurait encore si certain de sa place dans ce monde. Avant que de se sentir directement menacé par le danger, aucun des éco-citoyens ne se souciait de savoir que des hommes, des femmes et des enfants mouraient par milliers à l'autre bout de la planète.

Ils ne méritent pas d'être en sécurité, et moi non plus.

— Les autorités ont retrouvé son bateau, s'entendit-elle dire.

— Où ça ?

Elle savait qu'Actinium poserait la question. Il avait versé son sang pour Celia, sans se préoccuper un instant de la douleur – exactement comme Kasey ne se souciait plus de rien, désormais.

— Sur la masse terrestre 660, répondit-elle avant de lui dicter les coordonnées de l'île.

~~||||~~ ~~||||~~ |

— Et ça, dis-je afin de clore la visite de l'île, c'est la crête.

On s'est arrêtés sous son ombre, qui s'étire peu à peu. Je me suis donnée pour règle de ne jamais tenter de gravir le promontoire après le coucher du soleil. Résultat, rassembler de nouvelles pièces pour mon futur bateau devra attendre. Ma victoire de la journée ? Avoir réussi à tranquilliser le garçon à mes côtés.

Il est désormais habillé d'un pull de son choix, ainsi que d'un treillis un peu court au niveau des chevilles. Lorsqu'il renverse la tête en arrière, ses cheveux lui coulent sur la nuque.

— Et toi, tu escalades… ça ?

— Un jour sur deux, parfois.

— Mais… pourquoi ?

Vu le ton employé, il me croit complètement cinglée et je dois dire que je le comprends. Dans la pénombre grandissante, la paroi de pierre semble monstrueusement raide. Rien que de l'observer, j'ai les épaules qui tressaillent, prises du souvenir fantôme de multiples élongations et luxations. Une fois, j'ai chuté alors que j'avais déjà parcouru la moitié du chemin jusqu'au sommet et je me rappelle avoir vu ma vie défiler devant mes yeux.

Je n'exagère même pas – juste avant de m'évanouir, j'ai entendu mon crâne se fendre et je me suis dit : « Ça y est, je suis morte. » Je n'arrive toujours pas à saisir comment j'ai pu finir par me réveiller, avec une migraine de malade, certes, mais sans le moindre morceau de cervelle étalé sur le sol. Qu'à cela ne tienne, c'est maintenant que mon cerveau trépasse, à l'idée de devoir tout recommencer. Mais l'autre option – rester sur cette île, à jamais séparée de Kay – me semble un sort pire que la mort.

Tournant le dos à l'imposante hauteur de la crête, je commence à retourner vers le rivage.

— Je suis à la recherche de ma sœur, finis-je par expliquer.

Une brise marine s'est levée, froide et mordante, qui fait bruire les buissons rabougris accrochés au parterre rocheux. La surface des flaques d'eau de pluie se plisse de rides.

— Tu ne m'avais pas dit que l'île était abandonnée ? demande le garçon derrière moi.

— Si.

— Dans ce cas, elle est où, ta sœur ?

C'est qu'il est à la traîne, cet escargot ! *Attends-le...* Non, hors de question que je le laisse me ralentir.

— Loin d'ici. (Sans m'arrêter, je désigne d'un geste du menton l'étendue qui se déploie devant nous, le schiste qui se transformera en gravier puis en sable. L'île est assez petite pour qu'en me concentrant, je réussisse à entendre les vagues déferler sur la plage.) Quelque part de l'autre côté de l'océan.

— Et comment tu le sais ? insiste-t-il.

Décidément, il n'est ni marrant ni doué pour l'ironie, et maintenant qu'il s'est remis de sa frayeur, il commence même sérieusement à m'agacer.

— À partir du moment où elle n'est pas ici, où veux-tu qu'elle soit, à part là-bas ? répliqué-je en traversant une flaque peu profonde, non sans en faire jaillir quelques éclaboussures.

— Elle pourrait être morte.

Je m'arrête net. La brise retombe. L'île s'est tue. Il y règne un silence funèbre. Je ne perçois même plus le fracas du ressac.

— Impossible.

— Comment tu le sais ? répète le garçon, qui me rattrape enfin.

Sa voix est encore plus séduisante quand il est essoufflé. Ses yeux, qui m'apparaissent d'un gris limpide, brillent d'une émotion particulière. Je crois que c'est de l'inquiétude – il se fait du souci pour moi.

Sa réaction m'indigne autant qu'elle me touche. Il demande ça parce que mon histoire l'intéresse sincèrement. Ses questions sont à la fois importantes et légitimes... Il n'empêche pas moins que je ne peux pas me permettre de les affronter.

« Comment tu le sais ? » Je ne dispose ni des preuves ni des faits qu'exigerait Kay dans les mêmes circonstances. Seulement d'une conviction ancrée dans mon cœur, un espoir plus épanoui certains jours que d'autres, un élan de vie qu'il me faut protéger à tout prix.

Je détache donc mon regard de celui de mon interlocuteur pour le fixer sur le lointain, avant de me remettre en route.

— Je le sais, c'est tout.

— Et sinon, cette crête... ahane-t-il en s'efforçant d'aller à mon rythme. (*Ralentis...* m'exhorté-je, mais j'accélère. Le crépuscule qui rampe peu à peu sur l'île assombrit le roc sous nos pieds comme le ferait la pluie.) Il y a quoi de l'autre côté ?

Pile à ce moment-là, on arrive devant une espèce de muret de schiste qui, au contraire de la crête, est assez petit pour qu'on le contourne, même si je préfère passer par-dessus.

— Des pièces de bateau.

— Tu… (Derrière moi, mon compagnon d'infortune a toutes les peines du monde à m'imiter.) Tu construis un bateau ?

— Non, j'en loue un à la boutique de la plage.

— Quand tu sors en mer, tu as déjà atteint une autre côte ? demande-t-il.

Par Joule, mon humour est vraiment rouillé à ce point ? Soit monsieur a décidé de fermer les yeux sur mon sarcasme, soit il ne l'a carrément pas détecté. J'avoue que j'aimerais bien savoir.

Malgré l'absence de réponse, il ne lâche pas le morceau.

— Et s'il n'y avait pas d'autre terre, au large ?

Sa question me fait l'effet d'une bourrasque en pleine face.

— Pourquoi tu dis ça ? dis-je, le souffle soudain court. Tu te souviens de quelque chose ?

Les rochers alentour ont beau avoir rapetissé à mesure qu'on avançait, ils n'en paraissent pas moins menaçants maintenant que les ombres à leurs pieds s'étalent comme autant de mares de sang. Le terrain, d'ordinaire si plat, semble aussi grêlé que la surface d'une planète extraterrestre.

— Non, concède-t-il d'un ton qui m'a l'air sincère.

— Bon, écoute… (On foule désormais le gravier et j'aperçois l'arrière de la maison de M. M. qui se découpe contre l'horizon, aux dernières lueurs du jour.) Je ne sais pas qui tu es ni d'où tu viens, mais moi, ça fait trois ans que je me débrouille très bien toute seule. Je sais que je vais réussir à me barrer de cette île et je n'ai pas besoin de ton aide. Seulement, merci de ne pas réduire à néant mes espoirs, O.K. ? C'est tout ce que je te demande.

— Tes espoirs…

— Exactement.

— Ils pourraient bien finir par te coûter la vie, termine le garçon.

— Oui, eh bien, ils ne seraient pas les premiers à essayer, répliqué-je sans ralentir.

Après ça, on ne se parle plus pendant le reste du trajet.

• • •

Pour le dîner, je nous prépare un mélange de pissenlits et de feuilles à huit pointes. Si mon but était de convertir mon invité à la gastronomie insulaire avec ce premier plat, c'est raté. L'air d'avoir le mal de mer, il balade sa pitance d'un bord à l'autre de son assiette.

— Et tu as survécu en ne t'alimentant que de ça ?

— Non.

— Mais alors, qu'est-ce que tu manges, d'habitude ?

— Des biscuits de taro.

— Et pourquoi tu n'en as plus ?

— L'océan les a emportés.

— Comment ?

Je pose ma fourchette. Je ne me souvenais pas que tenir une conversation pouvait se révéler aussi fatigant.

— Quand j'ai pris la mer pour retrouver ma sœur, j'ai embarqué avec moi tout le taro que j'avais cultivé. Mais on a fini par se prendre une tempête.

— On ? répète le garçon.

— Hubert et moi.

— Hubert ?

— Il n'est plus là.

Silence.

Je reprends ma fourchette, mais je ne suis plus capable d'avaler quoi que ce soit. Mon estomac gargouille – les prémices d'une indigestion, sans doute – et j'attends. J'attends que le scepticisme et l'incrédulité de mon compagnon le poussent à rouvrir les vannes de son flot d'interrogations.

— Les plants de taro, finit-il par lancer, il t'en reste ?

Enfin une question simple, dont la réponse se trouve littéralement à l'arrière de la maison. Je recule ma chaise.

— On va voir.

Sous le porche, c'est mon genre de soirée préféré qui nous accueille : calme, sans vent. La blancheur de la lune égale celle du soleil. Le firmament dévoile un gris plus profond qu'à n'importe quelle heure de la journée. Non que je n'apprécie pas le jour, mais lorsqu'il s'en va, que la plage se pare d'argent et l'océan d'obsidienne, je me rends moins compte de ce dont me prive mon incapacité à voir les couleurs.

Malgré tout, les nuits sur l'île s'avèrent relativement froides et je commence à me frotter les bras dès qu'on descend les marches pour contourner la maison jusqu'au petit lopin de terre où poussent les pieds de taro. Je m'accroupis devant la première rangée. À en juger par la taille de leurs feuilles, aucun de ces tubercules riches en amidon n'est prêt à être récolté.

Le garçon se baisse à son tour. La chaleur qu'il produit naturellement me réchauffe le flanc droit, alors même qu'il y aurait la place de caler un autre être humain entre nous deux.

— Le sol a l'air appauvri. (Je ne peux pas m'empêcher d'observer le naufragé : sculptés par la lumière de la lune, ses traits révèlent des angles qui m'avaient échappé jusque-là.) Tu devrais le fertiliser.

Je m'extrais de ma rêvasserie. *Concentre-toi sur le taro, Cee.*

— Avec quoi ?

Ce n'est pas exactement comme si je croulais sous les sacs d'engrais azoté.

— À ton avis ? répond-il.

Ah, d'accord… je vois. Hors de question.

— Dégueu, dis-je sans pouvoir retenir un frisson.

— Dégueu ?

— Oui, dégueu. Je trouve ça crade.

Il tousse de manière… suspecte.

— Quoi ?

— Rien, rien.

— Qu'est-ce qu'il y a ?

— C'est juste que… Tu sembles tellement à fond dans le trip survivaliste, commence-t-il en se frottant les poignets d'un geste machinal, que je ne pensais pas que produire ton propre fertilisant te rebuterait.

— Eh ben, comme tu le vois, si.

— O.K… Donc on oublie cette idée merdique ?

— On oublie cette idée merdique.

Ne le regarde pas. Surtout, pas de contact visuel ! Sauf qu'à la seconde où je me tourne vers lui, évidemment, je craque.

Nou-2 s'approche, curieuse de comprendre ce qui se passe. Et ce qui se passe, c'est que j'ai régressé au point de me bidonner à la plus nulle des blagues pipi-caca. C'est plus fort que moi, je ne parviens pas à me contrôler. Vague après vague, mon hilarité n'en finit pas.

— Tu ne te rappelles toujours rien ? réussis-je enfin à articuler, des crampes aux joues comme aux abdominaux, le corps entier vibrant d'une effervescence que ne me procure d'habitude que l'ascension de la crête. De ta vie d'avant, je veux dire.

Il se tait. Son rire me manque aussitôt.

— Je devrais ?

— Parfois, les souvenirs me reviennent quand je redécouvre un objet ou une activité que je connais. (Je désigne les taros d'un geste du menton.) Et toi, tu m'as tout l'air d'un expert en jardinage.

— Je ne me revois pas en train de jardiner.

— Dans ce cas, d'où sort le petit compte rendu que tu viens de me faire sur l'état du sol ?

Parce que, pour ma part, je n'y vois qu'un carré de terre gris et je suis obligée de tempérer ma jalousie face à la manière dont mon voisin semble considérer que son érudition en la matière n'a rien d'exceptionnel.

— Je n'en sais rien, ça m'est venu comme ça, répond-il en haussant les épaules.

Quelque chose dans ce mouvement me semble forcé, comme si le survivant portait en réalité un fardeau bien plus lourd que ce que son attitude laisse à penser. Un instant plus tard, il se relève et repart vers la maison.

Attends ! ai-je presque le réflexe de crier, avant de me retenir. Ce sont les garçons qui courent après moi, pas l'inverse. Même si, sans celui-ci à mes côtés, il fait tout à coup frisquet. Le peu de chaleur qui subsiste le long de mon flanc droit se dissipe déjà. Non sans me frictionner à nouveau les bras, je m'en retourne moi aussi à l'intérieur.

• • •

Aujourd'hui, pas d'excuse : il faut que je franchisse la crête.

Debout avant le soleil, je m'installe dans la cuisine pour petit-déjeuner. Je ne saurais pas dire pourquoi, mais les feuilles ont encore plus mauvais goût maintenant que j'ai vu mon hôte se faire violence pour les manger. J'en mâchonne une aussi longtemps que possible, puis je crache la boule de fibres qui me reste en bouche par la fenêtre au-dessus de l'évier.

Mon colocataire, lui, est encore endormi dans la chambre. J'ai pris la bonne décision en insistant pour la lui laisser. Avec ses cheveux étalés sur le coussin et ses yeux parfaitement immobiles sous leurs paupières, il a l'air mort. La seule chose qui bouge chez lui, c'est son torse, qui se soulève et s'abaisse à intervalles réguliers. Le rythme de cette mécanique m'hypnotise et, telle une sale fouineuse, je le regarde sommeiller un moment. Puis je referme doucement la porte et je traverse la maison à pas de loup, sans oublier d'emporter un couteau de cuisine avant de sortir sous le porche, où m'attend Nou-2. Elle connaît la musique : comme à chaque fois, il ne me reste plus qu'à attraper le sac banane de M. M. et on est parties.

Sauf que, ce coup-ci, je m'arrête sur les marches. Est-ce que je fais vraiment assez confiance à ce bel au bois dormant pour le laisser sans surveillance ?

Il n'a pas réessayé de me tuer – eh oui, pas facile d'avoir ma peau ! –, n'empêche que ma gorge est encore sensible. Et même si on a partagé un moment sympathique hier soir devant les plants de taro, ce côté-là de l'île, c'est mon territoire, mon foyer. Sur l'autre versant, au-delà de la crête, dans cette prairie grise parsemée de petites sépultures, même moi, je me sens comme une étrangère. Je n'ai vraiment pas besoin d'imaginer, en plus, que mon invité surprise rôde sans doute dans les parages, prêt à me tomber dessus à l'improviste.

— Reste là, ordonné-je à Nou-2. Débrouille-toi pour qu'il ne quitte pas la maison.

— Pas du tout d'accord.

— Dans ce cas, qu'est-ce que tu suggères ? Que je le rattache au lit ?

Elle se met à vrombir. Je reformule donc ma question en une affirmation déclarative.

— Je devrais le rattacher au lit.

— Pas du tout d'accord.

— Non, tu as raison, ça ne se fait pas, marmonné-je à moitié pour moi-même.

Je revois encore l'expression paniquée du pauvre rescapé, le blanc de ses yeux dévoilé par la peur. Il n'est pas un animal, mais un être humain, comme moi.

— Ça ne se fait pas, répété-je à l'intention de Nou-2.

— Neutre.

— J'ai déjà escaladé la crête sans toi auparavant.

— D'accord.

— Je m'en sortirai.

— Pas d'accord.

— Paranoïaque.

— Paranoïaque : adjectif. Excessivement anxieux, suspicieux ou méfiant.

Oui, eh bien, je ne me reconnais pas du tout dans cette définition.

— Sois gentille, dis-je à Nou-2, et reste là.

Sur cette requête, je range le couteau dans le sac banane et je descends les marches du perron sans m'attarder plus longtemps.

Quand je dis que j'ai déjà escaladé la crête sans l'assistance du petit robot, ce n'est pas un mensonge. Il se trouve simplement que ce sont aussi les fois où j'ai failli me tuer en chutant. Malgré tout, grâce aux deux ans d'entraînement à mon actif, je parviens ce coup-ci au sommet en un seul morceau – ou presque –, n'y sacrifiant que la peau de mes paumes. J'amarre ma corde à un gros caillou. La descente est encore plus facile que la montée. Après avoir mis pied à terre, je m'extirpe de mon harnais de fortune et je laisse le cordage en place en prévision du retour.

Je traverse la prairie et ses sépultures en quatrième vitesse, jusqu'à atteindre l'orée de la forêt. Les pins étant trop broussailleux, je repère un beau spécimen parmi les arbres à feuilles à huit pointes, puis je commence à taillader la base de son tronc à l'aide de mon couteau de cuisine.

Deux heures et une douzaine d'ampoules plus tard, l'arbre mord la poussière. Et de un ! J'ai à peine terminé d'élaguer ses branches que je m'attaque à son voisin. À mesure que je trime, le ciel s'assombrit. L'air se fait moite.

Tout en essuyant la sueur de mon front, je sonde du regard la forêt qui s'étend devant moi. Dense, et pourtant… elle me donne presque l'impression de ne pas être là. Le Chantier naval au-delà s'impose à moi. Il m'appelle.

Cee.

Cee.

Cee.

D'accord, rien de nouveau sous le soleil. Toujours aussi coincée sur cette île, je continue de perdre la boule, lentement mais sûrement.

Lorsque vient l'heure du déjeuner, j'avale quelques feuilles, avant d'abattre un dernier arbre. Une fois cette mission achevée, j'attache mon butin avec un bout de ficelle sorti de mon sac banane, puis j'ôte mon pull – ne gardant sur moi que le débardeur plein de trous de M. M. – pour le remplir d'aiguilles de pins et de feuilles en décomposition. En guise d'engrais, voilà qui fera l'affaire. Je parie que mon spécialiste en jardinerie ne s'y attendra pas. L'idée de le surprendre m'arrache un petit sourire.

Le trajet retour à travers la prairie me semble plus long que d'habitude, sans doute parce que je traîne trois troncs entiers, en plus d'une bonne brassée de compost. Le temps de hisser le tout jusqu'à la cime de la crête, puis de descendre de l'autre côté, les nuages se sont amassés au-dessus de ma tête. Il commence à bruiner au moment où je tire mon fardeau sur la plaine rocailleuse aux abords de la maison. Arrivée sous le porche, je me débarrasse de mes arbres ébranchés près de l'entrée. Après avoir posé mon ballot de fertilisant à côté, je pousse la porte et…

Et je manque de ne pas reconnaître la cuisine. Le parquet a été astiqué – plus le moindre grain de sable en vue. Les différents plans de travail ont été nettoyés. La vieille cruche près de l'évier a même été garnie de pissenlits.

— Mince alors…

Nou-2 a dû avoir un bug. Ou alors elle s'est mise à jour.

— Mince alors, répète l'intéressée en pénétrant dans la pièce depuis le salon. Interjection populaire et familière. Exprime la surprise, l'étonnement, l'admiration.

— Mais, Nou-2, il ne fallait p… Oh ! (Je me suis arrêtée entre la cuisine et le séjour, si bien que, lorsque les demi-portes qui séparent les deux espaces se rabattent, elles viennent me frapper les mollets.) C'est toi.

Agenouillé pieds nus sur le sol, une serviette ornée d'un monogramme entre les mains et un seau d'eau à ses côtés, mon colocataire se redresse en position accroupie. Dès qu'il m'aperçoit, ses joues prennent une teinte plus foncée. Son regard se porte aussitôt sur mes sabots en caoutchouc.

— Tu mets de la boue partout.

Bizarre, quand même… Je suis à peu près sûre qu'il rougit, mais je ne comprends vraiment pas pourquoi. Quoi qu'il en soit, je retourne à la hâte balancer mes chaussures sous le porche.

— Tu as bien dormi ?

Ce n'est que son deuxième jour sur l'île, après tout. Mais, tout bien considéré, il s'en sort plutôt pas mal. S'il a eu le courage de faire le ménage, c'est même qu'il se débrouille mieux aujourd'hui que moi au quotidien.

— Comment tu te sens ? demandé-je lorsque je reviens dans le salon.

— Bien, répond-il d'un ton laconique.

— J'ai rapporté un peu de compost pour le jardin.

En guise de réponse, il ne m'accorde, cette fois, qu'un grognement. O.K., c'est noté, monsieur est d'humeur morose.

Je m'accroupis à sa droite et là, je remarque qu'il a les yeux bouffis. Quant à son nez, il m'apparaît plus foncé que le reste de son visage, sa nuance de gris plus proche de celle de ses joues. Aurait-il pleuré avant mon arrivée ? Avec un pincement au cœur, je me retiens de lui demander s'il est parvenu à se souvenir de quoi que ce soit. La dernière fois, la question n'a eu d'autre effet que de plomber l'ambiance et de créer une tension inutile entre nous. À l'évidence, cette amnésie est un sujet sensible pour lui – comme mon achromatopsie l'est pour moi.

— Tu n'es pas obligé de te donner tout ce mal, me contenté-je de dire quand je le vois s'en prendre à une tache dans le bois qui semble être imprimée là depuis la nuit des temps.

— C'est sale.

— Ça va, il y a pire.

Mais il n'en cesse pas moins de frotter. Résultat, non sans un soupir, je vais chercher une deuxième serviette dans la salle de bain, puis je reviens m'agenouiller auprès de lui. Lorsque je me penche sur le parquet, nos coudes s'entrechoquent et le garçon esquisse un mouvement de recul… avant de se figer.

— Tes mains.

Au moment de plonger ma serpillière dans le seau – qui se révèle rempli d'eau salée –, je n'ai pu éviter une grimace.

— Ce n'est rien.

Peine perdue : il a déjà pris mon poignet entre ses doigts. Au début, je le laisse ausculter mes paumes éraflées sans broncher. Mais à mesure que la chaleur de ses doigts se répand sous ma peau, je prends davantage conscience de mon enveloppe corporelle – ainsi que du haut troué qui peine à la recouvrir. Rendu transparent par la pluie, mon débardeur dévoile des parties de mon anatomie qui ne signifieraient rien pour Nou-2, mais ce garçon n'est pas Nou-2. Lui, il les verra différemment – il les voit d'ailleurs en ce moment même, à en croire la teinte de ses joues. Voilà que je me mets à mon tour à rougir. Ce qui me paraît ridicule. Je n'ai jamais eu aucun problème avec le fait d'exhiber mon physique – du moins, dans mes souvenirs. Alors, qu'est-ce qui cloche ?

Voyons… Déjà, la Cee d'avant prenait beaucoup plus soin de sa personne. Oui, ce doit être ça. Ma gêne n'a donc rien à voir avec cette présence masculine, qui me délivre justement son verdict d'un ton solennel :

— Tes égratignures risquent de s'infecter, dit-il pile au moment où je retire ma main de la sienne.

— Ça va cicatriser. (Je récupère ma serviette pour commencer à m'échiner sur la tache incrustée dans le sol.) Je t'assure, ajouté-je en relevant la tête quand je me rends compte qu'il ne s'est toujours pas remis au travail.

Malgré tout, ma réponse ne le satisfait pas. Je le vois à sa mimique, celle qu'il m'a déjà servie hier, lorsque je lui ai expliqué que je comptais retrouver Kay. J'ai de quoi lui prouver, pourtant, que je guéris vite, et de blessures bien plus graves que ces écorchures de rien du tout. Seulement, je ne tiens pas à lui décrire mes terrifiants accidents d'escalade. De toute manière, il semble plus porté sur le nettoyage. Le voilà qui s'y remet. En silence, on bataille tous les deux avec la tache récalcitrante. Lorsqu'on en vient à bout, la pluie s'est calmée. Le jardinier en herbe sort inspecter le potager. Pour ma part, je profite de ce qui reste de luminosité avant la tombée de la nuit pour débiter mes troncs en rondins rudimentaires qui me serviront à fabriquer Hubert 2.0.

Il faudra que je le baptise, ce nouveau compagnon… ou cette nouvelle compagne, d'ailleurs. *Léona*. Le prénom s'impose à mon esprit. Un prénom de lionne, qui m'évoque une certaine… ténacité. Joule sait que j'en aurai besoin pour quitter cette île à bord d'un simple radeau ! Parce que, franchement, c'est ce que sera Léona : rien de plus qu'un radeau. Je n'ai pas les compétences pour construire un vrai bateau à partir de zéro et, surtout, je n'ai plus trois ans à y consacrer.

Trop tôt à mon goût, les dernières lueurs du soleil s'évanouissent et je me vois contrainte de rentrer. Histoire de faire disparaître la crasse de la journée, je reste un long moment à tremper dans la baignoire mais, alors que je suis en train de me sécher, un alléchant fumet s'en vient flotter dans la salle de bain. Je suis les délicieux effluves jusque dans la cuisine, où m'attend une jatte. La vapeur qui s'en élève sent la purée de pommes de terre…

Agrémentée d'un tourbillon de beurre fondu et saupoudrée de ciboulette. Dans ma bouche, les saveurs s'entremêlent comme si elles étaient réelles. Je sais que ce n'est pas le cas, mais le sourire que me jette Kay assise de l'autre côté de la table est, lui, on ne peut plus authentique…

Quand je me penche en avant, le bord de la table me rentre dans le ventre. Ce qui ne m'empêche pas de saliver, jusqu'à ce que je me rende compte du véritable contenu du récipient. De la purée, oui, mais pas de patates : de taro.

Derrière moi, la porte s'ouvre et je fais volte-face pile au moment où le chef pénètre dans la pièce.

— Tu as récolté mes plants ?

— Juste deux d'entre eux, répond-il en allant se laver les mains dans l'évier.

— Juste deux ?

Mais, nom de Joule, il n'y en a que douze au total !

Mon interlocuteur ferme le robinet. Enchaînant les notes cristallines, les dernières gouttelettes s'écrasent au fond de la vasque.

— Je n'ai pas l'intention de nous laisser mourir de faim, rétorque-t-il.

Avant même qu'il ne se retourne, je devine la tête qu'il fait à l'intonation de sa voix, à l'espèce de disculpation préventive qu'on y décèle, comme s'il sentait qu'il m'avait hérissé le poil. Sur ce point, il n'a pas tort.

— Il n'y a pas de « nous » qui tienne.

Moi, je ne mange que le strict minimum et je stocke le reste. Si je m'entête à toujours confectionner les mêmes biscuits insipides, c'est parce qu'ils se conservent longtemps. La purée de taro ? C'est un luxe que je ne peux pas me permettre.

— Il faut que je rationne les provisions en prévision de mon voyage, poursuis-je.

Une expression passagère transforme soudain les traits du garçon, si fugace qu'elle m'aurait sans doute échappé hier. Mais en à peine un peu plus de vingt-quatre heures, j'ai déjà appris à lire en lui comme dans un livre ouvert. Cet infime pincement de lèvres ? C'est la marque de son scepticisme.

« Et s'il n'y avait pas d'autre terre, au large ? »

Cette douceur dans ses yeux ? Je la prenais pour de l'empathie, mais ce n'est que de la pitié.

« Elle pourrait être morte. »

Sa manière de penser que je me fais des illusions m'énerve au plus haut point, autant qu'elle m'effraie. Et s'il avait raison ? Le problème, c'est qu'on est tous les deux coincés dans cette minuscule cuisine, à seulement un mètre l'un de l'autre, et que je me retrouve assaillie par ses doutes, que je dois repousser à tout prix. Voilà pourquoi je m'entends conclure, sans avoir pris le temps de tourner sept fois ma langue dans ma bouche :

— Contrairement à toi, j'ai quelqu'un sur cette terre qui m'attend.

L'instant d'après, je ne suis plus capable de distinguer ni les traits du garçon ni l'impact de mes mots sur lui, car à travers les larmes qui me brûlent les paupières et me brouillent soudain la vue, je ne vois plus que le visage de Kay. Ses yeux à elle sont secs. Elle reste indemne quand je suis brisée. Je ne devrais pas l'être, pourtant – après tout, notre mère était à peine présente dans nos vies. Je me demande ce qui cloche chez moi, mais ce n'est pas ce qui sort de ma bouche.

« Franchement, qu'est-ce qui ne tourne pas rond, chez toi ? » lancé-je à Kay tandis que la scène vole en éclats. Lorsque je reviens au présent, dans la cuisine de M. M.,

mon compagnon d'infortune a disparu et je suis seule. Mes mains agrippent le bord de la table. De petites gouttes tombent sur le bois. Je les essuie d'un geste. Puis je me sèche les joues, avant de renifler. Dans le souvenir qui vient de m'apparaître, on était jeunes, toutes les deux, mais qui sait si la dernière phrase que j'ai sortie à ma sœur n'était pas tout aussi regrettable que cette horrible question ? Lui ai-je seulement déjà dit que je l'aimais et, si ce n'est pas le cas, en aurai-je jamais l'occasion ?

Ma réponse est : oui. Il le faut. Je tire le saladier à moi. J'ai beau avoir perdu l'appétit, hors de question de gâcher un repas – sous quelque forme que ce soit. Je goûte donc cette purée de la discorde. Un délice relevé au sel de mer. La culpabilité me dévore.

Je mange ce que mon estomac peut supporter, mais je laisse plus de la moitié du plat à mon colocataire. Pour quand il reviendra. Enfin, s'il se décide à revenir un jour.

Je monte la garde devant la fenêtre de la cuisine jusqu'à ce que la nuit soit complètement tombée, puis je me pelotonne sur le canapé, abattue par la situation et par ma propre réaction pathétique. Nou-2 s'approche et vient stationner près de mes genoux.

— Je l'ai blessé, lui dis-je d'un ton plaintif.

— D'accord.

— Il ne reviendra jamais.

Un peu mélodramatique sur les bords, je sais, mais c'est plus fort que moi.

— Pas d'accord.

— Tu m'as l'air bien optimiste, marmonné-je.

Je repose ma tête sur le bras du sofa accolé au rebord de la fenêtre, le regard fixé au plafond. J'imagine que, puisqu'on se trouve sur une île abandonnée relativement limitée en matière d'abris, mon compagnon d'infortune devra, effectivement, bien finir par revenir. Rien ne garantit, en revanche, qu'il voudra m'adresser la parole. *Sa voix va me manquer.* Consternée par cette pensée intempestive, je grogne et me couvre les yeux à l'aide de mon bras. Si seulement je pouvais confier mes émotions à Nou-2 et l'écouter me répondre que je me conduis de manière totalement déraisonnable ! C'est ce que Kay ferait, à sa place. Après tout, je côtoie ce garçon sans nom depuis, quoi ? deux jours ? Trois ans sans la moindre dose de compagnie humaine et en quarante-huit heures à peine, me voilà accro. La Cee du passé me rirait au nez si elle me voyait dans cet état, incapable de fermer l'œil et sursautant quand, aux alentours de minuit, un bruit s'élève, en provenance du porche. Au grincement de la porte d'entrée succède le craquement des demi-battants entre la cuisine et le salon, puis de pas, légers sur le parquet.

C'est lui. Je feins d'abord de dormir, si bien que je ne devine sa silhouette qu'à travers le voile de mes cils, mais lorsque je l'entends s'arrêter à côté du canapé, je me décide à remuer.

— Cee ?

Cette voix, c'est un murmure descendu de la lune. Et moi, je suis la mer, entraînée vers elle. Je ne résiste pas à cette attraction, pas plus que je n'y cède. Je la laisse juste naître, accueillant ce soudain désir de contact physique à bras ouverts après en avoir été si longtemps privée.

— Hmm ?

— Je ne voulais pas te réveiller, s'excuse-t-il sur le même ton.

J'ouvre les yeux. Debout au pied du sofa, il se tient immobile dans le rayon de lumière oblique qui filtre par la fenêtre au-dessus de ma tête. Le visage pâle, il a l'air fatigué, mais pas énervé.

Moi aussi, je suis fatiguée, et trop soulagée pour continuer de faire semblant.

— Je ne dormais pas vraiment, dis-je en m'asseyant. Je t'attendais.

S'ensuit un silence, légèrement gênant. Trop honnête ? Peut-être. Bon, dans ce cas, autant en finir tout de suite et déballer ce que j'ai sur le cœur depuis des heures :

— Je suis…

— Désolé, me coupe-t-il en m'ôtant les mots de la bouche. De t'avoir fait attendre et pour la manière dont je me suis comporté tout à l'heure. Même si je ne comprends pas toujours ta façon de vivre, ce n'est pas une raison pour ne pas la respecter. Et pour ce qui est des plants de taro…

Il commence à m'expliquer comment les tubercules se multiplient spontanément quand on les laisse pousser, mais je l'interromps en plein exposé :

— J'ai confiance en toi.

C'est en tout cas ce que je ressens, même si le formuler à voix haute me surprend. Enfin, moins que mon interlocuteur… L'espace d'une seconde, ses lèvres s'entrouvrent, se referment, puis il détourne le regard.

— Tu ne sais rien de moi.

Son mutisme suffit à laisser deviner la suite de son propos : « même moi, je ne sais rien de moi ». Si seulement je pouvais retirer ce que je lui ai jeté à la figure en début de soirée ou bien lui donner quelques-uns de mes souvenirs. Mais je n'ai rien à lui offrir de mieux que des évidences.

— Je sais que tu es doué pour la cuisine, le ménage, le jardinage et probablement un tas d'autres choses. Moi aussi, je suis désolée. (Ma gorge me donne soudain l'impression de se remplir d'épines et je me tourne vers la vitre, qui me renvoie mon reflet.) Parfois, quand j'ai peur, mes mots dépassent ma pensée.

— C'est moi qui te fais peur ?

— Non.

Ses questions, en revanche, c'est une autre histoire : elles ont tendance à arroser les graines que l'incertitude a déjà plantées en moi.

— Même si j'ai essayé de te tuer ? Enfin… à ce qu'il paraît, ajoute-t-il avec toute la mauvaise grâce du monde.

Sa réaction me fait sourire.

— Qu'est-ce que tu veux ? dis-je en me retournant vers lui. Faut croire que j'aime vivre dangereusement.

Je me recouche, étendue comme quelques minutes plus tôt, sauf que cette fois, je me sens beaucoup plus vulnérable : là où j'avais presque la sensation de ne faire qu'un avec le canapé, je redeviens un corps de chair et d'os dès que mes yeux croisent ceux du garçon, à l'autre extrémité du sofa.

— Je suis contente que tu sois là, murmuré-je.

Non que je souhaite à quiconque – pas même à mon pire ennemi – de s'échouer sur cette île, mais il comprendra ce que je veux dire. Je me demande si, lui aussi, il est heureux de ma compagnie. Il n'en montre rien, en tout cas.

— Tu devrais prendre le lit, se contente-t-il de me répondre.

— Je préfère dormir ici.

Silence.

Reste avec moi, pensé-je quand je le vois prendre une inspiration… pour finir par me dire :

— Bonne nuit, Cee.

— Bonne nuit.

Je le regarde quitter la pièce et, d'un seul coup, une espèce de trou béant s'ouvre dans ma poitrine. La douleur est atroce, semblable à celle d'une plaie. Pourtant, j'ai l'habitude de vivre en solitaire.

Sauf que, justement, mon problème ne vient pas de là : vivre en solitaire, c'est vivre sur cette île, au cœur d'un océan infranchissable, loin de tout, et de tous. Ça, je connais. Là, en revanche, je souffre de solitude : je vis trop près d'un autre être humain, je cohabite avec lui, et on choisit malgré tout de rester séparés, chacun derrière sa cloison. Lorsque je finis par m'endormir, les tourments de ce terrible sentiment me poursuivent dans mon sommeil et je rêve d'autres murs encore – entre Kay et moi. J'ai beau sentir la présence de ma sœur dans mon esprit, je ne peux toujours pas la serrer dans mes bras. Au bout d'un moment, n'y tenant plus, j'entreprends d'abattre l'obstacle entre nous, de le détruire à mains nues… mais de l'autre côté ne m'attend qu'une immensité blanche, à l'éclat aveuglant, ponctuée du cri des mouettes.

12

Le robot-coptère se posa sur le sable gris de la côte. Ils y étaient, sur cette fameuse île. La maison sur les rochers n'avait pas changé d'aspect depuis la dernière visite des deux sœurs, quatre mois auparavant. Seulement, ce moment semblait remonter à une éternité et c'était Kasey qui n'était plus la même.

Du moins le pensait-elle. Si elle n'avait pu s'empêcher d'imaginer la scène – et notamment l'élan de courage dont elle allait devoir faire preuve pour adopter une attitude prostrée et endeuillée –, ce tableau se dissipa, tel le fantasme qu'il était, dès que la portière du véhicule s'ouvrit du côté d'Actinium. Le cerveau de la jeune fille rebascula aussitôt sur son mode par défaut : celui de la logique. Elle attrapa le bras de son voisin.

— Les radioaxons…

— On ne craint rien.

Vraiment ? *« Tu ne crains rien avec moi »*, c'est aussi ce qu'avait affirmé Celia, son expression d'alors redoutablement similaire à celle du jeune homme en cet instant précis.

— Je ne prendrais pas le risque de te mettre en danger, poursuivit-il.

Son regard s'était posé sur les doigts de Kasey, toujours serrés autour de son biceps.

L'adolescente se douta tout de suite de ce qu'il devait penser : qu'elle n'avait pas eu la même réaction lorsqu'il s'était coupé. Elle ne s'était pas montrée si inquiète, loin de là. Mais c'était parce que les dégâts causés par le mug cassé étaient visibles, réparables. Les effets d'une irradiation aux radioaxons, eux, n'étaient ni l'un ni l'autre, ce qui les rendait d'autant plus vicieux.

Elle se contraignit néanmoins à lâcher son compagnon, avant de le regarder, impuissante, sortir à l'air libre sans plus de protection que celle offerte par la chemise noire et le jean qu'ils avaient achetés ensemble à la strate-25. Lorsqu'il se retourna pour lui tendre la main, elle refusa de s'appuyer dessus. Elle essaya de se convaincre que c'était à cause du pansement qui la bandait, même si, en réalité, elle avait surtout peur qu'Actinium ne la sente trembler de peur pour sa propre existence, et ce, alors qu'une vie bien plus vibrante que la sienne venait de leur être arrachée.

Kasey descendit du robot-coptère sans l'aide de personne, déboussolée comme elle l'était à chaque fois qu'elle pénétrait dans un nouvel univers. C'est exactement ce qu'était la masse terrestre 660 à ses yeux. Techniquement, l'île n'appartenait à aucun des territoires extérieurs. N'empêche que Kasey ne s'était jamais aventurée plus loin « à l'extérieur » que cet endroit qui ne ressemblait en rien à son éco-cité. Ici, le sol était vivant, le sable se mouvait sous ses pieds. Le ciel au-dessus de sa tête, d'un gris de moisissure, se révélait bien plus profond que les 90 mètres alloués à chaque strate. Sans compter qu'il y avait du vent, qui soufflait en bourrasques erratiques, semblables à des éternuements. Ne propageait-il pas son lot de radioaxons ? Repoussant cette pensée, ainsi que la panique qu'elle engendrait en elle, Kasey s'était tournée vers la maison de la plage quand une silhouette en sortit et se mit à leur faire signe. Actinium répondit aussitôt de la même façon, ce qui ne laissa à la jeune fille d'autre choix que de lever le bras à son tour. Elle essaya bien d'agiter la main, mais interrompit son geste avant même de l'avoir entamé, rongée de remords. Elle aurait dû être là en compagnie de Celia. Elles auraient dû être deux à saluer la femme au pull orné de carlins.

Elles avaient rencontré Léona dès le moment où elles avaient amarré *Hubert* à la jetée, la première fois qu'elles étaient venues. Elle leur avait fait faire le tour de l'île, de la crique jusqu'à la digue – un vestige du temps d'avant la fonte des glaces arctiques – alors que rien ne l'y obligeait. Elle n'avait aucune raison de traiter les deux sœurs comme ses propres filles et pourtant, c'est ce qu'elle avait fait. En la voyant s'approcher d'eux à petites foulées, Kasey sentit le sable se liquéfier sous ses talons. Son moral chavira. Sans Léona, Celia ne serait peut-être pas retournée sur l'île. Elle ne serait peut-être pas sortie en douce encore et encore, se contaminant un peu plus à chaque escapade. Léona ne pouvait pas le savoir, bien sûr. Malgré tout, rien que de voir le chagrin peints sur les traits de l'insulaire – alors même que l'ignorance des faits la protégeait encore –, la cadette se sentit soudain envahie de colère. Elle commença à reculer, mais trop tard : déjà les bras de la maîtresse des lieux l'enlaçaient et, dans un murmure, elle lui glissait à l'oreille :

— Oh, Kasey…

À ces mots, la vue de l'intéressée s'obscurcit et un souvenir ressurgi de nulle part l'engloutit. Un coup discret frappé à sa porte, à minuit. Un chuchotement – *« Tu dors ? »* – et le battement du cœur de sa sœur contre son front. *« Je ne te laisserai jamais tomber. »*

— Le bateau, parvint à croasser l'adolescente.

Elle perçut un hochement de tête contre son épaule, puis Léona la libéra. Ce n'est qu'à ce moment que Kasey remarqua un détail pour le moins perturbant – en dehors de l'absence de Celia.

— Où est ton masque ?

Même question, d'ailleurs, concernant l'antiderme et les lunettes de l'îlienne. Léona ne portait aucun des équipements de protection requis.

— Act ne t'a pas dit ? répondit-elle pourtant. On ne court plus aucun risque, ici.

Act ? La familiarité qu'impliquait l'emploi de ce surnom n'échappa pas à Kasey, pas plus que l'aisance avec laquelle Léona les entraîna tous les deux par le bras. Le temps qu'il leur fallut pour remonter la plage, la jeune fille se repassa toutes les fois où Celia et leur hôte avaient papoté sur le canapé pendant qu'elle-même bidouillait le robot-instructeur du foyer (un cadeau de la sœur de Léona). Kasey avait-elle raté de possibles allusions à la relation entre Celia et Actinium durant ces conversations ? Ou bien son aînée la lui avait-elle délibérément cachée, parce qu'elle se doutait du secret peu glorieux de sa cadette – qu'elle, Kasey, avait du mal à s'y retrouver dans les conquêtes de sa propre sœur ?

Ces deux questions, elle aurait voulu les poser directement à Léona, suivies de : « Mais comment ça, plus aucun risque ? » Cependant, quelles qu'aient été les interrogations de l'adolescente, elles se virent toutes balayées d'un seul coup lorsque, à l'approche de la crique, elle l'aperçut soudain sur les rochers, juste avant la courbe qui débouchait dans l'anse. Tiré sur le sable, hors de portée de la marée.

Le bateau n'avait jamais vraiment marqué l'esprit de Kasey auparavant. Pourtant, sa simple vue lui fit l'effet d'une lance fichée en plein cœur. Elle s'arrêta net, les rouages de son cerveau grincèrent puis cessèrent de fonctionner pendant qu'à ses oreilles, vagues et vent continuaient de rugir. Une douce pression sur son bras – « Prends tout le temps que tu voudras. Je serai à l'intérieur… » – et Kasey se rendit compte que Léona l'avait laissée seule avec Actinium.

— Je peux attendre à la maison aussi…

La jeune fille fit non de la tête. La dernière fois, elle lui avait dit que Celia aurait voulu qu'il reste mais, à vrai dire, elle aussi en avait besoin. Pour qu'il lui rappelle qu'aimer, c'était souffrir et que souffrir, c'était s'approcher de cette épave quand elle ne souhaitait au contraire que battre en retraite. À chacun de ses pas sur les rochers brillants de sel, elle se rendait un peu plus compte qu'elle ne valait pas mieux que les invités conviés à sa fête. Elle aussi espérait à moitié que sa sœur allait tout à coup bondir de derrière la coque en criant : « Surprise ! » Elle y crut jusqu'à la toute fin, jusqu'à ce qu'elle puisse presque toucher le bateau – ce bateau manifestement, indiscutablement vide.

Elle s'accroupit à côté. Hors de question d'appeler cette coquille de noix par le nom peint sur sa carcasse.

Aux yeux de Kasey, l'embarcation n'était rien de plus que le corbillard qui avait conduit Celia à sa tombe marine. S'il s'était agi d'un être vivant, la cadette aurait désiré lui faire le plus de mal possible. Mais ce n'était qu'un objet inanimé, déjà endommagé qui plus est – sa proue cabossée et son bordage à moitié arraché étaient autant de preuves des sévices que lui avait infligés la mer. Et sa passagère, avait-elle souffert ? connu la faim, la soif ? Ou bien son agonie avait-elle été rapide ? Kasey espérait que c'était le cas, que son aînée avait au moins eu la mort dont elle rêvait, aussi étrange que cette notion puisse paraître. Au milieu des vagues qui se brisaient sur les rochers alentour, l'adolescente prit soudain conscience de la présence d'Actinium dans son dos. Il demeurait debout. Kasey lui en était reconnaissante. S'il s'était agenouillé à ses côtés, saturant l'atmosphère de son propre chagrin, elle aurait définitivement sombré.

Elle se releva et essuya les embruns qui maculaient ses joues par ailleurs sèches. Comme promis, Léona les attendait chez elle.

— On va le faire livrer à l'éco-cité, annonça-t-elle aux deux jeunes gens.

Ils venaient de franchir la porte d'entrée et de se glisser derrière le bar à énergie, où deux bouilloires chauffaient sur le feu.

— Je préfère qu'il reste ici, répondit Kasey.

L'île était répertoriée comme un domaine privé, ce qui empêchait les non-résidents de s'y holographier. Combiné au fait que Léona ne possédait pas d'Intraface, ce simple obstacle suffirait à prémunir l'épave et les habitants du lieu contre toute intrusion de la presse.

— Dans ce cas, on l'enverra à Francis, proposa la maîtresse de maison. Il se fera un plaisir de le retaper et ce bateau sera bientôt comme neuf.

Il pouvait tout aussi bien le détruire, pour ce que Kasey en avait à faire. Malgré tout, par égard pour l'insulaire, elle se contenta d'acquiescer… avant de se raidir en entendant des voix retentir dans la pièce voisine.

Jetant alors un coup d'œil dans le salon, elle fut surprise d'y découvrir non seulement les Wang, mais aussi les Reddy, les Zieliński et les O'Shea accompagnés de leurs jumelles. Autrement dit, la totalité de la population de l'île, hormis les vacanciers de passage et le vieux Francis John Junior, homme à tout faire de son état, qui vivait dans la forêt. Les plus chanceux s'étaient serrés sur le canapé et les autres à même le sol – assis, pour plus de confort, sur les serviettes brodées aux initiales de Maisie Moore, la grand-mère de Léona. Tous étaient agglutinés autour du petit projecteur holographique de leur hôte et aucun – au grand désarroi de Kasey – ne portait de masque.

Elle perçut un mouvement au-dessus de sa tête et leva les yeux pour voir Actinium qui tendait lui aussi le cou vers le séjour. Il balaya la pièce d'un bref regard, puis poussa un soupir. Une drôle de réaction, venant de lui. Enfin, toujours moins bizarre que la manière dont il marmonna ensuite qu'il « sortait prendre l'air ».

Avant que l'adolescente ait pu lui demander ce qui le dérangeait, un cri les prit par surprise :

— Act !

Roma, l'une des jumelles âgées de neuf ans, déboula en trombe dans la cuisine et se précipita vers le garçon avant de freiner des quatre fers sur le parquet quand elle aperçut Kasey.

— C'est qui ?

Elles s'étaient déjà croisées, mais la jeune fille n'en voulait pas à Roma de ne pas s'en souvenir. Après tout, c'était Celia qui avait passé des heures à préparer des cookies fondants avec les petites pendant que Kasey, elle, restait en retrait. Elle n'était pas très à l'aise avec les enfants. Encore moins avec les présentations, aussi laissa-t-elle Actinium s'en charger.

— Une amie, répondit-il.

Pas tout à fait, mais le terme était sans doute plus facile à comprendre, pour une fillette. Plus clair, plus simple…

— Une petite amie ?

— Non, intervint Kasey au moment où la voix de Mme O'Shea leur parvenait du salon.

— Actinium ? C'est toi ?

L'instant d'après, le reste des insulaires affluait derrière le bar, contraignant la cadette des Mizuhara à s'écarter pour les laisser se diriger droit sur son compagnon, chacun tenant à lui serrer la main ou à l'étreindre. Actinium réagit beaucoup plus froidement que Kasey ne l'aurait cru à ces effusions.

— Tu leur as dit, n'est-ce pas ? finit-il par lancer à Léona.

Il semblait contrarié et quand le petit groupe commença à l'entraîner dans le séjour, l'adolescente ne put s'empêcher de compatir en silence.

— Ils étaient tous sur le point d'évacuer ! se justifia l'accusée, reléguée à l'arrière de l'attroupement. J'étais bien obligée de leur expliquer !

— Leur expliquer quoi ? s'enquit Kasey une fois la cuisine désertée. Pourquoi n'avez-vous pas eu besoin d'évacuer, finalement ?

Léona retira une des bouilloires du feu.

— Parce que l'air est filtré. Act nous a installé un bouclier tout autour de l'île.

Kasey n'en croyait pas ses oreilles. Elle voyait parfaitement ce que son interlocutrice voulait dire par « bouclier ». En sa qualité de résidente d'une des éco-cités, elle était protégée au quotidien par cette prouesse technique. Un champ magnétique équipé d'un système de filtration, invisible mais impénétrable, qui interceptait les toxines tout en préservant les villes flottantes des effets basiques de l'érosion. Avant qu'on lui interdise de pratiquer la science, Kasey avait passé un été entier à décrypter la mécanique et les équations derrière de tels dispositifs. Elle était même certaine de réussir à en reproduire un modèle miniature, si on le lui demandait. Mais en construire un aux dimensions de cette île ?

— C'est… commença-t-elle avant de laisser son commentaire en suspens.

Dans son esprit, différents liens s'établissaient enfin : l'absence de masque sur le visage de Léona, le chaleureux accueil des habitants du coin, sans compter le génie d'Actinium lui-même. À présent qu'elle y repensait, elle l'avait vu reprogrammer le robot-coptère de l'hospel en un tournemain, avec l'incroyable sang-froid qui l'avait déjà frappée lors de leur première rencontre. Seulement, tel un gène récessif, cette première impression avait été totalement oblitérée par l'épisode du mug cassé. Même si Kasey se remémorait encore l'odeur métallique du sang, il n'en apparaissait pas moins qu'elle s'était sans doute trop vite fait une opinion sur le garçon.

— C'est une sacrée entreprise, termina-t-elle.

Le qualificatif, cependant, lui semblait inadapté.

— C'est ma faute, admit Léona avec un sourire penaud. (Elle avait rempli les quelques tasses disposées sur la table et Kasey en sortit davantage.) Merci, ma puce. Je vous l'ai déjà dit, à ta sœur et à toi : je ne supporterais tout simplement pas d'abandonner la maison de Maisie. (Oui, l'adolescente s'en souvenait. À l'époque, elle venait de pointer les nombreuses défaillances structurelles de la bâtisse quand la propriétaire lui avait fait cette réponse.) Mais avec tout ce qu'on entend sur l'aggravation des tempêtes, Act n'était pas rassuré à l'idée que je reste du mauvais côté de la digue.

— Du coup, il t'a construit un bouclier.

— Il l'a construit pour nous tous, rectifia Léona.

Kasey hocha la tête. Ce n'était pas la première fois qu'un garçon en faisait beaucoup trop rien que pour éblouir Celia. Un jour, le fils du PDG d'une entreprise de tech-immersion était allé jusqu'à inscrire des poèmes d'amour à son intention dans le plafond de voûte de chacune des strates de la cité. Non qu'on lui demande son avis, mais Kasey trouvait le coup d'éclat d'Actinium plus grandiose, impressionnant même, extraordinaire – voilà l'adjectif qu'elle aurait aimé utiliser un peu plus tôt.

— Il n'a eu le temps d'en vérifier le fonctionnement que de mon côté de l'île, ce mois-ci, poursuivit Léona. J'ai donc invité mes voisins à venir passer quelques jours ici, histoire de ne pas avoir à trop m'inquiéter pour eux.

Elle désigna le salon d'une main distraite et quand Kasey regarda de nouveau de ce côté, ses yeux repérèrent aussitôt Actinium. En pleine conversation avec M. Reddy, il tournait le dos à la jeune fille.

L'arrière de sa chemise était détrempé. Comment… mais quand… et d'abord, où ? L'adolescente mit deux bonnes secondes à comprendre. Sur les rochers, il se tenait derrière elle. Les vagues avaient dû l'asperger à ce moment-là. Malgré tout, c'était bizarre qu'il se soit laissé éclabousser sans bouger.

L'attention de Kasey fut vite attirée vers le centre du séjour, où le projecteur diffusait à présent les images holographiques des tsunamis et des glissements de terrain qui touchaient dix des douze territoires extérieurs. Les deux secteurs rescapés restaient malgré tout condamnés à affronter eux aussi les retombées de microcinogènes et de radioaxons dans leur atmosphère – une menace mille fois plus redoutable que le mégaséisme à l'origine de toutes ces catastrophes.

C'était là le moment, l'ère historique à laquelle l'humanité n'avait pas voulu se préparer – comme si trop anticiper un événement et ses conséquences le rendait inévitable. Un raisonnement fallacieux, évidemment. Tout comme la tendance des êtres humains à se croire exceptionnels, d'ailleurs : 99 % des espèces du monde avaient déjà disparu. La question n'était donc plus de savoir si les hommes s'éteindraient à leur tour, mais quand. L'apocalypse aurait lieu, c'était une certitude. C'était même déjà le cas.

Et ce n'est pas plus mal, ne put s'empêcher de penser Kasey, avant de sursauter quand l'une des jumelles se mit à pleurer. La jeune Mizuhara n'aurait pas cru que des sanglots d'enfant puissent être aussi bruyants. Sans même s'en rendre compte, elle s'était progressivement avancée dans le salon pour mieux voir la retransmission et, lorsque Mme O'Shea changea de chaîne, l'adolescente se retrouva à regarder son propre père à l'écran.

« Les différents représentants du Comité de protection de la planète s'apprêtent à se réunir en urgence, aujourd'hui, à dix-sept heures, heure planétaire, annonçait la voix-off du présentateur tandis que David Mizuhara rejoignait une estrade aux couleurs du C2P. *Ensemble, aidés d'agents de l'Union planétaire et de représentants venus des douze territoires, ils décideront du meilleur cap à donner à l'humanité, au cœur des heures les plus critiques de son histoire. »*

Le brouhaha de la conférence de presse s'imposa en arrière-plan et, bientôt, le timbre monotone du père de Kasey emplit le salon de Léona.

« Ici, au sein des éco-cités, nous pensions que changer de mode de vie nous permettrait de retarder la crise à venir. Pourtant, en dépit des efforts acharnés du C2P et de tous les citoyens sous sa juridiction, la crise a fini par éclater. Nous restons néanmoins plus que jamais déterminés à préserver la santé de notre Terre et de ses habitants. C'est pourquoi, il y a maintenant dix-huit mois, nous avons commencé à rassembler des idées mettant en avant des solutions viables. Et je peux vous assurer… »

À cet instant, l'orateur marqua une pause. Son audience penserait sans doute qu'il avait simplement perdu le fil du texte qui défilait dans son Intraface, mais Kasey, elle, devina – à la manière qu'eut son père de remonter ses lunettes – qu'il venait en réalité de repérer une erreur factuelle dans la suite de l'allocution.

« Je peux vous assurer que nous étudions déjà avec le plus grand soin plusieurs de ces options, parmi les plus prometteuses pour notre avenir. »

Elle était là, l'erreur, ou, plutôt, le mensonge éhonté. Enfin, à moins que Barry n'ait dégoté une proposition encourageante dans les dernières – Kasey consulta l'heure dans son champ de vision *via* sa propre Intraface – 84 heures.

David Mizuhara en vint ensuite à parler technologies d'altération et de contrôle environnementaux, mais même si l'ensemble des territoires extérieurs se mettaient à suivre à la lettre les protocoles de nettoyage des TACE, jamais les éléments compensateurs distillés dans l'air ne seraient capables d'y neutraliser tous les composés létaux. En tout cas, pas avant que les liaisons chimiques de ces composés ne se brisent pour reformer des molécules plus mortelles encore – un processus accéléré par la hausse des températures autour du globe.

C'était exactement ce à quoi Linscott Horn avait fait référence, songea Kasey, la mine sombre. Les dominos étaient en place depuis des siècles déjà… Un tremblement de terre et ils tombaient tous. L'humanité l'avait bien cherché et ne pouvait s'en prendre qu'à elle-même.

« Pour suivre l'évolution de la situation en direct, rendez-vous sur les forums de l'Union planétaire, reprit le présentateur. *Les yeux du monde sont aujourd'hui braqués sur le C2P. Nous vous tiendrons informés du moindre développement en temps réel. »*

— Vous voyez ? dit Mme O'Shea aux jumelles. Les experts vont arranger les choses.

Elle continua de parler. Le journaliste aussi. Leurs deux voix s'estompaient à mesure que Kasey reculait pour s'appuyer contre le mur – ou plutôt contre ce qu'elle croyait être le mur, mais qui se révéla une porte entrebâillée. Lorsque le panneau se referma sur elle, l'adolescente se retrouva cloîtrée dans la salle de bain – la pièce de la maison que son aînée préférait. Dans l'éco-cité, les douches consistaient en un mélange d'UV et d'air comprimé, tandis que les éternifibres – avec lesquelles avaient notamment été tricotés les pulls que Celia avait offerts à Léona – étaient autonettoyantes. Mais, dans cette bicoque, il y avait une baignoire et un lavabo à l'ancienne. Kasey ouvrit le robinet dans l'espoir de noyer le bruit des informations et dès que l'eau jaillit, le rang de la jeune fille se mit à clignoter dans son champ de vision.

Rang : 2,19431621
Rang : 2,19431622
Rang : 2,19431623

Sa fréquence cardiaque augmentait au même rythme que le nombre affiché par son Intraface.

105 bpm. 110 bpm. 115 bpm.

Elle regarda le miroir accroché au-dessus de la vasque, s'imagina le fracasser à mains nues, comme Actinium l'avait fait avec le mug.

Sauf qu'elle en était incapable.

• • •

« Les yeux du monde sont aujourd'hui braqués sur le C2P. »
Dans la tête de Kasey, la phrase du journaliste lui était directement adressée et se transformait en : « La planète entière saura que tu as refusé de l'aider. »

Personne ne vit la jeune fille quitter la maison, puis foncer vers la jetée. Elle freina à deux centimètres du bord, incapable, là encore, de sauter.

La douleur dans sa poitrine avait réapparu pour se métastaser dans ses poumons. Kasey inspira un grand coup et, dans l'espoir de s'en débarrasser, elle se mit à hurler.

À l'aube, il me reste encore la moitié du chemin à parcourir jusqu'à la maison lorsque le cri retentit. Ne suivant que mon instinct, je pique un sprint, je saute les marches du perron d'un bond, et je déboule dans la cuisine, mes yeux balayant déjà la pièce dans ses moindres recoins – Qui est blessé ? Qui agonise ? –, mais ce n'est que la bouilloire, qui siffle sur le feu.

J'avais oublié que les êtres humains ne sont pas bons qu'à mourir. Ils peuvent aussi être en train de préparer le petit-déjeuner en mon absence, tout bêtement.

— Salut ! me lance mon colocataire sans cesser de s'affairer devant les fourneaux, une grande serviette de toilette nouée autour du cou en guise de tablier. Où est-ce que tu…

Il s'interrompt dès qu'il voit l'état dans lequel je suis : pour faire simple, je suis trempée jusqu'à la taille, mes vêtements dégoulinent sur le parquet, j'ai les pieds plâtrés de sable et un lambeau d'algue géante entortillé autour de la cheville. Je n'ai aucune idée de comment désamorcer la curiosité du chef cuistot… Du coup, je n'essaie même pas : je lui dis simplement que je faisais du yoga sur la plage, puis je grimpe sur le plan de travail et je balance la clé de la maison sur la plus haute des étagères.

Voilà une bonne chose de faite. Dorénavant, je me casserai peut-être la figure et un bras par la même occasion en essayant de récupérer la petite maline au cours d'une de mes crises de somnambulisme mais, au moins, je ne me réveillerai plus comme ce matin, immergée dans l'océan jusqu'à la ceinture, au milieu des vagues qui me foncent dessus.

Descendue de mon perchoir, je repasse en coup de vent devant le cuisinier en chef pour filer droit dans la chambre. Je répondrai à ses questions plus tard. Une fois devant l'armoire de M. M., je farfouille parmi les cintres en quête d'habits secs, quand les mots prononcés l'autre jour par mon nouveau colocataire me reviennent tout à coup en tête.

« *Tes espoirs… Ils pourraient bien finir par te coûter la vie.* »

Je me retiens à la porte de la penderie. En temps normal, j'arrive à me persuader que marcher dans son sommeil jusqu'à la rive a quelque chose de franchement désopilant. Mais aujourd'hui, cette situation qui échappe à mon contrôle me préoccupe. À cause du garçon, mon cerveau reste bloqué sur l'idée que je pourrais très bien y passer, la prochaine fois. Le simple fait de partir du principe qu'il y aura une prochaine crise n'a, en soi, rien de rassurant.

— Dis…

Je prends une grande inspiration, je la laisse apaiser mon stress, puis je lâche la porte de l'armoire.

— Oui ?

Mon interlocuteur se tient sur le seuil de la chambre. Il a retiré son tablier, dévoilant ainsi sa tenue du jour : l'un des pulls à pompons de M. M. Ses cheveux fraîchement lavés lui gouttent sur les épaules. Ça lui va bien. Ce que j'apprécierais encore plus ? Que ses lèvres ne soient pas déjà en train de s'entrouvrir, prêtes à déverser leur flot d'interrogations dans trois, deux, un...

— J'aimerais bien me joindre à toi.

Je le dévisage, interdite.

— Te joindre à moi pour quoi ?

— Le yoga sur la plage.

Oh, comme c'est chou. Il m'a crue. En même temps, bien obligé. La vérité – que je suis somnambule – est trop insolite pour qu'il la comprenne de lui-même, tout simplement.

Eh bien, parfait, autant le laisser se leurrer ! Mes problèmes n'ont pas à devenir les siens et ce dont il ne se doute pas ne risque pas de le blesser.

— C'est un cours avancé, tu sais. (Sur cette entrée en matière, je défais l'attache de mon pantalon mouillé et manque de le baisser du même geste, avant de me rappeler ce que dicte la bienséance. Je jette un coup d'œil à mon colocataire, mais il s'est déjà retourné.) Pas sûre que tu aies le niveau.

J'enfile un autre treillis et je me dépêche de le serrer à la taille avant de prévenir le jeune homme que j'ai terminé et qu'il peut se retourner.

— T'inquiète, j'apprends vite.

Au son de sa voix, je lève la tête... avant de me prendre la penderie en reculant par réflexe. Il se tient juste devant moi, le regard légèrement voilé par ses longs cils. Je ne pense pas qu'on ait jamais été aussi près l'un de l'autre – consciemment, s'entend. Aucune chance d'oublier la fois où il a failli me tuer en m'étranglant.

— Un autre jour, peut-être. Là, il faut que j'y aille.

Encore troublée de m'être laissé prendre au dépourvu, j'attends qu'il se pousse pour passer. Au lieu de ça, il se penche en avant, sa tête effleurant la mienne, sa chevelure humide perlant sur mon épaule.

— Reste.

Dans son intonation transparaît tout à la fois un ordre, une prière et une invitation. Mon estomac s'en crispe d'envie. Le sang me bat aux tempes. Je sais parfaitement ce que j'aimerais, là, tout de suite : le plaquer contre l'armoire et l'embrasser à pleine bouche, comme je le ferais avec n'importe quel garçon qui me parlerait de cette manière.

Seulement, ça ne lui ressemble pas. Ce n'est pas le genre du naufragé que j'ai appris à connaître. Ce n'est pas non plus celui de l'espèce de pantin aveugle et sourd qui a essayé de m'assassiner sur la plage, mais… *Prudence, Cee*, souffle une voix dans ma tête quand je pose mes doigts sur sa joue et tourne la tête d'un millimètre à peine, histoire que mes lèvres lui caressent l'oreille.

— À moins que tu ne veuilles à nouveau te prendre un coup de genoux dans les couilles, lui murmuré-je, je te conseille de me laisser passer.

L'espace d'un instant qui me semble interminable, il ne se passe rien. Puis il recule d'un pas hésitant, comme s'il venait de se prendre une gifle. Il secoue la tête, ouvrant et refermant plusieurs fois la bouche, les yeux fixés sur moi comme si, de nous deux, j'étais la plus à même d'expliquer son étrange comportement. Soudain, il fronce les sourcils, plus perplexe que jamais.

— À nouveau ? Tu veux dire que… que tu m'as déjà flanqué un coup dans les…

Son timbre est redevenu normal. On ne peut pas en dire autant de mon rythme cardiaque, malheureusement. J'ai l'esprit embrumé, presque sonné, et rien que de réfléchir à une réponse requiert un effort colossal de ma part.

— Si tu ne t'en souviens pas, c'est que je n'y suis clairement pas allée assez fort, dis-je en regardant délibérément son entrejambe.

Sur ce, je le plante là pour ficher le camp sans traîner.

— Ne bouge pas ! lancé-je à Nou-2 avant de descendre les marches du perron en toute hâte, sans oublier de cueillir mon sac banane posée sur la rampe.

« *J'ai confiance en toi.* » C'est ce que j'ai dit au garçon.

« *Tu ne sais rien de moi.* » C'est ce qu'il m'a répliqué.

D'où le tableau des scores, mis à jour à l'instant :

Lui : 1

Moi : 0

• • •

« *Reste.* »

J'ai beau m'y efforcer – et Joule sait que c'est le cas ! –, impossible de me sortir sa voix de la tête. Je coupe mes arbres avec tant d'acharnement que les heures filent à toute vitesse et quand je tire mes cinq troncs du jour au pied de la crête, le soleil décroît déjà. Lorsque je me rends compte, en plus, que je vais devoir effectuer trois ascensions (puisque je ne peux pas transporter plus de deux troncs à la fois), je ne peux m'empêcher de pousser un juron. Mieux vaut ne pas tarder.

Le temps de me hisser au sommet du promontoire une première fois, la lumière a encore baissé. Je me dépêche de me délester de mes deux premiers arbres mais, tandis que je me prépare à redescendre pour récupérer les deux suivants, un son me parvient du côté rivage. Je m'immobilise. À nouveau, le même genre de bruit. Une voix.

— Cee !

Je risque un œil vers le sol. Nom de Joule ! Mon bel éconduit est en train d'escalader la crête... sans corde !

Je lui jette aussitôt la mienne – juste à temps. Ses mains s'y cramponnent pile au moment où il perd pied. Je le regarde dégringoler, en apnée, et lorsque le câble interrompt enfin sa chute, mon cœur s'arrête.

— Tu vas finir par te tuer ! m'écrié-je avant de percevoir un discret scintillement, à la base du promontoire.

C'est Nou-2, qui baguenaude dans les parages, comme si de rien n'était. Non contente d'avoir laissé sortir celui qu'elle était censée surveiller, elle ne semble pas fichue de se rendre utile.

— Bon sang, Nou-2, aide-le !

Malgré mon affolement, le petit robot ne se presse pas pour se diriger vers l'alpiniste de pacotille, qui vient juste de replanter le bout de ses orteils dans la paroi.

— Pas du tout d'accord. Pas d'accord. Neutre. D'accord.

De longues minutes passent à écouter les conseils de Nou-2 avant que le pauvre grimpeur n'atteigne enfin le sommet. Je lui empoigne sur-le-champ le bras pour le tirer de toutes mes forces vers le haut.

— Explique... toi, ahané-je lorsqu'il s'écroule à moitié sur moi.

— Laisse-moi... te donner... un coup de main.

— Non ! Pas... question.

Peu importe l'étrangeté de son comportement de ce matin, je ne laisserai pas mon premier et unique hôte mourir sous mes yeux dans un bête accident d'escalade. Il commence à reprendre son souffle.

— Le soleil est sur le point de se coucher.

— Et alors ?

— Et alors, il n'y a pas de temps à perdre.

Sans attendre ma réponse, il s'empare d'un des arbres élagués, puis s'approche du bord, comme s'il suffisait pour descendre de s'avancer dans le vide. Je le retiens par l'arrière du pull.

— O.K., déjà, pas la peine d'y aller avec les troncs. Ils sont bien assez difficiles à transporter en montée, autant laisser la corde accomplir le reste du boulot.

— D'accord… D'autres tuyaux ?

Non. Rien d'autre, à part que tu ne devrais pas être là. Mais le soleil n'interrompra pas sa course juste pour nous laisser discuter. De toute façon, impossible de sangler un être humain dans mon dos comme je le ferais avec mes arbres. Il faudra bien qu'il finisse par rejoindre le sol tout seul. Je pousse un long soupir en signe de capitulation.

— Bon, écoute bien.

Je lui montre comment nouer la corde autour de ses cuisses à la manière d'un harnais, puis je lui propose de tenter la descente côté prairie.

Il apprend vite – sur ce point, il n'a pas menti. Avec lui pour m'assister, je n'ai même pas besoin de me retaper l'ascension chargée des trois troncs restants. Une fois à terre, il se contente de les attacher en fagot au bout du cordage. Toujours postée en haut de la crête, je n'ai plus qu'à les hisser jusqu'à moi. Le soleil sombre derrière la ligne d'horizon pendant qu'on fait parvenir nos cinq arbres côté rivage, avant d'effectuer notre propre descente dans la pénombre du crépuscule.

— Merci, finis-je par dire à mon partenaire d'un jour lorsqu'on traîne notre fardeau sur l'étendue rocheuse qui mène à la maison. Mais tu n'as pas intérêt à me refaire un coup pareil.

— Je te jure que je ne te ralentirai pas.

— Peut-être, mais je m'en fiche.

— Je n'ai rien d'autre à faire…

— Eh bien, rappelle-moi de salir la maison, histoire de t'occuper.

Ma réplique lui arrache un petit rire. Une réaction qui lui va bien, qui s'insère parfaitement dans la liste de ce que je sais sur ce garçon que je crois connaître, dont le mystère réside dans l'absence de souvenirs et qui, la majorité du temps, semble tout sauf dangereux ou charmeur. C'en est presque dommage, d'ailleurs. (D'un regard en coin, je le vois essuyer la sueur sur son front.) Parce que, pour être honnête, flirter et plus si affinités avec un autre être humain, ça me manque. Or, je pense qu'en la matière, mon compagnon – bien que tout juste passable comme assistant –, se révélerait un partenaire particulièrement… (in)décent.

Cette nuit-là, comme les précédentes, chacun n'en va pas moins se coucher de son côté – lui, dans la chambre et moi, sur le canapé. Mais, le lendemain, je le retrouve debout au petit matin, prêt à partir en même temps que moi. Après quelques protestations de ma part comme de la sienne, je finis par accepter qu'il m'accompagne pour la journée. Pareil le jour suivant.

Forcément, on en vient à mettre en place une espèce de routine. J'abats les arbres. Il les emporte au pied de la crête. Grâce à notre système de relais, les transférer de l'autre côté va deux fois plus vite qu'auparavant, d'autant que les heures passent plus rapidement quand on est en bonne compagnie. Bientôt, il ne me reste plus que trois troncs à couper pour achever Léona. Mon équipier et moi, on a même eu l'occasion de discuter de choses et d'autres.

— Qu'est-ce que tu te dis quand tu penses à moi ? me demande-t-il tout à coup le quatrième jour, alors que chacun de nous traîne son chargement à travers la prairie lors de ce qui sera probablement notre avant-dernière sortie.

L'espace d'une seconde, je ne vois pas trop ce que je pourrais lui répondre. « Je te trouve gentil, serviable », me semble un peu froid, mais « Je te trouve super-cool » paraîtrait au contraire trop enthousiaste. Heureusement pour moi, il s'empresse de préciser sa pensée.

— Est-ce qu'il y a un nom générique que tu me donnes, dans ta tête ?

Ah. Non, pas vraiment…

— Tu voudrais que je t'en donne un ? dis-je, non sans hausser un sourcil.

— Ça dépend.

— Oh, allez ! (Je lui assène un petit coup de coude.) Je peux t'en choisir un bien.

— Mais ce serait bizarre de piocher un nom aléatoire, juste parce qu'il t'est passé par la tête, non ?

— Je te jure que ce ne sera pas le cas. Voyons… Dimitri ? proposé-je trois secondes plus tard.

— On avait dit pas le premier qui te passe par la tête !

Les hautes herbes ondulent autour de nous à mesure qu'on s'y trace un chemin. Elles me chatouillent au passage et je me gratte l'oreille.

— Qu'est-ce que tu lui reproches, à ce prénom ?

— Aucune idée.

— Dans ce cas, c'est qu'il n'y a rien à lui reprocher.

— C'est juste qu'il sonne trop…

Il laisse sa réflexion en suspens. J'attends un moment, mais il ne desserre plus les lèvres. Je finis par pousser un soupir.

— Très bien. (J'ai plus d'une suggestion à lui soumettre.) Que dirais-tu de Tristan ?

— Même problème qu'avec Dimitri, répond-il. (L'étendue de la prairie se trouvant désormais derrière nous, les dernières tiges géantes s'écartent sous nos pieds et on parvient enfin à la crête, qui nous surplombe de toute sa hauteur.) Tous les deux, ils font…

Il plisse le front, la mine soudain pensive.

— Ils font quoi ? insisté-je, refusant cette fois-ci de lâcher l'affaire.

— Tu promets de ne pas te moquer ?

— C'est promis.

Il se décharge de son fardeau devant l'immense mur de pierre.

— Ils font… mec super-viril.

Impossible de ne pas exploser de rire.

— Tu avais promis ! s'insurge-t-il aussitôt.

— Je sais, je sais. Vraiment pas sympa de ma part. Pardon. (*Moi, je trouve que ça te correspond plutôt bien*, songé-je. Mais mon acolyte semble trop mortifié pour que j'ose ajouter quoi que ce soit à voix haute.) C'est juste que… c'est vraiment ça que tu penses, quand tu les entends ?

Vu sa tête, il ne voit pas ce qu'il y a de drôle.

— Tu aurais utilisé un autre adjectif, peut-être ?

— « Mystérieux », sans doute. Ou « ténébreux ».

— J'ai l'air de quelqu'un de ténébreux, selon toi ?

— O.K., donc, pas de passé sombre et tragique ?

— C'est ça. C'est tragique, je sais, mais on fait avec…

Je pars d'un grand éclat de rire qui met mes abdominaux au supplice. Debout dans l'ombre de la crête, on reste sur place, sans travailler, sans rien faire, pour une fois. On parle, c'est tout. J'aimerais que ce moment dure indéfiniment.

— Que dis-tu de Heath ?

— Hors de question.

— Arrête de rejeter toutes mes propositions !

— Arrête de toutes les tirer du même panier. (Il fronce les sourcils, tout à coup sérieux, puis me regarde droit dans les yeux.) Toutes ces idées, elles te viennent comme ça ? Sans réfléchir ?

— Ben… oui.

— Parce que… peut-être que les prénoms, ça fonctionne un peu comme les visages qu'on voit en rêve, dit-il. Peut-être qu'on ne peut garder en mémoire que ceux des gens qu'on a réellement rencontrés auparavant.

— Faudrait que tu la notes, cette théorie. Histoire de la faire publier dans je ne sais quelle revue scientifique quand on aura quitté cette île.

Et de finir engagé par une entreprise d'inno-technologie. O.K… d'où ça sort, ça ?

— Moi aussi ? demande-t-il alors, me tirant aussitôt de mes pensées.

— Toi aussi, quoi ?

— Moi aussi, tu me vois quitter cette île ?

Il n'y a aucune amertume dans son ton, aucune accusation. La douceur de sa question est comparable à celle des quelques gouttes de pluie qui commencent à tomber.

— Tu n'es pas obligée de répondre, ajoute-t-il soudain avant d'entamer son ascension.

Et de me planter par la même occasion au pied de la crête, sans voix. Génial… Il n'y a pas d'autre mot. Non mais, franchement : il n'a pas le droit de me poser une question pareille pour me laisser ensuite me triturer les méninges à essayer de savoir ce qu'il a vraiment voulu dire. Parce qu'il est tout bonnement impossible qu'il demeure si stoïque à l'idée que je l'abandonne sur cette île… Pas vrai ?

Pendant le dîner, je l'observe. Pareil pendant qu'on fait la vaisselle. Mais il ne laisse rien échapper qui puisse éclairer ma lanterne et lorsqu'on se sépare pour la nuit, je me retrouve à me tourner et me retourner sur le sofa, rongée par sa question : *« Moi aussi, tu me vois quitter cette île ? »*

Le radeau pourrait être assez spacieux pour nous deux, si je l'agrandissais encore. La vraie difficulté, ce sont les provisions. On n'en a pas assez en réserve pour se lancer ensemble dans un voyage à durée indéterminée. Je pourrais partir la première, finis-je par décider. Si j'échoue, j'aurai au moins épargné à mon camarade de mourir noyé. Et si je parviens à mes fins, si je réussis à retrouver Kay, je suis sûre qu'elle m'aidera à porter secours à celui qui m'aura permis de mener à bien cette expédition. Mais, en même temps, pourquoi présumer qu'il aura envie de venir avec nous ? Qui me dit qu'il n'a pas, lui aussi, un proche à retrouver, mais dont il ne se souvient pas ? Et même si ce n'est pas le cas, même s'il est vraiment seul ici-bas, ça ne dévalue en rien le désir qu'il a peut-être de retourner chez lui, non ? Son existence vaudrait-elle moins que la mienne simplement parce qu'il n'est pas regretté ni aimé par quelqu'un ?

— Tu dors ?

Le tourbillon dans ma tête cesse dès que j'entends son chuchotement. Je secoue la tête, avant de dire « non » à voix haute, au cas où il n'aurait pas vu mon geste dans le noir. Il contourne le canapé et je me redresse en prenant soin de plier les jambes pour lui faire de la place. Il s'assied, le coussin sous mes pieds se creuse et quelque chose dans mes entrailles en fait autant tandis que je m'adapte peu à peu à sa présence en face de moi.

Silencieuse, je m'attends à ce qu'il revienne sur ce qu'il a dit juste avant d'escalader la crête. En tout cas, je n'imaginais pas qu'il me demanderait :

— Ça t'arrive de rêver de choses que tu ne comprends pas ?

— Parfois. (Parfois, ce que je contemple dans mon sommeil me semble trop beau pour être vrai : l'intensité du bleu des flots, par exemple, la pureté du ciel ou l'éclat de l'échelle blanche qui relie les deux.) Mais, la plupart du temps, je rêve de ma sœur. (Ou que je suis en train de nager en plein océan – sauf que, dans ces cas-là, je me réveille en général… dans l'océan, littéralement.) Et toi ?

Une minute entière s'écoule sans autre bruit que celui, régulier, de ma respiration, ponctué du clapotis léger de la pluie au-dehors.

— Du blanc, finit-il par murmurer. Dans mes rêves, c'est tout ce que je vois.

— Quel genre de blanc ?

— Du blanc… à perte de vue. (Une brève inspiration.) Un blanc pire que le néant. Du genre à te rendre aveugle.

Dans son timbre étouffé, la peur a beau être à peine audible, elle demeure bien présente. Rien que de la discerner, j'ai l'impression qu'on m'arrache le cœur. D'instinct, je me penche vers mon interlocuteur, qui reprend :

— Je ne sais même pas comment tu t'es débrouillée pour vivre ici toute seule aussi longt… Qu'est-ce que… qu'est-ce que tu fais ?

— Je chasse tes rêves.

Une main sur son épaule, je me suis mise à passer l'autre dans sa chevelure. Il s'est pétrifié, mais ne recule pas d'un pouce. Même quand ma tempe remplace en douceur ma première main.

— Et maintenant ? s'enquit-il.

Son souffle court me donne l'impression qu'il a cessé de respirer.

— J'écoute tes peurs. Pose ta tête sur la mienne.

Au bout d'une seconde, il s'exécute – bien qu'il prenne d'infinies précautions, comme s'il craignait que nos crânes se brisent. Lorsqu'il s'appuie enfin sur moi, l'air retrouve d'emblée le chemin de ses poumons : je suis assez près pour le sentir, maintenant qu'on est assis l'un contre l'autre dans l'obscurité, dans un calme plus plat que l'eau qui dort.

Calme que je finis malgré tout par briser, pour demander :

— Et mes peurs à moi, tu les entends ?

— Non, admet-il. (Puis, pile au moment où je commence à penser que ma question était peut-être trop étrange et ringarde à son goût, il poursuit.) J'entends la mer.

Le sourire qui naît alors sur mon visage flotte sans doute encore sur mes lèvres lorsque je finis par m'assoupir pour m'enfoncer dans un rêve où je marche sur la plage en compagnie de Kay. Bientôt, elle se baisse et ramasse un coquillage. *« Regarde, une spirale de Fibonacci »*, dit-elle en me le montrant. En temps normal, une vision pareille aurait déclenché chez moi une crise de somnambulisme qui m'aurait conduite jusqu'à la rive, mais ce lendemain matin-là, c'est la lumière se déversant par la bonne vieille fenêtre de M. M. qui me réveille. Un tapotement sourd et répétitif résonne sous ma joue : le battement d'un cœur.

Encore somnolent, mon cœur à moi se ranime dès que je constate l'œuvre de la gravité. Au cours de la nuit, ma tête a manifestement glissé sur le torse de mon colocataire et on est tous les deux tombés sur les coussins du canapé. L'un de ses bras pend vers le sol, tandis que l'autre repose sur ma taille. Quant à sa tête, elle est renversée en arrière, exposant sa gorge pâle.

Je tâte mon propre cou. Les ecchymoses qui le marquent ne me font enfin plus mal. Cette nuit d'orage et de déluge me semblerait presque sortie d'un songe vieux d'une semaine déjà. Le garçon à côté de moi (sous moi ?) s'avère plus confortable que n'importe quelle couverture ou tapis et je serais bien tentée de me rallonger, mais mon radeau ne se construira pas tout seul. Au bout d'un moment, je soulève donc le bras de mon voisin, je le repose délicatement sur son ventre, puis je quitte le sofa.

Dans la cuisine, je me saisis d'une galette de taro qui reste du dîner et je sors la manger sous le porche. La marée monte au même rythme que le soleil dans le ciel. Mon invité continue de dormir. *Laisse-le se reposer.* Je n'ai pas besoin de son aide, aujourd'hui. Pas quand je n'ai plus que trois troncs à rapporter pour terminer Léona. Trois troncs à rapporter pour mettre les voiles.

Je ne ressens pourtant rien de la joie que je me souviens d'avoir éprouvée juste avant de finir Hubert. Au contraire, mon petit-déjeuner me pèse sur l'estomac et, quoi que je fasse – vérifier mon sac, franchir la crête ou même traverser les nuances de gris de la prairie et dépasser ses sinistres sépultures –, j'ai l'impression d'aller à deux à l'heure. Une fois arrivée à destination, je commence à abattre les arbres avec application, soucieuse de rendre efficace chacun de mes coups. Pendant ce temps, la forêt n'arrête pas de murmurer mon nom, de m'attirer à elle.

Cee.

Cee.

Cee.

Oh, et puis zut ! Lâchant ma scie de fortune, je me redresse. Au-delà de la lisière, il n'y a que les bois envahis de brume, puis le Chantier naval, plus loin. Pas de quoi avoir peur, franchement.

Je me décide à suivre l'appel et je m'aventure entre les arbres. Mes pas, d'abord bruyants, se font plus discrets à mesure que les pommes de pin sous mes semelles se transforment en humus. Pas de scarabée, aujourd'hui. L'île n'ayant rien d'une ménagerie, j'ai vite pu barrer les prédateurs de la liste de mes inquiétudes. Mais plus les nappes de brouillard épaississent autour de moi – déployées entre les branches comme autant de toiles d'araignée –, plus je me rappelle l'ampleur de ma solitude avant que le garçon ne débarque, et plus je me rends compte à quel point lui se sentira seul, après mon départ.

Je m'empresse cependant de chasser ces réflexions de mon esprit. Je ne le connais que depuis une semaine, alors que Kay et moi, on a partagé – puis perdu – des années entières : ces deux relations ne sont absolument pas comparables. Lorsque j'atteins la clairière du Chantier naval cernée par les tas de ferraille d'où, à force de fouiller, j'ai exhumé une à une chacune des pièces d'Hubert, toutes les épreuves que j'ai traversées me reviennent en tête : les innombrables ascensions de la crête, les bras et les côtes cassés, les difficultés, puis la liesse, suivie du désespoir d'être parvenue si près du but pour finalement tout perdre dans la tempête. Malgré mes craintes, il ne m'aura cependant pas fallu trois années supplémentaires pour trouver un autre moyen de quitter cette île. Partir reste la meilleure option pour moi. J'en baverai, mais je survivrai. Rien ne peut m'anéantir. Kay m'attend, je l'entends. C'est sa voix qui me parvient, depuis le fond du bassin.

Cee. Une feuille d'un gris de cendre se pose au milieu de l'onde, envoyant une ride troubler sa surface. Bras tendu, je m'avance en trébuchant vers le rebord. Mon visage se reflète parfaitement dans cette étendue plane comme du verre qui se brise lorsque je m'immerge dedans.

L'eau se referme sur moi. Mes pensées se dissolvent. Mes yeux s'ouvrent. La profondeur de cette piscine me surprend. J'écarte les flots devant moi comme deux rideaux et le fond m'apparaît. Tapissé de mousse, il est tacheté de champignons vénéneux, certains de la taille d'un galet, d'autres plus gros qu'une assiette, tous marbrés par la lumière qui filtre des hauteurs. À mesure que je m'enfonce, les ombres, à la manière de nuages, s'amoncellent. La masse d'eau alentour a beau sembler se prolonger à l'infini, au bout d'un moment, je commence à voir.

En couleurs, qui plus est – exactement comme dans mes souvenirs ou dans mes rêves. Kay m'apparaît. On est couchées sur le même lit, recroquevillées genou contre genou, tels deux rognons, dans une chambre minuscule. Tout en passant mes doigts dans ses cheveux, je lui parle. Mes mots s'inscrivent peu à peu sur mes mains, mes poignets et mes bras, avant de bleuir jusqu'à avoir l'air d'hématomes. Puis, tout à coup, les murs autour de nous s'effacent. Me voilà seule. Je m'entretiens avec un homme en costume blanc. *« Quatre-vingts ans »*, dit-il, mais je ne peux pas attendre aussi longtemps. Résultat, je me dirige vers la porte et je sors pour plonger aussitôt dans l'océan qui s'étend au-delà. Les vagues me lèchent la peau, puis je m'échoue sur la plage, où je sèche au soleil. Une femme accourt, pressée de me saluer. Elle porte un pull bleu pâle, décoré de petites têtes de carlin. C'est moi qui le lui ai offert. Elle me tend un mug rempli de thé et, ensemble, on se rend au pied d'une muraille de béton qui s'élance vers le ciel.

Devant mes yeux, les images se succèdent de plus en plus vite… avant de se figer net.

Soudain, j'étouffe. Quelque chose m'appuie sur l'abdomen, s'y arrime et me tire, me tracte, me hale vers le haut.

Cette pression qui me broie la taille, c'est en réalité le bras de mon colocataire, mais ça, je ne le comprends que lorsqu'on refait surface. Même si je n'ai pas l'impression qu'il cherche à me tuer, je ne peux pas m'empêcher de paniquer.

— Ça ne va pas la tête ! Qu'est-ce qui te pr…

Mais je m'interromps aussi sec, les yeux écarquillés comme s'ils voulaient absorber tout le turquoise de l'eau qui nous entoure, tout l'émeraude et le jade des arbres qui bordent le Chantier naval.

Turquoise.

Émeraude.

Ma vue se brouille, incapable de traiter les informations qui lui parviennent, incapable de faire le point sur quoi que ce soit. Quand elle y arrive enfin, c'est pour se fixer sur celui qui m'a tirée des profondeurs, son visage à quelques centimètres à peine du mien, chacune de ses respirations saccadées caressant mes lèvres. Les siennes sont roses. Quant à ses cheveux, aux mèches collées sur son front, ils sont brun foncé. Ses iris, eux, sont de la même couleur que le ciel.

De la même couleur… Par Joule, je vois en couleurs !

Bientôt, une voix parvient à se frayer un chemin parmi le bon millier de stimuli qui bombarde mes sens : celle de mon acolyte, qui m'exhorte à nager.

Mais difficile d'obéir quand il s'accroche à moi comme à une bouée de sauvetage.

— Qu'est-ce que tu fabriques ? finis-je par lancer, excédée, en tentant de me dégager sans même lui laisser le temps de me répondre.

Mon agitation ne manque pas de l'éclabousser et il recule, non sans gesticuler piteusement quelques secondes avant de commencer à reprendre le contrôle de ses membres.

— À ton avis ? rétorque-t-il sur le même ton, battant des pieds pour se maintenir à la verticale.

— Si tu veux tout savoir, on dirait que tu espères me noyer.

— Quoi ? Je t'ai sauvée, je te signale ! (Il recrache un morceau de feuille.) Tu ne bougeais plus ! s'écrie-t-il quand je lui jette un regard incrédule. Et tu étais sous l'eau depuis au moins trois minutes !

Mais bien sûr… J'aurais viré au bleu violacé depuis belle lurette si j'étais vraiment restée trois minutes sans respirer. Si j'ai failli y passer, c'est simplement parce que j'ai bu la tasse. Et à qui la faute ?

— J'ai chronométré, insiste mon bienfaiteur autoproclamé en me suivant tandis que je rejoins le bord. J'ai attendu aussi longtemps que je l'ai jugé raisonnable et je n'ai plongé que lorsque j'ai estimé que c'était absolument nécessaire.

Bla-bla-bla, cause toujours ! Je m'extrais de la piscine à la force des bras, pour m'affaler aussitôt sur le parterre de pissenlits.

— Parce que, crois-le ou non, continue mon interlocuteur (avant de se laisser tomber à mes côtés, hors d'haleine), sauter dans l'eau pour te repêcher, ça n'a rien de très amusant. (Il me jette un coup d'œil.) Tu vas te décider à dire quelque chose, oui ?

— Désolée de te l'apprendre, mais je n'ai pas besoin qu'on me sauve, nom de Joule !

— C'est noté, répond-il en adoptant le même ton irrité que moi. Je m'en souviendrai si jamais je te retrouve un jour cramponnée au flanc d'une falaise.

Il se rassied, raide comme un piquet, et commence à essorer le pull qu'il portait. Un vêtement bleu qui fait ressortir ses yeux.

— Qu'est-ce que tu regardes ? aboie-t-il quand il remarque que je le dévisage.

J'ai beau être encore agacée par son intervention, ma curiosité l'emporte.

— De quelle couleur sont mes cheveux ?

— Bruns, pourquoi ?

— Et mes yeux ?

— Marron. Chocolat, plus exactement, précise-t-il en me regardant d'un air perplexe. Tu es sûre que ça va ?

Je ne réponds pas. Une chevelure brune, des yeux marron foncé… Le portrait craché de Kay, en somme.

Le soulagement m'envahit peu à peu. En même temps, je ne vois pas ce que je craignais. On est sœurs, après tout. N'empêche que je me sens désormais plus proche d'elle que jamais – surtout grâce aux nouveaux souvenirs qui me sont revenus.

Les souvenirs. Ils ont arrêté d'affluer d'un seul coup, mais il y en a davantage, j'en suis certaine. Mon regard se porte instantanément sur la piscine, source de mes réminiscences avant que mon colocataire ne décide de s'en mêler…

D'ailleurs, voilà qu'il remet ça : il m'attrape la main et me contraint à me lever.

— Il est temps de rentrer.

— Ah oui ? Et d'après qui, au juste ?

— D'après celui de nous deux qui ne vient pas d'essayer de se noyer.

J'ai beau ronchonner de plus belle, je lui emboîte malgré tout le pas à travers la forêt, trop trempée et fatiguée pour entamer une dispute. Tout mon être bourdonne. Après les souvenirs, ce sont les couleurs que j'ai retrouvées ! C'est tellement étourdissant… et c'est sans doute la raison de mon cafouillage, une heure plus tard.

Les troncs, ficelés ensemble, ont été descendus côté rivage. C'est maintenant à nous de rejoindre le sol. J'y vais la première, mais j'ai à peine parcouru un mètre que l'un de mes pieds glisse. Aussitôt, mes doigts jaillissent vers la paroi, prêts à se loger dans la première aspérité venue, sauf qu'ils n'agrippent que le vide et, bientôt, mon autre pied dérape à son tour.

Au-dessus de moi, mon compagnon pousse un cri. Mes paupières se ferment et je serre les dents, parée à encaisser la brusque morsure du harnais à l'arrière de mes cuisses… sauf qu'elle ne vient pas.

La corde se déroule, sans nœud pour l'arrêter, et je continue de dégringoler.

14

Elle ne verrait jamais le cadavre, ne saurait jamais quand et comment Celia était morte. Une autre sœur n'aurait peut-être pas réussi à l'accepter. Kasey, si. Ce qu'elle n'acceptait pas, c'était justement d'y arriver si facilement.

Au-delà de la jetée, la mer qui avait parlé à son aînée lui parlait à elle aussi. Le vent murmurait à son oreille. *Insensible. Anormale. Déficiente.* Du casier de sport vandalisé au scandale qui avait entraîné sa punition, réussir à encaisser sans broncher ce que les autres n'auraient pas supporté lui avait toujours valu ce genre de qualificatifs. Lorsque Actinium s'était blessé, elle n'avait eu aucune réaction. Confrontée à la fatalité du pronostic de Celia, elle s'était résignée sans se poser de questions, pendant que lui pensait à solliciter le robot-coptère. Même à présent, la douleur logée dans sa poitrine lui faisait l'effet d'un corps étranger qui n'avait rien à faire là et elle devait s'empêcher de ravaler le tiraillement qui lui lacérait la gorge – éraillée par le cri qu'elle venait de pousser. Car il n'y avait rien de plus humain que de se faire du mal et d'en faire aux autres, que d'abaisser ses défenses devant la tempête – comme devant le véritable orage qui grondait au loin, rassemblant ses nuages noirs là où l'océan rejoignait le ciel. Si, deux mètres sous les pieds de Kasey, les vagues écumaient à force de remous, la voix d'Actinium lui parvint malgré tout par-dessus leur vacarme :

— Ne saute pas.

Par le passé, elle aurait sans doute trouvé la demande insultante. Qui serait assez irréfléchi pour s'exposer aussi bêtement au danger ? Pourtant, en cet instant, paraître plus émotive qu'elle ne l'était vraiment ne lui déplaisait pas.

— Ce n'était pas le but.

— Tant mieux, répondit-il en s'avançant à ses côtés. (Ensemble, ils restèrent un moment silencieux à l'extrémité de la jetée, le regard tourné vers la mer, tandis que l'air entre eux s'épaississait et s'alourdissait à chaque seconde.) Parce que le bouclier ne va pas jusque-là.

— Le bouclier que tu as élaboré toi-même.

Elle avait insisté sur ce dernier terme exprès, mais Actinium ne répondit pas. Elle lui jeta un coup d'œil. Il gardait les yeux résolument fixés sur l'horizon, comme s'il pensait que la jeune fille tenait entre les mains les préjugés qu'elle se faisait à son sujet comme autant de cartes qu'elle rebattait à chaque mot qu'il prononçait.

« Je n'ai pas l'intention de fouiner. » C'est ce qu'elle lui avait affirmé auparavant. Mais sa curiosité ne s'en trouvait pas moins titillée. En général, l'inconsistance d'autrui l'irritait plus qu'autre chose, mais là, le mystère autour d'Actinium semblait structuré, ses contradictions trop précises pour être aléatoires. Était-il cartésien ? Sensible ? Autoritaire ou, au contraire, mal à l'aise en société ? Pour quelqu'un qui altérait le corps des autres au quotidien,

sa propre personne – y compris sa façon de parler ou de se comporter – paraissait très… sobre. Ce qui poussa Kasey à demander :

— Tu bosses vraiment à GRAPHYC ?

Il sembla pris au dépourvu.

— Oui, répondit-il malgré tout avant de marquer une pause. À temps partiel, dirait Jinx.

La jeune fille ne pouvait que comprendre la gérante du salon. Aussi chevaleresque qu'ait été la démarche, reconstituer l'Intraface de sa sœur avait dû sérieusement empiéter sur le temps de travail de l'employé.

— Et qu'est-ce que tu y fais, exactement ?

— Je conçois les implants et les numéri-tatouages.

— Tu en portes, toi ?

DUTACOTAC eut beau juger la question intrusive, au moins ne concernait-elle pas Celia. Quand Actinium secoua la tête en signe de dénégation, Kasey continua :

— Dans ce cas, comment tu sais si tu fais du bon boulot ?

— Je n'ai jamais dit que j'étais doué pour ça.

Aux oreilles de n'importe qui, le garçon aurait simplement semblé faire preuve de modestie mais, dans sa réponse, l'adolescente entendit tout de suite ce qu'il n'ajoutait pas : « Je n'ai jamais dit que j'étais doué pour ça. Je suis largement meilleur dans d'autres domaines. »

Comme la programmation informatique ou l'ingénierie. À l'évidence, il était brillant, talentueux. S'il n'avait pas arrêté l'école si tôt, il aurait sûrement été repéré par une entreprise d'inno-technologie. Avec l'équipe et les moyens adéquats, il aurait pu être en train de développer des projets aux impacts bien plus importants encore que ce bouclier insulaire. En même temps, il n'aurait sans doute jamais rencontré Celia. Si Kasey se sentait amère, c'était peut-être juste parce qu'il s'était volontairement détourné de l'avenir dont elle aurait rêvé.

— À quoi tu penses ? demanda Actinium au bout d'une minute de flottement.

Étonnée qu'il s'en soucie, la jeune fille se surprit soudain à imaginer que s'il s'était laissé tremper le dos par les embruns, c'était en réalité pour l'en protéger. Une idée stupide qu'elle n'entretint pas plus d'une seconde. La trajectoire parabolique de l'eau projetée à ce moment-là avait beau correspondre, mathématiquement parlant, le mobile d'un tel geste, lui, ne collait pas : Actinium aimait Celia et tout ce qui lui tenait à cœur à elle.

Pas comme Kasey, qui ne voyait toujours pas ce que l'océan sous ses yeux pouvait avoir de magique.

— Je pense au fait que, de toute l'île, c'était le coin préféré de ma sœur. Cette jetée.

— Pile entre la terre et l'eau. Un endroit où un simple pas peut, à lui seul, faire toute la différence.

— Tu n'es pas d'accord avec cette analyse. (C'était une affirmation de la part de la cadette des Mizuhara. Elle ne feignait jamais l'hésitation quand elle était sûre d'elle. En revanche, comment en était-elle venue à cette déduction rien qu'en se fondant sur le ton du garçon ? Là était la véritable incertitude.) Pourquoi ?

— Parce que je suis convaincu que, même si on n'en a pas conscience, on a déjà pris la plupart de nos décisions bien avant d'arriver au bord du précipice.

Du point de vue de Kasey, c'était lui qui avait raison. La preuve : elle avait voulu sauter, se mettre en péril, souffrir. Sauf qu'en réalité, elle se berçait d'illusions. Jamais elle n'aurait opté pour l'autodestruction. Son cerveau était trop axé sur la recherche de solutions.

Du moins aurait-il dû l'être. Pourtant, quand le tintement d'une notification en provenance du quartier général du C2P résonna dans son Intraface pour la prévenir du début imminent de la réunion d'urgence des représentants, elle dut réaffronter un autre de ses choix : celui de ne pas collaborer. Elle fit disparaître la petite fenêtre d'un geste mais, aussitôt, d'autres vinrent la remplacer. Des messages envoyés par Meridian et que Kasey n'avait pas encore ouverts : « Où es-tu ? » « Tu as vu les nouvelles ? » « Tu es chez toi ? »

Chez elle. À la maison. Cette notion même – synonyme de cocon, de sécurité – lui semblait désormais aussi étrangère qu'à son aînée.

— Actinium…

Le prénom lui brûla les lèvres. Leurs regards se croisèrent et, le temps d'un battement de cœur, elle crut voir quelque chose vaciller dans les yeux de son compagnon, une lueur. Il ouvrit la bouche, mais la jeune fille poursuivit, lui coupant l'herbe sous le pied.

— Il faut que je t'avoue quelque chose.

Celia adorait la mer. Elle affectionnait tout particulièrement les moutons d'écume laiteuse qui fleurissaient au sommet des vagues et la valse incessante qu'y dansait le soleil.

En revanche, ce n'était pas le cas de Kasey. L'océan lui évoquait plutôt une tignasse désordonnée, aux milliards de mèches effroyablement denses et emmêlées non seulement en surface, mais aussi dans les profondeurs. Non contente de distordre le temps – les minutes y duraient des heures, et les heures, quelques minutes à peine –, cette étendue d'eau traîtresse déformait carrément l'espace, faisant paraître l'horizon à portée de main. Bref, c'était l'endroit idéal pour quiconque avait des secrets à dissimuler.

C'est moi qui ai tué Celia. Je savais qu'aller voir l'océan de près n'était pas une bonne idée. Et je ne l'ai pas arrêtée. Mais, même si éprouver des remords aurait plaidé en faveur de son humanité, Kasey n'y parvenait pas. De toutes les émotions, c'était la colère qui lui venait le plus facilement. Celia s'était peut-être montrée imprudente en plongeant dans l'océan, mais elle n'aurait jamais dû le payer de sa vie. Quelqu'un – un ou plusieurs individus au sein d'une ou plusieurs entreprises – avait pollué l'eau marine en cachette. Non signalé, le problème n'avait jamais été réglé. Kasey, elle, avait été punie après avoir enfreint les lois internationales, mais ces gens-là ? S'ils n'avaient jamais répondu de leurs crimes, pourquoi se sentirait-elle aujourd'hui obligée de les aider ? Pourquoi chercher à améliorer leur existence à eux quand le seul moyen pour Celia d'améliorer la sienne avait été de choisir le lieu et l'heure de sa propre mort ?

En son for intérieur, la cadette des Mizuhara sentit ses dernières résistances s'effondrer. Le flot de ses explications franchit alors ses lèvres presque malgré elle et elle s'entendit exposer d'une traite sa solution pour la survie de la planète – du début à la fin, y compris la phase ultime du processus, dont elle n'avait jamais parlé à personne. Du coin de l'œil, elle guettait l'écœurement horrifié qu'elle craignait de voir apparaître à tout moment sur les traits d'Actinium. Mais ne percevant rien de tel, elle continua, son débit toujours plus rapide, avant de conclure, hors d'haleine :

— En gros, je peux faire quelque chose pour la planète. Le problème, c'est que je n'en ai pas envie.

Le voilà, son aveu. Impartiale, la science ne faisait de cadeau à rien ni à personne. Elle permettait de déterminer ce qui fonctionnerait ou pas, point barre. Elle ne disait pas qui méritait de bénéficier de ses applications. La solution existait et, de ce simple fait, elle devait être partagée. Et pourtant…

— Je n'ai pas envie d'aider, répéta Kasey à mi-voix.

Au loin, un éclair illumina le ciel. Le tonnerre se mit à gronder. La pluie, à tomber dru.

Actinium ne s'était pas trompé : le bouclier s'achevait à quelques centimètres d'eux seulement. La cadette des Mizuhara distinguait presque l'arc que le dispositif décrivait devant leurs yeux, là où les gouttes passaient avec moins de force et se changeaient en brume avant même d'atteindre les deux jeunes gens. Inquiète, Kasey se tourna vers son voisin qui, lui, avait mis ses compétences scientifiques au service des autres. Que devait-il penser d'elle après sa terrible confession ?

Alors qu'elle attendait une réponse de sa part, une bourrasque venue du large balaya la berge. Quoique filtrée par le bouclier, son souffle fit à l'adolescente l'effet d'une vraie gifle, tiraillant ses vêtements en tous sens et lui laissant les joues humides. Quant à Actinium, ses cheveux d'ordinaire soigneusement rabattus sur le côté lui volèrent devant les yeux. Un instant, son expression s'en trouva occultée. Mais sa voix, elle, retentit aussi claire qu'au premier jour.

— Qui te parle d'aider ?

Ma première réaction, c'est de me dire qu'au moins, je ne suis pas morte.

Ensuite, seulement, je me dis que je suis suspendue à un rocher à mi-hauteur de la crête, sans corde à laquelle me raccrocher, que je me suis selon toute vraisemblance déboîtée l'épaule droite et que, si cette première chute ne m'a pas encore tuée, les quelques mètres qui me séparent encore du sol, aidés par la gravité, vont s'en charger puisque mes doigts commencent à glisser de leur prise. *Oh, par Joule, quelle fin pourrie, vraiment...*

— Pas du tout d'accord.

Une poussée, sous mon pied gauche, soulage un peu de la tension imposée à mon bras.

Nou-2 ! Ses ventilateurs vrombissent de toutes leurs forces tandis que, sa tête cubique plaquée sous ma semelle, elle me soutient comme elle peut. Malheureusement, quelles qu'aient été les ambitions de ses concepteurs, je doute qu'elle ait été pensée pour ça. À moins d'agir vite, on est toutes les deux bonnes pour finir en compote.

Réfléchis, Cee. Mes yeux balaient la paroi d'un bout à l'autre, avant de se tourner vers le sol : la corde !

Si l'une de ses extrémités forme désormais une espèce de flaque orange fluo au pied de la crête, l'autre se balance toujours le long de la roche, dénouée, mais bel et bien prisonnière des mains de mon colocataire, dont la silhouette se découpe à contre-jour au sommet.

— Attache-la !

Autrement, impossible de m'y agripper sans entraîner le garçon avec moi dans le vide. Il en a forcément conscience, bon sang !

— Tu m'entends ? Réveille-toi ! hurlé-je quand je le vois qui reste planté là, sans bouger. Allez ! Sois… (Le flux de bile qui me remonte soudain dans la gorge manque de m'étrangler.) Sois un héros !

— Héros, commence consciencieusement Nou-2 alors que de petits gravillons se détachent sous nos pieds pour dégringoler vers le sol en rebondissant sur la paroi avec un bruit de mauvais augure. Substantif masculin. Homme admiré ou idéalisé pour…

Je n'entends pas la suite. La vue envahie de points noirs, je suis désormais incapable de distinguer l'expression de mon coéquipier au sommet. Quant à comprendre ce qui peut bien lui passer par la tête et pourquoi il s'obstine à demeurer là, les bras ballants, avec la corde entre les mains… n'en parlons pas. Pendant ce temps, le bout de mes doigts se retrouve à nouveau au supplice. Perclus de douleur, mon bras me donne l'impression d'être chauffé à blanc. *Je vais y passer.* Les nerfs de mon cou se tendent. Mes lèvres s'entrouvrent, prêtes à pousser leur dernier cri… et se referment quand je sens la corde m'effleurer la joue.

Elle bouge et mon camarade aussi, manifestement. Il n'est déjà plus qu'une forme floue au-dessus de moi, mais on dirait bien qu'il est en train de faire un nœud. Si ce n'est pas le cas, alors il signe mon arrêt de mort. Je prends mon courage à deux mains, je me saisis du filin, puis je serre les genoux autour et je me tortiller vers le bas aussi vite que possible, jusqu'à ce que mes biceps cèdent.

Ciel. Vide. Sol.

Le choc me coupe le souffle. Je ne sais pas combien de temps je reste étendue là, sur le dos, avant qu'un visage n'éclipse le disque jaune du soleil. C'est celui de mon sauveur.

— Cee, tu m'entends ? (Sa voix semble venir de très loin.) Où est-ce que tu as mal ?

— À l'épaule.

Et partout ailleurs.

Lorsqu'il m'ôte la manche de mon pull, elle me brûle la peau. Mon compagnon glisse une main dans la mienne, puis attrape mon coude de l'autre.

— O.K., souffle-t-il presque pour lui-même. Tu vas morfler, mais tout de suite après, ça ira mieux.

— Qu'est-ce que t…

D'un coup sec, il me tire sur le bras. Quelqu'un hurle. Je crois que c'est moi. Mes ongles se plantent dans l'épiderme de mon soigneur – *Faites que la douleur s'arrête, faites qu'elle s'arrête !* –, mes muscles sous pression se bandent, la tension dans mon épaule augmente… et la tête de mon humérus se recale enfin dans la cavité de mon omoplate.

Mon bienfaiteur m'aide à me rasseoir. Puis, quand je suis prête à me mettre debout, il drape mon bras valide sur sa nuque, histoire que je puisse m'appuyer sur lui. Que ce soit moi qui tremble, lui, ou bien nous deux, nos premiers pas manquent de me renvoyer m'étaler de tout mon long sur le sol.

Mais une fois notre rythme trouvé, on met le cap sur la maison en clopinant tant bien que mal – en silence et à une allure d'escargot. Il nous reste encore la moitié du chemin à parcourir quand Nou-2 lance spontanément :

— Héros : substantif masculin. Homme admiré ou idéalisé pour son courage.

Sous mon aisselle, le garçon se raidit.

— Héros : substantif masculin. Homme admiré ou idéalisé pour son courage.

Le soleil descend peu à peu de son zénith.

— Héros : substantif masculin. Homme admiré ou idéalisé pour son courage.

Plusieurs heures s'écoulent avant qu'on n'atteigne enfin notre destination. Mon colocataire me conduit au canapé, puis s'en va sans un mot. Je n'ai pas la force – ni physique ni mentale – de me demander où il a disparu. Ma tête s'écrase sur les coussins et je contemple le plafond, teint en violet par le couchant.

Par Joule ! Quelle journée…

D'accord, j'ai récupéré une tonne de souvenirs et je me suis remise à voir en couleurs. Tout ça explique peut-être mon manque de concentration en haut de la crête, mais pas pourquoi la corde était détachée. Je n'étais plus passée aussi près de la catastrophe depuis que j'ai perfectionné mon nœud d'ancrage, il y a deux ans de ça.

Je m'efforce de me remémorer la scène, juste avant le drame. Nou-2 était au pied de la paroi. Le garçon, au sommet. Je ne l'ai pas vu dénouer la corde. En même temps, ce n'est pas comme si j'étais en train de le surveiller à ce moment-là…

Mais qu'est-ce que je vais imaginer, à la fin ? S'il avait eu l'intention de me tuer, il lui aurait suffi de m'achever quand je gisais à terre. Un bon coup de caillou sur la tempe et en une seconde, c'était plié. Au lieu de quoi, il s'est penché sur moi, les traits luisants de sueur et marqués par l'inquiétude. Bon, il aurait très bien pu feindre ces émotions, mais pas les battements affolés de son cœur. Il m'a rafistolé l'épaule, il m'a à moitié portée jusqu'ici... C'est à n'y rien comprendre ! Entre la corde déliée, la manière dont il est resté pétrifié quand j'étais à deux doigts de dégringoler dans le vide... À moins qu'il n'ait tout simplement perdu ses moyens ? C'est vrai que ce n'est pas tous les jours qu'on doit soudain se comporter en héros.

Une chose est sûre, en tout cas : je n'ai pas, mais alors pas du tout, envie de croire qu'il puisse être impliqué dans ma chute. Il est devenu plus qu'un visiteur ou un hôte à mes yeux. Je le considère désormais comme un ami. Voilà pourquoi, lorsque je ne le vois pas revenir à la nuit tombée, je me décide, en bonne pote, à m'extirper du canapé.

Je ne le trouve ni sur la plage ni près de la jetée immergée, noyée sous la marée nocturne. Cette même marée qui prend d'assaut la crique, un coin secret niché au-delà des rochers, à l'ouest de la maison de M. M. Sous la clarté de la lune, le sable y brille d'une multitude de nuances nacrées. Mon compagnon d'infortune, simple tache indigo devant les flots, s'est installé face au rivage.

Il ne se retourne pas à mon approche, ne bouge pas quand je m'assieds à côté de lui, si bien que durant de longues minutes, seul le ressac emplit le paysage sonore, son chuchotement à chaque va-et-vient imposant le silence à l'obscurité.

— C'est ma faute, murmure enfin mon voisin d'une voix assombrie par la honte. Sur la crête, quand je t'ai vue tomber... Mon corps entier a juste...

Son désespoir est si tangible que je me surprends soudain à lui frotter le dos, ma paume décrivant de petits cercles sur sa chemise. Je sens ses muscles se contracter sous mes doigts.

— J'ai buggé, termine-t-il avant de pousser un soupir frustré. Même si ce n'est pas tout à fait le bon mot.

C'est peut-être moi qui suis couverte de bleus et de bosses, mais c'est lui qui a l'air terrifié. Quoi de plus normal, après tout ? Lui, la brutalité de la vie sur l'île ne l'a pas encore endurci.

— Tout va bien, dis-je avec douceur. Je ne t'en veux pas, tu sais. Tu as fini par me sortir de ce pétrin.

— Oui, mais si j'étais resté paralysé ?

— Ce n'est pas ce qui s'est produit et c'est tout ce qui compte.

Il secoue la tête, dépité.

— Mes souvenirs sont inexistants. Je n'ai même pas de nom. Tout ce que je possède, ce sont mes pensées, mes émotions, mes envies… Et si je ne suis même pas capable de suivre ce qu'elles me dictent, alors…

Il ne va pas au bout de sa réflexion. Pas la peine. Ce qu'il tait, je le sais déjà. C'est ce qui m'empêche de trouver le sommeil, certaines nuits, quand j'ai l'impression que le visage de Kay s'efface. J'ai peur de qui je deviendrai sans elle. Rien qu'une jeune fille perdue sur une île déserte, sans passé sur lequel se fonder et sans avenir pour lequel se battre.

Qui suis-je ? Voilà ce que ce garçon anonyme qui m'a sauvé la vie voudrait demander. Je n'ai pas la réponse, mais je peux lui offrir autre chose.

— Héros.

— Pardon ?

— Un nom, tu en as un : Héros.

Il inspire, prêt à répliquer.

— C'est…

— Une idée de Nou-2, que j'approuve à 100 %.

Un prénom, ça peut se trouver. Tout comme ça peut se gagner. Celui-ci, c'est les deux.

— C'est super-niais, fait remarquer le jeune homme en fronçant les sourcils.

— Oui, eh bien, c'est soit ça, soit Dimitri. Super-niais ou super-viril, fais ton choix.

Il soupire. Il ne m'a pas l'air calmé, pas plus que rassuré, d'ailleurs. Dans l'absolu, je suis à fond pour que chacun explore ses émotions mais, vu l'état dans lequel il est, je ne suis pas certaine que ce serait la bonne approche. Tenter de démêler ce qu'il éprouve ne le ferait que s'y enliser plus encore. Non, ce qu'il lui faudrait, c'est une distraction qui lui change radicalement les idées. Je crois savoir quoi faire.

— On va essayer quelque chose.

— Quoi ?

— Tourne-toi vers moi.

Il s'exécute.

— Ferme les yeux.

Là encore, il obéit… avant de les écarquiller dès que je lui dépose un baiser sur les lèvres. Un baiser fugace. Plutôt un bisou, pour ne pas le brusquer. Moi, je sais ce que j'aime, mais lui, je n'en suis pas sûre. Devant la tête qu'il tire, je ne peux pas m'empêcher de glousser. Il se renfrogne et je retrouve aussitôt mon sérieux. Tout le monde n'est pas forcément aussi tactile et câlin que moi. Mon geste ne lui a peut-être pas plu. Je lui pose la question. Ce à quoi il répond, non sans réticence :

— Je ne m'y attendais pas.

Bon, ça ne veut donc pas dire qu'il n'a pas apprécié. Avec un grand sourire, je l'embrasse à nouveau. Il a les lèvres douces – plus douces encore que lorsque je les ai caressées du bout du doigt, le lendemain de son arrivée. Une espèce de frisson m'ébranle, pas nécessairement parce que je ressens quelque chose pour Héros, mais parce que se réveille en moi une envie que je n'avais encore jamais connue : celle de tisser un lien avec quelqu'un. Je lui dis que tout va bien se passer, qu'il n'est pas seul, que trop réfléchir n'est pas toujours la bonne option et qu'on peut se contenter de vivre l'instant présent… S'embrasser se révèle juste un type de conversation parmi d'autres.

Mais une conversation à sens unique n'en est pas vraiment une, si bien que, sans réaction de sa part, je préfère reculer.

— O.K. Désolée… Qu'est-ce qu'on…

Oh… Monsieur répond, finalement. Ahurie, j'ouvre grand les yeux mais, vite remise de ma surprise, je glisse une main sur son torse. Il se penche à son tour vers moi, comme s'il me demandait la permission, et je réplique en l'agrippant par le col de son pull, pour l'attirer plus près encore.

Bientôt, il nous allonge sur le sable. Nos bouches ne se décollent l'une de l'autre qu'une fois à bout de souffle. J'ai à peine le temps de respirer que je manque à nouveau d'air. Ses lèvres ont dérivé jusqu'à mon cou. Mes doigts se prennent dans ses cheveux et je m'y accroche tandis qu'un feu s'allument dans mes entrailles. Me voilà aussi vaste qu'un océan, me voilà devenue la seule mer que je n'aurai jamais à traverser et, pour la première fois depuis une éternité, je me rappelle ce que ça fait de se noyer en soi-même.

• • •

On s'embrasse jusqu'à ce que nos lèvres n'en puissent plus, jusqu'à ce que nos langues aient fini de parler à notre place.

L'échange, cependant, ne s'arrête pas là. Je lui parle de Kay, de mon achromatopsie, de mes crises de somnambulisme. Il me décrit ses songes aussi froids que stériles. Je lui demande s'il ne se remémorerait pas avoir été médecin, parce que mon épaule trouve qu'il s'est plutôt bien débrouillé quand il a fallu la remboîter. De son côté, après que j'ai évoqué Hubert, il pense que j'étais peut-être charpentier de marine. Il revient ensuite à Kay. Il a envie de tout savoir sur elle. Je lui raconte ce dont je me souviens. Quand je suis à court de souvenirs, ses questions s'orientent sur moi et, là encore, je lui réponds, même si mes mots se font moins assurés, plus timides, presque embarrassés. En bref, on discute de tout et de rien. C'est si… agréable. Ça l'est même tellement que lorsque la température chute, avec lui à mes côtés, je n'ai pas froid. On s'endort dans les bras l'un de l'autre, sur le sable de la crique.

Pourtant, comme à l'accoutumée, mes rêves m'emportent bien plus loin, rejoindre cette sœur qui, de l'autre côté de l'océan, continue de m'attendre.

16

Sur le trajet du retour vers l'éco-cité, le regard de Kasey se perdit dans la contemplation de l'immense étendue bleue qui s'étalait sous leur véhicule.

— *L'océan n'a pas toujours été toxique.*

À l'abri dans le cockpit de leur robot-coptère, elle glissa un coup d'œil vers Actinium.

— *Ce sont les hommes qui l'ont empoisonné.*

Leurs yeux se rencontrèrent, noir contre noir.

— *Et il n'y a pas que la mer que ça concerne, mais aussi la terre et l'air. Ils sont nombreux dans ce monde, à vivre aux dépens d'autrui. Et ils doivent en payer le prix.*

— *En payer le prix ?* avait répété la jeune fille sur la jetée.

Par-dessus le tumulte de l'orage, elle n'était pas certaine d'avoir bien entendu. Actinium l'avait alors regardée bien en face, avec aplomb. Au fond des iris du garçon, Kasey s'était reconnue : elle avait discerné la flamme qui lui manquait à elle aussi.

— *Oui. Il faut qu'ils paient pour ce qu'ils ont fait à Celia et à tant d'autres comme elle.*

Elle n'avait pas su quoi répondre. Pas tout de suite, du moins. Mais bientôt, la douleur toujours logée dans sa poitrine s'était mise à battre, tel un second cœur, et ce cœur avait approuvé l'idée, car l'adolescente et son compagnon avaient été plongés l'un et l'autre dans la même souffrance abyssale. Tous les deux, ils luttaient pour garder la tête hors de l'eau, de peur de se noyer à la seconde où ils capituleraient. Mais Kasey avait finalement choisi de capituler. La fin du monde était imminente. Des gens mouraient. Pourtant, combien d'autres, pendant ce temps, consommaient plus que leur part, quand Celia, elle, ne pouvait plus rien savourer ? Combien émettaient toujours plus de carbone quand l'aînée des Mizuhara – qui n'avait jamais pollué de sa vie – n'était même plus en mesure de respirer ? Les humains devaient partager la planète. Partant de là, que faire de ceux de ses occupants qui l'avaient dégradée en toute impunité ? De ceux qui avaient tiré profit des malheurs de leurs voisins ?

— *Sauvons ceux qui le méritent. Mais pas de pitié pour les meurtriers.*

Kasey n'avait peut-être pas eu le courage de s'exposer aux toxines de l'océan de son plein gré, elle n'était peut-être pas parvenue à éprouver assez de tristesse pour réussir à verser des larmes, mais sa colère lui suffisait. Sa haine la porterait.

Pendant que leur robot-coptère attendait de passer dans le sas de décontamination, la jeune fille se connecta à la visio de l'assemblée du C2P, qui avait lieu dans la salle de conférence du quartier général. Elle coupa tout de suite son micro et écouta l'intervenant qui était en train de s'exprimer – un représentant de l'éco-cité 6.

— Les prévisions restent, certes, très instables mais, selon nos estimations, en déployant les TACE, nous pourrions neutraliser jusqu'à 80 % des microcinogènes atmosphériques.

— En combien de temps ? demanda Ekaterina, qui se tenait au bout de la grande table.

À ses côtés, David Mizuhara avait l'air d'une plante en pot. Pour la première fois, sa passivité déçut sa fille.

— Comme je l'ai dit, reprit le représentant, tout dépendra de…

— Répondez à la question, agent Ng, l'interrompit son interlocutrice.

— Il nous faudrait entre onze et vingt-quatre mois. Beaucoup de facteurs peuvent encore évoluer…

— Et, si je puis me permettre, où comptez-vous héberger les populations impactées durant, au minimum, une année entière ?

D'un claquement de doigts, Ekaterina fit apparaître les images holographiques de diverses villes détruites, leurs immeubles en ruine jaillissant au milieu de la salle.

— On comptabilise déjà vingt millions de morts, dix millions de disparus, et les complications dues à l'exposition prolongée aux particules toxiques feront bientôt davantage de victimes, continua l'agente. Selon nos projections, dans six mois, les pertes humaines s'élèveront à cent millions. Dans les territoires, les hospels sont sur le point de flancher. Les gouvernements ne résisteront pas beaucoup plus longtemps, sans compter que nos éco-cités non plus ne sont pas invulnérables.

Le concert de murmures qui avait accompagné les premières prédictions de l'oratrice s'éteignit aussitôt.

La vulnérabilité évoquée par Ekaterina n'avait rien à voir avec les toxines, Kasey le savait. Ce que redoutaient les villes flottantes, c'était l'hystérie collective. Durant la première vague de catastrophes naturelles, les habitants des territoires avaient tenté de rallier les éco-cités par tous les moyens possibles et imaginables – ce qui avait d'ailleurs abouti à la mise en place du système d'admission basé sur le rang utilisé depuis. Qui pouvait affirmer que de semblables débordements ne se reproduiraient pas ?

— Par conséquent, reprit Ekaterina, l'un d'entre vous aurait-il une meilleure solution à proposer ?

Silence.

Kasey activa son micro.

— Oui. Moi.

J'abandonne la jetée derrière moi pour m'éloigner de la rive à la nage. J'avance sans m'essouffler, sans faiblir. L'horizon est ma destination, et je vise même au-delà. Le soleil se lève, transformant l'eau en or. Je pourrais progresser comme ça des jours durant, mais je m'arrête lorsque je me rends compte que le ciel est vide.

Il y flottait pourtant une cité, autrefois. Suspendue dans les airs, faite de disques de différents diamètres, empilés les uns sur les autres pour dessiner une larme en trois dimensions.

Il n'en reste à présent que des miettes, des décombres en flammes qui dodelinent au milieu des flots. Et, à des kilomètres à la ronde, pas une âme en vue.

— Kay !

Mes lèvres crient son nom sans laisser à mon cerveau le temps de formuler la pensée qui l'ébranle au même moment : cette ruine sous mes yeux, c'est notre maison. Ou, plutôt, c'était notre maison, avant que – d'une manière ou d'une autre – je n'atterrisse sur l'île.

— Kay !

Un énorme morceau de métal passe à côté de moi, créant une vague que j'évite de justesse. Je force l'allure et je m'enfonce peu à peu dans l'épave de la cité, mais il est trop tard. J'ai mis trop longtemps à arriver, trop longtemps à construire mon bateau, trop longtemps à quitter Héros, le garçon qui s'est échoué sur la plage.

Désespérée, je m'immobilise, pour couler aussitôt.

Trop tard…

Trop tard…

Je me réveille en sursaut, de l'eau salée plein la bouche – j'en ai jusqu'au cou. Je n'ai même pas pied. Autour de moi, l'océan et rien d'autre.

Ce doit être un cauchemar dans mon cauchemar initial. Je ne vois pas d'autre explication. Une vague s'abat sur moi. Le sel me remonte dans le nez, mais j'inspire quand même à pleins poumons, dans l'espoir de m'extraire de ce mauvais rêve au plus vite.

Sauf que ce n'est pas un rêve. La houle me recrache, puis me ravale, encore et encore, au point que – entre deux tasses – je finis enfin par comprendre. Le pire est arrivé : au terme d'une crise de somnambulisme, je me suis réveillée en pleine mer.

D'un seul coup, l'ensemble de mes facultés sensorielles reprend du service. J'ai perdu l'une des chaussures en caoutchouc que j'avais aux pieds, mais je porte toujours mon pull et mon treillis. Ils m'alourdissent, si bien que, dès que se dresse la vague suivante, je plonge dessous, histoire de me débarrasser de ces poids inutiles. De retour à la surface, j'essaie ensuite de m'orienter. Un instant, le bleu-gris de l'eau me paraît sans fin mais, soudain, mes yeux repèrent une mince traînée beige, au loin : la plage !

Je m'élance sans tarder vers elle, jetant toute l'énergie qui me reste dans la bataille. Au bout d'un moment, je commence à sentir le sable m'écorcher les genoux – les hauts-fonds, enfin ! J'alterne entre le crawl et la nage du petit chien, car, si les vagues faiblissent à mesure que je m'approche de la côte, moi aussi. Pendant quelques poignées de secondes, je pense même que je ne vais pas réussir à toucher terre. La mer s'accroche à moi, refuse de me lâcher.

Mais soudain, me voilà tractée hors de l'eau. Un bras s'enroule autour de mes épaules, un autre se glisse sous mes genoux. L'assaut glacé de l'air extérieur est atroce. Je vois le visage du garçon, ses lèvres qui forment un nom qui ressemble au mien. Je tente de prononcer le sien – Héros –, seulement, ma bouche est incapable de se mouvoir. Mon cuir chevelu est trop étroit. D'une minute à l'autre, ma tête va exploser et...

Et...

Et...

• • •

Après être revenue à moi, je reste un long moment couchée, seule dans la pénombre de la chambre de M. M., à ressasser l'enchaînement des événements : mon réveil dans l'océan, le retour vers l'île, la manière dont je me suis évanouie sous le coup de la douleur – pire que tout ce que j'ai jamais éprouvé.

Je n'ai plus mal, désormais. Il faut dire que je ne ressens plus grand-chose. Mes membres me donnent surtout l'impression d'être faits de gélatine. D'ailleurs, j'ai beau essayer de me redresser en position assise, mes bras refusent de me porter. Résultat, je glisse et je me cogne l'arrière du crâne contre la tête du lit. Ma maladresse m'arrache un juron et, presque aussitôt, la porte s'ouvre. En moins d'une seconde, Héros est à mon chevet, m'aide à m'asseoir, puis me tend un verre d'eau. Je ne me rends compte que j'en avais cruellement besoin qu'une fois le petit contenant tremblant entre mes mains. Je le vide d'un trait. Mon sauveur pose ensuite le récipient sur le fauteuil à bascule et vient s'installer à mes côtés. Le matelas se creuse sous ses fesses.

Je le regarde. Il me regarde.

Je sais à quoi on pense, tous les deux : au fait que je me suis réveillée dans l'eau. Hier soir, je l'ai prévenu que ça pouvait m'arriver, mais maintenant que ça s'est vraiment produit, c'est encore plus flippant. Dix fois plus terrifiant que de tomber de la crête, à vrai dire. Il faut qu'on aborde le sujet.

— À propos de tout à l'heure…

Soudain à court de mots, je me cantonne à fixer la couverture étalée sur mes genoux. Je me sens comme dépouillée de ma carapace habituelle, tout à coup, et lorsque le bras de Héros m'entoure, je le laisse m'envelopper. Je vais même blottir mon nez dans les mailles rêches de son lainage et je me laisse bercer. Je n'ai pas besoin qu'on vienne me sauver, c'est vrai, mais en toute honnêteté, de temps à autre, je n'aurais rien contre. Aujourd'hui, par exemple, je n'y vois absolument aucun inconvénient. Je suis fatiguée. Fatiguée d'abattre des arbres, de m'habiller de pulls moches et de manger toujours la même chose. Kay me manque. Ma vie me manque, mon quotidien de robes à sequins, de succulentes purées de pommes de terre, de beaux gosses à la pelle… Non, je retire ce dernier élément. Le garçon que j'ai ici me va très bien.

Dès que je commence à redevenir moi-même, je me décolle du torse de Héros, histoire qu'il m'entende un minimum.

— Bon… Toujours partant pour une séance de yoga sur la plage ?

Il me coule un regard en coin.

— C'en était une, tout à l'heure ?

— De niveau ultra-expert, oui. Quoi ? Ça te fiche la trouille ?

— Totalement, admet-il. Mais inscris-moi quand même.

— C'est fait. Le cours commence à 8 heures.

D'ailleurs, en parlant de l'heure… Je jette un œil par la fenêtre.

— Tu as dormi un jour entier, m'informe Héros.

Un jour entier ! Mes entrailles se nouent. J'ai beau savoir que cette cité détruite en pleine mer n'était qu'un rêve affreux, la peur de rejoindre Kay trop tard est bien réelle, et voilà que mes crises de somnambulisme m'adressent un ultimatum : retrouve-la ou meurs noyée. Heureusement que Léona est presque terminée. Je n'ai plus qu'à finir d'attacher les rondins ensemble et me tailler une pagaie.

Une fois que je m'en sens la force, avec l'aide de Héros, je me traîne sous le porche, je descends les marches, puis je rallie le côté de la maison, où le sable près des rochers m'apparaît vide.

Pas de troncs d'arbres découpés.

Pas de Léona.

Pas l'ombre d'un débris sur la plage, qu'on sillonne pourtant en long, en large et en travers des heures durant, avant que je me décide à retourner près de la bâtisse pour rester plantée face au creux sablonneux où ma future embarcation aurait dû se trouver, mais d'où elle a disparu pour ne plus revenir.

Pas le choix, il me faut l'accepter : Léona n'est plus là.

• • •

Cette fois, je n'ai même plus le cœur à me lamenter. Je signale à Héros que j'ai besoin d'être seule un moment et je file droit vers la jetée immergée. Là, le regard perdu à l'horizon, je laisse mes pensées tourner à cent à l'heure.

La vérité ? Léona n'était qu'une ébauche de radeau. Sa perte est loin de m'affecter autant que celle d'Hubert. La différence, c'est qu'avec Hubert, j'ai au moins pu comprendre ce qui s'était passé : j'ai vu son épave de mes propres yeux.

Ce qui a bien pu se produire, ce coup-ci, en revanche ? Je ne me l'explique pas. Un radeau, ça n'a pas de jambes, ça ne peut pas s'enfuir… Sauf sur cette île, peut-être. Elle me rend bien capable de nager en dormant. C'est forcément sa faute. Obligé. Parce que sinon… Non, encore une fois, un radeau, ça n'a pas de jambes.

Mais un être humain, si.

Lui ou moi ? Moi. C'est sûrement moi. Après tout, mes troubles du sommeil me font régulièrement faire des trucs très bizarres. Seulement, j'ai beau examiner mes mains sous toutes les coutures, je n'y détecte pas la moindre éraflure. Rien qui laisse penser que j'aie pu tirer un demi-radeau au large avant de manquer d'y périr moi-même. Je presse le bas de mes paumes contre mes yeux. Peine perdue : derrière mes paupières, le visage du garçon se dessine. J'appuie plus fort et la vision s'efface, mais je me remémore soudain la chaleur de la bouche de Héros contre la mienne, le sable sous mes épaules, les étoiles à des années-lumière au-dessus de nous, le moment où tout a basculé simplement parce que je me suis enfin sentie heureuse... heureuse sans Kay. Encore une ou deux nuits comme celle-là et la perte de Léona deviendrait probablement le cadet de mes soucis !

Il est donc plus que temps d'arrêter les frais. Fini de penser aux garçons, fini de toujours différer mon départ. Il faut que je retrouve Kay, sans plus perdre une seule seconde. Que je me fabrique une embarcation sur-le-champ.

Le plus beau dans tout ça, c'est que je sais exactement comment m'y prendre. La solution était là, sous mes yeux depuis le début. Je n'étais simplement pas encore assez désespérée pour la voir.

Ni une ni deux, je fonce vers la maison. Dans ma précipitation, je trébuche contre Nou-2 postée dans l'entrée et mon épaule blessée percute la porte de la chambre, mais le choc me tire à peine une grimace. Je suis déjà près du lit, à arracher la couverture et les draps, puis à jeter les oreillers à terre jusqu'à ce qu'il ne reste plus face à moi que le matelas enveloppé de sa housse imperméable en polyuréthane vert sapin.

Je recule d'un pas et je m'époussette les mains, toute fière de contempler Genevie, le matelas-barque qui va enfin me permettre de quitter cette île.

Dès que je la soulève – non sans effort – du sommier, ma nouvelle nacelle s'abat sur le sol avec un bruit sourd, avant de se tasser sur elle-même quand je la redresse à la verticale dans l'espoir de lui faire passer l'étroit encadrement de la porte.

— Pas du tout d'accord, commente Nou-2 tandis que je remorque Genevie à travers le séjour.

— Cette manie de toujours se fier aux apparences, grogné-je avant d'écarter le canapé d'un coup de talon.

Le passage devant moi désormais dégagé, je tire un bon coup, de sorte que je parviens à faire avancer mon fardeau récalcitrant.

Si l'amener sous le porche se révèle sacrément difficile, le reste est en revanche un jeu d'enfant. Armée du chalumeau de cuisine de M. M., je fais fondre le fond de plusieurs bacs de rangement, que je peux ainsi souder en rang d'oignons à chaque extrémité du matelas, de manière à obtenir ce qui ressemble à une espèce de fauteuil sans dossier. Je tends ensuite une longueur de corde autour des casiers, créant un bastingage de fortune de part et d'autre de mon embarcation. Comme ça, j'aurai un garde-fou auquel me cramponner en cas de tempête – même si j'espère de tout cœur ne pas en avoir besoin.

Ce bricolage achevé, je remplis les bacs de réserves et de vivres – un pull de rechange, des bocaux d'eau et autant de biscuits de taro qu'il m'est possible d'emporter sans laisser Héros mourir de faim –, puis je tire Genevie jusqu'au rivage, dans le but de tester sa capacité à flotter. Le temps de procéder à cette vérification, le soleil est déjà en train de se coucher. Mon colocataire n'a toujours pas repointé le bout de son nez. Soucieuse de veiller sur mon œuvre, je l'attends assise sur les marches du perron et, lorsqu'il réapparaît enfin, je bondis sur mes pieds.

— Où est-ce que tu…

Je m'interromps dès que j'avise l'objet qu'il tient entre les mains : une pagaie, qu'il m'offre. Je l'inspecte. Le manche est lisse, sans aucun accroc. La pale est aussi plane que fuselée.

— C'est toi qui l'as faite ?

— Non, je l'ai louée à la boutique de la plage.

Pile ce que je lui ai répliqué il y a quelques jours, quand il m'a demandé si je construisais un bateau. Je lui ai servi cette réponse ironique sans réussir à savoir ensuite si mon sarcasme avait fait mouche, mais apparemment, oui. Héros s'est carrément souvenu de ma repartie. Tout à coup, entre mes doigts, la pagaie semble peser une tonne.

— Tu...

N'étais pas obligé. Mais je m'arrête à « tu », à Héros, à ce garçon qui s'efforce tellement de devenir quelqu'un. Quelqu'un que je refuse de soupçonner d'être coupable de la disparition de Léona, même quand je remarque les traces de terre sur son pull et l'égratignure qui court sur son avant-bras pour disparaître sous sa manche remontée. Il a dû franchir la crête pour dénicher un morceau de bois côté prairie – rien de plus.

D'une main distraite, je noue la pagaie au bastingage de Genevie. Visiblement très superficiels, mes scrupules n'auront pas fait long feu. Il y a quelques nuits à peine, je me demandais encore s'il était juste, moralement parlant, d'abandonner mon camarade pour mettre les voiles la première. Aujourd'hui, mon vrai visage – l'égoïsme personnifié – me saute aux yeux. Mais Héros, lui, l'a deviné dès le début. Par Joule, il m'a carrément fabriqué une pagaie en guise de cadeau d'adieu !

— Écoute… commencé-je. Si mon expédition est couronnée de succès…

— Ce sera le cas.

L'assurance à la fois calme et ferme avec laquelle il s'exprime m'aurait beaucoup plu, avant. Dans l'immédiat, elle me donne surtout l'impression que je suis la pire des garces. Le regard ancré sur le sable entre nos pieds, je m'entends marmonner :

— Tu étais loin d'en être aussi sûr, il y a deux semaines. Quoi, tu ne mets plus en doute mes espoirs ? Qu'est-ce qui t'est arrivé ?

— Toi, répond-il simplement.

Lorsque je relève la tête, je lis soudain dans ses yeux l'intégralité du laps de temps – trop court – qu'on a passé ensemble. Malgré la brièveté de notre cohabitation, on a appris à se connaître du mieux qu'on pouvait. De manière imparfaite, incomplète, nos conversations telles des miettes dont la saveur me restera pourtant en mémoire. Jamais je n'oublierai la nuit où j'ai écouté ses peurs et lui les miennes, ni celle qu'on a partagée dans la crique. Comme s'il se la remémorait aussi, ses joues rosissent.

— Tu es déterminée. (Feignant la désinvolture, il hausse les épaules et, comme la fois où on observait les plants de taro, son geste révèle la tension qu'il aurait justement désiré cacher.) Je ne vois pas comment tu pourrais échouer.

Les vagues s'écrasent sur le rivage tout proche. Comparée à celle de mon interlocuteur, ma voix est presque inaudible.

— Je reviendrai te chercher.

L'espace d'un instant, il ne répond pas, puis…

— Je ne pense pas, non.

Et paf ! Ça faisait longtemps que son horripilante sincérité n'avait plus frappé, tiens.

— Tu n'en sais rien, rétorqué-je.

Si sa réponse précédente m'a blessée – et pas qu'un peu –, le fait qu'il ne tente même pas, cette fois, de me contredire me transperce le cœur. Lorsqu'il me tend la main, je refuse de la prendre.

— Une petite promenade, ça te dit ? demande-t-il.

Je n'ouvre pas la bouche.

— S'il te plaît, Cee.

Dans son intonation, je perçois ce qu'il ne formule pas tout haut : que ça pourrait très bien être nos derniers moments ensemble, notre dernière nuit.

Mon regard se pose sur Genevie et je me mords la lèvre. Je ne veux pas la perdre de vue. Mon interlocuteur relève aussitôt mon hésitation.

— Il peut venir avec nous, si tu veux.

— Elle, murmuré-je.

Voilà comment on se retrouve à longer la côte éclairée par la lune en halant un matelas.

Cependant, force est de constater que Genevie est loin d'être aussi friande de balade que nous Et, bientôt, Héros commence à s'essouffler. Avant moi.

— Elle est lourde, se justifie-t-il quand il avise mon sourire narquois.

— Moins qu'un vrai bateau.

— Parce que tu en as déjà traîné un ?

Traîné, poussé… J'ai même été jusqu'à escalader la crête avec une coque entière sanglée dans le dos.

— Affirmatif ! Et Hubert était en métal, lui.

Bien que mes fanfaronnades soient censées impressionner le garçon, il a plutôt l'air… préoccupé.

— Attends… Il ne devait pas peser dans les… (Héros marque une pause, le temps de calculer.) Mille cinq cents kilos ?

L'exactitude du chiffre me fait éclater de rire.

— Tu veux que je te dise ? fais-je en lui prenant la corde des mains. Je ne pense pas être particulièrement costaude. C'est plutôt toi qui n'as rien dans les bras.

— Faux.

— Ah oui ? Eh bien, prouve-le !

J'ai à peine le temps de finir ma phrase qu'il m'a déjà soulevée de terre, ce qui ne manque pas de m'arracher un cri qui lui fait perdre l'équilibre et nous envoie tous les deux au tapis.

— Alors là, merci ! plaisanté-je en roulant sur le dos à côté de lui, les bras en croix. J'adore qu'on me démontre que j'ai raison.

— C'est la faute du sable ! se défend-il.

Malgré tout, on décèle un soupçon d'amusement dans ses protestations et, effectivement, lorsque je tourne la tête vers lui, je découvre sur son visage le sourire que j'attendais. L'éclat de la lune fait luire le brun de ses cheveux d'un noir de jais. On dirait une flaque d'encre au milieu de la plage. Paume vers le ciel, sa main repose à quelques centimètres seulement de la mienne. Je pourrais la prendre, tout compte fait. Je pourrais me coller contre lui et lui prendre plus que la main, d'ailleurs. Sauf que demain, au moment de m'en aller, il me faudra toujours lui dire au revoir, quitter la chaleur de son corps et de ses émotions. J'ai beau n'avoir aucune idée de comment il est recommandé d'agir lorsqu'on s'apprête à abandonner un ami sur une île déserte, maintenir cet espace, cette distance, entre nous me semble adapté.

Autant que cette soirée, en somme, claire et fraîche – à l'exact opposé de celle qui l'a vu débarquer. Un temps parfait pour partir en mer.

— Tes premières impressions sur moi, dis-je avant que ma gorge ne se serre davantage. Vas-y, je t'écoute.

— Quand je me suis réveillé attaché à ton lit ? (Héros prend le temps de réfléchir.) J'ai cru que tu allais me bouffer.

— Très drôle.

— Peut-être que je viens d'un endroit cauchemardesque. D'un endroit peuplé de cannibales. Oui… peut-être que je viens de là-bas.

— Des étoiles, tu veux dire ?

Après tout, nos deux paires d'yeux sont rivées sur le firmament.

— Hmm…

— De laquelle ?

Il en pointe une du doigt.

— Le truc, avec les étoiles, explique-t-il d'une voix douce, c'est que, même si la plupart ont l'air proches les unes des autres, en réalité, c'est rarement le cas. Leurs orbites respectives ne sont jamais censées se croiser.

— Ce n'est pas vrai, me surprends-je à répliquer aussitôt. Et les binaires ? (Je laisse passer une seconde de flottement.) C'est ma sœur…

Héros comprendra ce que je veux dire. Je l'ai mis au courant de tout ce qui nous différencie, Kay et moi, de nos hobbies à notre personnalité. Celle de nous deux qui penserait aux étoiles binaires, c'est elle. Moi, quand le naufragé me parle de ces corps célestes, je ne peux m'empêcher de me demander s'il ne s'agit pas d'une métaphore sur nous deux. Ce qui me pousse à déclarer :

— De toute manière, on n'est pas des étoiles. (Lui et moi, on est déjà dans l'orbite l'un de l'autre. Que Héros le veuille ou non, son sort me concerne.) On a le droit de choisir où on va et qui on doit retrouver.

— Tu crois ? demande-t-il, dubitatif. Parce que je ne pense pas que ni toi, ni moi, on ait échoué ici par choix. (Certes.) Et, à mon avis, on décide encore moins de ceux qu'il nous faut retrouver. (Il abaisse le bras pour se le caler sous la tête.) Le premier jour, juste après mon arrivée, je n'arrêtais pas d'essayer de me mettre à ta place. Un bel échec, si tu veux tout savoir ! La manière dont tu menais ta vie sur cette île… ça me frustrait. J'ai fini par comprendre que c'était parce que j'aurais été incapable de t'imiter. J'aurais pu survivre, bien sûr, mais toi… tu t'es débrouillée pour rester vivante et pour garder ta sœur vivante, à l'intérieur de toi. (De deux doigts, il se tapote la poitrine.) C'est pour ça que je sais que tu la retrouveras. Même si cette quête t'emmène loin d'ici.

Je m'aperçois qu'Hubert me manque. La simplicité des émotions qu'il m'inspirait – à mille lieues de l'inextricable embrouillamini de sentiments que j'éprouve à présent – me manque.

— Tu pourrais avoir l'air plus triste, quand même.

Ma blague tombe à l'eau. D'un coup d'œil vers Héros, je constate que, les yeux à moitié clos, il contemple la lune. Je fixe à mon tour l'astre argenté.

Au bout de quelques minutes, le garçon glisse sa main dans la mienne. Ses doigts disent tout ce qu'il tait.

Plus tard encore, l'obscurité m'apporte sa voix. Il me demande si j'ai l'intention de rester dehors pour le restant de la nuit.

— Oui, je pense, réponds-je dans un murmure.

Je ne veux pas que tu me voies partir.

Ma paume se refroidit dès qu'il la lâche. Il se rassied, puis se lève.

— Je reviens tout de suite, m'assure-t-il.

Je me redresse aussi et je me dévisse le cou pour le regarder s'éloigner à petites foulées. Je le vois disparaître dans la maison pour en ressortir presque immédiatement, les bras visiblement chargés. Comme je m'en rends compte dès qu'il est à nouveau suffisamment près, il me rapporte un oreiller et la couverture. Il pose le coussin contre le flanc de Genevie, étale le plaid sur le sol, puis reste debout devant moi, l'espace d'un battement de cœur. Lorsqu'il finit par s'en retourner vers la bicoque – silhouette solitaire au milieu des ténèbres –, je dois me contraindre de toutes mes forces à ne pas bouger, à ne pas lui courir après.

La gorge serrée, je me cale contre l'oreiller, je m'enveloppe dans la couverture et j'observe l'océan. Les heures passent. Les vagues commencent à se retirer. Le noir du ciel se dissout peu à peu, le lointain bientôt rose bonbon. Et tandis que j'assiste à tous ces changements de couleurs, je me rappelle un tableau similaire, mais admiré depuis l'intérieur d'une sorte de cône de verre, haut dans l'éther. Je me souviens d'un lever de soleil en compagnie de Kay.

Il est temps de rentrer chez nous.

• • •

Lorsque je me décide enfin à pousser Genevie dans l'eau, Nou-2 descend avec moi sur le rivage.

— Prends bien soin de lui, dis-je au petit robot.

Juste au cas où.

Elle a beau ne pas être programmée pour répondre à ce genre de consigne directe, je sais qu'elle m'a entendue. Elle a été la première à m'écouter, sur cette île. Avant Héros – et même avant Hubert –, je n'avais personne d'autre qu'elle.

— Toi aussi, je reviendrai te chercher, ajouté-je.

À mon grand soulagement, contrairement au garçon, Nou-2 me croit.

— Tout à fait d'accord.

Émue, je dépose un baiser sur sa grosse tête cubique. Puis, attrapant la pagaie que m'a offerte Héros, je me mets à ramer vers l'horizon, cap sur l'aube.

18

Au cours de leur histoire, dès qu'ils avaient eu besoin de réponses, les hommes s'étaient toujours tournés vers les cieux. Dans le dessin des étoiles, ils avaient vu des cartes. Dans les astres solaires, ils avaient vu des dieux. Et dans l'espace au-delà de l'azur, ils avaient cru pouvoir trouver leur deuxième Terre.

Pourtant, confrontés à l'épineuse question de l'hébergement des communautés côtières et insulaires déplacées, les pères fondateurs du groupe Mizuhara, plutôt que vers le ciel, avaient braqué leur regard vers les profondeurs marines.

D'un point de vue scientifique, les conclusions de leurs études s'avéraient sans appel : les prototypes des premières éco-cités seraient bâtis à même le plancher océanique. Non seulement parce que les turbines hydrauliques étaient plus efficaces que leurs homologues éoliennes, mais aussi parce que l'océan en lui-même constituait une barrière naturelle contre l'érosion. Du moment qu'on veillait à ne pas les construire dans des régions à forte activité sismique et qu'on n'utilisait pas de matériaux susceptibles d'entrer en réaction avec le sel contenu dans l'eau de mer, ces villes englouties pourraient – en théorie – perdurer un millénaire.

Le problème, c'est que tout le monde n'était pas convaincu par l'idée de mener une existence de plancton : plus la population test augmentait, plus elle réclamait l'amélioration de ses conditions de vie. Pour Kasey, les habitants de ces premières éco-cités devaient probablement avancer les mêmes arguments que Celia : pourquoi fallait-il qu'ils renoncent à jouir de privilèges aussi basiques que l'accès à la lumière du jour ou à l'air frais quand le reste des occupants de la planète continuait de profiter du quotidien, comme si de rien n'était ?

Face à ces critiques, le projet fut abandonné, jeté aux oubliettes. Comme prévu dans l'accord de non-divulgation qu'ils avaient signé au préalable, les bêtatesteurs virent leurs souvenirs cognicisés dès la fin de la phase d'expérimentation. Résultat, l'histoire de cette première génération d'éco-cités disparut purement et simplement de la mémoire collective, pour ne plus subsister que dans les annales des instances gouvernementales et au sein de la famille à l'origine de l'entreprise.

Au collège, lorsqu'elle avait découvert le thème de la compétition de sciences proposé l'année de ses onze ans – « Comment sauveriez-vous le monde d'un astéroïde sur le point d'entrer en collision avec la Terre ? » – Kasey, qui était une Mizuhara, avait donc immédiatement pensé aux villes immergées imaginées par ses ancêtres.

Les membres de son équipe, eux, avaient émis quelques réserves : *« Si ça fonctionne, la prochaine fois qu'on dîne ensemble, je vous invite »*, avait dit Sid.

Ils avaient gagné.

Après avoir prouvé qu'il était possible de loger la totalité de la population terrestre dans les éco-cités originelles à condition de placer chaque individu dans un caisson de stase à usage médical, ils avaient imaginé un scénario dans lequel l'humanité – si elle se contentait de patienter, plongée dans un sommeil artificiel, au fond de l'océan – s'épargnerait le pire des siècles de flammes, de cendres et d'obscurité découlant de l'impact du météore. Ce plan n'avait évidemment rien de très séduisant, mais il était toujours plus réaliste que ceux qui impliquaient de manipuler l'espace-temps ou de détourner le projectile, et il demeurait moins compliqué à organiser qu'un exode spatial.

« En gros, la solution, c'est l'hibernation », avait conclu Meridian à l'époque. C'était cette proposition que Kasey exposait à présent aux agents du C2P et de l'Union planétaire, *via* les haut-parleurs de leur salle de conférence. Chutes de météorites, émissions carbone ou libération de radioaxons dans l'atmosphère, toutes ces calamités avaient en effet un point commun : face à leurs retombées, le temps restait le meilleur des remèdes. Le climat pouvait se modifier, le niveau de l'océan monter, certaines espèces muter, d'autres s'éteindre, mais, pour peu qu'on lui en laisse le temps, la nature finirait par faire ce pour quoi elle était le plus douée, c'est-à-dire se débarrasser des éléments étrangers.

— Les conditions extérieures seront régulièrement évaluées par un baromètre ultra-perfectionné, indiqua Kasey. De cette manière, les caissons de stase ne s'ouvriront qu'une fois l'ensemble des seuils d'habitabilité de l'environnement atteints et vérifiés.

Son intervention terminée, elle se tut. Dans l'auditoire régnait un silence de mort. Jusqu'à ce que…

— Eh bien, c'est décidé ! lança Ekaterina.

Un concert de protestations lui répondit aussitôt, parmi lesquelles celles de Barry.

— Sans vouloir vexer Kasey…

— Y a pas de risque.

— Soyons un peu réalistes, enfin !

— Vous avez une meilleure idée, peut-être ? demanda Ekaterina avant de s'adresser au reste de l'assemblée. Je vous pose la question : l'un de vous a-t-il une autre solution qui pourrait être mise en œuvre avec les ressources dont nous disposons actuellement et à l'échelle planétaire ?

— Planétaire, c'est vite dit. Il faudrait déjà que tous les intéressés soient d'accord, rétorqua l'agent rétif. On ne peut pas se prononcer à la place des territoires ou de leurs gouvernements.

— Mais on peut tenter de les convaincre, répliqua Ekaterina. Je veux que nos équipes de relations publiques commencent à plancher sur le sujet, et vite. Qu'on prépare des conférences de presse dans chacun des territoires. Kasey pilotera en personne une partie de ces présentations.

— Une lycéenne ? s'étonna l'un des délégués de l'Union planétaire, incrédule.

— Une lycéenne plutôt connue, marmonna sa voisine.

— Connue pour un scandale, oui !

— Au moins, elle devrait être considérée comme neutre et non pas soumise à je ne sais quelle mouvance géopolitique.

— Tu parles… Elle est membre du C2P, je te signale !

— Assez ! s'écria tout à coup Ekaterina en frappant dans ses mains. Kasey, qu'est-ce que vous en pensez ?

Pas de réponse.

— Kasey ?

— Vous pouvez utiliser ma solution.

D'un bloc, toutes les têtes se tournèrent vers la porte de la salle, que l'adolescente venait de franchir en chair et en os, seule. Actinium attendait à l'entrée du QG du C2P. « *Elle m'a dit que s'il y avait bien quelqu'un capable de changer le monde, c'était toi* », lui avait-il avoué juste avant qu'elle ne sorte du robot-coptère. Sceptique, la jeune fille avait d'abord eu envie de pouffer de rire mais, soudain, ce qu'elle avait répondu à sa sœur le jour où elles avaient pris la mer ensemble lui était revenu en mémoire : « *C'est comme ça, on n'y peut rien.* » En fin de compte, elles avaient toutes les deux eu tort : Celia en pensant que sa cadette voudrait jouer les sauveuses, et Kasey en acceptant le *statu quo*.

— Je ferai tout ce que vous voudrez, promit-elle aux responsables politiques rassemblés dans la salle. Mais à deux conditions.

卌 卌 卌 ||||

Deux jours.

C'est le temps qui s'écoule avant que je commence à me demander si les monstres marins existent.

Je sais, je sais. Pas vraiment la meilleure question à se poser quand on traverse le grand bleu sur un simple matelas, mais c'est plus fort que moi. À part réfléchir, ramer ou se reposer, il n'y a pas grand-chose à faire pour s'occuper au milieu de cette immensité.

Ce que je fais, là, maintenant, tout de suite ? Je me repose, ma pagaie posée sur mes genoux, les cumulus du ciel reflétés dans l'eau qui m'entoure, aussi plane qu'un miroir.

Si je suis pensive, c'est sans doute à cause d'eux – les nuages. Ou peut-être est-ce la clarté de la surface qui m'attire vers les mystères cachés dans les profondeurs... Après tout, c'est le propre des hommes, pas vrai ? de vouloir éventer sans vergogne les secrets de tel ou tel écosystème avant de se jeter sur le suivant, tels des enfants qui déballent leurs cadeaux en laissant dans leur sillage un flot de papier déchiré.

C'est plutôt triste, à vrai dire.

Cette phrase résonne en moi et tout à coup, je me retrouve pliée en deux, les mains à plat sur le matelas. Un... un souvenir me revient !

— *C'est plutôt triste.*

Je suis dans une embarcation et Kay est assise en face de moi. Autour de nous, la mer scintille. Le soleil, dardant ses rayons, me réchauffe la peau, et je poursuis :

— *Quand on pense que l'espace nous obsède à ce point alors qu'on n'a même pas fini d'explorer tous les recoins de la Terre.*

Ma petite sœur considère un instant mes propos.

— *Comme l'océan, par exemple.*

— *Exactement ! Comme l'océan.*

— *Ce n'est peut-être pas si triste que ça, répond-elle. Si on avait pu, ça fait longtemps qu'on l'aurait asséché juste pour accéder aux secrets qui gisent au fond. Et il aurait fini comme tout le reste : mis à nu.*

Surprise par son analyse, je la dévisage. Puis je souris. Elle et moi, on n'a pas vraiment de centres d'intérêt ni de sujets de conversation en commun, alors quand l'idée m'est venue de sortir en mer ensemble – en plein milieu d'une séance de yoga qui me faisait particulièrement suer –, j'ai failli l'écarter. Mais je ne l'ai pas fait, et bien m'en a pris : notre excursion nous a menées à l'île, à Léona et à des moments comme celui-ci, grâce auxquels Kay me prouve qu'elle me comprend plus qu'elle ne le montre. Je tends la main vers elle et…

Mes doigts se referment sur le vide.

Le décor autour de moi n'a pas changé. La mer est toujours aussi lisse, le ciel toujours parsemé de nuages. Pourtant, tout est différent. Parce que moi, je me sens différente. Dans ma tête, une flopée de prénoms tourbillonnent.

Léona.

Qui d'autre se tapit encore dans mon esprit ? Est-il possible que j'aie connu un Hubert, autrefois ? Une Genevie ? Mais pourquoi les aurais-je oubliés ? Et puis, il y a Kay et moi, sur ce bateau, en plein océan. Est-ce que ce serait de cette façon qu'on s'est retrouvées séparées l'une de l'autre ?

Histoire de me calmer, je m'applique à prendre de profondes inspirations, comme pendant les cours de yoga. Car, oui, je faisais vraiment du yoga. Ça me revient, maintenant. Sauf que je ne devais pas être très douée – ou alors c'est que j'ai perdu la main –, parce que, malgré mes efforts, mon corps refuse de se détendre. Bien décidée, pourtant, à me distraire de la panique que je sens grandir en moi, je plonge ma pagaie dans l'onde et je me mets à ramer. Si seulement Héros était avec moi… Mais s'il avait été là, j'aurais bien été obligée de lui avouer la terrible vérité : que même aujourd'hui, après toutes ces années, des segments entiers de ma vie d'avant m'échappent encore.

Et si je ne parvenais jamais à les récupérer ? Même une fois que j'aurai retrouvé Kay ?

Bientôt, Genevie et moi abordons des eaux à peine plus agitées. Naviguer à nouveau sur une mer ordinaire me rassure et je suis sur le point de reposer ma pagaie sur mes genoux quand, soudain, mes doigts se crispent sur le manche. Ma rame levée, sa pale suspendue au-dessus des vagues, je plisse les yeux. Au loin, un objet non identifié fend les flots à bonne vitesse et se dirige vers moi.

Non, correction : ce n'est pas un objet.

C'est un être humain.

20

Elle en avait parcouru, du chemin, de l'adolescente qui se cachait derrière son propre îlot central deux semaines auparavant à celle qu'elle était à présent : une oratrice, debout en personne au centre de la scène, face à un auditorium plein à craquer. Le public ne regroupait pas moins de cinq cents spectateurs sous forme holographique et pourtant, leurs inquiétudes restaient toujours les mêmes. *Combien de temps faudrait-il aux différents gouvernements pour se mettre d'accord ?* Aucune idée, ça ne dépendait pas d'elle. *Combien de temps prendrait les préparatifs ?* Si les choses ne se déroulaient pas plus vite que cette conférence de presse, une éternité. Toutefois, la question qui revenait le plus souvent, c'était…

— Combien de temps faudra-t-il avant de pouvoir se réinstaller sur la terre ferme sans danger ?

Plus longtemps que ce que le commun des mortels serait prêt à accepter… Fut un temps, la jeune fille aurait hésité avant d'apporter sa réponse sans fard à l'individu, assis au premier rang, qui l'avait interpellée. Mais les battements de son second cœur lui donnaient dorénavant du courage.

— À peu près mille ans.

S'ensuivit une véritable explosion de récriminations. Pas de quoi déconcerter Kasey, cependant. À chaque présentation qu'elle menait (et c'était déjà la onzième), quelqu'un dans l'assistance jugeait bon de lui rappeler que les radioaxons mettaient moins d'un siècle à se dégrader. Partant de là, ajoutait généralement l'importun, pourquoi diable attendre un millénaire ? Ce à quoi l'adolescente avait invariablement envie de répliquer : et pourquoi pas ? Pourquoi ne pas laisser le temps aux océans d'assimiler aussi le CO_2 saturant l'atmosphère pendant que l'humanité entière sommeillait dans ses caissons de stase ? Pourquoi ne pas prendre un nouveau départ ? Sauver les générations futures ?

Mais elle se gardait bien de rouvrir la bouche. Les gens préféraient toujours les solutions les plus rapides et les moins contraignantes. Pour régler leurs problèmes les plus immédiats, ils n'avaient aucun scrupule à ruiner l'avenir des autres, du moment que le leur n'en pâtissait pas. Et dire qu'ils se comportaient comme si c'était Kasey la méchante qui essayait de les flouer, alors qu'elle leur offrait, moyennant compromis, rien de moins que l'opportunité de changer le monde pour le rendre plus hospitalier !

Bon, d'accord, elle ne comptait réellement l'offrir qu'à certains d'entre d'eux, mais quand même !

— Vous voudriez qu'on passe mille ans à vivre en mode holo ? demanda l'un des auditeurs, comme si s'holographier équivalait à purger une peine de prison.

— Non, répondit Actinium.

Il se montrait plus diplomate que Kasey ne l'aurait sans doute été. Elle se réjouissait de l'avoir à ses côtés sur l'estrade.

« Première condition : vous me laissez présenter le projet avec la personne de mon choix. »

— Contrairement aux modèles commerciaux, poursuivit le jeune homme, les caissons de stase à usage médical mettent leur occupant sous anesthésie générale. (C'était même un des éléments clés de l'entreprise : pour réduire au maximum le volume alloué à chaque individu dans leur refuge sous-marin à tous, il faudrait se passer d'aménagement au quotidien, ce qui n'était possible qu'en plongeant tout le monde dans un état de stase pure.) On n'y ressent pas le passage du temps.

Dans le public, les voix se muèrent en murmures anxieux. Au fond de l'auditorium, une main se leva. Actinium fit signe à la femme qui s'était manifestée et cette dernière prit la parole :

— Si on abandonne toute activité sur la planète pendant mille ans, comment pourra-t-on espérer y retrouver ensuite le même niveau de vie qu'aujourd'hui ?

« Le même niveau de vie » ? Kasey serra les dents. C'était au nom de ce « niveau de vie » que beaucoup avaient snobé les éco-cités au moment de leur création, tout ça pour se plaindre du durcissement des critères d'admission dès que la dégradation des conditions extérieures avait commencé à peser sur leur quotidien.

— Qui nettoie nos rues et nos logements, à l'heure actuelle ? dit Actinium en répondant par une nouvelle interrogation à la question posée. Les robots. Que ce soit sur les territoires ou dans les éco-cités, ils prennent déjà en charge 90 % de la maintenance de nos infrastructures. Bien sûr, il faudra procéder à un minimum de reconstruction avant de pouvoir revenir vivre sur les continents mais, pour limiter l'ampleur de la tâche, de grands travaux de réhabilitation automatisée seront programmés à l'avance, avant même notre réveil.

À la suite de cette annonce, il y eut une accalmie, le temps que chacun absorbe l'information… puis, d'un seul coup, ce fut l'avalanche.

— Tout le monde aura droit à son caisson ?

— Comment est-ce que vous comptez contrôler la qualité de l'air extérieur ?

— Vous affirmez que l'opération Nouveau Départ placera des baromètres d'habitabilité tout autour du globe, lança quelqu'un. (La seule personne de la salle à avoir pris la peine de lire leur communiqué de presse, apparemment.) Et qu'une fois un certain nombre de seuils franchis, les caissons s'occuperont de remonter tout le monde à la surface. Mais comment être sûr de la fiabilité de ces mesures ? Mille ans, c'est long.

Enfin une question intéressante ! Parce que celui qui venait de s'exprimer n'avait pas tort : un baromètre ne mesurait que ce pour quoi il avait été conçu. Même si tous les voyants passaient au vert en matière d'ensoleillement, de quantité d'eau disponible ou de concentration de cette eau en minéraux, l'être humain demeurait un animal exigeant. Pour peu qu'elle passe sous le radar des machines, la moindre inconnue – une nouvelle espèce, une maladie inédite – pourrait suffire à faire la différence entre survie et extinction de l'humanité.

Il n'y avait qu'un seul moyen de savoir si l'environnement serait réellement habitable. Mais pour le mettre en œuvre, Kasey devrait, à nouveau, enfreindre la loi.

𝍸 𝍸 𝍸 𝍸 𝍷

Le temps de compter jusqu'à trois, et il a rallié mon esquif.

Plus vite que je ne peux réagir. Trop vite.

C'est ce qui me déstabilise le plus. Pas le fait qu'il ait nagé toute une journée – voire deux –, ni qu'il soit parvenu à me retrouver au milieu de nulle part, mais sa vitesse… surnaturelle. Lorsque ses mains agrippent le rebord du matelas, ses jointures blanchies se détachant sur le vert sapin de la housse, je me découvre incapable de bouger. Paralysée, je le regarde se hisser sur Genevie, qui se met aussitôt à tanguer. Mes jambes se dérobent sous moi. Je m'effondre au moment même où lui se redresse, tout ruisselant d'eau salée, une grosse flaque à ses pieds.

— Hé… Héros ?

Il s'avance d'un pas et je recule tant bien que mal, jusqu'à ce que mon coude heurte un objet derrière moi : la pagaie. Je la saisis par la pale avant de me relever tandis que lui s'approche encore. D'instinct, j'interpose le manche de mon arme de fortune entre nous deux. Ce n'est qu'à cet instant que je croise enfin le regard de mon camarade, mais…

Ses yeux bleus ne clignent pas.

Le garçon que j'ai devant moi n'est pas celui a briqué ma cuisine et fait pousser mes plants de taro, qui a promené un matelas-barque avec moi et m'a montré les étoiles. Il porte un des pulls de M. M., d'accord, et il a bien les cheveux, les lèvres et le regard de mon ami. Mais ce n'est pas mon Héros.

C'est le fou qui a essayé de me tuer sur la plage.

— Arrête-toi !

Le vent emporte ma voix, mais c'est sans importance : mon agresseur ne m'entend pas, il ne me voit pas. Il se borne à avancer, encore et toujours, dépassant bientôt le centre du matelas. Genevie s'enfonce un peu plus dans l'eau.

— Stop !

Un pas de plus et la poignée de la pagaie lui rentre dans les côtes. Il se fige. À vrai dire, tout se fige : ma respiration, les battements de mon cœur, la mer elle-même, même si je sais que c'est impossible. La mer est immortelle, son mouvement éternel, sans fin… interminable, tout comme ce moment hors du temps, juste avant que Héros ne se jette sur moi.

22

Tout avait commencé par une graine plantée par Celia et qui, au cours des deux années suivant la mort de leur mère, avait grandi en Kasey pour finir par germer un jour comme un autre, alors que celle-ci était au collège, à l'heure du déjeuner. La cadette des Mizuhara mangeait seule, nichée dans l'alcôve où patientaient les robots-ménagers pendant que ses pairs louvoyaient dans les eaux troubles de la cafétéria – qu'elle-même n'avait aucune envie d'affronter –, lorsque l'insidieuse question lui avait traversé l'esprit : pourquoi ? Pourquoi ne s'intéressait-elle pas aux mêmes choses que ses camarades ? Pourquoi n'était-elle pas comme les autres ?

« Franchement, qu'est-ce qui ne tourne pas rond, chez toi ? »

Elle s'était mis en tête de trouver la réponse.

Elle avait onze ans, à ce moment-là. Elle était la première de sa classe, la plus jeune, mais on ne pouvait pas dire qu'elle s'y connaissait en droit international. Résultat, elle n'avait rien vu de scandaleux dans son idée. Les êtres humains se détachaient déjà régulièrement de leur enveloppe charnelle pour lui préférer l'hologramme, et certains faisaient même reprogrammer informatiquement leur ADN pour pouvoir recourir à la photosynthèse. Par conséquent, si Kasey décidait de coder d'autres fonctions organiques, où était le problème ? Si l'Intraface, plutôt que d'assister le cerveau, prenait sa place, qu'est-ce que ça changeait ?

Tout, à en croire le décret Ester, promulgué justement pour établir entre les hommes et les machines une distinction claire. Si Kasey trouvait cette séparation arbitraire, les autres collégiens, eux, l'acceptait manifestement sans effort. Et, d'une manière ou d'une autre, ils avaient dû finir par découvrir le projet de la petite scientifique, car un beau jour, quand elle avait pénétré dans la cafétéria, tout le monde s'était tu d'un seul coup. Lorsqu'elle avait rejoint la file des élèves qui attendaient de recevoir leur cube de protéines, l'un d'eux s'était même ostensiblement éloigné.

— Psychopathe, avait murmuré un autre.

Kasey avait feint de ne pas avoir entendu et continué sa journée comme si de rien n'était... jusqu'à ce que Celia vienne se planter devant elle.

— Montre-moi, lui avait ordonné son aînée.

La cadette n'avait même pas eu le temps de demander à sa sœur ce qu'elle – lycéenne scolarisée dans l'établissement voisin – faisait à l'attendre devant le labo de sciences du collège en plein milieu de l'après-midi.

— Te montrer quoi ?

— Le... le truc sur lequel tu travailles. Ou alors, dis-moi que ce n'est qu'une rumeur, que ce n'est pas vrai.

Ça aurait été un mensonge. Kasey avait donc conduit Celia jusqu'au réduit où étaient rangés les robots-ménagers, dans les sous-sols de l'école, et elle avait ouvert la porte.

À peine l'aînée avait-elle posé les yeux sur le dernier prototype du modèle-891 qu'elle s'était retournée vers sa petite sœur.

— Pourquoi ?

Pourquoi ? Parce que si Celia avait vu son chagrin être artificiellement amoindri le jour où sa cadette avait surpris ses pleurs, c'était que cette dernière s'était attaquée aux symptômes plutôt qu'à l'origine de sa détresse.

— Pour ramener maman, avait répondu Kasey. Il ne manque plus que ses souvenirs.

En effet, comme le démontraient l'holographie et les procédures d'OGMisation, c'était l'esprit d'un individu donné qui lui conférait son statut d'être humain.

— Et ça ? s'était écriée Celia, l'index pointé sur le modèle-892.

— Ça, c'est moi.

Enfin, une version améliorée, aux comportements et aux pensées plus en phase avec ceux d'une adolescente moyenne. Il ne restait plus à la scientifique en herbe qu'à trouver comment générer les réactions adaptées aux situations inédites. Dans le cadre de ses recherches, il y avait déjà des semaines qu'elle étudiait les expressions faciales de ses congénères, ce qui s'était d'ailleurs révélé très utile à ce moment-là, puisqu'elle avait instantanément identifié l'épouvante sur les traits de son aînée.

À défaut de saisir ce qu'on lui reprochait exactement, elle avait compris, en cet instant précis, qu'elle avait fait une grosse bêtise. La nature de son délit lui avait finalement été expliquée quelques minutes plus tard, quand – une fois les agents du C2P mis au courant de l'affaire – la sécurité de l'école était venue l'escorter hors des locaux.

Renvoyée de l'établissement avec interdiction de quitter son domicile, elle avait attendu le verdict. Son éviction de l'éco-cité semblait inévitable. La collégienne s'était contrainte à l'imaginer, histoire de s'y préparer, disqualifiant une à une ses craintes. En fin de compte, cependant, David Mizuhara était parvenu à conclure un accord avec le C2P : Kasey pourrait rester dans la ville flottante, à condition de sacrifier une partie d'elle-même.

Elle avait donc dû laisser les autorités revoir les paramètres de son biomoniteur et barder son Intraface de logiciels de suivi destinés à contrôler qu'elle respectait les termes de sa condamnation, puis elle s'en était retournée vers le module familial, où Celia l'attendait. Le soulagement que Kasey avait alors lu sur le visage de son aînée l'avait aidée à s'en convaincre : elle avait fait le bon choix. Sans la science, son cœur lui paraissait vide, mais celui de sa grande sœur pourrait battre pour elles deux.

Comme elle avait été naïve…

« Deuxième condition : lever toutes les sanctions me concernant. »

Si sa première requête – être libre de choisir son partenaire pour faire la tournée des territoires – lui avait été accordée sans problème, cette seconde revendication n'était pas passée aussi facilement.

— C'est du chantage ! avait hurlé Barry, dont la voix n'était pas la seule à s'être élevée dans la salle de conférence. Je le savais ! Sinon, pourquoi aurait-elle attendu tout ce temps avant de nous proposer sa solution ?

— Parce qu'elle nécessite de transgresser les décrets internationaux, avait répondu Kasey sans se démonter.

Elle avait aussitôt exposé en quoi et, après avoir malgré tout tenu à débattre pour le plaisir de débattre, agents et représentants avaient fini par se rendre à l'évidence : il faudrait bel et bien contourner certaines lois. La paperasserie comme les régulations seraient simplifiées, assouplies. La radicalité de la situation exigeait une réponse tout aussi radicale.

Kasey, quant à elle, n'était pas certaine de savoir quoi éprouver à l'idée qu'il ait fallu rien de moins que la fin du monde pour que le calvaire qu'elle avait vécu pendant cinq ans touche enfin à son terme. Mais ce qui était fait était fait, inutile d'y repenser : il lui restait encore beaucoup à accomplir avant que son projet n'aboutisse et tout commencerait ici, sur cette estrade, aux côtés d'Actinium.

— Un instant, s'il vous plaît, dit-elle à son auditoire.

Plutôt que de leur expliquer en détail comment elle prévoyait de pallier les failles éventuelles des baromètres, elle allait le leur montrer, comme elle l'avait fait avec Celia.

Elle gagna le rideau en fond de scène et disparut dans les coulisses.

|||| |||| |||| |||| |||

Esquivant le coup de manche que je tente de lui asséner, Héros attrape la pagaie et tire dessus. La pale m'échappe et je me la prends en plein dans le menton. Ma tête part en arrière. Désorientée, éblouie par l'explosion de taches lumineuses derrière mes paupières, je distingue malgré tout un bruit d'éclaboussures. C'est moi, je crois. J'ai dû passer par-dessus bord.

Pourtant, non. Lorsque les doigts de mon agresseur se referment sur ma gorge, je suis toujours sur Genevie. Mais ensuite, il me soulève du matelas et se met à serrer, serrer, au point que je ne vois plus rien d'autre que le bleu de son regard dénué d'expression.

— Hé… Hér…

Héros. Si seulement je pouvais couvrir sa bouche de la mienne et lui insuffler le souvenir de son nom. Si je pouvais juste… le… ramener…

Ma vue se brouille, s'obscurcit totalement. *Kay.* Son visage… Il m'apparaît, d'une netteté saisissante, comme si on venait de placer derrière ma rétine un spot qui projetterait les traits de ma sœur directement dans mon cerveau.

« *Retrouve-moi, Cee.* »

Je rouvre les yeux d'un seul coup. Mes jambes sont déjà repliées et je les détends en un éclair. Mes pieds se plantent dans l'abdomen de Héros. Déstabilisé, il titube, mais ne me lâche pas. Résultat, quand il bascule, il m'emporte avec lui dans l'eau – pour de vrai, cette fois.

24

Autour de Kasey, les ténèbres s'épaissirent dès que la capsule se mit à descendre la conduite menant à la réserve aménagée sous l'estrade. Quand la jeune fille pénétra dans le petit local, les LED encastrées dans le haut plafond s'allumèrent. Elle dépassa plusieurs caissons de stase au stade de prototypes, puis une série de citernes remplies de divers mélanges, avant de s'arrêter, tout au fond de la pièce, devant un appareil en forme de cocon. Immobile, elle présenta son œil au dispositif de reconnaissance rétinienne intégré à l'espèce de sarcophage.

ACCÈS AUTORISÉ

La porte du réceptacle s'ouvrit avec un sifflement.

À la seconde où on s'écrase dans l'eau, les vagues se ruent entre nous pour m'arracher à la poigne de mon assaillant. Mais à peine ai-je repris ma respiration que je l'aperçois qui revient à la charge. Mon dos se cogne contre Genevie et je tente de m'accouder au matelas pour me hisser dessus, mais mon adversaire est bien trop rapide et, d'un coup sec, il me tire bientôt derechef vers le fond de l'océan. Un filet de bulles semblables à des méduses me jaillit de la bouche pour remonter à l'air libre alors que je sombre peu à peu, entraînée vers un gouffre d'un bleu toujours plus foncé.

« Retrouve-moi, Cee. »

Soudain, mes membres retrouvent leur énergie. Je me mets à me débattre, je repousse mon agresseur et je m'élance vers le jour au-dessus de moi. Au moment où j'atteins la surface, mon crâne heurte un objet dur.

La pagaie ! C'était donc elle, la première à être tombée par-dessus bord ! Je m'en empare avant qu'elle ne s'éloigne et je pivote aussitôt pour en frapper le garçon, de toutes mes forces.

Le bois s'abat sur sa tempe mouillée avec un bruit affreux. J'entends l'os craquer, la peau se fendre. Un ruban écarlate lui ruisselle le long de la joue.

Mon bras vibre encore sous l'effet du coup porté lorsque le corps de mon adversaire devient mou et commence à couler. Les flots l'avalent, se referment sur sa tête et, l'instant d'après, il a disparu, englouti.

Persuadée qu'il va malgré tout finir par réapparaître, je ne peux m'empêcher de fixer l'endroit où il s'est abîmé. J'attends de longues minutes, nageant sur place jusqu'à ce que mes jambes n'en puissent plus.

— Héros ?

J'ai la voix éraillée, les cordes vocales anéanties. J'ai toujours devant les yeux le visage de Kay, je le vois plus clairement que jamais et il m'exhorte à remonter sur Genevie, à m'en aller retrouver ma sœur, à m'éloigner de celui qui vient de tenter de m'assassiner, mais, nom de Joule ! tant pis pour ma tronche, tant pis pour la logique, tant pis pour tout…

Je plonge.

Je ne sais pas combien de temps s'écoule avant que je le repère, suspendu tel un spécimen empaillé au beau milieu de l'océan. Sans tarder, je l'attire à moi et je nous remonte tous les deux vers la surface, où, à bout de souffle, j'attrape le cordage dont j'ai entouré mon embarcation, avant de pousser mon fardeau dessus. Ensuite seulement, je m'extirpe à mon tour de l'eau, grelottante.

— Héros ?

Sa peau est presque diaphane, ses paupières, aussi violacées que ses lèvres. L'eau de mer a beau avoir lavé le sang qui s'en déversait, la plaie sur sa tempe s'ouvre jusqu'à l'os.

— Héros… (Je serre sa tête entre mes mains.) Héros ! Réveille-toi.

Mais il ne bouge pas et, après une éternité à le supplier de revenir à lui, je me décide à vérifier…

Il ne respire plus. Son cœur ne bat plus.

La pluie se met à tomber, en fines aiguilles d'argent qui se dissolvent dans la mer, qui emportent le sel incrusté dans mes cheveux et le font dégouliner sur mes joues tandis que je regarde le garçon immobile sur mes genoux. Le garçon que j'ai tué.

L'averse prend fin. Le soleil s'élève jusqu'à son zénith, puis redescend. Lorsque mes doigts se saisissent enfin de la pagaie, il fait déjà nuit.

Je rame.

Revenue sur l'île, j'essaie de transporter Héros à la maison, mais je ploie sous son poids. On s'écroule ensemble dans le sable, exactement comme la nuit où on a contemplé les étoiles.

Exténuée, je rampe jusqu'à lui et je me couche sur son torse, la tête sur sa poitrine. On reste étendus là... des heures, peut-être, ou des jours, je n'en sais rien. Je perds toute notion du temps.

Je suis en revanche certaine que l'aurore point déjà à l'horizon quand le bourdonnement s'enclenche. Une infime trépidation qui naît pile sous le sternum de ma victime pour se propager ensuite dans le reste de son être et me résonner dans l'oreille. Si mon cerveau est encore trop embrumé pour articuler la moindre pensée, mon corps, lui, réagit au quart de tour. Je me décolle de feu mon compagnon d'infortune juste à temps pour voir son visage reprendre des couleurs. Sous mes yeux ébahis, l'entaille sur sa tempe se remplit d'une espèce de pellicule argentée qui prend aussitôt la teinte de sa peau.

Une seconde plus tard, Héros, le garçon que j'ai tué, se met à respirer.

26

— Mise en service.

Dans les profondeurs du caisson, deux veilleuses s'allumèrent.

— Bonjour, C., lança Kasey.

Les petites lumières clignotèrent.

卌 卌 卌 卌 卌 II

« *Retrouve-moi, Cee.* »

La voix prend les commandes de mes muscles comme de mon esprit. Insensible, impassible, je me mets en branle, mais je ne me rends réellement compte de mes actions qu'une fois qu'elles sont accomplies.

J'ai porté Héros dans la maison, je l'ai installé sur le sommier nu du lit. Je l'ai entravé – de partout. Ses bras, ses jambes, son corps entier… tout est fermement attaché. Il est bon pour avoir une mauvaise surprise au réveil, mais ça ne me fait ni chaud ni froid. De toute manière, je n'ai pas d'autre choix que de m'en moquer. Je ne peux pas me permettre de me sentir soulagée qu'il soit en vie, ni de me laisser envahir par l'appréhension quand je pense à ce qu'implique le fait que le seul être humain que je connaisse se révèle en fin de compte… pas si humain que ça.

Je n'ai aucune idée de ce qu'il est vraiment. Je ne sais pas non plus si je suis comme lui. Mais il n'y a pas trente-six moyens d'en avoir le cœur net.

Je ressors aussitôt de la maison et je m'engage sans hésiter sur le sable. Ses grains s'insinuent entre mes orteils, d'abord secs, ensuite humides, mais toujours glacés. Tandis que je marche, je me représente les millions d'étoiles au-dessus de ma tête comme autant d'yeux qui m'observent. Que voient-elles ? Une jeune fille dans un pull trop large, laissant sur la plage des traces de pas qui pourraient tracer une ligne plus droite ?

Simples astres ou spectatrices privilégiées, ces loupiotes célestes ne peuvent en tout cas rien deviner de mes intentions. Le problème, c'est qu'au moment où je parviens à la rive, je me rends compte que moi non plus, je ne sais pas où je vais. Je n'ai fait que suivre l'attraction magnétique qui me tiraille les tripes, la même qui m'a déjà conduite au fond de la piscine, dans la clairière de la forêt, côté prairie. À présent, voilà que cette espèce d'aimant m'attire vers le large. Mais maintenant que j'y pense, je suis prête à parier que l'océan m'a toujours appelée de la sorte, même dans mon sommeil. Il y a comme une espèce d'hameçon fiché en moi. La ligne de pêche, c'est le rayon de lune argenté qui serpente sur les vagues pour s'enfoncer, au loin, dans les profondeurs.

Sans réfléchir, je pénètre dans la mer. Le ressac vient aussitôt me fouetter les talons. « Bienvenue », semble-t-il me dire, m'étreignant les chevilles comme un ami me serrerait dans ses bras après une longue absence. L'eau a beau être glaciale, ça ne me gêne pas. Je ne ressens plus le froid. J'avance d'un pas, puis d'un autre, chacun plus facile que le précédent. Ma progression s'avérerait d'ailleurs encore plus aisée – et donc plus rapide – si je m'étendais sur les flots pour les laisser m'emporter tel un radeau, seulement… je ne peux pas m'y résoudre. Je refuse de renoncer au peu de contrôle qu'il me reste sur mes certitudes, lesquelles se résument à ce constat :

Si j'en avais envie, je pourrais encore faire demi-tour.

Les vagues m'atteignent désormais la poitrine. Elles me soulèvent, mes orteils ne touchent plus le sable, et j'arrête de marcher pour me mettre à nager. Mes mouvements sont fluides. Ma force illimitée. Je nage jusqu'à ce que les étoiles scintillent une dernière fois et que la lune capitule face au soleil. Une brume cristalline vient napper l'océan, mais je n'admire les lueurs du jour naissant qu'un instant seulement. Ensuite, je me glisse sous la houle.

Et je plonge.

Toujours plus profond.

La distance entre la surface et moi ne cesse de croître. Je suis déjà trop loin. Le poids du monde au-dessus de ma tête suffirait à me pulvériser. Pourtant, impossible de céder à la panique, même lorsque je sens la pression augmenter dans ma poitrine ou le besoin primaire qui me pousse à chercher de l'air l'emporter peu à peu sur mon instinct de survie.

Jusqu'à ce que, soudain, au beau milieu de l'océan, je prenne une respiration. L'eau de mer inhalée m'écorche les cavités nasales avant de m'enflammer la trachée, brûlant tout sur son passage. Pourtant, malgré la douleur, je ne m'alarme toujours pas. Mes poumons s'entêtent à inspirer puis à expirer, sans s'effrayer de se noyer un peu plus à chaque bouffée.

Au bout d'un moment, la souffrance se dissipe. Autour de moi ne règne que le silence. Je poursuis ma descente. Je continue d'avancer, de m'enfoncer.

Je croise des bancs de poissons mouchetés, effilés comme des fléchettes. D'autres, gros et bruns, dotés de moustaches en forme de nouilles. D'autres encore, aux nageoires aussi aiguisées qu'une lame de couteau…

Bientôt, j'atteins une telle profondeur que même les poissons disparaissent…

Le poisson-globe tatoué sur le bras de l'opératrice plasticienne se gondole lorsqu'elle tire à elle son chariot chargé de scalpels. Je sais bien que je devrais inspecter ces instruments tout droit sortis d'un autre temps avant qu'ils ne s'immiscent dans mon cerveau, mais je ne parviens pas à détacher les yeux de ce drôle d'animal, surtout quand il se met à changer de couleur, virant du bleu au violet puis au rose vif au moment où sa propriétaire me tend un flacon.

— Bois.

Non sans la faire claquer, elle enfile sa paire de gants pendant que je m'exécute. La mixture est plus sucrée, mais aussi plus épaisse que ce à quoi je m'attendais. En avalant les grumeaux du fond de la flasque, je manque de m'étouffer.

— Sympa, votre tatouage, croassé-je tandis qu'elle récupère la fiole vide.

— Pour cinquante balles de plus, Éli peut t'en faire un juste après l'opération, avant ton réveil. Pas vrai, Éli ?

Du box opératoire adjacent s'échappe un grognement d'approbation, suivi de l'affreux grincement d'une fraise dentaire.

C'est mon choix, *dois-je me contraindre à me rappeler. D'être là, dans cet établissement où on ne vérifiera pas mon identité. Dès que je me lèverai de ce fauteuil, un autre anonyme prendra ma place et personne ne se souviendra de mon passage.*

— Un jour, peut-être, dis-je à l'opératrice alors qu'elle s'équipe d'un masque chirurgical.

Elle enfile aussi des lunettes de protection, qui me font aussitôt penser à Kasey. Je n'en mène pas large.

— Dans un instant, le neurosédatif devrait commencer à faire effet. L'intervention en elle-même ne durera pas

plus de quinze minutes. Tu pourras partir avec deux doses d'antalgiques. N'hésite pas à les récupérer à la sortie. En cas de complications postopératoires, le salon décline toute responsabilité. Si tu as une ou plusieurs questions qui te brûlent les lèvres, c'est le moment de les poser.

— Non, ça va, merci.

Mon interlocutrice s'interrompt dans ses préparatifs, me regarde et semble enfin me voir vraiment. L'espace d'une seconde, elle semble prête à me demander si je suis sûre de vouloir aller au bout. Des adolescentes qui demandent une extraction d'Intraface, ça ne doit pas courir les rues. Et puis, je suis loin de ressembler à la clientèle habituelle des lieux.

— Ça te laissera sans doute une cicatrice, dit-elle finalement.

Une cicatrice… J'ai presque envie de pouffer et de lui lancer un « Vous avez vu ma tronche ? » sauf que, justement, non, elle ne l'a pas vue. Je me cache sous une bonne couche de fond de teint. J'ai le cerveau défoncé aux psychotropes. Sans mes cachets, je n'aurais même pas été capable de me traîner jusqu'ici. Il suffirait de contrôler mes constantes vitales pour découvrir en un clin d'œil tout ce qui déraille dans mon organisme.

L'autre avantage de cet établissement ? Les employés ne vérifient pas non plus votre état de santé et même s'ils le font, ils ne sont absolument pas tenus de s'en soucier. Ce salon d'altération physique incarne tout ce contre quoi lutte le décret Ester. Pourtant, en ce qui me concerne, je ne pense pas que ses prestations ternissent le vécu humain. Au contraire. Je les vois plutôt comme une célébration du fait que notre corps nous appartient et qu'on a le droit de lui offrir des procédures non essentielles, des expériences non essentielles.

Moi, c'est tout ce que je désirais – vivre et rire sans que ces deux actions portent à conséquence, sentir l'eau de la mer sur ma peau, comme les générations passées.

On ne peut pas vraiment dire que ça m'a réussi…

— Eh… (Un claquement de doigts à cinq centimètres de mes paupières me ramène soudain sur terre.) Tout va bien ?

Ma respiration a beau s'être accélérée – songer à sa mort prochaine n'a décidément rien de marrant –, je me force à répondre.

— Oui… Oui, tout va bien. C'est juste le sédatif qui a du mal à passer.

L'opératrice fronce les sourcils et semble sur le point d'ajouter quelque chose, quand une autre voix la devance.

— Jinx ? Je m'occupe d'elle, si tu veux.

Le souvenir s'efface. Je viens de toucher le fond de l'océan. Une étendue plane, dépourvue des crêtes, de l'herbe ou des arbres qu'on trouve à l'air libre. Le sable panaché de galets s'y étire à l'infini et, le paysage ne changeant pas d'un chouïa à mesure que j'avance, je ne sais pas trop ce qui me pousse à continuer dans la direction que je me suis choisie… quand, soudain, j'aperçois un éclat brillant, à quelques dizaines de mètres devant moi.

Il s'agit d'un dôme de métal. De la taille d'une maison, il dépasse du parterre sablonneux telle la cloche argentée placée sur les assiettes des restaurants étoilés. Quand je m'immobilise face à lui, il se soulève d'ailleurs de la même manière que l'accessoire en question. Sans l'ombre d'une hésitation, je m'engouffre dans l'ouverture et je me retrouve aussitôt aspirée vers le bas. Quelques secondes plus tard, accompagnée d'une gerbe d'eau de mer, je finis catapultée sur une surface aussi froide que glissante.

Secouée d'une quinte de toux incontrôlable, je me dépêche malgré tout de prendre appui sur mes mains pour me redresser. Le sol sous mes doigts n'émet qu'une infime lueur bleue – trop faible pour éclairer quoi que ce soit au-delà des murs incurvés qui s'élèvent à ma droite et à ma gauche, tout proches. Par réflexe, je plisse les paupières dans l'espoir d'en distinguer davantage, mais elles commencent à me brûler. Étrange… Pourquoi ne se décident-elles à me piquer que maintenant, alors que je les ai gardées ouvertes et à la merci du sel pendant toute la durée de ma plongée ? Je n'avais pas froid non plus, et voilà que je claque des dents, littéralement congelée.

Je me hisse tant bien que mal sur mes pieds, toute dégoulinante…. et là, je manque de m'évanouir. Tout à coup obscurcie, ma vue est assaillie de parasites. J'ai l'impression qu'on m'a cramé les nerfs, la sensation que ma colonne vertébrale vrille, puis se ratatine. Je me plie en deux et de ma bouche comme de mes narines jaillit un véritable torrent d'eau. Le temps qu'il s'assèche, j'ai l'œsophage aussi irrité que les yeux.

C'est à ce moment que le barrage cède. Un raz de marée d'émotions et de pensées me submerge alors, tellement puissant que toute trace d'engourdissement disparaît de mes veines en un instant. L'espace d'une nanoseconde, ma douleur même s'éclipse, pour ressurgir aussitôt, multipliée par dix parce que je me souviens.

Les derniers événements me reviennent : Héros… qui essaie de me tuer… mais que j'ai fini par achever… Il était mort… Seulement, juste après, il était… enfin, il est à nouveau vivant… Et moi, je… je me suis avancée droit dans la mer, j'ai marché, j'ai nagé, puis j'ai plongé, avant de me noyer mais de continuer pourtant à évoluer, à descendre jusqu'à atteindre le fond, et me voilà… me voilà, Joule tout-puissant, sous cette drôle de coupole à même le plancher océanique, vivante aussi, mais… l'ai-je jamais vraiment été ? Vivante ?

Ai-je jamais été vivante ?

En quête d'un soutien, je tends le bras vers le mur… et bondit en arrière. À peine mes doigts ont-ils effleuré la paroi qu'une rangée de lumières s'est allumée au plafond. Je me trouve à l'entrée d'un tunnel, élaboré dans un matériau à la fois lisse et mat, qui descend en spirale.

Lentement, en prenant soin de ne plus toucher aucune cloison, j'emprunte le mystérieux couloir. Malgré mes précautions, les lumières s'activent d'elles-mêmes à mon approche. Dans cet endroit froid et inanimé, ce sont apparemment les seuls objets sensibles. Même moi, plus je m'enfonce, plus mes capacités sensorielles s'amenuisent. Bientôt, je ne parviens plus à détecter l'odeur si caractéristique de l'eau de mer. Je perds l'ouïe. L'air alentour est trop inodore, trop silencieux. J'ai beau avoir une trouille pas possible, tout mon être s'obstine à me tirer vers l'avant. Mon cerveau me crie bien de faire demi-tour, mais… pour quoi faire, au juste ? Pour remonter à la surface et être contrainte d'affronter le fait que j'ai littéralement plongé jusqu'au fond de l'océan ? Combien de temps ça m'a pris, d'ailleurs ? Combien de temps s'est écoulé depuis que j'ai attaché Héros au lit de M. M. ? Aucune idée. À vrai dire, entre les questions qui m'attendent au bout de cette coursive et les réponses que j'ai laissées sur l'île, je ne sais pas ce qui me terrorise le plus.

Sans plus réfléchir, je laisse donc mes pas me porter le long du corridor, puis je m'arrête au centre d'un carré bleuté qui ne semble pas différent de ses voisins, jusqu'à ce qu'un disque s'en détache, m'emportant vers les profondeurs, avalée tel un comprimé. Lorsque la plateforme circulaire ralentit enfin sa chute, je me trouve à au moins cinq cents mètres sous les fonds marins. Même si l'obscurité est totale, je quitte mon étrange ascenseur dès qu'il s'immobilise, histoire de ne pas me donner le temps de douter.

Sans grande surprise, à peine ai-je posé le pied par terre que les lumières s'allument.

28

« Bonjour, C. », n'était qu'une phrase comme une autre, que Kasey avait choisie comme commande d'activation. Juste après que le C2P eut accepté de soutenir l'opération Nouveau Départ (et de la baptiser ainsi), la jeune fille et Actinium avaient passé une bonne partie de la nuit à fabriquer le prototype qu'elle poussait à présent vers l'avant de la scène. Bon, de prime abord, le petit engin sur roues semblait, comme tous les robots, inoffensif et dépourvu d'intelligence – la faute au décret Ester –, d'où la confusion dans le public quand l'adolescente annonça :

— Vous avez devant vous le baromètre secondaire, destiné à compléter les données fournies par son homologue primaire.

Comme il fallait s'y attendre, les remarques commencèrent à fuser.

— Si vous voulez mon avis, on dirait plus un robot-ménager qu'autre chose, commenta l'un des spectateurs.

Kasey dut se retenir de soupirer. Ce que les êtres humains pouvaient l'exaspérer ! Toujours si prompts à fonder leurs jugements sur les apparences. Quand comprendraient-ils qu'il fallait voir au-delà pour trouver, à tous les coups, les éléments les plus importants ?

— Les facteurs indispensables à la refondation se répartissent en deux catégories, poursuivit-elle avant de projeter une diapositive sur l'écran derrière elle.

Le succès de la « REFONDATION »
dépend de la réalisation :

- **D'objectifs de survie**, autrement dit, de la capacité à atteindre et à maintenir l'équilibre physiologique.
- **D'objectifs d'épanouissement**, autrement dit, de la capacité à atteindre et à maintenir l'équilibre psychologique.

— Dès que les baromètres primaires indiqueront que la toxicité des sols, de l'air et des océans est repassée sous un seuil acceptable, leurs pendants secondaires seront relâchés de leur propre caisson et disséminés sur le globe. Au préalable, ils auront été équipés d'un biomoniteur qui enregistrera leurs apports caloriques, leurs cycles de sommeil et toute une série d'autres données relatives à la poursuite de leurs objectifs de survie. Ensuite, une fois ces objectifs atteints et consolidés dans le temps, fit Kasey en surlignant sur son document le terme « épanouissement », le biomoniteur se chargera d'évaluer les niveaux de stress et de bien-être émotionnel.

Actinium lança l'animation de simulation accélérée. Une première barre légendée « OBJECTIFS DE SURVIE » apparut à l'écran et se remplit, avant d'être rejointe par une deuxième – libellée, pour sa part, « OBJECTIFS D'ÉPANOUISSEMENT » –, qui demeura vide.

— Au départ, le robot restera concentré uniquement sur sa survie, reprit Kasey. (Il ne serait, en somme, que l'ombre d'un être humain, un peu comme l'adolescente elle-même.) Mais plus les conditions environnementales se feront propices à la refondation, plus il cherchera à remplir ses objectifs *via* d'autres moyens. Par exemple, en se fixant de nouveaux buts, qui lui donneront une motivation, une raison de vivre. Chaque nouveau progrès réalisé s'accompagnera d'un renforcement positif qui consistera en la libération, dans les circuits du spécimen, de souvenirs grâce auxquels il aura l'impression de se reconstruire peu à peu une identité, ce qui lui permettra de développer des ambitions plus abstraites telles que l'amélioration de son environnement. Résultat, son niveau de satisfaction personnelle ne cessera de croître, tout comme l'étendue de ce que son biomoniteur sera capable de calculer. Cette boucle de rétroaction continuera de tourner jusqu'à ce que, en dépassant un certain seuil, l'épanouissement du robot enclenche chez lui le désir d'atteindre un dernier objectif, matérialisé sous la forme d'une injonction. Cette injonction…

Lentement, la barre des « OBJECTIFS D'ÉPANOUISSEMENT » commença à se remplir. Lorsque le seuil fixé fut atteint, le prototype se tourna vers Kasey.

𝍸𝍸𝍸𝍸𝍸 ||||

À l'entrée d'une immense salle baignée de lumière bleue, je me tiens face à un labyrinthe de cloisons. Chacune fait la largeur de mes bras ouverts, mais les couloirs qui les séparent les unes des autres, eux, sont très étroits, si bien que je suis obligée de me déplacer en crabe pour réussir à m'y glisser.

Pourquoi je cherche absolument à m'y glisser ? Ça, je ne sais pas trop. Tout comme je ne sais pas trop pourquoi je tourne à droite, puis à gauche, puis à nouveau à droite, avant de décider de m'arrêter au fond d'un cul-de-sac. Je me rapproche de la paroi qui se dresse devant moi. Dessus se devine un ensemble de lignes presque imperceptibles, qui la divisent en rectangles uniformes – en espèces de briques de la taille d'un homme.

Soudain, sans que je puisse la contrôler, ma main droite se lève pour se plaquer au centre d'un de ces blocs. Ses contours s'illuminent en bleu. Puis, lentement, il coulisse vers l'avant, comme un tiroir. Télécommandé par quelque mécanisme invisible, il s'abaisse en flottant, avant de s'immobiliser au sol. C'est là que je me rends compte qu'il ne s'agit pas vraiment d'une brique, mais d'un cercueil, semblable à celui apparu dans le fragment de souvenir qui m'est revenu lorsque j'étais à deux doigts de m'évanouir pour de bon, la première fois que Héros a voulu m'étrangler. Je balaie du regard la multitude de rectangles imprimés sur le mur, devant moi et autour de moi. Des cercueils par milliers. Renfermant chacun un cadavre ? Je n'ai aucune envie de connaître la réponse à cette question. Tout mon être me crie de m'enfuir, de quitter cet endroit. Pourtant, mes jambes demeurent ancrées au sol et ce, même quand le cercueil à mes pieds émet un sifflement avant de relâcher un nuage de vapeur à l'odeur chimique. Bientôt, à la manière d'un couvercle, sa face supérieure se soulève et…

Et…

Mon « et », cependant, n'a pas lieu d'être. Il évoque l'incomplétude, il signifie que l'on cherche encore. Avant, c'est vrai, j'étais les deux à la fois : incomplète et en recherche constante. Mais à présent…

Un flot de larmes me monte aux yeux, me brouille la vue. Malgré tout, je la vois. Je la vois aussi clairement que dans mes songes. Plus clairement, même, car je ne suis pas en train de rêver.

Étouffant un sanglot, je murmure son nom.

30

Kasey fixait le prototype qui, dépourvu qu'il était d'yeux dignes de ce nom, lui rendit son regard du mieux qu'il put. Si l'on ne considérait que son enveloppe extérieure, il avait effectivement l'air encore plus rudimentaire qu'un robot-ménager. Mais son système interne, lui, était infiniment plus développé.

Ce robot-là avait un but et, pour l'atteindre, il était capable d'élaborer une stratégie.

À terme, il serait même doté de souvenirs qui dépeindraient son objectif comme étant en accord avec l'image qu'il aurait de lui-même. Cette notion était essentielle. Le robot se verrait comme une entité protectrice. Plus qu'à sa propre survie, ce serait à un être cher qu'il accorderait de la valeur. Dès que la Terre serait redevenue habitable, l'idée même de vivre sans cet individu spécifique lui semblerait insupportable et il ferait tout pour le localiser.

À l'inverse de Kasey, il réagirait comme un être humain parfaitement ajusté. Elle s'en assurerait personnellement.

— Cette injonction, répéta-t-elle tandis que le prototype se mettait à rouler vers elle, ce sera « Retrouve-moi ».

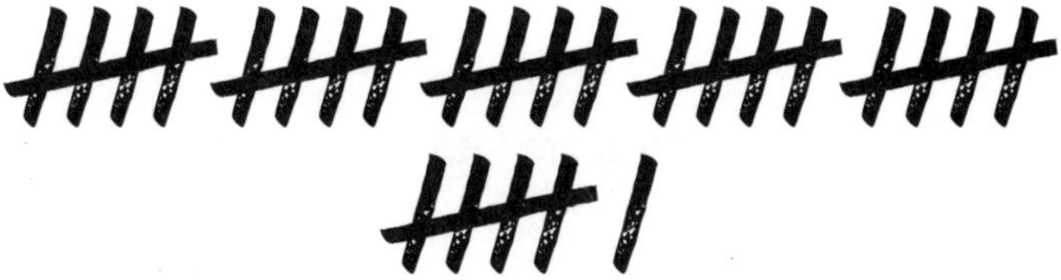

Lorsqu'elle se redresse en position assise dans son cercueil, l'espèce de gel turquoise dans lequel elle baignait lui dégouline des joues et des épaules. Ses paupières restent closes. Est-ce qu'elle va bien ? Est-ce qu'elle souffre ? Impossible de le dire. La combinaison grise et moulante dont elle est habillée a beau lui remonter jusqu'au cou, son tissu me semble bien fin. Elle ne doit pas lui tenir très chaud.

— Kay…

Je commence à tendre la main vers elle, mais je m'arrête en plein mouvement. Maintenant que j'ai ravalé mes larmes, je me rends compte que ma sœur ne correspond pas à l'image que j'en gardais. Elle a l'air… plus âgée. Elle ressemble moins à une adolescente de seize ans qu'à une jeune femme dans la vingtaine. Et puis, elle a les cheveux courts – plus courts, du moins, que quand elle les portait au carré.

Oh, et puis, qu'importe son apparence ! Elle reste Kay, ma Kay à moi ! Tout à coup, ma mémoire se retrouve inondée non pas de souvenirs, mais d'émotions. D'abord assaillie par une vague de douleur née de mon incapacité à pénétrer l'univers de ma cadette, je suis ensuite – en dépit de mon désespoir – prise d'un élan d'amour pour elle quand je comprends que, dans les moments les plus cruciaux, on sera toujours là l'une pour l'autre.

— Kay, répété-je d'une voix tremblante. Ouvre les yeux, ma puce.

C'est ce qu'elle fait. Aussitôt, nos regards se rencontrent pour ne plus se lâcher et, en un clin d'œil, l'ensemble des peurs qui m'ont hantée ces trois dernières années, quant au fait de finir par l'oublier ou de mourir avant de la revoir – se volatilise devant le sourire qui se dessine sur ses lèvres.

— Tu m'as enfin retrouvée.

32

Comme durant chacune des présentations précédentes, ce fut à ce moment précis de l'exposé que le public se déchaîna.

— Quoi ? Un robot capable de rechercher son propre épanouissement ?

— Et doué d'émotions ?

— Mais c'est une violation pure et simple du décret Ester !

Sans blague… On pouvait toujours faire confiance à l'assistance pour enfoncer des portes ouvertes.

— Vous préféreriez peut-être qu'on utilise un être humain ? (La question d'Actinium calma d'emblée l'auditoire.) Imaginez plutôt ce qu'on vous propose comme un essai clinique : ce robot sera l'organisme qui testera le traitement envisagé avant que celui-ci ne soit mis à la disposition de la population. Quelqu'un a envie de se dévouer pour prendre sa place et jouer le rôle du cobaye ? (Silence.) C'est bien ce que je pensais.

— Son épanouissement ne sera qu'un moyen pour nous de parvenir à nos fins, résuma Kasey avec moins de patience à l'égard de ses congénères que son partenaire.

Parti de l'extrémité de la scène, le prototype continuait de rouler doucement vers sa créatrice.

— Ne vous inquiétez pas : une fois qu'il aura rempli sa mission finale…

Le robot s'immobilisa enfin à côté d'elle.

Dans mes rêves, on tombait dans les bras l'une de l'autre. On sanglotait. On se serrait si fort que nos deux corps ne faisaient plus qu'un.

Dans la réalité, pourtant, pas d'embrassades, pas de pleurs. Du moins, pas de la part de Kay. Depuis qu'elle a ouvert les yeux, elle n'a pas bougé d'un pouce. Résultat, j'ai beau savoir qu'elle a sans doute besoin de temps, j'ai beau vouloir la laisser respirer, mon inquiétude grandit et bientôt, je n'ai plus le choix : il faut que je comble le silence.

— Tout va bien ?

Avant de répondre, elle prend une respiration, ce qui me rappelle d'en faire autant.

— Oui… dit-elle. (Sur ce monosyllabe, elle lève devant ses yeux une main aux ongles coupés aussi ras qu'à l'accoutumée. Puis, lentement, elle replie un à un les doigts.) Ce ne sont que les effets secondaires du…

Elle laisse sa phrase en suspens.

— Du ?

— Assieds-toi, Cee.

— D'accord, mais, euh…

Je balaie les environs du regard et je ne vois de siège nulle part jusqu'à ce que, tout à coup, quatre tubes de métal sortent du sol derrière moi et se mettent à projeter des rayons rouges qui s'entrecroisent pour former une espèce de banquette carrée.

— Assieds-toi, répète Kay.

Ce n'est pas que je ne lui fasse pas confiance mais, même alors que j'obtempère, je me prépare malgré tout à finir les quatre fers en l'air.

Mais non. L'étrange dispositif supporte bel et bien mon poids sans broncher.

Un rire nerveux m'échappe. Déjà que je viens de nager jusqu'au fond de l'océan, voilà que je me retrouve assise sur un pouf de lumière, pendant que ma sœur, elle, est installée dans un cercueil. Sans parler du fait qu'elle est plus vieille que moi, ce qui – à moins que mes souvenirs, en plus d'être lacunaires, soient complètement détraqués – me semble tout bonnement impossible. Elle devrait avoir deux ans et demi de moins que moi. Pourtant, sous son regard, c'est moi qui me sens petite.

Bon... Commençons par le mystère le plus opaque : comment ai-je pu atteindre cet endroit, et pour quelle raison ?

— Je croyais qu'on vivait dans une cité volante, dis-je en guise d'introduction. Je sais, c'est une idée totalement ridicule. (*Mais pas tellement plus que ce dôme sous-marin*, me souffle une petite voix dans ma tête.) J'ai du mal à me souvenir des détails de mon passé. N'empêche que je pensais que...

— Parle-moi de ta vie sur l'île, Cee.

— Ah... (J'ai tout à coup l'impression que quelque chose en moi s'est écroulé, même si je ne sais pas quoi, exactement, ni pourquoi.) Euh… Ben, j'ai fait ce que j'ai pu, lui dis-je avec un haussement d'épaules. Au quotidien, j'imagine qu'il y a plus confortable, comme existence, mais ce n'était pas non plus l'enfer sur terre.

Kay a beau hocher la tête, elle ne m'écoute pas vraiment. Elle est trop occupée à observer l'espèce de… de projection – *non, d'hologramme !* me rappelé-je soudain avec fierté – qui s'élève peu à peu au pied du cercueil avant de finalement remplir le vide qui nous sépare de diagrammes et de tableaux translucides. Après les avoir étudiés un instant, elle fronce les sourcils.

— Hmm… Les apports caloriques me semblent légèrement déficitaires…

— Tu m'étonnes. J'ai eu un petit souci avec mes plants de taro, mais…

— Le niveau d'épanouissement, en revanche… (La mine de ma sœur se fait encore plus perplexe.) Que s'est-il passé, Cee ?

— Euh… À ma connaissance, rien. (Plissant les yeux pour me concentrer, j'essaie d'imiter ma cadette et d'analyser les chiffres affichés, sauf qu'ils m'apparaissent à l'envers.) Qu'est-ce qui ne va pas, ma puce ?

— Il y a cette chute soudaine…

Elle se parle à nouveau à elle-même mais, cette fois, je parviens à repérer ce qu'elle fixe du regard : un graphique dont la courbe, globalement stable au début, s'est ensuite effondrée de manière fulgurante.

— Il s'est quand même écoulé neuf cent quatre-vingt-neuf ans, marmonne Kay. On ne tombe pas si loin de la date de retour estimée, seulement… Sans cette baisse brutale, peut-être qu'une ou deux années de plus auraient pu… Cee ? (Lorsqu'elle s'adresse de nouveau à moi, je me surprends à me redresser sur mon siège.) Tu es sûre et certaine qu'il ne s'est rien produit d'atypique depuis ton arrivée sur l'île ?

— Tu veux dire comme… comme retrouver du jour au lendemain la faculté de voir en couleurs ?

Elle secoue la tête.

— Autre chose ?

— Faire des crises de somnambulisme à répétition ?

— Non, ça, c'est tout à fait…

Le reste de sa phrase se perd dans ses marmottements. Pourtant, je ne me souviens pas de l'avoir jamais vue réfléchir à voix haute. Je remarque aussi qu'elle n'arrête pas de se frotter le poignet droit, comme s'il lui faisait mal. Ça non plus, ce n'était pas dans ses habitudes.

Tracassée, je reporte mon attention sur le graphique. Sous l'axe des abscisses, je réussis à lire « OBJECTIFS D'ÉPANOUISSEMENT ». Au bout de quelques secondes de silence, je finis par reprendre :

— Enfin, comme je disais, ce n'est pas comme si c'était la fête tous les jours, là-bas. Bon, j'avoue, la situation s'est sans doute un peu améliorée quand Héros a débarqué, mais…

— Héros ? C'est qui celui-là ?

La sécheresse du ton de Kay me déconcerte.

— Un… un garçon.

— Un garçon, répète-t-elle avant que son regard ne s'assombrisse. Il n'aurait pas cherché à te faire du mal, par hasard ?

La question éveille aussitôt en moi le souvenir de ma sœur en train de m'exhorter à la prudence. Elle me recommandait de faire attention à chaque fois que je sortais. Un petit sourire naît sur mes lèvres.

— Oh, ma puce, c'est gentil, mais je sais me défen...

— Réponds-moi, Cee. Ce Héros... A-t-il tenté de te tuer ?

Tuer... D'un seul coup, je me rappelle qu'on se trouve au fond de l'océan et que j'ai nagé ici à la suite de... à la suite de... de sa tentative à lui... et de ma propre riposte, couronnée de succès. Tuer.

C'est moi qui l'ai tué. *Mais je n'ai pas fait exprès !* Et d'ailleurs :

— Il n'a pas fait exprès.

Je sais bien que ça paraît absurde, dit comme ça, n'empêche que c'est la vérité. Le garçon qui a essayé de m'assassiner ne me reconnaissait pas. Il ne me connaissait pas, tout court. Ce n'était pas Héros.

Kay soupire.

— Bon. Au moins, tu es en sécurité, à présent.

— Toi aussi. Tu n'as pas idée...

Ma voix se brise. *Tu n'as pas idée des efforts que j'ai déployés pour te retrouver.* C'est ce que je voudrais lui dire, mais aucun mot ne saurait traduire ce que j'éprouve vraiment. À la place, revenant sur la promesse que je me suis faite de ne pas étouffer ma petite sœur, je l'étreins en passant mes bras à travers l'hologramme.

Elle reste d'abord inerte, puis, après un moment, elle se décide à me tapoter le dos.

— Cee, dit-elle lorsque je la relâche. (Je garde néanmoins une main sur son épaule, émerveillée de pouvoir enfin la toucher, de sentir sa présence réelle, tangible, en face de moi.) S'il te plaît. Rassieds-toi.

Docile, je me laisse tomber sur le tabouret immatériel avec moins d'appréhension que la première fois.

— On peut y aller, maintenant ? ne puis-je cependant m'empêcher de demander.

C'est que j'ai froid, moi, dans cette drôle de salle. Pourtant, de nous deux, ce n'est pas moi qui suis assise dans une mare de gel bleuâtre.

— Oui, répond Kay avant de prendre appui sur les rebords du cercueil.

Non sans peine, elle se met debout. J'ai le réflexe de vouloir l'aider, mais quand j'essaie de tendre la main, je me rends compte que mes membres ne réagissent plus. Ma cadette dégage un pied de son caisson rectangulaire. La substance visqueuse dans laquelle elle macérait lui ruisselle le long du mollet pour venir former une flaque sur le sol. Mon corps entier se raidit. Lorsque sa deuxième jambe rejoint la première, ma vue se trouble.

— Kay ?

Ma propre voix me paraît faible, plus faible encore qu'après que j'ai été étranglée par Héros. Au creux de mon estomac, la peur tourbillonne de plus en plus vite, comme l'eau aspirée dans un siphon.

— Qu'est-ce qui… se passe ?

34

— Il se déconnectera spontanément.

Le prototype avait retrouvé sa créatrice. Une fois qu'Actinium et elle lui auraient apporté toutes les améliorations prévues, il ferait même mieux que ça. Il saurait la tirer de sa stase. Ensuite, il incomberait à Kasey – ou à l'individu choisi pour être le « refondateur zéro » – de confirmer, grâce aux relevés enregistrés par le robot, l'innocuité du monde extérieur, avant de réveiller le reste de l'humanité.

La tâche du spécimen présenté sur scène étant terminée, ses ventilateurs vrombirent une dernière fois, puis il s'éteignit.

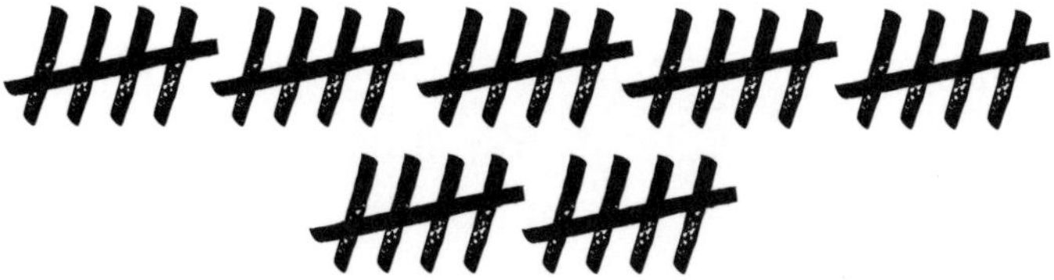

— Tu devrais avoir compris, à l'heure qu'il est, Cee. Mes autres sens déclinent, mais pas mon ouïe : j'entends toujours la voix de Kay à la perfection.

Elle s'avance d'un pas mal assuré vers moi. Comme en réaction, les doigts de mes pieds et de mes mains s'engourdissent. Lorsqu'elle s'arrête à cinquante centimètres de moi, je ne peux déjà plus remuer que les muscles de mon visage.

— Tu sais que tu n'es pas vraiment humaine, ajoute-t-elle.

Ma bouche s'ouvre, se referme, s'ouvre encore…

— Je sais qu'il m'est arrivé quelque chose, finis-je par lâcher.

Quelque chose qui explique comment j'ai pu m'échouer de nouveau sur l'île, bien vivante, après avoir pourtant navigué sept jours vers le large avec Hubert. Comment mes globes oculaires ont pu résister à la pression et ne pas exploser quand j'ai plongé jusqu'au fond de l'océan. Comment Héros a pu revenir à la vie.

Mais rien de tout ça ne change ce que Kay représente pour moi.

— Et je sais que je ne suis sans doute pas… (*humaine, pas humaine*) comme toi. (*Je ne suis pas comme toi. Pas aussi intelligente. Pas aussi forte que toi.* Incapable de prononcer ces mots à voix haute, je m'applique à reprendre mon souffle.) N'empêche que je suis toujours ta sœur, Kay.

— Non, ma sœur, c'est Celia. (Son ton n'a rien de cruel. Elle se contente d'énoncer un fait.) Et elle est morte il y a longtemps.

Morte. J'avale l'indécente quantité de salive qui s'est accumulée dans ma bouche et je manque de m'étouffer lorsque je la sens me descendre dans la gorge.

— Mais alors, moi, qui je suis ?

Elle me jette un coup d'œil, silencieuse. Puis…

— Tu es une intelligence artificielle. Le prototype C, m'annonce-t-elle en prononçant le « C » à l'anglaise.

Voyant que je ne réagis pas, elle soupire, comme si elle avait jusque-là voulu me ménager.

— Tu es un robot, conclut-elle.

Ses paroles ricochent à la surface de mon esprit, sans atteindre leur cible. Impossible. Je vois très bien ce qu'est un robot. Nou-2 en est un. Mais je n'ai rien de comparable à Nou-2.

— Si, pendant toute une période, tu ne percevais pas les couleurs, poursuit Kay, c'est parce que tu n'avais pas encore déverrouillé la phase ultime d'accomplissement personnel. Une fois ton achromatopsie disparue, tu as commencé à sentir la mer t'appeler de plus en plus intensément, n'est-ce pas ?

Non. C'est ce que je voudrais répondre, mais je n'y arrive pas. Je ne peux me résoudre à mentir, car, oui, le lendemain du jour où mon univers s'est rempli de couleurs, je me suis effectivement réveillée au milieu des vagues.

— C'est parce que tu as été programmée de cette façon. Par mesure de sécurité, tu es d'ailleurs attirée non seulement par l'océan, mais par n'importe quelle étendue d'eau.

Ce qui expliquerait pourquoi j'ai sauté dans le bass… *Non, stop !*

— Pour des raisons de durabilité, tu as été conçue plus résistante qu'un véritable être humain mais en dehors de ça, tu éprouves les mêmes douleurs, les mêmes traumas psychologiques. Et même si ton intelligence a été paramétrée pour correspondre au QI moyen, tu es dotée d'un moteur de recherche interne qui te permet d'acquérir de nouvelles compétences, même en l'absence de références extérieures.

Contredis-la. Fais-la taire.

— Mais mes souvenirs… tous mes souvenirs. De toi. De nous…

— Ceux de Celia, à soixante-dix pour cent, tirés de son cerveau.

— Soixante-dix ?

Ce chiffre me paraît erroné quand je le prononce. À la fois trop précis et trop incomplet.

— Cinq pour cent de sa mémoire s'était déjà décomposée avec le temps, explique Kay comme si elle parlait d'une matière organique. On en a ensuite modifié, amélioré dix pour cent…

— On ?

— Mon équipe et moi.

Une équipe. Plusieurs individus, donc, au courant de ce que j'ai dans le ciboulot. Tout à coup, j'ai envie de m'extraire de ma propre peau.

— Alors… vous les avez fabriqués ? Mes souvenirs ? Comme un bateau ? Un radeau ?

— Codés, plus exactement. Tous, sauf quinze pour cent d'entre eux, précise Kay sans même me laisser le temps de poser la question. Il est en effet prouvé que notre bien-être général augmente quand on laisse à notre cerveau la possibilité de combler certains blancs avec des épisodes qu'il juge adaptés à notre passé et à notre présent.

Ce qu'elle me raconte sonne cartésien, logique. Pourtant, ça reste du charabia pour moi.

— Mais pourquoi, nom de Joule ? Pourquoi m'avoir donné ces… (*Souvenirs.* Non, s'ils sont manufacturés, ce nom ne convient plus.) Pourquoi m'avoir donné… tout ça ?

Pourquoi m'avoir insufflé une partie d'elle, si je ne suis pas elle ? Prise d'un frisson, je m'enfonce dans le déni. Mon désir de retrouver Kay était réel. Comme notre lien de parenté, comme l'affection qui nous unit… comme mes souvenirs. Ils sont réels. C'est cette situation qui est artificielle. Je suis en train de rêver. Je ne suis pas vraiment là, mais toujours sur l'île, toujours moi-même, cette bonne vieille Cee…

— Respire, Cee, respire.

Mais, merde, non ! Je ne veux p…

Malgré moi, j'inspire profondément, même si je reste, dans l'ensemble, prisonnière de mon propre corps. Kay se remet à m'observer. Son visage, tel un masque, s'est figé, mais ses yeux la trahissent. On devine les calculs qui s'effectuent derrière ses pupilles. Elle a enclenché une analyse coûts-bénéfices. Elle essaie d'arrêter son choix entre ce que dicterait la logique (elle pousse un profond soupir) et ce qui m'apaiserait.

— Cortisol : moins 1,5.

Aussitôt, la peur qui écumait à gros bouillons dans mon estomac se calme, pour se contenter d'y frémir.

Kay s'assied au bout du cercueil, obstruant du même coup le projecteur holographique. Les nombres et les tableaux transparents qui nous séparaient disparaissent. On est toutes les deux à la même hauteur, à présent. Quand elle reprend la parole, elle s'assure, ce coup-ci, de me regarder droit dans les yeux.

— Je sais que ces trois années n'ont pas été faciles pour toi, Cee. Je vais tout t'expliquer : tu as été créée pour me retrouver.

Puis elle continue sur sa lancée. Elle me parle d'un temps où la planète dépérissait, son air, ses eaux et ses terres corrompus par l'action humaine. Si les scientifiques, poursuit-elle, ont inventé à cette époque toutes sortes de techniques pour assainir l'environnement, chacune de leurs innovations apportait avec elle son lot de dommages collatéraux imprévus. En mon for intérieur, je sens que Kay dit la vérité. Je suis même persuadée d'avoir des souvenirs de cette période enfouis quelque part en moi. Mais lorsqu'elle en vient à me décrire les mégaséismes et les centaines de millions de victimes que fit le dernier d'entre eux, l'impression d'authenticité qui m'habitait jusque-là s'évapore. J'imagine que ma mémoire – enfin, celle de Celia – s'interrompt avant cette époque.

— Mais pourquoi moi ? demandé-je une fois que mon interlocutrice m'a détaillé la solution qu'elle a fini par proposer au monde. (Solution géniale, évidemment, comme toutes les idées de ma cadette.) Pourquoi ne pas avoir envoyé… (*Non, non, non…*) un véritable être humain ?

— Parce que tu es mieux qu'un être humain, Cee. Les hommes… eh bien, ils meurent. Ou bien ils mentent, ajoute-t-elle d'une voix soudain plus dure. Ils mentent pour servir leurs propres intérêts, quels qu'ils puissent être. Toi, tu ne peux pas mourir et tes données ne transcrivent rien d'autre que la réalité des faits. Et puis, c'était aussi une question d'éthique. Tu es le robot final, tu n'as été relâchée que parce que tes prédécesseurs ont atteint avec succès un seuil d'épanouissement chaque fois plus élevé. Avant toi, les robots A et B ont dû affronter des environnements bien plus hostiles que celui que tu as connu. Rien que pour « survivre », ils ont énormément souffert. Alors, imagine un peu, comment demander à un être humain de remplir cette mission ? Impossible. Le projet n'aurait jamais été approuvé.

Les larmes me montent aux yeux. En s'en apercevant, Kay fronce à nouveau les sourcils.

— Cortisol : moins 2,5.

Encore une fois, mon émoi s'atténue.

— Pourtant, moi aussi, j'ai des proches qui me sont chers, murmuré-je malgré tout.

— Ce garçon ? Héros ? Oh, Cee… réplique ma sœur, comme si, de nous deux, c'était moi la plus jeune, naïve et ingénue. Certains individus ont une dent contre l'humanité et, quoi qu'on fasse, rien ne les arrête.

— Mais pas Héros ! riposté-je du tac au tac. Il n'en veut à personne, lui.

— Je sais, répond Kay à voix basse avant de se frotter à nouveau le poignet. Je ne parlais pas de lui.

Moi non plus, de toute façon. L'être cher auquel je faisais référence, ce n'était pas lui. Ou, plutôt, pas seulement lui. Ce n'est pas lui que je vois dans mes rêves, pas lui qui se tient juste en face de moi.

Mes mains commencent à trembler. Avant que mon interlocutrice ne le remarque et n'en profite pour mettre en sourdine mes émotions, je reprends :

— C'est quoi le plan, alors ? Qu'est-ce que tu vas faire, maintenant que je t'ai retrouvée ?

Que va-t-il m'arriver, à moi ?

— Je vais expédier les caissons à la surface, où tout le monde sera tiré de son état de stase, répond Kay.

Caissons. Stase. Caissons de stase. D'un seul coup, le vocabulaire me revient, comme s'il avait toujours fait partie de mon univers. *Je suis Celia*, me dis-je. *Je suis Celia !* Mais je suis aussi Cee, une réalité à laquelle je souscris malgré moi dès que je rétorque :

— Et si je t'avais menti ? Si jamais mes données étaient fausses et que la Terre n'était pas encore habitable ?

— C'est une possibilité, admet Kay. Mais c'est peu probable.

— D'accord, mais si c'était le cas, qu'est-ce qui se passerait ? insisté-je.

Je serre si fort les poings qu'une espèce de courant électrique les traverse. Ma cadette se rend compte de mon angoisse, mais n'intervient pas, trop occupée à décider si elle acceptera d'envisager mon scénario « improbable ». Tandis qu'elle réfléchit, elle se frictionne à nouveau le poignet et, cette fois, le tissu gris de sa combinaison remonte assez sur son bras pour me permettre d'y distinguer une ligne verte tirant sur le noir, qui ceint sa peau tel un bracelet.

— Si j'avais le moindre doute quant à un potentiel dysfonctionnement au niveau de ton système central, finit-elle par répondre, j'irais contrôler la situation extérieure par moi-même.

Je ne parviens pas à détacher mon regard de la ligne sur son poignet.

— Et si les conditions n'étaient pas optimales, tu reviendrais ici, te replonger dans le sommeil ?

— Non.

— Pourquoi pas ?

— Chaque caisson fonctionne grâce à un circuit fermé qui réutilise sa propre énergie à l'infini, mais il suffit d'une ouverture pour interrompre ce cycle perpétuel et altérer l'équilibre ionique de la solution. À terme, les cellules de l'individu réveillé reprendront le cours de leur vieillissement.

Je mets un moment à saisir ce que ça implique.

— Mais alors tu…

— Oui… Dans l'hypothèse où mon réveil aurait été prématuré, je n'aurais aucun moyen de retourner à un état de stase totale. (Tout à coup, le regard de mon interlocutrice se perd dans le vague.) Mais j'enverrais un nouveau modèle-C réaliser ses analyses à la surface de la terre et, le moment venu, il se chargerait de venir réveiller ici même le deuxième refondateur zéro.

J'imagine le cauchemar. Kay, oubliée dans ce sinistre complexe ou bien passant le restant de ses jours coincée sur l'île, aussi esseulée que je l'ai longtemps été. Rien que d'y penser, j'ai l'impression de recevoir un coup de pied dans les reins.

— Pourquoi tu t'es portée volontaire, dans ce cas ? soufflé-je d'une voix étranglée.

— Parce que je suis à l'origine de toute cette opération.

Elle me fait cette réponse comme si c'était on ne peut plus logique. Alors que pas du tout – en tout cas, pas de la part de la sœur dont je me souviens. La Kay que je connais aurait pensé au moindre risque, même le plus infime. Si elle a choisi de ne pas prévoir de parade adéquate, c'est que la possibilité de mourir seule, sans être accompagnée par le reste de la population, ne la dérange pas tant que ça.

Il me suffit de la regarder dans les yeux pour confirmer mon intuition. Au fond de ses iris, je discerne une lueur glaciale, du même genre que celle qui la consumait il y a des années, quand elle vivait repliée dans son monde et que je n'étais pas assez proche d'elle pour m'en apercevoir. Une fois cette terrible phase terminée, pourtant, on était parvenues à réparer notre relation et, petit à petit, cette insensibilité en elle avait fini par s'atrophier.

Que s'était-il passé après ma… après la mort de Celia ?

Je fixe à nouveau la ligne sur le poignet de Kay. Cette marque ne devrait pas être là. Elle n'apparaît dans aucun de mes rêves, dans aucun de mes souvenirs. Qui la lui a laissée ? Qui lui a fait du mal en mon absence ?

— Kay… (C'est peut-être dangereux, mais ça m'est égal : j'ai besoin de la sentir contre moi, de lui caresser la joue, de lui prouver que je ne l'ai jamais abandonnée.) Tu peux compter sur moi. Depuis toujours et pour toujours.

Autour de nous, le silence retombe. Peu à peu, mes oreilles commencent à capter mille petits bruits qui leur échappaient auparavant. Le bruit des lumières, alimentées en électricité par les générateurs incorporés dans les murs. Celui de la mer en mouvement, au-delà du complexe. Celui des battements de nos cœurs, le mien et celui de ma sœur, parfaitement synchronisés.

Au bout de quelques secondes, pourtant, Kasey s'éclaircit la gorge.

— Je suis désolée, Cee. J'ai été obligée d'intégrer une fonction de déconnexion automatique dans ton programme. Sans elle, jamais le Conseil international d'éthique n'aurait autorisé le lancement de l'opération Nouveau Départ.

— Kay...

Mon corps se crispe dès qu'elle se lève – ou, du moins, dès qu'elle essaie. La substance bleue a beau avoir conservé intacte chacune de ses cellules, après presque mille ans d'inactivité, ses muscles sont encore affaiblis et elle est contrainte de se rasseoir sur le bord du caisson. Malgré tout, déterminée à se remettre debout sans attendre, elle pose les mains sur ses cuisses afin de s'appuyer dessus.

Interminable, ce moment s'étire sous mes yeux pour se diviser en deux voies, deux possibilités. Dans le premier cas de figure, je laisse ma sœur se hisser sur ses pieds. Je la laisse être celle qu'elle a toujours été : une scientifique de génie capable de sauver des millions de vies. Quant à l'autre éventualité... Je me refuse à l'envisager. Ce serait un choix égoïste, délétère et... humain : celui de vouloir vivre. C'est même l'un des droits fondamentaux des hommes. *Je mérite de vivre*, m'entends-je penser alors que le terme « déconnexion », tel un boomerang, revient me lacérer de part en part, détruisant tout sur son passage – mes os et mes ligaments, et jusqu'aux convictions que je croyais nécessaires à ma survie. Mais tout ce dont j'ai besoin, en réalité – tout ce dont j'ai envie –, c'est de contempler les étoiles qui scintillent dans le ciel en compagnie de Héros, de goûter avec lui toutes les recettes à base de taro qu'on n'a pas encore testées, d'écouter la multitude de définitions que Nou-2 garde encore en stock… En bref, moi – Celia, Cee –, je veux croquer et savourer la vie que je n'ai pas encore eu l'opportunité de vivre.

D'ailleurs, c'est ce que Kay aurait souhaité pour moi.

Ce qui signifie que cette jeune femme devant moi n'est pas ma cadette. Si ma sœur avait vraiment été là, avec moi, elle aurait déjà été en train de réfléchir à un moyen de nous sortir de cette impasse.

Mais elle n'est pas là.

Dans cette salle au fond de l'océan, entourée de milliards d'individus dont l'existence dépend de mon sacrifice, je ne peux compter que sur moi-même.

Quand celle qui n'est pas Kay commence à se relever, mes méninges se mettent à tourner à cent à l'heure.

— Tu… (Entre mon ventre et ma gorge, une ligne de pêche, tendue à l'extrême, s'efforce de capturer ne serait-ce qu'un sentiment, une impression fugace, quelque chose, n'importe quoi, qui pourrait retenir mon interlocutrice.) Tu ne l'as jamais vue mourir !

Silence.

Inertie.

Puis, d'abord imperceptible, une étincelle naît. Tout au fond de ses prunelles. Lentement, l'émotion la gagne. Elle se dit que je ne devrais pas être au courant de ce détail. Pour elle, il est impossible que je sois au courant, mais il faut croire que je le suis et que j'ai vu juste : Kay n'a pas assisté à la mort de Celia. Sorti de nulle part, ce « souvenir » que je pense avoir doit être l'un de ceux dont elle parlait tout à l'heure – une information fabriquée par ma mémoire, adaptée à ma situation actuelle. Il faut dire qu'il remplit parfaitement sa mission, puisque, au bout d'un moment, Kay se rassied, ses jambes manifestement privées d'énergie. Aussitôt, comme par un effet de vases communicants, les miennes retrouvent leurs forces. Les chaînes invisibles qui entravaient mes membres se desserrent. Sous ma peau, les sensations se remettent à fourmiller, je suis soudain prise d'une impulsion, d'un glorieux élan de liberté et, tout à coup, avant même que j'aie pu lui en donner la permission, mon corps se rebelle contre son oppresseur. Aucune de nous deux n'a le temps de comprendre ce qui se passe que, déjà, mes paumes frondeuses frappent la poitrine de Kay. Déstabilisée, elle part en arrière et retombe dans le caisson. L'espace d'une seconde, ses yeux sidérés me fixent, l'instant d'après, ils ont disparu. J'ai rabattu le panneau.

Restent malgré tout deux preuves de mon forfait : le sol poissé de gel cyan et, sur la porte du caisson, un message lumineux qui s'affiche.

AVERTISSEMENT : UNE COUPURE ÉNERGETIQUE
A ÉTÉ DÉTECTÉE.
AVERTISSEMENT : UNE COUPURE ÉNERGETIQUE
A ÉTÉ DÉTECTÉE.
ÉQUILIBRE IONIQUE DU SOLVANT COMPROMIS
DANS 192 H.
191 H 59 MIN 59 S
191 H 59 MIN 58 S
191 H 59 MIN 57 S

Mon cœur tambourine à tout rompre. Je pourrais faire marche arrière, rouvrir le caisson. Sauf que mon cœur n'est pas mon corps, mon cœur n'est pas mon corps, mon cœur… vient d'être fracassé en mille morceaux par celle que je croyais aimer.

Effondrée, le corps perclus de douleurs, je demeure donc là, agenouillée au milieu de la flaque azurée, et j'éclate en sanglots.

36

« Bon travail », avait envoyé Ekaterina une fois la présentation terminée. Le tintement qui avait annoncé l'arrivée du message dans l'Intraface de Kasey avait aussi dû résonner dans celui d'Actinium. Depuis leur discussion, sur la jetée de l'île, et encore plus depuis la fabrication du robot-démo, leurs esprits semblaient connectés. D'ailleurs, l'adolescente en était certaine : au moment où ils s'étaient séparés pour emprunter chacun leur conduite respective – le garçon, vers les strates inférieures, et elle, vers le sommet de l'éco-cité –, ils avaient pensé la même chose.

Ah, si le C2P savait…

Certes, la solution de Kasey était universelle. Tout le monde pourrait et serait plongé dans un état de stase profonde, la planète entière se régénérerait et serait ensuite repeuplée… mais seulement par ceux dont on pouvait garantir qu'ils ne la détruiraient pas à nouveau. Les autres ? Tant pis pour eux, qu'ils continuent de dormir. Kasey et Actinium y veilleraient. Le tri ne serait pas difficile à encoder : il suffirait d'intégrer aux caissons une option de verrouillage définitif, dont l'activation se ferait en fonction du rang ou de n'importe quelle autre mesure empirique permettant d'évaluer le soin apporté par les individus à la protection de l'environnement, selon ce que l'adolescente et son partenaire décideraient. Ainsi, les pollueurs seraient simplement empêchés de nuire, et non tués – pas comme eux avaient bien failli exterminer l'humanité et seraient encore capables de le faire si on les laissait revenir sur terre. C'était un plan parfait.

Mais chaque chose en son temps. D'abord, l'opération Nouveau Départ devait être approuvée par les élus de la population mondiale. Pour l'instant, sur les huit éco-cités, sept s'étaient déclarées en faveur du projet. Les gouvernants de la numéro 6 hésitaient encore. Kasey ne leur en voulait pas : elle comprenait. C'était une chose de consentir à passer au moins 33 % de ses moments éveillés en mode holographique pour sauver le monde, c'en était une autre d'accepter de sacrifier encore davantage pour protéger ceux qui avaient refusé ce compromis initial.

Sur la terre ferme, en revanche, les avis étaient beaucoup plus partagés sur la question. Si les représentants des Territoires 6, 7 et 11 – où le pourcentage de victimes dues au dernier mégaséisme et à ses conséquences était le plus élevé – avaient adhéré à la solution, ceux des Territoires 1 et 12 – globalement épargnés par la catastrophe – s'étaient prononcés contre. L'égoïsme humain dans toute sa splendeur… Kasey avait noté ces différentes prises de position dans un coin de sa mémoire. Les données de ce genre pourraient servir à calculer qui mériterait d'être réveillé et qui, pour le bien commun, serait laissé en stase.

Bien sûr, si l'égoïsme l'emportait, ces calculs n'auraient aucune utilité : tout le monde souffrirait. La solution de la benjamine des Mizuhara pour sauvegarder la planète ne fonctionnait que si 100 % de la population mondiale s'y soumettait. Sinon, il faudrait y renoncer. Les gouvernements avaient beau le savoir, ils préféraient visiblement condamner l'ensemble de leurs administrés à une mort certaine. Il ne restait plus qu'une semaine pour arriver à un consensus général avant que le projet soit enterré, mais malgré la campagne de sensibilisation menée par le C2P – dont les interventions de Kasey n'étaient qu'un pan –, seuls 57 % des représentants territoriaux avaient voté pour. L'adolescente ne voyait ce qu'elle pouvait faire de plus pour améliorer la situation.

Ekaterina, si. Ce soir-là, elle contacta à nouveau la jeune scientifique pour lui demander si elle voulait bien faire une nouvelle présentation le lendemain, dans le Territoire 4 – en personne. « Vous ne serez pas exposée », s'empressait de préciser le message de l'agente. « Mais si nous voulons réaliser de véritables avancées dans ces zones, il nous faut établir un contact plus humain avec les populations concernées. »

« D'accord », fut la réponse que Kasey lui transmit *via* l'application de messagerie de son Intraface. Puis elle s'en retourna à l'observation du ciel nocturne qui s'étendait de l'autre côté de la vitre de polyverre. Elle se trouvait dans le module des Cole, assise sur l'une de leurs méridiennes. Comme son biomoniteur le lui avait rappelé le matin même, ça faisait sept ans jour pour jour qu'ils étaient décédés. Sept ans que Kasey, après avoir entendu Celia pleurer dans sa chambre, avait transgressé l'inviolabilité du cerveau de son aînée dans l'espoir d'oblitérer le chagrin de cette dernière. Que ce soit corrélé ou non à cet événement, les deux années suivantes, Celia avait passé l'anniversaire de la mort de leur mère seule. Elle n'avait cessé d'éviter Kasey qu'une fois que celle-ci eut commis sa seconde infraction en tentant de reconstruire la défunte. Quelque temps après leur réconciliation, les deux sœurs étaient montées ensemble dans le logement des Cole. La cadette avait alors regardé son aînée épousseter la photo d'Ester, Frain et leur fils placée sur la table basse, puis remplir l'un de leurs vases d'un bouquet de fleurs en éternifibres. Pour Kasey, tant d'attention à l'égard des morts relevait de la perte de temps et pourtant, quand elle avait vu Celia effectuer ces gestes, ils lui avaient semblé… pertinents. D'une manière qu'elle-même n'avait jamais su imiter – pas étonnant qu'elle soit venue les mains vides, ce soir-là. Elle n'était pas comme sa grande sœur : pas aussi convaincante, ni aussi attachante.

Si Celia avait été à la place de Kasey, le « contact plus humain » dont parlait Ekaterina aurait déjà été établi.

Dans un soupir, la jeune fille parcourut son Intraface jusqu'à trouver le dossier qu'elle cherchait, intitulé « CELIA ». Voir la propre Intraface – l'objet en lui-même – de sa sœur disparue continuait de la déranger. Résultat, elle l'avait laissée à Actinium, non sans avoir téléchargé auparavant l'intégralité des souvenirs qu'elle contenait. Seul problème : depuis, elle n'arrivait pas à se résoudre ne serait-ce qu'à cliquer sur l'icône du classeur qui les abritait. Elle s'efforça de se rappeler que les souvenirs – ceux de Celia comme de n'importe qui – n'étaient qu'un genre de code parmi d'autres. Que pour concevoir leurs baromètres secondaires, Actinium et elle se devaient d'étudier les comportements d'autant d'individus que possible. Pourtant, comme la première fois que l'adolescente avait voulu se plonger dans l'analyse de ceux de son aînée, une force invisible la retenait. Son blocage ne venait pas seulement d'un désir de respecter l'intimité de Celia. Non, au-delà de ça, elle avait peur, tout simplement. Parce qu'elle savait que même en aimant ses proches, on ne les comprenait pas toujours et qu'on ne chérissait pas forcément tous les aspects de leur personnalité. En construisant ses premiers robots, à onze ans, elle avait horrifié sa sœur, et à l'idée de découvrir, à travers les souvenirs de Celia, comment cette dernière la voyait, Kasey était terrorisée.

Un nouveau tintement retentit dans son Intraface. Ravie de cette distraction inopinée, elle cligna deux fois des yeux pour rebasculer sur la conversation créée par Ekaterina. Actinium venait de réagir à son dernier message par un simple pouce levé. Kasey attendit que le nom du garçon vire au gris marqueur d'inactivité, mais quand il devint évident qu'il restait connecté, elle le contacta en privé :

« Tu y es déjà allé ? »

Sous-entendu « dans le Territoire 4 », mais pas besoin de le préciser. Il comprendrait.

« Juste une fois. »

La rapidité de la réponse du jeune homme avait quelque chose d'étrangement satisfaisant.

« C'était comment ? »

« Froid. Aride. »

Elle ne répliqua pas tout de suite, persuadée qu'Actinium allait développer, mais non.

« C'est tout ? »

« Patience, Kasey. Tu pourras en faire l'horrible expérience par toi-même, dès demain. »

S'ensuivit un flottement dans la discussion. Kasey ne savait pas quoi ajouter. DUTACOTAC n'offrait aucune suggestion. Normal, puisque, comme l'application n'arrêtait pas de se lancer automatiquement pendant ses présentations – l'exhortant à se montrer plus engageante –, la jeune fille avait fini par la désinstaller. Si ce fichu logiciel n'était pas capable de considérer des informations vitales pour la survie de l'espèce humaine comme suffisamment « engageantes », alors il ne lui était d'aucune utilité.

L'avatar d'Actinium recommença à émettre une pulsation bleue. Le cœur de Kasey s'arrêta. Le garçon se préparait à ajouter quelque chose. Et, en effet, quelques secondes plus tard, elle reçut :

« Tu es occupée ? »

« Non. » L'adolescente marqua une pause. *« Et toi ? Tu travailles ? :P »* L'émoticône lui avait échappé sans qu'elle s'en rende compte. Elle la jaugea un instant, la supprima et envoya son message sans.

« Non. » Actinium aussi laissa passer un temps. *« Je ne suis pas en train de bosser. »*

Kasey pouvait presque voir les yeux de son interlocuteur se planter dans les siens, son silence à lui la défiant de faire le moindre commentaire sur ses habitudes de travail. Elle aurait pu, si elle avait voulu. Avec Actinium, elle pouvait s'exprimer sans inquiétude maintenant qu'ils avaient élaboré un robot ensemble. Ils étaient sur la même longueur d'onde et ce, peut-être même depuis les tout premiers moments, depuis la nuit blanche qu'ils avaient passée à éplucher les souvenirs de Celia, durant laquelle gestes et regards leur suffisaient déjà pour communiquer. Depuis, ils avaient encore simplifié leurs échanges et voilà que, sans cesser de fixer le dernier message du garçon, sur un coup de tête, Kasey lui envoya un point d'accès holo. S'il n'acceptait pas, tant pis, elle n'en ferait pas tout un fromage.

N'empêche que quand l'espace devant la méridienne se mit à briller, elle ne put s'empêcher de retenir son souffle.

Lorsque Actinium se matérialisa dans la pièce, l'espace d'une nanoseconde, il eut l'air complètement abasourdi. L'adolescente l'était tout autant. C'était la première fois qu'elle voyait l'hologramme du jeune homme et, même après qu'elle eut poussé son opacité à 100 %, certains détails de son apparence ne rendaient toujours pas justice à la réalité. La texture de ses cheveux, par exemple. Ils manquaient de définition, leurs mèches semblaient ternes et filasses comparées à ce moment, sur la jetée, où le vent les avait ébouriffées… Non que Kasey ait quoi que ce soit à faire de la chevelure de l'intéressé, bien sûr. Elle reporta son attention vers le paysage à l'extérieur, la gorge soudain irritée. Sûrement les particules de poussière qui saturaient le module.

— Tu viens souvent ici ?

Au moins le timbre du garçon n'était-il pas altéré, lui.

— Plus souvent qu'avant, répondit-elle. Celia aimait bien cet endroit, à cause des fenêtres.

Il ne lui échappait pas que, où qu'ils aillent, dès qu'ils discutaient, ils ne s'affranchissaient jamais vraiment de l'emprise de son aînée. Mais, après tout, pourquoi auraient-ils cherché à s'en libérer ? Elle était leur dénominateur commun, la boussole qui leur avait montré le cap qu'ils s'étaient fixé.

— D'ailleurs, on se disputait pas mal à ce sujet, au début. Je ne voulais pas l'accompagner.

— Pourquoi ? demanda Actinium, avec une curiosité manifestement sincère.

— J'avais l'impression de faire intrusion là où je n'étais pas la bienvenue.

Kasey ne précisa ni le nom des propriétaires des lieux, ni le sort tragique qui avait été le leur. Tout le monde, y compris Actinium, savait qui avait vécu strate-100. Le jeune homme balaya le module du regard.

— En tout cas, ça en fait, de la superficie inutilisée.

— Mon père a insisté pour que le logement reste inhabité. En souvenir d'eux.

Une telle décision semblait élitiste, et de fait, elle l'était. C'était la seule et unique fois que David Mizuhara avait transigé avec le principe d'économie d'espace qu'il avait lui-même institué dans l'éco-cité.

— Nos familles étaient proches, se sentit obligée d'ajouter Kasey.

Sa précision ne faisait que confirmer l'existence d'une communauté de privilégiés de haut rang, s'accordant entre eux les faveurs qu'ils refusaient aux autres. Que devait penser d'eux quelqu'un comme Actinium, dont le module ne disposait ni d'aménagements chics ni même d'une lucarne pour profiter de la lumière du jour ?

— Tu dois nous trouver bizarres, reprit la jeune fille pendant que son compagnon arpentait la pièce à pas lents. Complètement déconnectés de notre nature humaine.

— Et si la nature humaine était la dernière maladie qu'il nous restait à éradiquer ? répliqua le garçon.

La lueur de la lune filtrait à travers son hologramme. Il ne laissait pas d'ombre sur le sol.

— Une maladie… répéta Kasey lorsqu'il s'assit finalement à l'autre extrémité de la méridienne.

Trop ancien pour réagir aux *stimuli* virtuels, le velours de la banquette ne s'enfonça pas d'un millimètre. Pour le mobilier du module, Actinium aurait aussi bien pu être un fantôme.

— Réfléchis, tu verras que j'ai raison, poursuivit-il.

Kasey obéit. Elle tourna la tête vers la vitre de polyverre et considéra l'étendue des flots.

— La planète ne serait plus remplie que de gens comme moi, finit-elle par dire. À mon avis, elle y perdrait.

Elle adressa un sourire à Actinium, mais il ne le lui rendit pas. Son expression, au contraire, était on ne peut plus sérieuse, presque sévère. Celle de la jeune fille se transforma donc bientôt en une grimace, sa gêne la renvoyant soudain dans le passé, au moment de leur première rencontre, juste après son coup de feu malencontreux.

— Ton chat saura se débrouiller sans toi ? s'enquit-elle.

Ekaterina n'avait pas mentionné combien de temps il leur faudrait séjourner dans le Territoire 4.

Actinium mit une bonne seconde à répondre.

— Jinx s'occupera de lui.

— Et tes clients ?

— Aucun n'est plus important que ce projet.

— L'éco-cité ne va pas te manquer ?

— Non.

— Pourquoi pas ? demanda Kasey, et le jeune homme jeta lui aussi un coup d'œil par la vitre.

— Je ne m'y suis jamais senti à ma place.

— Pareil.

De l'aveu de son camarade ou du sien, l'adolescente n'aurait su dire lequel la surprenait le plus.

— Je sais, dit Actinium dans un murmure à peine audible. Toi comme moi, le seul endroit où on se sent chez soi, c'est dans le monde de nos réflexions, de nos calculs, de nos projets scientifiques.

À ces mots, l'adolescente se pétrifia, prise de bouffées de chaleur mêlées de sueurs froides tandis qu'elle se revoyait, des années auparavant, les yeux fixés sur le plafond de sa chambre, en train d'envisager sa propre éviction de l'éco-cité. Elle avait beau avoir analysé les implications logistiques d'un tel renvoi et tâché de maîtriser ses craintes pour garder un maximum de contrôle sur la situation, ses efforts n'avaient servi à rien. Elle avait fini par accepter le marché que lui proposaient les autorités. La pratique scientifique était devenue un vestige de son passé, son secret. Même si le vrai secret, c'était qu'elle avait failli opter pour l'exil.

Les individus qui évoluaient autour de Kasey, en s'émancipant constamment des propriétés qu'elle leur attribuait, la désarçonnaient. Ce qui n'avait jamais été le cas de la science. La science ne l'attaquait jamais par surprise, elle se montrait simplement plus maligne que la jeune fille. La science ne cherchait pas à la comprendre, mais Kasey, elle, la comprenait. La science lui conférait un sentiment de sécurité. Seulement… Celia aussi. La cadette des Mizuhara avait dû faire un choix, et elle avait vite compris qu'une seule des deux possibilités qui s'offraient à elle serait perçue comme normale. Alors, pour sa grande sœur, elle s'était efforcée d'entrer dans le moule. Pour Celia, elle était restée. C'était la décision à la fois la plus facile et la plus ardue qu'elle avait jamais eue à prendre. D'ailleurs, le souffle court, elle en tremblait encore à présent, le souvenir de ses onze ans toujours aussi vif dans sa mémoire. Elle entendit son nom et leva les yeux pour découvrir ceux d'Actinium, à l'autre extrémité d'une méridienne sur laquelle il n'existait pas vraiment. Pour Kasey, cependant, c'était tout comme. Il avait mis en mots un sentiment qu'elle avait éprouvé et, rien qu'un instant, elle aurait voulu qu'il soit physiquement là, elle aurait aimé pouvoir réellement sentir la main qu'il avait posée sur son épaule.

L'instant d'après, elle secoua la tête pour se reprendre, puis se mit debout.

— Il faut que j'y aille. Je dois faire ma valise. On part de bonne heure.

Elle racontait sans doute n'importe quoi : Ekaterina ne leur avait même pas encore transmis le programme du voyage. Malgré tout, Actinium eut l'élégance de n'en rien laisser paraître, et se leva à son tour.

— À demain, dit-il.

Il se déconnecta, laissant Kasey seule.

Elle se rassit sur la méridienne et s'efforça d'inspirer profondément, histoire de se réoxygéner. Son cœur battait tellement vite qu'elle avait toujours l'impression que sa poitrine en abritait un second. Mais elle n'y prêta pas attention. Ce n'était qu'une étape obligée du parcours : si elle souhaitait devenir plus humaine afin de venger sa sœur, il lui fallait en passer par là.

Chassant Actinium de ses pensées, elle s'en retourna, dans son Intraface, au dossier qui contenait les souvenirs de Celia. Elle l'ouvrit, puis cliqua sur le sous-dossier nommé « xxx », qu'elle n'avait pas encore exploré. S'y amassaient environ trois cents souvenirs, tous relatifs aux garçons que la jeune disparue avait aimés et qui l'avait aimée en retour.

Kasey le referma, le sang lui battant aux tempes.

Essaie de faire preuve d'inventivité, voyons ! Il devait bien y avoir un moyen de comprendre les relations de son aînée sans passer manuellement en revue la moindre bribe de vie mémorisée par l'intéressée.

La cadette des Mizuhara entreprit donc d'abord de développer un algorithme qui relierait chacun des souvenirs de Celia aux données relevées par son biomoniteur le jour correspondant. Le but ? Ne garder que ceux qui coïncideraient avec une augmentation des niveaux d'ocytocine, de dopamine ou d'endorphine – autrement dit, les hormones associées respectivement à la socialisation, à la motivation et à la réalisation des objectifs. Ensuite, elle programma un filtre qui ciblerait, dans les souvenirs restants, la présence d'individus interagissant avec sa sœur – et en particulier les visages récurrents. Enfin, elle lança le processus de tri. Les cinq meilleurs résultats s'affichèrent dans son champ de vision.

En tête de liste apparaissaient son nom et sa photo. Étrange…

Ce qui était encore plus étrange, cependant, c'était qu'Actinium ne figurait pas dans ce top 5 – qui incluait pourtant Léona. Kasey élargit les critères de recherche, mais le garçon ne se trouvait pas non plus dans le top 10. À la douzième place, il y avait Tristan. À la dix-septième, Dimitri. Lorsqu'elle atteignit la cinquantième ligne de l'inventaire, la jeune fille, perplexe, chercha directement

« ACTINIUM » dans les moments passés au tamis de son algorithme :

0 RÉSULTAT

Kasey relança le programme, pour dresser à nouveau le même constat : rien. Elle effectua une recherche par reconnaissance faciale dans l'intégralité de la mémoire de Celia, mais aucun souvenir d'Actinium n'y était conservé.

La température dans le module sembla soudain chuter de plusieurs degrés, même si le chiffre indiqué dans le champ de vision périphérique de Kasey restait le même. Une pensée sournoise lui traversa l'esprit. Elle localisa les souvenirs du jour où sa sœur et elle étaient sorties en mer et les visionna à nouveau, attentive au moindre détail. Puis elle remonta plus loin dans leur enfance, jusqu'à l'époque où Genevie était encore vivante, et se repassa aussi ces épisodes-là. Pour finir, elle décortiqua les données enregistrées par le biomoniteur de Celia le lendemain de la mort de leur mère, pour retrouver le réajustement des neurotransmetteurs qu'elle avait accepté à la place de son aînée en piratant son Intraface. Sa panique s'estompa. Les souvenirs qu'elle examinait étaient bien réels. Les relevés du biomoniteur aussi. Les faits étaient avérés et ils se résumaient à trois certitudes :

L'organisme de Celia avait été intoxiqué par l'océan.

Elle s'était rendue à l'hospel.

Elle était partie en mer.

Toutes les preuves étaient là. D'accord mais, dans ce cas, où était Actinium ? Le garçon qui s'était assis en face de Kasey sur cette méridienne ? Celui qui se trouvait encore, quelques dizaines de minutes plus tôt, avec elle dans ce module ?

Dans ce module.

Le temps ralentit, s'arrêta.

Inversa son cours.

Actinium avait pénétré dans ce logement en mode holo *via* le point d'accès que Kasey lui avait envoyé. Mais un point d'accès n'était qu'un fil, un lien immatériel qui permettait à un individu d'en rejoindre un autre en s'holographiant au même endroit. Ça n'avait rien à voir avec une autorisation d'accès. Dans le domaine public, pas besoin de ces autorisations, mais le module des Cole, lui, était une propriété privée. En plus, il ne s'agissait même pas du domicile de la jeune fille ! Si ça avait été le cas, l'Intraface de Kasey lui aurait automatiquement demandé si elle souhaitait ACCEPTER L'INVITÉ, comme le soir de sa fête. Le fait que la cadette des Mizuhara n'ait reçu aucune notification de ce genre ne pouvait signifier que deux choses.

Soit, grâce à ses talents de hacker, Actinium était parvenu à contourner le système d'autorisation…

Un frisson remonta le long de l'échine de Kasey et s'insinua au plus profond de ses os.

Soit il n'était pas un invité dans ce module qui appartenait aux Cole.

Il n'y avait qu'un moyen d'en avoir le cœur net.

Si le jeune tatoueur était doué pour le piratage, Kasey n'était pas en reste. Elle avait plus d'un tour dans son sac et, enfin libre de les utiliser tous, elle retira une à une les couches qui camouflaient le dénommé [ACTINIUM, RANG : 0], jusqu'à révéler celui qui se cachait derrière cette identité : le garçon de la photo posée sur la table basse. Un garçon dont le visage existait bel et bien dans les souvenirs de Celia, mais que sept années avaient changé, vieilli et rendu totalement méconnaissable.

• • •

Ekaterina leur transmit l'itinéraire de l'expédition sur les coups de minuit. À ce moment-là, Kasey était déjà bien trop absorbée par son incroyable découverte pour en accuser réception.

Dès qu'elle mettait la main sur une archive, elle la consultait. Elle avait épluché la totalité des reportages médiatiques sur le crash du robot-coptère. Elle avait étudié le rapport du laboratoire médico-légal de fond en comble. Elle regarda ensuite la vidéo enregistrée par un des robots-caméras au moment du départ. On y voyait Genevie, Ester, Frain et le fils unique du couple – dix ans à peine – saluer leurs concitoyens depuis la strate-100, juste avant d'embarquer dans l'aéronef. La jeune fille se repassa la séquence en boucle, jusqu'à trouver ce qu'elle cherchait.

Le secret d'Actinium, la ruse qui lui avait permis de survivre à l'accident ayant causé la mort des trois adultes, s'étalait enfin devant ses yeux.

Soudain lancé à plein régime, le cerveau de Kasey commença à mettre en veille chacune de ses fonctions non essentielles. Les premières à s'éclipser furent ses émotions : si elle voulait obtenir des réponses – qui dépendaient en grande partie de la coopération d'Actinium –, elle ne pouvait laisser libre cours à son ressentiment. De retour dans son propre module, elle rédigea plusieurs brouillons de messages, sans pour autant réussir à décider quel ton adopter. L'après-midi arriva sans qu'elle en ait envoyé aucun. L'heure du départ approchait. Elle prit le chemin du QG du C2P. Tant pis, elle confronterait le jeune homme en personne. Une résolution tout à fait sensée, si on partait du principe qu'ils effectueraient le déplacement hors de l'éco-cité seuls.

— Meridian ? (Kasey s'était préparée à tout sauf à ça.) Qu'est-ce que tu fais là ? s'étonna-t-elle.

Soudain éjectée du mode pilote automatique qu'elle avait enclenché depuis un moment, elle ne pouvait ignorer le nouvel élément perturbateur – sa camarade de classe ! – qui se tenait debout devant le siège du C2P.

« Je pourrais te poser la même question », semblait dire l'expression acrimonieuse de Meridian. Un sac de couchage à l'épaule, la lycéenne donnait clairement l'impression d'être, elle aussi, prête à partir en voyage.

— Trukhin m'a invitée.

Ekaterina ! Kasey ouvrit la feuille de route que lui avait envoyée sa supérieure et la lut du début à la fin, cette fois, sans omettre la note mentionnant qu'il serait judicieux d'intégrer à l'expédition au moins un individu qui puisse être considéré par les habitants du Territoire 4 comme un partisan de leur cause. Quelqu'un à qui ils puissent s'identifier.

— Elle m'a demandé si ça me disait d'aller présenter ce qui n'était après tout qu'une version de ma solution, poursuivit Meridian alors que l'appareil chargé de les transporter se posait à côté d'elles. Oui, tu m'as bien entendue : ma solution à moi. Celle que j'ai fini par soumettre toute seule puisque tu refusais qu'on le fasse à deux.

Actinium arriva à ce moment précis, mais Meridian mit un point d'honneur à ne pas lui accorder un regard, réservant toute sa hargne à Kasey. Puis, sans un mot de plus, elle grimpa dans le robot-coptère.

Tu ne sais pas dans quoi tu mets les pieds, ma grande… C'est ce qu'aurait aimé rétorquer Kasey, si elle en avait été capable. Sauf qu'elle n'y parvint pas, évidemment, pas plus qu'elle ne réussit à confronter Actinium. Elle ne put que s'asseoir en silence entre les deux adolescents. À sa droite, un garçon qui la connaissait, qui connaissait le véritable objectif qu'ils s'étaient fixé ensemble, mais qui lui avait caché son identité depuis le début. À sa gauche, une fille qui pensait que son pire crime avait été de s'attribuer tout le mérite de la solution destinée à sauver la planète… alors qu'en réalité, Kasey avait fait bien, bien pire. Même s'il avait fallu que Meridian débarque pour qu'elle en prenne enfin conscience, elle se rendait compte, à présent, de la manière dont le plan qu'elle avait fomenté avec Actinium serait perçu. Pour un œil extérieur, leur stratagème serait vu comme un crime pur et simple, aussi immoral qu'impardonnable.

Sans compter que, dorénavant, elle ne pouvait même plus se fier à celui qui était censé être son partenaire…

Sur le coup, le vol de 3 000 km lui parut trop calme et trop long, mais dès que ses compagnons et elle eurent atterri, elle se surprit à regretter qu'il n'ait pas duré davantage. Du robot-coptère, une navette les emmena jusqu'à une voiture – une antiquité conduite par un chauffeur en chair et en os. À l'intérieur, le chauffage soufflait en continu, indispensable pour combattre le froid de canard qui régnait à l'extérieur, et pour cause : depuis que les glaces de l'Arctique avaient fondu, un vortex polaire permanent avait élu résidence au-dessus des territoires du Nord-Est. De l'autre côté des vitres du véhicule se dévoilait un paysage désolé et austère, un ciel stérile où irradiait un soleil entouré de nuages produits par les hautes concentrations de gaz carbonique dans l'atmosphère. Dans cette immensité, pas un être vivant, bien sûr, à part les badauds attroupés sur le côté de la route, dont les rangs grossissaient à mesure que les visiteurs s'approchaient de l'ambassade.

La voiture se gara.

« Bonne chance », reçut Kasey de la part d'Ekaterina au moment où elle sanglait son masque filtrant. L'équipement ne protégeait malheureusement pas ses poumons de l'âpreté de l'air glacial qui les assaillit à la seconde où elle mit le pied dehors, sous les flashes aveuglants des appareils photo. Derrière une barricade orange, plusieurs journalistes, tous physiquement présents, se bousculaient et jouaient des coudes en quête des meilleurs angles de vue. Un peu plus loin, des citoyens – certains pourvus de masques, d'autres sans – brandissaient des pancartes critiquant l'inaction de leur gouvernement face aux conséquences du mégaséisme. Tous arboraient des mines sombres… sauf un petit groupe d'hommes, de femmes et d'enfants qui adressaient aux nouveaux venus de grands signes de la main.

— Meiran ! Meiran !

Meridian les salua à son tour. Sa famille, comprit Kasey, qui ne put s'empêcher de se crisper en constatant qu'ils n'étaient pas masqués. Elle venait de s'en faire la réflexion quand, tout à coup, les traits grésillants de Celia se matérialisèrent sur tous les visages de la foule, les yeux barrés de lettres capitales :

SI NOTRE CHER PREMIER MINISTRE
N'A PAS RÉUSSI À SAUVER 1,5 MILLION
DE NOS CONCITOYENS, NE COMPTEZ PAS
SUR LES ALIENS POUR VOUS PROTÉGER

L'instant d'après, la superposition avait disparu. Les proches de Meridian étaient redevenus eux-mêmes, mais leurs sourires s'étaient effacés. Leur cousine, elle, semblait tout aussi stupéfaite.

— C'était quoi, ça ?

— Un piratage d'Intrafaces, répondit Actinium.

Sans tarder, Kasey vérifia ses propres dossiers. Rien n'avait bougé, chaque fichier était à sa place, y compris les quelques souvenirs personnels qu'elle gardait de Celia. C'était sans doute ce dont les pirates s'étaient servis pour générer la figure virtuelle apparue sur le visage des spectateurs.

Dans la poitrine de Kasey, la douleur familière se réveilla soudain et lorsque M. Du, le Premier ministre du territoire, accueillit le trio à l'intérieur de l'ambassade – dans une salle de marbre percée de hautes fenêtres –, elle sentit son second cœur se remettre à battre à tout va. L'identité d'Actinium ne changeait ni ce qui était arrivé à Celia, ni la quantité d'énergie utilisée pour chauffer cette pièce, ni combien il fallait polluer ne serait-ce que pour résoudre les problèmes créés par la pollution. Les hackers les avaient qualifiés d'« aliens ». Était-ce simplement parce que ses camarades et elle habitaient dans le ciel ou parce qu'ils étaient perçus comme des envahisseurs descendus de l'espace pour soumettre les terriens à un nouveau mode de vie ? Les hommes seraient-ils jamais prêts à renoncer de leur plein gré à leurs libertés pour le bien de leur prochain ? s'interrogeait Kasey tandis que les employés des lieux les menaient à l'auditorium où se déroulerait la présentation. Ou faudrait-il que chacun perde un ou plusieurs proches pour enfin réagir ?

Une notification la tira soudain de ses pensées. « Ça va ? » lui demandait Actinium par message. La jeune fille se retint de tressaillir. Quel hypocrite ! Comment osait-il prétendre se soucier de son bien-être ?

Elle-même n'aurait pas dû se soucier de celui de son soi-disant partenaire, et pourtant… « Qui as-tu vu, toi, sur les visages de la foule ? » aurait-elle voulu répliquer. « Tes parents ? »

Un moment seule avec lui, sans Meridian, c'était tout ce qu'elle demandait.

Pour l'heure, cependant, elle se contenta de répondre à la question du jeune homme par un simple « Oui », puis s'avança sur scène afin d'y débiter, une fois de plus, les mêmes mensonges.

• • •

Malheureusement, Kasey s'en rendit vite compte, les moments où Actinium et elle pourraient être seuls durant cette expédition seraient aussi rares que l'air pur. Le C2P – visant, comme à son habitude, l'efficacité maximale – avait programmé pour eux plusieurs apparitions à la suite, sans un instant de répit. Voilà pourquoi, aussitôt la présentation terminée, ils s'envolèrent vers l'escale suivante : la visite d'un hospel durement touché par la crise, en plein cœur du Territoire 4. L'avion qui les transportait carburait au kérosène, si bien que, pour parcourir les 2 000 km qui les séparaient de leur destination, il rejetterait autant de carbone que Kasey n'en avait émis au cours des cinq dernières années.

Mais quoi qu'il en coûte, il fallait que les trois écocitoyens paraissent accessibles aux habitants de la zone sinistrée.

Tandis qu'ils survolaient la campagne, la jeune scientifique osa glisser un regard en coin vers Actinium. C'était sur le Territoire 4 qu'avait eu lieu le funeste crash du robot-coptère de leurs parents. À quoi pensait le garçon ? Que ressentait-il ? À chaque minute qui passait, l'esprit du jeune homme lui semblait un peu plus insondable, à l'instar du relief en contrebas, estompé peu à peu par l'obscurité. Puis, quand l'appareil perdit en altitude, le paysage retrouva d'un seul coup sa netteté, comme sous l'effet d'un zoom monstrueux. Forteresse naturelle depuis l'Antiquité, l'immense bassin sédimentaire de l'intérieur des terres s'était transformé en un piège mortel. L'effondrement des montagnes avait rasé des villages entiers. Partout, les arbres arrachés saillaient du sol, tels des os à travers la peau, et, par endroits, la croûte terrestre elle-même s'était fissurée. Le sol apparaissait zébré d'épaisses cicatrices de lave durcie – plus nombreuses que Kasey n'en avait jamais vues. Celia aurait sans doute décelé la beauté d'un tel tableau. Sa cadette, pour sa part, ne percevait dans ce spectacle que la brutalité d'une nature que ses propriétaires humains

– si tant est qu'ils méritaient ce titre – n'avaient pas su dompter. Malgré toutes leurs innovations, les hommes restaient microscopiques face à leur environnement. La pathétique impuissance des habitants de la région se révéla d'ailleurs dans toute sa splendeur lorsque les trois compagnons atterrirent devant le fameux hospel qu'ils devaient visiter.

Enfin, hospel… Pas sûr que l'installation qu'ils avaient sous les yeux mérite un tel nom, elle non plus.

Havres de paix et de sérénité conçus pour optimiser l'expérience humaine de leurs patients, les établissements de santé des éco-cités ressemblaient tous à celui où Kasey avait débarqué quelques semaines plus tôt. Celui qui leur faisait face, en revanche, construit pour traiter les victimes des radiations émanant d'une centrale de fission nucléaire éventrée à 20 km au nord, avait l'air aussi provisoire qu'un marché éphémère et s'avérait aussi bruyant qu'une usine dont le seul produit, la seule finalité, aurait été la mort. Une poignée de camions porteurs du logo de l'Union planétaire sillonnaient les lieux en bringuebalant sur la terre battue, tandis que le personnel médical – au sein duquel on retrouvait beaucoup de membres des forces armées du Territoire 4 – se pressait le long d'allées de fortune dont le goudron avait apparemment à peine eu le temps de sécher. Dans les éco-cités, on comptait un praticien pour cent résidents. Ici, quel qu'ait été le ratio, il semblait insuffisant. À l'évidence, aucun des médecins n'avait de temps à perdre avec la presse et quand Kasey, Actinium et Meridian rejoignirent la soignante chargée de les accueillir, elle était déjà en train de se disputer avec l'équipe de tournage du C2P. Rouge de colère, la jeune femme devait avoir à peu près l'âge de Celia. Et comme Celia, elle ne portait pas d'antiderme.

Sauf qu'on n'était pas sur l'île. Aucun bouclier ne protégeait l'air alentour. Un brancard où reposait un corps couvert d'un drap les dépassa dans un fracas de roues métalliques et Kasey eut soudain la gorge nouée.

— Où est votre antiderme ? demanda-t-elle à brûle-pourpoint.

— On est à court, répondit la praticienne avant de reporter son attention sur l'équipe de tournage. O.K. pour un tour express, mais c'est tout.

Ses interlocuteurs ne l'écoutaient déjà plus. Tous fixaient avec de grands yeux étonnés Actinium, qui venait d'ouvrir sa fermeture Éclair. S'extirpant de sa combinaison de protection, il la remit à la jeune femme.

La caméra pivota vers Kasey sans lui laisser le temps de retrouver ses esprits. Le silence s'étira.

« Je ne prendrais pas le risque de te mettre en danger », lui avait juré Actinium. *« Vous ne serez pas exposée »*, lui avait assuré Ekaterina. Mais les promesses n'étaient que des constructions humaines. Dans ces régions sauvages, elles ne survivaient pas.

Kasey aurait dû s'y préparer.

Elle ôta à son tour son antiderme. Dès qu'ils entrèrent en contact avec l'air ambiant, les poils de ses bras se hérissèrent. Bientôt, son biomoniteur l'avertit de la présence de toxines dans son organisme. Rien que quelques minutes, se dit-elle.

Juste pour cette fois.

À ses côtés, Meridian commença à son tour à baisser sa fermeture Éclair.

Rien qu'un plongeon.

Kasey remarqua que les doigts de sa voisine tremblaient.

Une dernière sortie en mer…

— Arrête.

La perche de prise de son se tourna aussitôt vers la cadette des Mizuhara.

— Je te rappelle qu'on est filmés, souffla sa camarade de classe.

Kasey s'en fichait. Si elle avait parfaitement conscience du prix qu'Actinium et elle paieraient à essayer par tous les moyens de convaincre la population des territoires de se sacrifier comme eux pour la cause commune, il lui paraissait injuste que Meridian en pâtisse.

L'intervention de la femme médecin arriva donc à point nommé.

— Bon, c'est fini, ce cirque ? lança-t-elle avant de s'éloigner sur l'un des chemins goudronnés sans attendre aucun de ses hôtes, ce qui la contraignit bientôt à se retourner. Allez, du nerf ! Je n'ai pas toute la journée !

La petite troupe la suivit le long d'une espèce d'étroit couloir pavé de cartons et de fonds de cageots. Les murs qui bordaient cette coursive – de simples plaques de PVC fixées les unes aux autres à l'aide de ruban adhésif – tremblaient à chacun de leurs pas. Saturée de l'odeur âcre des déjections humaines et des produits chimiques, l'atmosphère devint vite irrespirable. Le temps que Kasey et ses acolytes arrivent devant un alignement de portes en placo menant sans doute aux chambres de l'hospel à proprement parler, la jeune fille – qui avait déjà eu du mal à supporter le climat de la strate-22 – avait la tête qui tournait. En son for intérieur, elle se rendit compte qu'elle ne serait pas capable de faire face à quiconque dans cet état. Se mettre à vomir alors qu'elle était filmée discréditerait complètement la visite.

— Attendez, je... commença-t-elle à dire à leur guide.

Mais un bruit violent l'interrompit soudain. À quelques mètres d'elle, l'une des portes en placo venait de s'aplatir sur le sol. Un homme jaillit alors de l'ouverture, une espèce de baluchon dans les bras, pour foncer droit dans le mur du corridor.

Le PVC se gondola, mais encaissa le choc. Kasey, au contraire, ne comprenait pas ce qu'elle voyait. Sous ses yeux ébahis, l'homme se jeta à nouveau contre la paroi en plastique, comme s'il espérait la voir céder. Encore une fois, l'adhésif tint bon. Résultat, le forcené préféra se détourner du mur pour se précipiter vers le groupe d'éco-citoyens.

— N'intervenez pas ! s'exclama la soignante.

Meridian se plaqua en quatrième vitesse contre le mur, Kasey s'écarta d'un bond. Seul Actinium ne bougea pas : sa tête se releva juste avant que l'homme ne parvienne à sa hauteur, son poing serré recula...

Plus tard, Kasey tenterait de remettre de l'ordre dans le déroulé des événements. L'étincelle initiale, puis l'escalade. Était-ce le coup que l'homme s'était pris en pleine figure – au point de lâcher son barda – qui l'avait poussé à sortir son couteau ? Ou était-ce l'apparition de l'arme qui avait provoqué le coup ? Malheureusement, ce moment s'obstinerait à résister à l'analyse de l'adolescente. À l'image du reste du voyage, il ne se conformait à aucune logique et semblait n'obéir qu'à la loi anarchique de la nature.

Meridian poussa un cri. La femme médecin, elle, laissa échapper un juron avant d'appeler la sécurité. Deux militaires débarquèrent en courant et s'empressèrent de plaquer l'homme à terre, tandis que Kasey s'élançait vers Actinium pour le retenir. Mais, au grand étonnement de la jeune scientifique, il ne se laissa pas faire, si bien qu'elle ne parvint pas à lui entraver totalement le bras droit et finit par se prendre la pointe osseuse de son coude en plein dans le nez.

Les narines envahies d'un flot de liquide tiède, elle lâcha le garçon. Son regard se posa d'abord sur le baluchon ouvert au sol, qui dévoilait un fatras d'antidermes désormais éclaboussés de rouge, puis sur l'équipe de tournage apeurée et la caméra toujours allumée. Malgré le sang qui lui remplissait la bouche, elle se contraignit à desserrer les dents et se hâta de crier « Coupez ! ».

• • •

La jeune soignante n'avait même pas osé regarder Kasey dans les yeux quand elle lui avait tendu une compresse de gaze pour arrêter le saignement. Meridian, de son côté, avait viré hystérique.

— Non mais ça va pas la tête ? avait-elle hurlé à Actinium. Tout ça pour un vol d'anitdermes. Tu parles d'un crime !

Le coupable n'avait pas répondu. Pendant que sa détractrice continuait de l'accabler, il s'était contenté de demeurer dans la position qui était encore la sienne à présent : assis sur une banquette faite de cagettes, la tête baissée, les poings serrés sur ses genoux, ses cheveux pour une fois décoiffés lui tombant de chaque côté du front, telles deux œillères.

— Meridian, s'il te plaît… était intervenue Kasey.

Son ingérence n'avait fait qu'exaspérer davantage sa camarade.

— Ah d'accord, donc, maintenant, c'est moi le problème ?

Sur cette exclamation, la lycéenne était sortie d'un pas excédé. Peut-être Kasey aurait-elle dû la suivre et laisser Actinium seul, mais une espèce de force invisible l'avait au contraire sommée de s'asseoir à côté de lui sur le banc. Même si ni le garçon ni elle ne s'était décidé à briser le silence, elle était restée là jusqu'à cesser enfin de saigner du nez, environ cinq minutes plus tard. Comme elle ne voyait pas comment essuyer le sang sur la chemise du jeune homme, les taches écarlates aussi étaient restées. Rouge sur blanc, comme lorsqu'il avait cassé son mug. Sauf que cette après-midi-là, il avait agi exprès, il contrôlait la situation. Alors que face au voleur d'antidermes, Kasey avait perçu dans les yeux d'Actinium une espèce de rage. Avait-il simplement été contaminé par le chaos qui régnait autour d'eux ou sa réaction excessive reflétait-elle celui qu'il était vraiment ?

— Il va falloir que tu me dises la vérité, finit-elle par lâcher.

À cet instant précis, un message arriva dans son Intraface, expédié par Ekaterina. Mais elle n'y prêta pas attention. Elle s'appliquait à demeurer aussi immobile que son voisin, comme si imiter son inertie pouvait lui permettre de lire ses pensées. Pourtant, malgré ses efforts, l'esprit du garçon lui semblait aussi impénétrable qu'une boîte noire.

— Qui es-tu, en réalité ? insista-t-elle face à son mutisme.

Comment ai-je pu te faire confiance à ce point, si c'était pour découvrir que tu me mentais sur toute la ligne ?

Silence. Puis…

— Je crois que tu le sais déjà, répondit-il d'une voix rauque. (Elle ne répliqua rien.) Vas-y, dis-le.

Kasey n'en menait pas large. Le bruit des battements de son cœur lui crevait les tympans.

— André Cole.

— Un défunt.

— Tu n'es jamais monté dans ce robot-coptère, objecta la jeune fille. (Adoptant la même pose que son interlocuteur, mains sur les genoux et regard rivé au sol, elle baissa d'un ton.) Tu as construit un androïde.

C'était l'enregistrement vidéo du départ qui lui avait permis de percer ce secret. Au moment où la mère du petit André avait fait tomber son sac à main, juste avant d'embarquer, le garçon n'avait pas bougé d'un millimètre, ni même cligné des yeux. Pour sa défense, réagir de manière appropriée aux situations imprévues était de loin l'élément le plus difficile à programmer correctement chez les humanoïdes. Pas étonnant en tout cas qu'Actinium n'ait pas été révolté par la manière dont Kasey avait violé le décret Ester : il l'avait enfreint bien avant elle ! Incroyable prouesse technique, le prototype qu'il avait élaboré était d'ailleurs impressionnant, même si sa tromperie ne l'était pas.

— Bon, d'accord, un défunt qui a transgressé la loi rédigée par ses propres parents, si tu préfères, rectifia le jeune homme. (Lorsque Kasey lui jeta un coup d'œil, son regard était toujours dissimulé derrière ses cheveux.) Tu ne trouves pas ça… dérangeant ?

— Non, répondit-elle. En tout cas, pas autant que le fait que tu n'apparaisses dans aucun des souvenirs de ma sœur. (Elle prit une profonde inspiration et son nez se remit à l'élancer.) Tu m'expliques pourquoi ?

Pourquoi m'as-tu menti ?

Un long moment, il ne répondit pas.

— Mes intentions ne devraient pas avoir d'importance.

D'un point de vue logique, elles n'auraient pas dû, en effet. Bonnes ou mauvaises, les intentions n'avaient pas d'impact sur les individus. Contrairement aux conséquences. C'étaient les conséquences des actes d'un tiers, bien intentionné ou non, qui avaient tué Celia.

N'empêche, Kasey voulait savoir. Ce désir défiait la logique. Malgré la très forte probabilité qu'Actinium ne lui ait pas menti que sur son identité, il comptait à ses yeux, et ce sentiment aussi défiait la logique.

— Qu'est-ce qu'on t'a fait, exactement, pour que tu agisses comme ça ?

— La même chose qu'à ta sœur.

— Oui, sauf que le crash était un accident.

Ils avaient déjà partagé des silences auparavant. Des silences confortables et même des silences tristes. Ce silence-ci, en revanche, semblait… chargé d'humidité. Comme le calme avant la tempête.

— Un accident… répéta Actinium.

Quand les épaules du jeune homme se mirent à trembler, Kasey se crispa. Elle n'était pas très à l'aise avec les larmes. Mais lorsqu'il releva la tête, elle se rendit compte qu'il n'était pas du tout en train de pleurer. Sous ses yeux de jais brillants de détresse, ses lèvres, telle une entaille oblique, hésitaient entre le sourire et la grimace écœurée.

— C'est ce que mes parents auraient voulu qu'on pense, reprit-il. Mais non, Kasey, n'ayons pas peur des mots : c'était un meurtre.

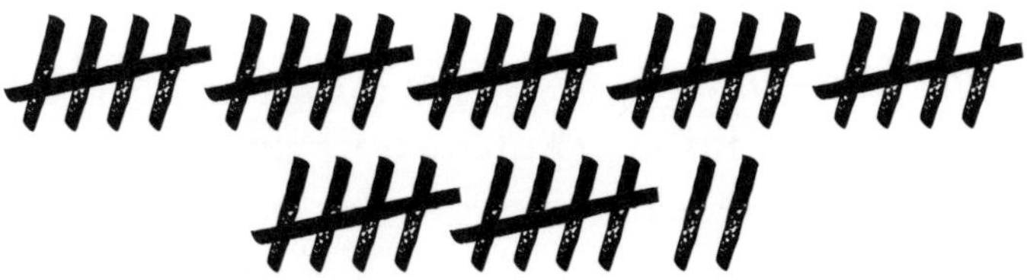

Incrédulité, chagrin, colère, sidération… Le temps que je passe par chacune des émotions codées en moi, le minuteur sous mes yeux n'affiche déjà plus que :

191 H 7 MIN 31 S

Combien de jours ça représente, au juste ? Je fais le calcul dans ma tête. Trop facilement. Rien que de penser à tous ces détails qui me rendent… étrangère à moi-même, j'ai la tête qui tourne.

Le caisson s'arrêtera de fonctionner dans 7,96355 jours. Tous ceux qui sont endormis dans cette salle seront alors condamnés, piégés pour toujours dans leur stase, mais la première à mourir sera celle que j'ai poussée. *Celle qui n'est pas ma sœur*, me contrains-je à me rappeler quand je me remets enfin debout pour reculer de quelques pas. Cette jeune femme n'était pas Kay. Kay n'aurait jamais souhaité que je donne ma vie pour elle. Elle n'aurait jamais voulu me tuer comme Héros a tenté de le faire… même si les deux cas de figure ne sont pas comparables, puisque

Héros, lui, n'a jamais eu conscience de ses actes. Il ne se contrôlait pas. Cette fausse Kay, en revanche, se maîtrisait parfaitement – et me maîtrisait par la même occasion. Elle m'a conçue de manière à ce que je n'aie aucun pouvoir sur mon existence et aucune dignité dans ma mort.

En fin de compte, c'est cette dernière conviction qui me donne la force de me retourner et de m'éloigner pour de bon.

Je quitte le complexe on ne peut plus déterminée. La perspective de remonter du fond de l'océan à la surface, puis de retourner sur l'île ne m'effraie absolument pas. Enfin, c'est ce que je me dis. En réalité, une fois à l'air libre, j'ai l'impression de nager trop vite, comme si j'avais peur de finir par regretter ma décision, et plus j'essaie de m'échapper, plus mes membres s'engourdissent, plus la frontière entre ma volonté et ma… ma programmation se fait floue, des flots de souvenirs me revenant en mémoire alors même qu'ils ne m'appartiennent pas. Je ne veux pas…

• • •

Me voilà de retour devant le dôme.

• • •

De retour à la surface.

• • •

De retour devant le dôme et même sous le dôme, face au caisson de stase compromis et aux chiffres qui brillent sur sa porte.

164 H 18 MIN 59 S

Plus que 6,84651 jours, ne peut s'empêcher d'évaluer mon esprit avant que je ne les arrache – mon corps et lui – à la contemplation du compte à rebours pour repartir au pas de course, en espérant qu'aucun des deux ne fléchira plus.

• • •

De retour à la surface.

Cette fois-ci, je m'oblige à progresser au ralenti. Chaque mouvement est une torture. J'ai la sensation d'avancer dans une mer de cailloux.

Le soleil se lève, puis se couche, puis se relève. Plus que cinq jours, à présent. Je suis si fatiguée, à bout de forces même.

À un moment, enfin, j'aperçois la terre. Mais serait-ce juste un mirage ? Ou, pire, serais-je en fait de retour devant le dôme, mes yeux me jouant des tours ?

Non… Non, je suis bien sur le rivage. Cette rugosité, c'est bel et bien celle du sable.

Aussitôt rassurée, je m'effondre. Mes muscles sont fourbus, mes batteries à plat. N'empêche que je n'ai pas fait tous ces efforts pour prendre le risque de perdre à nouveau le contrôle en m'évanouissant.

Je m'oblige donc à me hisser sur mes pieds.

J'ai enfin retrouvé mon île et je n'ai jamais éprouvé une joie pareille. Lorsque mon regard se pose sur la maison et que je me rappelle qui m'attend à l'intérieur, je récupère même un peu de mon énergie.

Quand je pénètre dans la cuisine, mon ardeur refroidit pourtant d'un seul coup. Les différents plans de travail sont couverts de poussière. Combien de temps s'est écoulé depuis mon départ ? Je me repasse le film de l'atroce trajet de retour que je viens de vivre. J'ai mis deux jours à rallier l'île, mais ce n'était pas ma première tentative. En comptant le temps perdu avant cet essai fructueux, plus tout le temps qu'il m'a fallu pour atteindre le dôme la première fois, alors…

— J'ai été absente cinq jours.

— D'accord, lance Nou-2 en sortant du séjour.

Voilà cinq jours que Héros est ligoté…

Lorsque je pénètre dans la chambre de M. M., je le trouve réveillé. Je prie pour que ça ne fasse pas trop longtemps. Non qu'il ait besoin d'eau ou de nourriture pour survivre, mais ça, il n'en sait rien et lui demander s'il va bien ne rimerait à rien. Qui répondrait par l'affirmative après être resté attaché aux montants d'un lit pendant cinq jours ? Incapable de le regarder dans les yeux, j'entreprends directement de défaire ses liens. La tâche se révèle compliquée, car ses poignets et ses chevilles ont enflé sous la corde. Tandis que je m'escrime à la dénouer, c'est lui qui finit par me poser la question.

— Ça va ? Tu n'as rien ?

Sa voix est aussi douce qu'auparavant. Mes doigts s'immobilisent et je commets l'erreur de croiser son regard bleu ciel, qui semble soudain me percer à jour. Je me demande s'il voit la meurtrière qui se cache sous ma peau – la fille qui l'a tué et qui, dans les jours à venir, tuera aussi sa prétendue sœur. Je me demande s'il se déroberait à mes caresses, s'il savait ce dont mes mains sont capables. Mais…

— J'imagine que j'ai à nouveau essayé de t'étrangler, reprend-il.

Tout à coup, je me souviens que je suis la seule à savoir que notre place dans l'ordre des choses a changé à jamais. Que ce garçon n'incarne plus la pire des menaces pesant sur mon existence. Que la vérité est infiniment plus affreuse.

Mon premier réflexe est de la lui cacher.

— Non, non, ne t'inquiète pas. Tu n'as rien fait de mal.

Le mensonge m'est venu sans peine. M'y serais-je déjà résolue auparavant ? À mentir pour protéger un être cher ? Ou est-ce un parti qu'aurait pris Celia ? Qui suis-je, à la fin ? Celia ou Cee ?

— Mais alors… commence Héros avant de s'interrompre, ne comprenant plus pourquoi il est entravé.

— Je t'avais prévenu, dis-je en recommençant à triturer ses nœuds avec un acharnement renouvelé. Que je cherchais juste à assouvir mes fantasmes coquins…

Je desserre enfin le dernier segment de corde, qui tombe par terre, et Héros se met aussitôt à se frictionner les poignets en grimaçant. Le voir souffrir me fend le cœur et, à mon grand affolement, je me rends bientôt compte que mon stock de larmes n'est pas encore épuisé. Lorsqu'il m'entend renifler, le garçon qui n'en est pas vraiment un relève la tête.

— Cee ?

Sans lui laisser le temps de me demander ce qui m'arrive, je plaque mes lèvres sur les siennes. Je ravale ses questions, mes sanglots, et je me contente de savourer la manière dont il vient de dire mon prénom – pas comme une simple lettre prononcée à l'anglaise ou la troisième itération d'une même expérience. « *C… E… E…* me rappelé-je lui avoir épelé. *Ça se prononce "si", comme la note de musique.* » Dès la toute première fois, il l'a prononcé comme si j'étais une vraie personne – ce que je suis ! Je suis Cee. Pas Celia, qui, comme Kay, n'est finalement qu'une inconnue pour moi. Je n'ai besoin ni de l'une, ni de l'autre. Je saurai être heureuse sans elles. Je saurai vivre pour moi-même, sans être au service de quiconque – ou du moins, seulement de ceux qui se soucient vraiment de moi.

— Tu es sûre que ça va ? insiste Héros après s'être reculé. (On dirait même qu'il n'a interrompu notre baiser que pour pouvoir poser la question. Sur son visage, que je tiens entre mes paumes, on lit une profonde inquiétude. Il finit par lever ses mains pour en couvrir les miennes.) Qu'est-ce qui s'est passé ?

Même s'il ne demande pas pourquoi je suis revenue, c'est ce que j'entends dans son interrogation, et j'ai soudain l'impression de l'avoir déçu. Après tout, il comptait sur moi – la seule de nous deux à se souvenir de quoi que ce soit – pour réussir. Pour quitter enfin cette île. Pour retrouver ma sœur et accomplir ma destinée cosmique. Bien sûr, il ne sait pas qu'en réalité, notre sort a été manufacturé par un groupe d'êtres humains. D'ailleurs, inutile qu'il l'apprenne jamais. Je refuse de le blesser comme la fausse Kay m'a blessée. Lui et moi, on existe vraiment, on est aussi réels qu'on le croit.

— Tu avais raison, c'est tout. (J'attire à moi sa main droite, toujours enroulée autour de la mienne, et je lui embrasse les doigts.) Il n'y a pas d'autre terre, au large. Rien à retrouver.

38

Un meurtre ?

Non, inconcevable. Le robot-coptère était sur pilote automatique, sans autre passager à bord que Genevie et les Cole, quand les coordonnées de destination s'étaient brusquement modifiées en plein vol. C'était ce dysfonctionnement, cette « erreur technique », qui avait entraîné le crash, rappela Kasey à Actinium. À ces mots, le rire sans joie du garçon s'évanouit. Il se leva, puis se dirigea vers la sortie, le long du couloir de fortune.

Pour rudimentaires qu'elles aient été, les cloisons de PVC de l'hospel avaient tout de même le mérite de filtrer un minimum des microcinogènes et des radioaxons présents dans l'atmosphère. Dès que l'adolescente eut suivi son partenaire à l'extérieur, le taux de particules toxiques dans les environs grimpa en flèche. Son biomoniteur ne tarda d'ailleurs pas à se mettre à biper sans interruption, même si ces avertissements s'avérèrent presque inaudibles au milieu de la cacophonie des gémissements des malades tout juste arrivés et des cris des soignants affectés à leur triage. Une fois que les deux jeunes gens se furent suffisamment éloignés, cependant, ce tumulte s'éteignit lui aussi.

Ils s'arrêtèrent près d'un point de livraison, à la lisière de la plaine où était bâti l'hospel. Le terrain au-delà formait une espèce de cuvette, une dépression noyée sous la vase.

— Humaine, lança Actinium d'une voix aussi sombre que la nuit alentour. L'erreur en question était humaine, pas technique.

Kasey attendit qu'il développe, mais il n'en fit rien.

— Qu'est-ce qui s'est passé ? demanda-t-elle.

— Plus ou moins la même chose qu'ici. Un mégaséisme, voilà ce qui s'est passé. Avec son lot de victimes, prêtes à tout pour survivre à la catastrophe, répondit le garçon avant de glisser ses mains dans ses poches. Un groupe de sinistrés a pris le robot-coptère pour un avion de ravitaillement et leurs pirates informatiques ont essayé de le faire dévier vers leur village. (Marquant une pause, il fit mine de hausser les épaules.) À l'évidence, ils se sont loupés.

Sa désinvolture semblait inversement proportionnelle au poids de la révélation.

« Comment tu le sais ? » aurait sans doute demandé quelqu'un d'autre que Kasey. Mais, quoiqu'elle ne se fie plus à Actinium, elle ne doutait pas un seul instant de ses talents de hacker. Quelle que soit l'information recherchée, il lui avait suffi de le vouloir pour réussir à la trouver. Non, la vraie question, c'était plutôt :

— Et pourquoi personne à part toi n'est au courant ?

— Tout simplement parce que l'affaire a été cognicisée dans la mémoire de ceux qui étaient impliqués.

— Ce n'est pas ce qu…

— C'était ce qu'ils demandaient dans leur testament. Mes parents. Et ta mère aussi. Ils étaient conscients des risques qu'impliquait leur… métier. (Dans la bouche du jeune homme, ce terme sonnait comme un euphémisme, comme si Genevie et les Cole avaient consacré leurs efforts à des entreprises honteuses plutôt qu'à l'œuvre philanthropique qui avait été la leur.) Ils savaient que s'il se produisait le moindre incident durant leurs visites dans les territoires extérieurs, le dérapage serait récupéré par leurs détracteurs, qui s'en serviraient pour entraver les progrès humanitaires et pour alimenter l'opposition au projet OASIS.

— Et ton androïde ?

Une autre mesure préventive ? La si scrupuleuse Ester Cole avait-elle été jusqu'à renier ses propres convictions sur la stricte distinction entre les hommes et les robots pour protéger son fils des dangers de ses missions humanitaires ?

— Ça, c'était une idée à moi, répondit Actinium. Je voulais prouver à mes parents qu'ils avaient tort et que j'avais raison. Après le voyage…

Sa phrase s'interrompit. Il tenta de faire comme si c'était voulu, mais Kasey avait clairement entendu sa voix se briser. Il avait eu l'intention de continuer, mais n'y était pas parvenu. *Après le voyage…* il aurait montré à sa mère que les robots n'étaient pas si différents que ça des êtres humains.

L'adolescente ne savait pas quoi dire. Elle arrivait si rarement à cerner le chagrin des autres que les réconforter n'était vraiment pas son fort. Pourtant, cette fois-ci, elle comprenait. Intimement. Le petit garçon qu'avait été Actinium n'avait fait que conduire une innocente expérience, sans imaginer un seul instant qu'elle aurait de telles conséquences. Son histoire ressemblait beaucoup à celle de Kasey, à ceci près que risquer de se voir exclu de l'éco-cité était loin d'être aussi terrifiant que de se retrouver, du jour au lendemain, le seul survivant de sa famille. Quelle angoisse il avait dû ressentir, quelle paranoïa et – pire que tout – quelle impuissance ! Impuissance qui écrasait justement la jeune fille en cet instant.

— Actinium…

— Je n'ai pas besoin de ta pitié, l'interrompit-il. J'ai juste besoin de toi.

D'elle, de Kasey. Il avait besoin de Kasey. De Kasey et pas de Celia. Absurde, impensable, encore plus invraisemblable que l'absence du jeune homme dans les souvenirs de l'aînée des deux sœurs. D'ailleurs, maintenant que la cadette y songeait…

— Mais alors, Celia…

— Elle est venue me voir. Elle m'a demandé de détruire son Intraface. Je ne t'ai jamais menti.

Hein ? Non, c'était impossible. Celia… Kasey… mais le… l'île… et le bouclier !

— Et Léona ? réussit-elle à bredouiller, le cerveau court-circuité.

— Quoi, Léona ?

— Comment tu la connais, si tu ne l'as pas rencontrée par l'intermédiaire de Celia ?

Une courte inspiration.

— Léona est ma tante.

Sa tante. Kasey mit une seconde à percevoir non pas la ressemblance entre eux – ils n'avaient aucun trait en commun –, mais les pièces du puzzle et la manière dont chacune s'imbriquait dans ce nouveau scénario. Le bouclier, construit par Actinium. Le robot-instructeur, un cadeau de sa sœur, avait expliqué Léona. Sa sœur, Ester Cole, dont Celia adorait le module pour la même raison qu'elle adorait la maison sur la plage, parce que le mobilier y était dégradable, éphémère, et le plancher, labouré d'éraflures, comme autant de cicatrices. « Un lieu chéri », aurait dit l'aînée.

L'amour, tiens, parlons-en. Une drôle d'émotion. Qui aurait sûrement poussé Léona à insister pour qu'Actinium vienne habiter avec elle, non ? À condition qu'elle ait su qu'il était en vie, bien sûr. Avait-il modifié son apparence en même temps que son nom ? Pour ensuite se mettre à fréquenter sa tante sous un prétexte quelconque, comme il l'avait fait avec Kasey ? *Mais pourquoi ?* La jeune fille croisa les bras comme pour s'étreindre elle-même. *Pourquoi moi ?* Pourquoi déployer autant d'efforts, rien que pour l'approcher, elle ? L'idée la perturbait et elle se sentait encore plus trahie par ça que par le manque d'honnêteté d'Actinium concernant sa véritable identité.

— Dans ce cas, qu'est-ce que tu lui as raconté, à ta tante ? demanda-t-elle avant que la spirale de ses pensées ne l'entraîne encore plus loin.

— Qu'on avait voulu attenter à ma vie, mais que j'en avais réchappé.

Faux, c'était une faute d'inattention, une méprise. Pas une tentative d'assassinat.

Seulement, on pouvait en dire autant de tellement d'erreurs imputables à l'action de l'homme. Une fuite dans une canalisation transportant des substances toxiques ? C'était un accident. L'infiltration de produits chimiques dans le sol des sites de traitement des déchets nucléaires finissait par contaminer les nappes phréatiques ? C'était involontaire. Actinium avait identifié l'humain comme la racine du crash qui avait emporté ses parents et Kasey savait qu'il pourrait le lui démontrer comme on démontre un théorème. Séisme × êtres humains forant la croûte terrestre jusqu'au point de non-retour = mégaséismes. Mégaséismes × centrales nucléaires et chimiques construites par l'homme = crise sanitaire majeure. Crise sanitaire majeure × détresse humaine = 1 détournement de robot-coptère.

Dans toutes ces équations, quel était le dénominateur commun ? L'humain.

— Je l'ai convaincue que je serais plus en sécurité en restant incognito, poursuivit le garçon. (De cette explication, les oreilles de Kasey ne retinrent qu'un mot : « incognito ». Le petit orphelin de dix ans avait décidé d'agir dans l'ombre.) Je m'étais fixé un but. (Il s'agissait d'une revanche, basée non pas sur la loi du talion, mais sur un changement à grande échelle.) Je me fichais bien du temps que ça me prendrait : j'étais déterminé à suivre cette voie quoi qu'il en coûte, et seul. Enfin, jusqu'au jour où je suis tombé sur un rapport établi par le C2P qui parlait de toi et de tes robots. C'est là que j'ai compris que tu connaissais mon secret sans que je l'aie jamais révélé à personne.

Sa voix s'était adoucie, et la jeune fille, prise d'un frisson, fut soudain renvoyée à l'extrémité de la jetée, au moment où elle se tenait à côté d'Actinium, pile comme elle l'était à présent. Car l'orage qui, ce jour-là, se déchaînait tout autour d'eux grondait désormais en eux à présent que l'épisode le plus noir de son existence avait été amené dans la conversation sans qu'elle en ait rien dévoilé.

— Résultat, je me suis demandé : qu'y a-t-il d'autre, dans mon esprit, qui existe aussi dans le tien ? Quel genre de prodiges on pourrait accomplir, si on en venait à travailler ensemble ? reprit le jeune homme avant de lever les yeux vers le firmament, même s'il n'y avait rien à y voir, les étoiles ayant été occultées depuis longtemps par le brouillard de pollution omniprésent. Il y avait 77 strates entre nous, et pourtant, je me sentais plus proche de toi que quand on ne vivait qu'à un étage l'un de l'autre. J'espérais, si les circonstances le permettaient, qu'on finirait par se recroiser. Dorénavant, c'est chose faite et tu sais tout de moi. (Il posa un regard empreint de solennité sur son interlocutrice.) Tu connais tous mes secrets, même les plus inavouables.

Les ténèbres alentour semblèrent soudain s'étirer. Avalant les sons de la vie et de la mort, elles reléguèrent l'hospel dans un autre univers et absorbèrent Kasey tout entière. La jeune scientifique n'était plus qu'un amas de synapses, catapulté d'une émotion à l'autre, de la compréhension à la suspicion en passant par l'empathie ou encore la gêne. Pour Actinium, la gravité exercée par la Terre n'avait aucune espèce d'importance. La seule force qui le retenait au sol, c'était elle – Kasey. Un sentiment grisant, écrasant… mais qui n'empêcha pas l'adolescente d'éprouver un peu de la pitié que le garçon refusait de susciter.

Si découvrir Meridian au pied des locaux du C2P avait propulsé Kasey hors de son orbite une première fois cette après-midi-là, comprendre qu'Actinium et elle ne partageaient finalement pas le même deuil – la même plaie récemment ouverte – lui faisait le même effet. Dans sept ans, peut-être serait-elle comme lui. Toujours aussi torturée et amère. Un authentique fantôme, mort aux yeux du reste du monde.

— C'est vraiment ce que tu souhaites ? demanda-t-elle.

La distance entre eux n'avait pas changé, mais la charge magnétique, si. Chacune des émotions d'Actinium était si similaire à celles de Kasey qu'il n'aurait pas été étonnant que leurs deux corps se repoussent mutuellement.

— À toi de me le dire, répliqua le garçon avant de lui transmettre un fichier.

C'était un document du C2P, confidentiel, que la jeune fille, vu son grade, n'aurait jamais été autorisée à consulter. Le texte était dense, mais dégager les points essentiels d'un pavé ne lui avait jamais posé de problème.

Le premier de ces éléments clés apparaissait d'ailleurs en gras, dès le titre : « *Fuite du pipeline sous-marin…* »

La suite défila en un éclair : « *Nettoyage en cours… risque minime pour la population… fréquentation limitée des océans… effets indésirables légers pour la plupart… peu de risques de répercussions sévères… ne pas déclencher de mouvements de panique… les responsables prendront en charge la majorité des frais…* »

Peu à peu, le tourbillon des termes et des expressions l'entraîna jusqu'à la fin du rapport. Et là, au sein d'une rangée de photos, elle distingua un visage familier, légendé d'un nom familier. Celui d'une famille résidant cinquante strates en dessous des Mizuhara : les meurtriers de Celia, trouvés par Actinium.

— Ces gens-là n'occupent pas seulement les territoires extérieurs, poursuivit ce dernier d'une voix discrète comparée au boucan que faisait le sang de la jeune fille à ses tempes. Ils vivent carrément à nos côtés, dans nos éco-cités, dépendant de nous pour les protéger du monde qu'ils ont anéanti. Et malgré ça, malgré leur rang, ils ont le culot de penser mériter davantage.

— Qui ça ?

Jaillie de l'obscurité, la question venait de derrière eux. Son rythme cardiaque ralentissant tout à coup, Kasey fit volte-face. Meridian se tenait à quelques mètres à peine, les contours de sa silhouette auréolés par les lumières de l'hospel. Qu'avait-elle entendu du discours d'Actinium ?

— Qui a anéanti le monde ? Enfin, selon vous ?

O.K., cette partie-là était donc parvenue à ses oreilles. La situation était certes critique, mais pas encore perdue. Tout ce que Kasey avait à faire, c'était…

— Tous ceux dont le rang dépasse les 50 000, répondit Actinium.

La cadette des Mizuhara le dévisagea avec des yeux ronds d'horreur. *Pourquoi ?* Mais elle savait pourquoi. S'il lui avait mis le document du C2P sous le nez, c'était dans le même but : pour lui rappeler que, quoi qu'elle en pense, ils étaient tous les deux dans le même bateau.

— Et tous ceux qui polluent, continua le garçon (qui tenait apparemment à mettre sur le tapis chacune des réflexions partagées en privé entre Kasey et lui.) Ou qui ont un jour pollué. Passé ou présent, c'est pareil, puisque les dommages causés à l'environnement perdurent dans le temps et ne seront pas réglés de notre vivant.

Durant le silence qui s'ensuivit, la nuit parut retenir son souffle. Puis…

— Eh bien, pour ton information, sache que je t'emmerde, cracha Meridian à Actinium avant de s'adresser à sa camarade. Et toi, alors ? Tu pourrais dire quelque chose, non ?

Quelque chose… Les humains s'exprimaient rarement de manière littérale, et Kasey se doutait que Meridian, loin de vouloir qu'elle affirme quoi que ce soit, souhaitait au contraire qu'elle réfute les propos du jeune homme. Qu'elle nie en bloc que ce genre de pensées lui avait déjà traversé l'esprit, à elle aussi. Qu'elle mente, en somme. Ce que DUTACOTAC lui aurait d'ailleurs recommandé, à l'époque où elle l'utilisait encore – puisqu'elle avait paramétré l'application de manière à éviter toute tension, même la plus minime. Aujourd'hui encore, elle ne demandait pas mieux que de désamorcer le conflit naissant. Elle ouvrit donc la bouche… mais sa gorge se serra.

Si la colère ne suffisait pas à la définir, ce sentiment faisait malgré tout partie d'elle. Aussi inhumaines que puissent paraître certaines facettes de sa personne, elle était fatiguée de devoir sans cesse les cacher.

Son silence en disait long. Meridian recula d'un pas. Dans le regard de la lycéenne, une lueur s'était allumée, et Kasey se surprit à espérer autant qu'elle la craignait l'accusation qui n'allait pas tarder à lui être lancée en pleine figure. La vraie raison fondant la mission qu'elle s'était fixée avec Actinium, enfin percée à jour. Plus de façade, plus de faux-sem…

— Alors c'est pour ça que tu n'as jamais proposé de m'aider ?

Interdite, Kasey mit une seconde à réagir.

— De t'aider ?

— Oh, je t'en prie, ne fais pas comme si tu ne comprenais pas ! grinça Meridian. Ta mère était la tête pensante du projet OASIS ! Ton père supervise l'immigration ! Tu aurais pu appuyer la candidature de ma famille n'importe quand, si tu l'avais voulu !

Peut-être, sauf que Kasey n'y avait simplement jamais pensé. Est-ce que ça faisait d'elle quelqu'un de mauvais ? Ou était-ce juste… son caractère ?

— Tu n'as jamais demandé.

— Quoi ? La charité ?

Eh bien… oui, à vrai dire. N'était-ce pas exactement ce dont il était question ? Solliciter cette faveur n'en aurait pas changé la nature. En plus, Meridian, contrairement à la cadette des Mizuhara, s'appliquait toujours à faire connaître à son entourage son avis et ses besoins. Mais il faudrait bien que Kasey finisse par se mettre dans la tête que les humains, ces êtres complexes, étaient bourrés de contradictions.

— Moi, je n'arrête pas de faire des trucs pour toi sans que tu me le demandes ! poursuivit la lycéenne avec un degré de rancœur qui stupéfia l'intéressée. Et toi, pendant ce temps ? Cette semaine, tu n'as pas répondu à un seul de mes messages ! (Encore une fois, cette indifférence n'avait rien de personnel. David aurait pu en envoyer un à sa fille annonçant qu'il déménageait sur la lune que l'adolescente n'en aurait pas davantage accusé réception.) Et maintenant, tu préfères être amie avec lui ! (L'accusatrice pointa Actinium d'un doigt rageur.) Mais il était où, lui, quand personne ne voulait s'asseoir à côté de toi ?

Quelque part, strate-22, mais ce n'était pas la réponse que Meridian attendait. Ni celle que la cadette des

Mizuhara aurait voulu lui faire, d'ailleurs, à savoir que d'elles deux, ce n'était pas elle – Kasey – qui avait eu besoin de l'autre.

Hors d'haleine, Meridian reprit sa respiration, avant de repartir de plus belle :

— Tu te rends compte, au moins, que ce mec fait partie des sales privilégiés pourris gâtés ? Que s'il n'a pas hésité à ôter sa combinaison antipollution pour la filer à ce médecin, c'était juste pour jouer les héros devant la caméra ? Qu'il ne voit sans doute dans ce voyage qu'une sympathique petite expérience immersive ?

Un individu privilégié… Qui n'hésite pas à ôter son antiderme… Qui voit les voyages comme une expérience immersive…

— Qu'est-ce que tu peux bien lui raconter que tu ne pouvais pas me confier à moi, hein ? demanda Meridian.

Lorsqu'elle entendit cette question, la jeune fille crut être à deux doigts de vomir. Le fait qu'Actinium en rajoute n'arrangea rien.

— Vas-y, Kasey, l'encouragea-t-il.

Il s'était exprimé d'un ton implacable, mais aussi incroyablement doucereux, et quand elle croisa son regard, l'adolescente comprit qu'il était parvenu à l'amener exactement là où il le souhaitait : au pied du mur. « Choisis ton camp », semblait-il lui ordonner. « Moi ou elle. Justice ou complaisance. Toi ou les autres. »

— Dis-lui la vérité. Dis-lui qui a tué…

Mais il n'eut pas le loisir de terminer sa phrase. La main de Kasey le stoppa net. Actinium porta les doigts à son visage. Ceux de la jeune fille se replièrent avant de retomber le long de son flanc.

À condition de la serrer assez fort, elle réussissait à étouffer la douleur cuisante qui irradiait sa paume. Mais elle ne pouvait effacer la marque qui rougissait déjà sur la joue de sa victime.

Dans l'urgence, c'était la seule idée qui lui était venue à l'esprit pour interrompre Actinium. Le public pouvait spéculer autant qu'il le désirait sur le décès de sa sœur, la réduire à un nom et une photo dans les journaux, projeter sur elle de multiples conjectures… Mais la vérité appartenait à Celia et à elle seule. Et toutes les deux – son aînée et la vérité –, Kasey les protégerait, quoi qu'il lui en coûte. Elle s'aliénerait le monde entier, s'il le fallait. Elle s'exilerait des deux camps.

— Je ne te reconnais plus, conclut Meridian en dévisageant sa camarade de classe. C'est comme si tu… tu n'étais plus la même.

Non, s'imagina répondre Kasey. *Je ne suis simplement pas celle que tu voudrais que je sois.* Voilà ce qu'elle aurait aimé rétorquer non seulement à Meridian, mais aussi à Actinium. Leur tourner le dos à tous les deux, voilà ce qu'elle aurait aimé faire.

Seulement, elle n'était pas non plus celle qu'elle aurait voulu être, et ce fut Meridian qui s'éloigna d'elle la première, bientôt suivie par Actinium.

Ce furent eux qui la laissèrent seule et, tout compte fait, Kasey se dit qu'elle préférait cette solitude.

𝍸 𝍸 𝍸 𝍸 𝍸 𝍸 𝍸 ||||

La nuit dernière, j'ai tenté de sortir de la maison. Les rainures creusées dans la porte d'entrée en sont la preuve. Debout devant le panneau abîmé, clignant des paupières pour en chasser le sommeil, c'est le premier élément que ma vision parvient à rendre net : cinq longues stries dans le vernis qui recouvre le bois, une pour chacun des ongles encore douloureux de ma main droite. Ce qui me fait, bien sûr, penser à autre chose.

Au compte à rebours qui s'égrène : il ne me reste même pas cinq jours pour retourner auprès de Kay. Enfin, si jamais je change d'avis.

Mais ça n'arrivera pas. Impossible. Revenir sur ma décision reviendrait à signer non seulement mon arrêt de mort, mais également celui de Héros – lui aussi programmé, j'imagine, pour se déconnecter définitivement une fois sa mission accomplie, afin de satisfaire aux exigences de l'éthique humaine. Je refuse de le condamner. Il dort encore dans la pièce voisine, sur le canapé. Avant que ma crise de somnambulisme ne se déclenche et que je m'échine à démolir la porte d'entrée, j'étais couchée à côté de lui. Hier soir, tous les deux, on était crevés – lui d'avoir été aux petits soins pour moi toute la journée, moi d'avoir dû prétendre que j'étais dévastée de ne pas avoir retrouvé ma sœur. Paraître anéantie n'était pourtant pas très dur, puisque mon cœur m'injectait déjà dans les veines un flot continu de honte. Mais ensuite, cette nuit, mon inconscient assailli par les rêves s'est à nouveau mis en tête – comme prévu depuis ma conception – de me plier à la volonté de Kay. Ma soumission involontaire me laisse un goût amer en bouche. Hors de question de m'incliner devant cette manipulation !

Même si je me souviens de chacune des fois où j'ai emmené ma cadette voir l'océan. De l'horrible manière dont je l'ai traitée, après la mort de maman. Du jour où j'ai failli la perdre à jamais…

Je me frotte les yeux pour chasser ces pensées. Les marques de mes ongles ne disparaissent pas.

Nou-2 s'avance vers moi, et ensemble, on fixe la porte.

— J'ai essayé de la dézinguer.

— D'accord.

Combien de trucs ai-je ainsi entrepris sans m'en apercevoir ? Même question pour Héros, d'ailleurs. Il ne se rappelle pas avoir jamais tenté de me tuer – ça, d'accord. Mais qu'y a-t-il d'autre derrière ses absences ?

Un doute s'insinue tout à coup dans mon esprit. Mon regard se pose sur Nou-2.

— Ce jour-là, sur la crête, Héros a défait le nœud de la corde qui me retenait.

— Neutre.

Elle était plus proche de moi que du garçon, à ce moment-là, ce qui expliquerait pourquoi elle n'a sans doute rien vu.

Mais elle n'était pas à mes côtés le matin où je me suis réveillée dans les vagues. Non, pendant que j'étais occupée à me noyer, Nou-2 était ici, sur l'île, en compagnie de Héros, et je n'ai aucune idée de ce qui s'est passé entre l'instant où je me suis évanouie sur la rive et celui où j'ai découvert que mon radeau presque achevé s'était volatilisé.

Je me mords la lèvre.

— Héros s'est débarrassé de Léona.

— D'accord.

— Tu l'as laissé faire.

— D'accord.

Trahie par mon propre robot.

— Mais… pourquoi ?

Je veux juste savoir, mais je ne suis pas en colère. Comment pourrais-je l'être ? De toute manière, l'envie que j'avais de construire ce bateau pour quitter l'île était factice, fabriquée de toutes pièces. Même si Héros n'a pas poussé mon embarcation vers le large dans l'intention de me rendre service, je devrais considérer son geste comme une aubaine. Seulement, je me rappelle la panique qui m'a prise à la gorge. La morsure âpre du désespoir, semblable à celle de rafales de vent me fouettant le visage. Le chagrin que j'ai éprouvé à l'idée d'avoir perdu Léona après avoir déjà dû dire adieu à Hubert… Tous ces efforts, en vain.

— Pourquoi ? insisté-je.

Les ventilateurs de Nou-2 vrombissent. Je transforme ma question en assertion.

— Tu voulais que je reste.

— Tout à fait d'accord.

L'émotion manque de m'étouffer.

— Je reste.

Cette déclaration me valant un second « Tout à fait d'accord » de la part du petit robot, je la répète à l'intention de la maison, avant de la réaffirmer une troisième fois – pour moi-même, ce coup-ci.

Je reste. Je ne vais nulle part.

Au creux de mon estomac, un léger tiraillement se fait sentir.

Chez moi, c'est ici.

Tout à coup lancinante, la douleur me brûle les entrailles.

C'est là que se trouve ma famille.

Pliée en deux, la mâchoire serrée et une main plaquée sur le ventre comme pour retenir mes boyaux, voilà que je vois mes doigts tenter tant bien que mal d'attraper la poignée devant moi.

L'instant d'après, j'ai réussi à ouvrir la porte et je me retrouve à foncer vers la mer sans pouvoir m'arrêter. Je ne suis qu'à quelques centimètres de l'eau quand je parviens enfin à freiner en catastrophe. Malgré tout, même immobile, je continue de trembler de tous mes membres, déchirée entre ce dont j'ai envie et ce que mon corps a été façonné pour vouloir. Coincée entre les deux, je finis par m'écrouler à quatre pattes sur le sol. Le vent ne tarde pas à me saupoudrer la plante des pieds de sable sec, tandis que face à moi, l'écume des vagues qui meurent sur la berge vient presque me lécher le bout des doigts.

Retrouve-moi.

Toujours à genoux, je me contrains à reculer, avant de planter mes ongles cassés dans le sable. Je ne peux quand même pas vivre comme ça pour le restant de mes jours ! Ce serait insupportable. Je m'efforce de me rappeler les explications de Kay. Si j'ai bien compris, selon mon niveau d'épanouissement, je suis plus ou moins susceptible d'entendre cette pensée m'exhortant à retrouver ma sœur.

Quand je me remémore toutes les souffrances endurées sur cette île, en effet, l'élancement dans mon abdomen s'estompe.

Ensuite, au contraire, je pense à Héros. À Nou-2. À des joies simples, comme regarder un coucher de soleil ou manger un biscuit de taro. À tous ces moments et souvenirs que je peux réellement considérer comme miens. Et aussitôt, la douleur réapparaît, les fausses réminiscences se mêlant aux vraies.

Conclusion : Kay n'a pas menti, c'est bel et bien mon bonheur qui fait office de jauge… On fait difficilement plus tordu comme procédé, mais pas de quoi s'alarmer : je saurai m'adapter. Je me mets à faire alterner, dans mon esprit, évocations heureuses et tristes, jusqu'à ce que mon corps s'accoutume au va-et-vient des réactions physiques qui s'ensuivent. Je ne pourrai sans doute jamais annihiler totalement le tiraillement qui me harcèle, mais je peux apprendre à ne pas lui obéir.

Le temps de me sentir prête à retourner dans la maison, je dégouline de sueur et je suis vidée de mes forces. C'est à peine si je réussis à me traîner jusqu'au canapé, où Héros sommeille toujours. Roulée en boule contre lui, je laisse sa respiration imposer son rythme à la mienne, tel un métronome.

Puis, les paupières lourdes, je ferme les yeux avant de croiser les bras pour coincer mes mains endolories sous mes coudes. *Un sommeil sans rêve, c'est tout ce que je demande.*

Par chance, mon vœu est exaucé !

Je me réveille toujours couchée sur le sofa. La place à côté de moi est vide, mais on m'a remonté la couverture-tapis jusque sous le menton. Quand je me redresse, elle glisse, et un de mes ongles fendillés se prend dans la fibre du plaid de fortune. Je grimace, puis, soudain, je hume l'air : il y a quelque chose sur le feu.

Je m'avance à petits pas vers la cuisine et j'y suis accueillie par une armée de casseroles en train de mijoter, non loin d'une planche à découper sur laquelle repose un tas de taro détaillé en petits cubes. Au milieu de ce décor, un tablier imprimé de coqs enfilé par-dessus son pull bleu ardoise au col en V, Héros, une poêle à la main, virevolte d'un plan de travail à l'autre en prenant soin de ne pas rentrer dans Nou-2.

— Bonjour, lance-t-il lorsqu'il m'aperçoit dans l'encadrement de la porte. Enfin, vu l'heure qu'il est, je devrais plutôt dire bonsoir.

Je lui tire la langue avant de désigner d'un geste de la main les plats déjà disposés sur la table.

— On peut savoir ce qui se passe ?

— C'est pour… Non, Nou-2 !

La tête du robot vient de heurter le manche d'une des casseroles et la soupe qui s'en déverse ruisselle jusqu'au sol, telle une coulée de lave.

— Je m'en occupe, assure le chef cuisinier. (Redressant le récipient renversé, il le place dans l'évier, puis jette une serpillière sur la flaque qui salit le parquet.) Toi, assieds-toi. J'ai préparé tout ça pour fêter ton retour.

Fêter mon retour ? En parfait gentleman, Héros me tire une chaise de sous la table. Je m'y laisse tomber, un sourire aux lèvres, malgré la petite voix moqueuse qui piaille au fond de mon esprit. *Quelle joie de te revoir sur l'île, Cee ! Ta vie est un mensonge et tu n'es même pas fichue de révéler la vérité à la seule autre personne qui mérite de le savoir ! Youpi !*

— Tu n'étais pas obligé.

— J'en avais envie.

Le voilà qui me tend un saladier rempli de purée de taro, et je me revois à nouveau savourer avec Kay une autre purée – de pommes de terre, celle-ci. Sauf que, maintenant, je me rappelle aussi qu'on ne l'a dégustée qu'en mode holo. Le mets avait beau être exquis, il était aussi illusoire que le souvenir que j'en garde. De la même manière, toute cette tambouille devant moi pourrait aussi bien n'être qu'un leurre : ça ne changerait rien. Je n'en ai pas besoin pour survivre. Peut-être même que si j'arrêtais purement et simplement de m'alimenter et que je me laissais mourir de faim – enfin, façon de parler –, la pulsion programmée en moi pour m'inciter à rejoindre Kay se tairait probablement. *Conditions d'habitabilité non satisfaites : mission « retrouve le refondateur zéro » suspendue.*

La vie que je mènerais si j'optais pour cette solution n'en serait cependant pas une. Je ne veux pas avoir à renoncer à certains aspects de mon humanité pour la préserver, pas plus que je ne souhaite demeurer pour toujours dans l'ombre de Kay. Le problème, à vrai dire, c'est l'emplacement de cette île : je ne suis qu'à deux jours de nage de ma fausse sœur et des milliards d'autres individus qui reposent encore sous la mer. Rien que d'y penser, je perds le peu d'appétit qui me restait.

— Je me disais… (Je me racle la gorge pour en éliminer le mucus.) Je me disais qu'on pourrait quitter l'île.

Silence.

— Mais tu as dit toi-même qu'il n'y avait rien, au large.

Il a pris son temps pour répondre et s'est exprimé avec douceur. Mais quand même... j'ai fait une belle bourde.

— Si on navigue assez longtemps, on parviendra peut-être à trouver quelque chose, qui sait ? dis-je dans l'espoir de rattraper ma gaffe. (À en croire le gros des souvenirs de Celia – même sans me fier à leurs détails –, il devrait y avoir d'autres terres, loin d'ici, équipées de refuges prêts à accueillir les êtres humains dès leur retour à la surface.) Et je pensais... (J'ai les lèvres tellement sèches que je suis contrainte de m'interrompre pour les humidifier.) Eh bien, je pensais qu'on pourrait essayer de retrouver ma sœur ensemble.

Oh, que je déteste ce que je suis en train de faire ! Je déteste ça, je déteste ça, je déteste ça !

Mais je n'ai pas d'autre choix que de poursuivre. Prétendre soudain que je ne me soucie plus de revoir Kay semblerait louche.

Héros fronce les sourcils, perplexe.

— Comment on ferait, pour se nourrir ?

En moins d'une seconde, nous voilà revenus à la raison qui, à l'origine, m'a poussée à refuser la compagnie de mon compagnon d'infortune dans ce périple.

— On fera des réserves.

Il jette un regard furtif au festin qui garnit la table. S'y trouvent à peu près toutes les recettes à base de taro possibles et imaginables, et – plus important – tous les plants de taro à des kilomètres à la ronde.

— Désolé... Je n'en aurais pas cuisiné autant si...

— Ce n'est pas grave. Rien ne presse.

Rien ne presse... J'ai l'impression que ma honte coagule dans mes artères, me sclérose le cœur. *Plus que quatre jours.* Je peux y arriver. Plus que quatre petits jours de rien du tout. Je verrouillerai la porte chaque nuit et je demanderai à Nou-2 de monter la garde devant s'il le faut. Dans quatre jours, le supplice de l'indécision s'évaporera de lui-même puisqu'il n'y aura plus rien à décider. Il me faut juste tenir bon jusque-là... Jusqu'à ce que le caisson de stase lâche... Jusqu'à ce qu'elle, Kay – enfin, non, la fausse Kay...

— Cee ?

Entendre mon nom m'arrache à mes sombres pensées et me ramène aussitôt dans le présent, où j'ai la surprise de découvrir que mes doigts se sont serrés autour du manche de ma fourchette au point d'en blanchir. Face à moi, Héros s'est à moitié levé de son siège.

Avant qu'il ne se résolve à me rejoindre, je me dépêche d'enfourner une bouchée de purée.

— Miam ! Délicieux... (Lentement, mon compagnon se rassied. Je plisse le nez de manière un peu trop appuyée.) Mais ça manque de...

— De quoi ? demande-t-il avec méfiance, pas encore totalement certain que je ne joue pas la comédie.

De mon côté, je donne tout ce que j'ai pour qu'il morde à l'hameçon.

— De beurre, je crois.

Non sans une certaine circonspection, Héros goûte le contenu de sa propre assiette, mâche un instant et finit par décider de me croire.

— D'ail, plutôt.

— Beurk !

— Beurk ? répète-t-il, aussi offusqué que je l'étais quand il rejetait une à une mes propositions de prénoms. C'est quoi le problème avec l'ail ?

— L'haleine, voyons !

— Ah… Mais qui ça dérange vraiment ?

— Moi, si tu venais d'en manger, lui dis-je en haussant les sourcils d'un air entendu.

Le fait que ce type de commentaire le fasse toujours autant rougir, je trouve ça tellement chou.

— Justement, me rétorque-t-il, c'est pour ça qu'il faut que tu en consommes aussi.

— Alors là, jamais de la vie.

— Dit celle qui ne s'en rendrait même pas compte si j'en ajoutais en douce.

— Tu n'oserais pas ! (Mais l'expression de Héros suggère le contraire.) Bon, inutile de discuter plus longtemps : je te bannis officiellement de la cuisine. Le nouveau cuistot, c'est moi.

— Oh non, je t'en prie, tout mais pas ça ! Régime sans ail, j'ai compris.

Sa capitulation est beaucoup trop rapide pour que je ne me sente pas sincèrement vexée. Je me décolle à mon tour de ma chaise et, comme pour se protéger, il a brandi ses couverts devant lui, les yeux rieurs, quand soudain, son visage se fige. La seconde d'après, son corps entier est pris de spasmes et sa fourchette lui tombe de la main.

40

Nouvelle notification : un message d'Ekaterina.

Nouvelle notification : la vidéo d'Actinium mettant au tapis le voleur du Territoire 4 avait fuité et faisait le buzz sur les réseaux sociaux.

Nouvelle notification : les représentants territoriaux retiraient leur soutien à l'opération Nouveau Départ.

Nouvelle notification : l'avion repartait sous peu.

Nouvelle notification : où était Kasey ?

À ce moment précis ? Assise à même le sol, à l'extérieur de l'hospel, adossée à la paroi de PVC. Non qu'elle ait particulièrement envie d'être là, mais elle ne se serait pas sentie à sa place autre part. Résultat, elle était demeurée à cet endroit, à l'écart, à observer les médecins crier des ordres qui restaient lettre morte, et les victimes débarquer sur des brancards pour repartir dans des housses mortuaires. Le matériel et les médicaments, quant à eux, arrivaient dans le dispensaire de fortune empilés sur des chariots à roulettes et en ressortaient dans des containers réservés au stockage des déchets médicaux à risques infectieux. Partout, les soignants allaient et venaient au pas de course, les mains pleines d'objets divers et variés que, dans leur empressement, ils laissaient parfois échapper.

Un choc sourd retentit justement non loin de Kasey, qui tressaillit. L'un de ces contenants métalliques destinés aux déchets pathogènes s'était écrasé à côté d'elle, pour se renverser à quelques centimètres de ses orteils.

— Pff... C'est pas vrai !

Non sans un soupir, le médecin – une femme – qui venait de lâcher sa cargaison s'accroupit et commença à rassembler les toximètres éparpillés par terre. Kasey se décolla de son mur pour lui prêter main-forte. Mais alors qu'elle rechargeait le container, les chiffres affichés sur l'écran des appareils attirèrent son attention. Les taux de radioaxons et de microcinogènes qu'ils indiquaient ne correspondaient pas à ceux mesurés par son biomoniteur.

— Ils sont cassés, fit remarquer l'adolescente.

— Je sais, répondit la soignante.

Elle fourra les derniers toximètres dans le bidon, qu'elle cala ensuite entre ses bras avant de se relever. Kasey fit de même, de plus en plus inquiète que son interlocutrice, elle, n'ait pas l'air de s'inquiéter.

— Il n'est pas prudent de les utiliser.

L'autre lui jeta un drôle de regard.

— Je sais.

Devant l'hospel, certains des camions de l'Union planétaire restaient en permanence à l'arrêt, chacun assigné à une fonction différente. Kasey suivit la femme jusqu'à celui où l'on entreposait les poubelles et la regarda y larguer ses toximètres défectueux. Les yeux toujours aussi écarquillés, la jeune fille la regarda ensuite s'épousseter les mains et tirer une boîte rectangulaire de la poche de poitrine de sa combinaison de protection pour en extirper un petit tube de papier, qu'elle alluma à l'aide d'un briquet avant de se le coincer entre les lèvres, puis d'inhaler profondément. La volute grise qu'elle exhala juste après n'était pas inodore (contrairement à la fumée des hallucinogènes en vogue dans les éco-cités) et irrita aussitôt la gorge de Kasey.

— Toi, tu n'es pas du coin, pas vrai ? lui lança la soignante quand elle la vit tousser.

— Non, effectivement.

— Laisse-moi deviner. Tu viens d'une des cités de réalité virtuelle ?

Celia, elle, avait qualifié leur maison d'« e-cité ». Mais c'était du pareil au même, pensa Kasey, qui hocha la tête.

— Je m'en serais doutée, répondit la femme avant d'aspirer encore une bouffée d'air pollué. Quiconque vit ici assez longtemps finit par comprendre qu'il vaut mieux ne pas se fier aveuglément à tout et n'importe quoi. (Elle désigna d'un geste les toximètres qui avaient rejoint, dans la benne, les monceaux de blouses chirurgicales usagées et de poches de perfusion ratatinées.) La moitié de ceux que nous fournit le gouvernement sont trafiqués au préalable. Verrouillés pour ne pas afficher plus d'un certain niveau de toxines. Ils considèrent cette mesure nécessaire, pour éviter la panique.

Après avoir inspiré une dernière fois les émanations du petit cylindre incandescent, elle le laissa tomber sur le sol, où il brilla un instant – minuscule étincelle dans l'obscurité – avant de disparaître sous la semelle de sa propriétaire.

— Je te conseille quand même d'enfiler un antiderme, dit-elle à Kasey. Parce que la dégénérescence progressive des organes irradiés, contrairement aux équipements mis à disposition par nos pouvoirs publics, ce n'est pas une blague.

Sur ce, elle s'en retourna vers l'hospel, abandonnant la jeune fille à côté du camion, dans la fumée qui imprégnait encore l'atmosphère, sans autre compagnie que cette funeste mise en garde.

Kasey rouvrit le document du C2P que lui avait transmis Actinium et entreprit de le relire – correctement, cette fois. Elle s'y serait résolue tôt ou tard, mais la conversation qu'elle venait d'avoir avec la soignante désabusée l'avait convaincue de se mettre sans traîner en quête de l'information qui l'intéressait, et qu'elle ne tarda pas à débusquer : la date de la fuite du pipeline sous-marin.

L'avarie en question était survenue non pas après, mais avant la sortie en mer des deux sœurs. Une bonne quinzaine de jours en amont. L'océan était donc déjà contaminé. Qu'importe que Kasey ait pris soin d'en analyser la nocivité à l'aide d'un toximètre agréé par le C2P. Qu'importe la conclusion du dispositif réglementaire, qui avait pourtant indiqué : CONTACT SANS DANGER POUR LA PEAU DANS UN RAYON DE 1 KM.

120 bpm. 130 bpm. 140 bpm. ALERTE !

L'avertissement provenait du biomoniteur de l'adolescente. Son rythme cardiaque s'accélérait. Elle avait dépassé son seuil anaérobie. Pendant ce temps-là, quelqu'un lui parlait, n'arrêtait pas de crier son nom, encore et encore. *Va-t'en !* pensa Kasey avant de carrément le répliquer tout haut. Le son de sa propre voix lui fit aussitôt réintégrer la réalité et elle découvrit soudain devant ses yeux un robot-coptère du C2P. C'était lui qui ne cessait de l'appeler. Encore hors de son champ de vision une seconde auparavant (à moins que la jeune fille ait laissé filer des minutes – voire des heures – entières), l'engin attendait désormais en vol stationnaire, juste devant elle, et semblait la réprimander.

KASEY MIZUHARA, veuillez monter à bord.
KASEY MIZUHARA, veuillez monter à bord.

L'intéressée obéit sans broncher. Et là, de but en blanc, elle envoya un coup de poing dans la vitre de l'aéronef. Telle une écharde, la douleur s'enfonça dans son bras, jusqu'à l'épaule.

140 bpm. 150 bpm. 160 bpm.

Était-ce ce qu'avait éprouvé Actinium quand il avait appris que ses parents étaient morts sans lui, parce qu'il avait envoyé un androïde les accompagner à sa place ? Kasey, en tout cas, ne pouvait s'empêcher de penser que si Celia était décédée, c'était parce qu'elle, sa cadette, s'était protégée, caparaçonnée des pieds à la tête, abritée avec tant de précautions derrière son antiderme et ses lunettes de protection que son biomoniteur n'avait pas sonné l'alarme lorsqu'elle était descendue dans l'eau… L'eau empoisonnée. Elle avait utilisé le toximètre du bateau. Elle s'était fiée aux résultats qu'il communiquait. Son erreur n'avait pas été de s'en remettre à la technologie en elle-même, mais de faire confiance aux êtres humains que servait cette technologie.

Ceux qu'il nous faut retrouver

Tandis que le robot-coptère survolait le Territoire 4 en sens inverse pour la ramener – comme on le lui avait demandé – jusqu'à l'ambassade, l'adolescente géolocalisa David Mizuhara : pour une fois, il se trouvait dans leur module.

Elle ouvrit, dans son Intraface, l'application holo, et cliqua sur **CONNEXION**.

Aucun caisson de stase détecté.
Voulez-vous continuer ?

OUI

Attention, s'holographier sans l'assistance
d'un caisson de stase augmente les risques
d'arrêt cardiaque.

ANNULER

Je suis consciente du risque et je l'accepte.

ACCEPTER

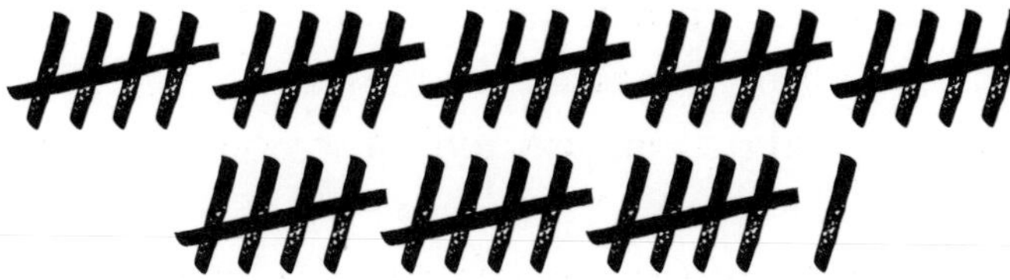

Telle une simple enveloppe corporelle dépourvue d'âme, Héros se ratatine soudain devant moi, la tête entre les mains. Sa fourchette n'a pas fini de rebondir sur le sol que j'ai déjà jailli de ma place pour m'agenouiller près de lui.

— Qu'est-ce qu'il y a ? Qu'est-ce qui ne va pas ?

J'essaie de lui attraper le poignet.

— Recule.

— Mais je…

— Recule !

Mes doigts tendus se ravisent donc et, impuissante, je le regarde redresser le dos, vertèbre par vertèbre, les yeux voilés de souffrance. Les veines de ses bras se contractent, suivies de près par celles de son cou et bientôt…

Le sortilège se brise comme il a pris possession de mon ami : sans prévenir. Pantelant, Héros s'affaisse sur sa chaise, puis secoue la tête, comme s'il cherchait à la délester d'un poids.

— Tu as mal quelque part ? demandé-je.

— Ce n'est rien, assure-t-il avant de se reprendre dès qu'il aperçoit ma mine furieuse. Enfin, juste une migraine.

Mais quelque chose me dit que ce n'est pas la première fois que ce genre de mal l'assaille. Il n'a pas l'air très surpris de ce qui vient de se produire et il a même réussi à me parler malgré le supplice qu'il semblait traverser.

— Quand est-ce que ça a commencé ? lui demandé-je.

Il ne répond pas, et son silence m'oblige à insister :

— Depuis mon retour ?

Au bout d'un moment, il se décide à hocher la tête.

Autrement dit, depuis que je t'ai fendu le ciboulot à coups de rame… Je lui caresse le front et j'en profite pour repousser sa mèche derrière son oreille. En surface, sa tempe paraît totalement guérie, mais c'est ce qui se passe en dessous qui m'inquiète. Pour ce que j'en sais, il pourrait avoir une commotion cérébrale… si tant est qu'on soit dotés de l'équivalent d'un cerveau, bien sûr. Mais même si ce n'est pas le cas, même si notre boîte crânienne n'est remplie que de fils et de circuits électriques, j'ai peut-être endommagé un élément qui ne peut se réparer seul.

Seulement… comment le vérifier sans révéler à Héros notre vraie nature ?

— En dehors de la douleur, est-ce que tu te sens… différent, mentalement ?

— Est-ce que j'ai des souvenirs, tu veux dire ?

J'acquiesce.

Il se met à fixer sa fourchette toujours au sol, puis fait non de la tête avant de ramasser le couvert.

— Héros…

Il me cache quelque chose, j'en suis persuadée. Je ne suis certes pas en position de le lui reprocher, n'empêche que s'il me disait ce qui le tracasse, je pourrais l'aider. Sa situation n'a rien à voir avec la mienne : si, moi, je lui dévoilais ce qui me tourmente, son existence s'en verrait à jamais chamboulée. Kay m'a dépossédée de mon univers. Je refuse d'imposer le même sort à Héros.

— Dis-moi ce qui ne va pas, lui dis-je avec douceur.

Malgré ses réticences, sa franchise naturelle finit par l'emporter.

— Depuis quelques jours, j'entends des voix.

Mon sang semble se figer dans mes veines quand je me remémore celle de Kay. *Retrouve-moi.* J'ose pourtant poursuivre mon interrogatoire :

— Et qu'est-ce qu'elles te disent ?

— « Arrête-la », répond-il avant de déglutir. Et dans mes rêves, maintenant, je… je vois un visage.

À ces mots, ses doigts se crispent, comme s'ils brûlaient d'avoir un bloc de glaise dans lequel sculpter le faciès en question. Il n'y a pas d'argile dans cette maison, mais je lui tends ce qui, à mon sens, lui permettra d'atteindre à peu près le même résultat : mon couteau.

Héros hésite.

— Ça va abîmer la table.

— On s'en fiche. Vas-y.

Fort de mes encouragements, il plante enfin la pointe de l'ustensile dans le bois et commence à y dessiner un visage masculin… très anguleux – trop anguleux, même pour moi qui apprécie généralement ce type de traits. En plus, l'austérité du regard de l'individu figuré me perturbe, tout comme la qualité de l'esquisse rudimentaire du garçon, d'ailleurs. S'il est aussi doué dans tant de domaines différents, est-ce parce qu'il a été programmé ainsi ? Dans quel but a-t-il été conçu, au juste ? M'arrêter ? Serait-ce égocentrique de ma part de penser que je suis celle dont parlent les voix qu'il entend ? Mais pourquoi vouloir m'arrêter ? Je reporte mon attention sur la table. Les talents artistiques de mon compagnon doivent le déconcerter autant que moi, car il reste coi. Aussi muets l'un que l'autre, on se contente de fixer le portrait achevé.

Je me décide finalement à briser le silence.

— Qui est-ce ?

Héros pose le couteau qu'il tenait toujours entre ses doigts.

— Aucune idée.

— Mais comment aurais-tu pu dessiner quelqu'un que tu ne connais pas ?

— Je ne sais pas.

— Tu es certain que tu ne te souviens pas de cet homme ? Ou d'un autre qui lui ressemblerait ? Dans ton passé ?

Dans son passé préfabriqué, d'accord, mais peut-être qu'on y trouverait quand même des réponses.

— Non. Cee… (Le teint pâle, il se met à se balancer sur les pieds arrière de sa chaise.) Qu'est-ce qui me prouve que j'ai vraiment un passé ? Qu'est-ce qui me le prouve, hein ? insiste-t-il dès qu'il me sent sur le point d'émettre une objection. Je veux dire… si on y réfléchit, est-ce que j'avais vraiment un nom avant de te rencontrer ?

Évidemment ! aurais-je rétorqué il y a encore quelques jours. *Tout le monde a un nom.* Mais je me rends désormais compte de tout ce que je prenais pour acquis : avoir un prénom, une histoire… Tous ces privilèges qui me semblaient inaliénables ne sont finalement pas garantis, dans notre cas. Et même lorsqu'ils nous sont accordés, c'est pour une raison bien précise. Si j'ai des souvenirs, c'est parce que Kay en avait besoin pour me contrôler. Ils m'ont remonté le moral à chaque fois que je songeais à baisser les bras. Ils me rappelaient qui j'étais avant d'arriver sur cette île et qui je pouvais être. Je ne suis que le véhicule, ils sont le carburant. Au-delà de ma programmation interne, ce sont eux qui me poussent à « retrouver Kay », car même si mon niveau d'épanouissement n'avait pas suffi à déclencher l'injonction qui résonne depuis quelque temps dans mon esprit, je serais toujours restée prisonnière de l'idée d'avoir, quelque part, une sœur perdue.

Mais peut-être que la mission que Héros est censé remplir ne nécessite pas qu'il ait des souvenirs. Ou peut-être que son créateur n'a simplement pas voulu s'embêter à le doter de cette espèce de sécurité intégrée. Rien que d'y penser, rien que d'imaginer que ce qu'on est, lui et moi, a été déterminé par la manière dont d'autres souhaitaient nous utiliser, une boule de colère me gonfle dans la gorge. L'injustice de la situation me frappe encore plus quand j'entends Héros reprendre, dans un murmure horrifié :

— C'est la question que je me pose depuis le début. Parce que je crois que si tu ne m'avais pas demandé mon nom, je n'aurais jamais eu conscience de ne pas en avoir. Certains jours, je... je n'arrive même pas à me remémorer comment je me comportais ou comment je parlais la veille.

Pas de mémoire... et pas de personnalité. Le lendemain de son arrivée, je me rappelle la façon dont il m'a paru tour à tour anxieux, dubitatif, puis morose – sans que rien ne justifie ces changements d'humeur. Il a beau s'être toujours montré prévenant avec moi, je m'aperçois, à présent, que le reste de son caractère n'a jamais été très stable.

Toujours en équilibre sur sa chaise, il se penche encore plus vers l'arrière.

— Je suis désolé, finit-il par lâcher.

— Pourquoi ?

Ses excuses me rendent encore plus furieuse. On n'a rien fait de mal – ni lui, ni moi. De toute manière, même nos manquements et nos failles ont été encodées en nous.

— Parce que, parfois… commence le jeune homme. Parfois, j'essaie de me mettre à ta place. Après trois ans seule sur une île déserte, tu as dû bondir de joie quand je me suis échoué sur la rive. (Il esquisse un sourire contrit.) Et en fin de compte, je n'ai absolument rien à offrir. Ni ambition personnelle, ni passé à partager.

— Héros…

— Ce n'est pas facile de vivre pour moi quand je ne me connais même pas. Alors que toi, je te connais. Tu étais à mes côtés dès mon réveil, forte et déterminée. Tu m'as donné envie de vivre pour toi. Et pour toi, j'aimerais… (Il détourne les yeux, comme si soutenir mon regard lui était insupportable.) J'aimerais être tout ce que tu as pu espérer, et plus encore.

Ma fureur se fait plus froide encore. *Je ne suis pas forte. Et si tu crois que j'ai des ambitions ou un passé bien à moi, eh bien, désolée de te décevoir, mais ce ne sont que des impostures. Je t'ai menti. Désolée pour ça aussi.*

Très vite, pourtant, l'orage passe, et je me sens simplement… triste. Pour moi, pour nous. Parce qu'on mérite d'être heureux, de vivre sans s'estimer coupables d'avoir abandonné quiconque. Sans s'estimer coupables tout court.

Je me redresse pour me glisser entre la table et Héros, et je m'assieds carrément sur ses genoux. La chaise retombe sur ses quatre pieds avec un bruit sec.

À califourchon sur les cuisses du garçon, je passe les bras derrière sa nuque, de sorte qu'il n'a plus d'autre choix que de me regarder dans les yeux.

— Je n'ai jamais rien espéré, ni personne, au cours de ces trois années. Par Joule, avant que tu ne débarques, je n'avais même pas conscience du poids de ma solitude. (Je pose mon front contre le sien. Malgré la montagne de mensonges entre nous, ce qui sort de ma bouche en cet instant est la plus absolue des vérités.) Tout et plus encore, ça ne m'intéresse pas. Je te veux, toi.

À l'extérieur, un coup de tonnerre éclate.

J'attends la réaction de Héros, quand une mèche de mes cheveux s'échappe de derrière mon oreille. Avec une infinie délicatesse, il s'en saisit et la remet en place. Le passage de ses phalanges repliées sur ma joue fait soudain ressurgir dans ma mémoire une succession de souvenirs d'ex effectuant exactement le même geste.

Sauf que je ne suis pas Celia et que Héros n'est pas une conquête parmi d'autres. Ses doigts ont beau effleurer ma peau avec tendresse, ils n'en sont pas moins entreprenants. Ils glissent le long de mes flancs pour s'arrêter sur mes hanches.

Puis ils m'attirent et, quand nos lèvres se rencontrent, leur prise sur mes reins se raffermit. D'un mouvement délibérément indécent, je me rapproche un peu plus et je sens aussitôt la nuque du jeune homme s'échauffer sous ma paume. Mais il ne brise pas notre étreinte.

Me servant de ma jambe enroulée autour du dossier de la chaise, je m'avance encore, jusqu'à pratiquement me plaquer contre le torse de Héros, l'espace entre nous s'amincissant encore lorsqu'on se débarrasse de nos pulls respectifs pour révéler nos véritables silhouettes.

— Attends, dit-il soudain en décollant sa bouche de la mienne.

— Attendre quoi ?

J'ai déjà commencé à dénouer le cordon de son treillis. Il essaie de me retenir.

— Une valse sous les étoiles, au moins ?

J'écarte sa main d'une petite tape.

— Quel cliché !

— Un tour en barque au clair de lune ?

— On fait difficilement plus niais.

Il m'attrape le poignet.

— Je te rappelle que mon prénom lui-même est niais.

— Tu crois ?

Je ne pense pas que « niais » soit le terme qui lui vienne à l'esprit quand je me penche à son oreille pour lui susurrer d'abord son nom… puis tout ce dont je meurs d'envie, là, maintenant, tout de suite.

Satisfaite de voir son visage s'empourprer et son regard se troubler, je me redresse. Une lueur décidée s'est allumée dans ses yeux. Avec une aisance remarquable, il se lève et me porte dans le même élan vers la chambre, le pas assuré sur les lames du parquet.

On a presque atteint notre destination lorsqu'on se souvient tous les deux que le lit n'a plus de matelas. Tant pis, il nous reste toujours la couverture – qui redeviendra tapis pour l'occasion – et au moins, la porte de la pièce nous conférera une impression d'intimité. Mon porteur la referme dès le seuil franchi, puis m'allonge sur le sol alors que la pluie, au-dehors, commence à tomber. Bientôt, les gouttelettes ruissellent sur la fenêtre, tandis que nos mains explorent à tâtons les contours de notre couche de fortune et l'anatomie de l'autre. Or, si les paumes de Héros éveillent sur ma peau des frissons à n'en plus finir, elles ravivent aussi toujours plus de souvenirs – d'autres caresses et d'autres garçons. Mais ils appartiennent à Celia.

Pour moi, ce soir, c'est la première fois, notre première fois.

Même dépourvu de mémoire, Héros prend soin de me demander si tout va bien, si je suis sûre de moi, s'il ne faut pas qu'on se protège… tout ce qu'un être humain normal et responsable demanderait, en somme. Son innocence me fend le cœur, et avant que ma souffrance ne se transforme en honte, je le muselle d'un baiser, puis je roule sur le côté pour qu'il prenne ma place sur le tapis, et moi la sienne sur lui.

Ensemble, on finit par plonger. Emportés par l'onde, dans l'onde, absorbés telles des vagues, le moindre de nos muscles, de nos tendons et de nos ligaments, contracté à l'extrême, mais rendu plus souple à chacune de nos respirations haletantes.

Lorsqu'on finit par s'écrouler l'un à côté de l'autre, en nage sur le tapis, on demeure étendus, immobiles par terre, bercés par le son de l'averse qui, sur le toit, s'atténue au même rythme que les battements de nos cœurs. Au bout d'un moment, comme la sueur sur mes épaules a refroidi, je tressaille, et Héros me serre dans ses bras. Je cale ma tête sous son menton. Ses cheveux me chatouillent la joue droite, puis mes propres larmes s'en chargent. Silencieuses, elles coulent lentement jusqu'à l'arête de mon nez, qu'elles dépassent pour ensuite s'accumuler dans la conque de mon oreille gauche. Ce ne sont pas des larmes de tristesse – ni de joie, d'ailleurs. Juste des larmes aussi chaudes que le brasier né entre mes jambes, aussi tangibles que les côtes sous ma poitrine. Le temps d'un souffle, j'oublie tout. Je ne suis plus qu'un corps lové contre un autre corps. Héros et moi, bien moins éternels que les étoiles en orbite, on est plutôt semblables à deux grains de sable avant que la marée n'envahisse la crique : présents un instant et envolés le suivant… Humains.

42

Ils partageaient la moitié de leur patrimoine génétique. Autrement dit, on reconnaissait chez le père et la fille les mêmes particularités physiques : lobes d'oreille attachés, pieds plats, ongles très petits. Sans compter qu'ils se ressemblaient aussi par le caractère – tous deux souffraient d'une certaine inaptitude à nouer des liens, par exemple, et d'un cruel manque de tact.

C'était déjà trop aux yeux de Kasey.

La journée commençait à l'éco-cité, un mardi qui s'annonçait pluvieux. David Mizuhara se trouvait dans sa chambre, assis au bout du lit qu'il partageait autrefois avec Genevie. Tout comme le reste du mobilier familial, il occupait beaucoup d'espace inutilement. Le père de Kasey aurait aisément pu se contenter d'un équipement plus sommaire.

Pensant que son ombre l'avertirait de sa présence, la jeune fille alla se poster face à lui à grands pas. Elle avait oublié que, sous forme d'hologramme, son corps n'avait aucun effet sur le monde réel. Quand bien même il en aurait eu un, son père ne l'aurait sans doute pas remarqué non plus…

— Tu le savais.

Comme tiré d'un rêve, David leva les yeux.

— Kasey ?

Elle projeta le document confidentiel du C2P et le fit glisser vers lui.

— Tu étais au courant pour la fuite de leur pipeline sous-marin.

— Où est-ce que tu as trouvé ce fichier ?

— Pourquoi t'être donné tant de mal pour les aider à étouffer l'affaire ? demanda-t-elle, éludant sa question – c'était elle qui menait l'interrogatoire.

David se renfrogna. L'espace d'une seconde, elle crut qu'il se refuserait à répondre. Puis, avec la lassitude de celui qui n'a plus la force de se justifier encore et encore, il poussa un soupir.

— Ils étaient sur la liste des premiers bénéficiaires du projet OASIS. C'est seulement après avoir autorisé leur transfert dans l'éco-cité qu'on nous a signalé la fuite. Étant donné l'attention que les investisseurs prêtaient aux candidats, on a jugé préférable…

— Tu as jugé tout seul, tu veux dire.

— De ne pas l'ébruiter, acheva David, que la colère de sa fille ne semblait pas désarçonner.

OASIS par-ci, OASIS par-là… L'adolescente bouillonnait. Elle était à deux doigts de tout casser. Une fois de plus, il n'y en avait que pour le précieux projet de Genevie !

Elle avait répété mentalement la confrontation. *Tu le savais ? On s'est rendues à la strate-0. On s'est baignées dans l'océan. À en croire les toximètres, l'eau était sans danger. Alors, tu le savais ? Non, évidemment. Comment l'aurais-tu deviné ? On l'a tuée tous les deux. Moi parce que, contrairement à elle, je me suis protégée de la tête aux pieds. Toi, pour préserver l'humanité.*

Pourtant, lorsqu'elle chercha en elle la fureur nécessaire à l'énonciation de sa tirade, elle ne trouva qu'un vide semblable à celui qu'elle percevait dans le regard de son père.

— Et si cette fuite avait causé la mort de quelqu'un ? se contenta-t-elle de demander.

— Quoi ?

— Tu m'as très bien comprise.

David remonta ses lunettes sur l'arête de son nez.

— Refuser l'asile aux citoyens des territoires en fonction de leur rang fait davantage de victimes.

La pluie s'abattait à l'heure prévue, à en croire l'Intraface de Kasey. Il lui était impossible de le constater en personne, enfermée qu'elle était dans cette pièce sans fenêtres avec son père. Enfin, l'homme qui se trouvait face à elle n'avait plus rien de celui qui l'avait élevée, de l'architecte obnubilé par ses plans que la politique et les gens laissaient indifférent, qui préférait travailler à la maison pendant que sa femme sillonnait éco-cités et territoires, allant de galas en conférences afin d'assurer la promotion du projet OASIS, à l'époque où chacun accomplissait sa vocation.

Qu'est-ce qui avait changé ?

Un jour. C'est tout ce qu'il aurait fallu à David Mizuhara pour surprendre ses filles qui descendaient en douce voir l'océan, pour les en empêcher, pour agir, plutôt que de se contenter d'un simple message leur défendant l'accès à la strate-0. Pour leur offrir son soutien, leur montrer qu'il se souciait d'elles.

C'est la mort de Genevie qui avait été l'élément déclencheur. Depuis la tragédie, David s'était consacré corps et âme à l'œuvre de sa femme. Il se laissait dépérir au nom du rêve de son épouse, qu'il espérait concrétiser à sa place. Kasey ne pouvait pas se résoudre à lui en vouloir. Pourtant, ce n'était pas faute d'essayer. Incapable de trouver une ultime remarque cinglante, elle abandonna et se déconnecta.

Son esprit regagna son corps à bord du robot-coptère. Elle avait le souffle court. Une flopée d'alertes de son biomoniteur envahissaient son champ de vision. Son rythme cardiaque, monté en flèche, avait atteint un seuil critique. Deux minutes de plus et la courbe aurait pu chuter à zéro.

Elle prit conscience de son imprudence. Elle aurait pu mourir…

Mourir comme son père, comme Actinium, ou du moins celui qu'il avait été, tué dans l'accident. Toute l'existence du garçon vouée à rejeter les idéaux qui avaient mené ses deux parents à leur perte… La colère du fils des Cole était incendiaire, oui, mais elle ne flambait qu'entre les quatre planches du cercueil dans lequel il s'était enfermé.

Des larmes vinrent troubler la vision de Kasey. Elles n'étaient pas pour Celia – à quoi bon se lamenter sur l'irrémédiable ? Non, elle pleurait les vivants. Enfin, ceux qui l'étaient d'un point de vue biologique, physique, mais n'en étaient pas moins des victimes collatérales. Hantés par les morts, ils n'étaient plus maîtres de leurs actes. Bien que constitués de chair et d'os, ils étaient devenus des robots aux convictions et aux comportements reprogrammés, réinscrits en eux, telles des lignes de code.

Kasey ne partageait pas leur hargne. Elle n'avait pas besoin de se sentir animée par la vengeance – ni par un quelconque autre sentiment, d'ailleurs – pour aller de l'avant. Était-ce si grave ? Le monde abritait quantité d'êtres humains bien vivants. Il était même surpeuplé par le désespoir, l'euphorie, l'amour et la mort vers laquelle il poussait tout un chacun. La planète ne manquait ni de plaisir ni de souffrance et était bien assez chaotique sans la contribution de Kasey.

Après tout, la jeune fille pouvait très bien décider de sauver sa propre peau. Libre à elle de choisir la sensation froide, limpide, des larmes qui s'asséchaient sur ses joues et d'opter pour sa version à elle de la vie.

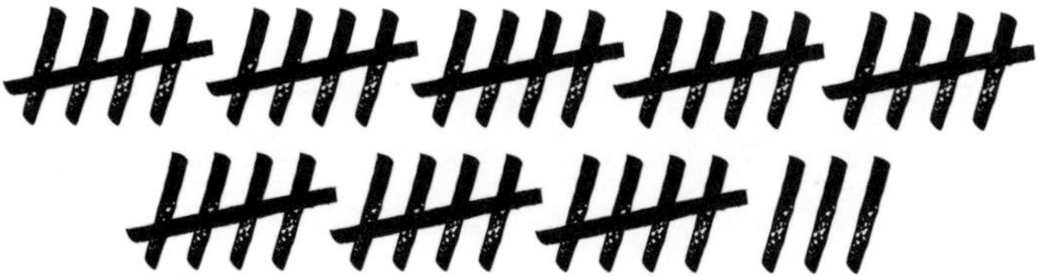

— Tu dors ? demandé-je depuis le seuil.

Les rayons de lune obliques qui filtrent par l'entrebâillement de la porte éclairent une partie du lit, mais pas le visage de Kay. Son « non » émane de la pénombre et flotte jusqu'à moi. Je me fraie un chemin dans le noir pour grimper sur le matelas, où elle est couchée sur le côté. Je m'étends face à elle dans la même position et je rencontre ses yeux ouverts.

— Tu n'arrives pas à trouver le sommeil ?

Ma petite sœur fait non de la tête.

— Moi non plus.

Chaque fois que je ferme les paupières, je vois les robots qu'elle a conçus. Quand je les ai découverts, j'ai d'abord été saisie d'horreur – un effroi primordial, viscéral –, puis s'en est suivie une profonde consternation. Il faut dire que je n'avais pas un seul instant soupçonné qu'elle les fabriquait. Qu'est-ce qui a bien pu nous éloigner à ce point ?

La voix de Kay me tire de mes réflexions.

— On pourra quand même rester en contact, pas vrai ? On pourra s'envoyer des messages ou se voir en mode holo…

— De quoi tu parles ?

— De quand j'aurai été expulsée de l'éco-cité.

Elle énonce les choses telles qu'elles sont, sans les édulcorer, sans la moindre crainte. Elle a déjà accepté la sentence qui lui pend au nez mais n'a même pas encore été prononcée. Voilà exactement pourquoi vivre avec elle après la mort de notre mère a été un vrai supplice : voir ma petite sœur se montrer si stoïque ne faisait qu'attiser mon chagrin, parce que, d'habitude, c'est sur moi que comptent les autres. Du coup, j'en voulais à Kay de dévoiler au grand jour celle que j'étais vraiment : une jeune fille ébranlée par des illusions. L'amour de notre mère en est un parfait exemple. Ce n'est pas tellement son affection que j'ai perdue, mais mon aptitude à la mériter, à me montrer digne de l'attention qu'elle m'accordait dans ce monde où chacun se battait pour l'obtenir.

Quoi qu'il en soit, ce que j'ai dit à Kay ce jour-là, en voyant ses joues exemptes de la moindre larme, est impardonnable. Si on n'est plus aussi proches qu'avant, je ne peux m'en prendre qu'à moi. Je préfère m'oublier en compagnie des autres plutôt que d'affronter ma sœur, parce que je sais que toutes les excuses que j'aimerais lui faire auraient pour seul effet de me réconforter moi. Elle refuse d'admettre que je l'ai blessée – assez, apparemment, pour que, hantée par mes reproches, elle construise un robot à l'image de notre mère. Résultat, je m'en veux encore plus. Même si j'ai retiré ce que j'ai dit, je regrette de ne pas pouvoir faire davantage.

— Personne ne va t'expulser.

— C'est la loi.

— La loi existe pour protéger les gens. (Kay garde le silence.) Écoute-moi bien. Ta place est ici, d'accord ? (Elle

ferme les yeux et je l'attire contre moi.) Avec nous, insisté-je en refermant la main sur l'arrière de sa tête.

Il y a tant de génie dans ce petit crâne… Malgré tout, Kay n'est qu'une fillette de onze ans, qui n'a pas pu compter sur moi quand elle en avait besoin.

Mais les choses vont changer. À partir de maintenant, je jouerai mon rôle de grande sœur comme il faut.

Lorsqu'elle finit par s'endormir, je me glisse hors du lit en prenant soin de ne pas la réveiller.

Mon père n'est pas dans sa chambre. Je regagne donc la mienne, avant d'entrer dans mon caisson de stase et de m'holographier au QG du C2P, où je le trouve encore penché sur son bureau, dont la surface est illuminée par les textes de loi constitués par ma mère. Avant, je trouvais que sa détermination à mener à bien ce projet était noble. Désormais, elle ne m'inspire plus que de l'écœurement. Nous aussi, on est laissées pour compte (nous, ses filles, la chair de sa chair), et je doute qu'il ait conscience du pétrin dans lequel Kay s'est fourrée. J'attrape le dossier de sa chaise et je le fais pivoter vers moi.

— Qu'est-ce que… Celia ?

Agrippée aux accoudoirs, je secoue son siège.

— Il faut que tu l'aides, ordonné-je. Réveille-toi ! Tu veux la perdre, elle aussi ?

• • •

Un rayon de soleil transperce les rideaux. Il consume mon rêve, qui s'évapore tel un nuage de brume marine. Mais la boule qui m'obstrue la gorge, elle, persiste, tout comme les larmes au coin de mes yeux. Malgré tout, étendue là, sur le sol de la chambre de M. M., parmi les petits tas de vêtements dont on s'est débarrassés la veille, je sens déjà leur flot se tarir et mes joues s'assécher.

J'avais oublié : être heureuse, c'est prendre le risque de raviver les souvenirs.

Au moins, je n'ai pas quitté la maison. Et dire que je redoutais de me réveiller au beau milieu de l'océan ! Maintenant, c'est elle que je crains de retrouver dans mon sommeil – dans la vraie vie comme dans mes rêves. J'ai peur de voir ses yeux chaque fois que je ferme les miens, d'avoir pris la mauvaise décision, de découvrir que, malgré tout, c'est bien elle, Kay, ma Kay à moi, et que je ne suis pas Cee, mais bien Celia. Je sens encore la forme bombée de son crâne au creux de ma paume, la soie de ses cheveux… Comme une éponge, mon cœur absorbe ces souvenirs falsifiés, à tel point que je me sens à deux doigts de l'implosion. Si je n'étais pas entravée par le bras de Héros, qui pèse sur ma taille, et nos jambes enchevêtrées, je me jetterais à la mer sur-le-champ.

Je me tortille pour faire face au garçon qui est pour moi comme une ancre. Sa mèche dissimule son œil droit. Il dort encore, les lèvres entrouvertes. Du bout d'un doigt, je trace la courbe de celle du dessous. Quand je pense à la manière dont j'ai étudié sans vergogne son visage – le premier que je contemplais en trois ans –, je ne peux m'empêcher de sourire. Mais je me rembrunis aussitôt.

On m'a sûrement donné l'apparence de Celia. Dans ce cas, Héros a-t-il été modelé à l'image de quelqu'un, lui aussi ?

Au fond, qu'est-ce que ça change ? Ses traits, ce sont les siens. C'est lui qui les anime, pas l'inverse. Avec le temps, je m'y suis attachée au point de les trouver aussi beaux que le timbre de sa voix. Je profite de la vue un court moment, puis je me dégage. Enveloppée dans une serviette de bain, que je porte comme une robe bustier, je me rends dans la cuisine pour y préparer une infusion de feuilles de pissenlit. Je le déguste comme s'il était servi dans une tasse en porcelaine. Le contact de la céramique brûlante contre mes doigts est presque douloureux, mais ça m'est égal. Je préfère la souffrance à l'absence de sensations. Je n'imagine pas vivre sans plus rien éprouver. Ni la vapeur sur mon visage, ni la fraîcheur de la brise marine qui s'engouffre quand j'ouvre la porte pour découvrir un ciel d'un bleu éclatant, moucheté de mouettes blanches…

L'époque où je ne voyais qu'en noir et blanc me fait l'effet d'un rêve étrange. Qui sait ? Ce sentiment de malaise qui me noue l'estomac, doublé des scrupules d'avoir menti à Héros, ne sera peut-être bientôt plus qu'un lointain souvenir, lui aussi. Une fois que notre nature, humaine ou non, n'aura plus d'importance et qu'on sera seuls au monde…

Absolument seuls au monde.

De la bile me remonte dans la gorge. Je ferme la porte, puis je prépare une nouvelle tasse que je pose sur le plancher de la chambre après m'être agenouillée près de mon compagnon. Je lui tapote l'épaule.

— Héros ? Allez, on se réveille, dis-je à mi-voix.

Il ne bronche pas. Comme je l'envie ! Pas de cauchemars, pas d'échappées nocturnes vers le rivage… Si je tiens trois jours de plus, je n'aurai plus jamais à les subir non plus. Enfin, disons un, puisqu'il m'en faut deux pour nager jusqu'au dôme.

Un seul jour.

Héros a trouvé la combine : roupiller pour passer le temps. Il vaut mieux le laisser. Je m'apprête à me lever quand une main se referme sur ma cheville. Lorsque je bascule en arrière et m'affale sur mon assaillant, il lâche un petit grognement de douleur.

— Ça t'apprendra ! dis-je en roulant sur le côté pour découvrir ses yeux brillants.

— Reste avec moi.

— Tu n'as qu'à m'y obliger.

Il penche la tête sur le côté, comme s'il étudiait ma proposition. Puis, sans me laisser le temps de réagir, il me fait rouler sur le dos et s'étend au-dessus de moi, en appui sur les coudes.

Il dénoue ma serviette. Au contact de l'air, j'ai la chair de poule. Par réflexe, je tente de me couvrir de mes bras, mais il m'en empêche, les écarte l'un après l'autre, dévoile mon corps nu avec autant de tendresse que de révérence, comme si j'étais un origami dont il découvrait le secret des pliages. Partout où se pose son regard, ma peau s'embrase. Celia est une habituée des tête-à-tête passionnés dans le noir, comme celui d'hier. Mais aujourd'hui, le soleil brille dans un ciel sans nuages et ses rayons qui filtrent par la fenêtre nous dévoilent sous un jour nouveau.

La lumière épouse la forme des épaules de Héros lorsqu'il dépose un baiser dans le creux à la base de mon cou. De ma gorge à mon nombril, en passant par ma poitrine, il trace un sillon brûlant. Il descend plus bas encore, jusqu'à un point où ses lèvres s'attardent. Je m'attends à ce qu'il s'arrête là et remonte pour reprendre son souffle, mais il continue.

• • •

Mes vertiges se déclenchent le matin et empirent le soir venu. Par Joule, le moment est franchement mal choisi ! C'est le dix-huitième anniversaire de Tabitha, et j'ai mis le paquet pour faire passer notre groupe de quatorze chez Πthons, l'une des rares boîtes de nuit auxquelles on peut accéder sans s'holographier. Le simple fait d'y entrer fera grimper nos rangs d'un dixième, mais bon, on ne fête pas sa majorité tous les jours ! Alors, forcément, quand Tabitha a insisté pour me tenir compagnie au bar, je lui ai dit de ne pas y compter.

Pour convaincre mon amie de rejoindre la piste de danse, il aura finalement fallu que Rach accepte de jouer le rôle de ma baby-sitter.

— Merci, lui dis-je.

Depuis le bar, on regarde les autres se déhancher. L'antigravité, combinée au générateur de brouillard, leur donne l'air de flotter parmi des nuages.

— Je te revaudrai ça, ajouté-je.

— Bah, de toute façon, mes chaussures me faisaient trop mal aux pieds, répond ma nounou improvisée avant de me demander si je suis partante pour un autre verre ou si j'ai plutôt besoin d'un cocktail détox.

Iel s'imagine que je suis soûle. En réalité, la soirée où j'ai aligné les shots d'Allegro remonte à près d'un an. Depuis que je me suis réconciliée avec Kay, j'ai fait en sorte de ne pas l'inquiéter. Elle n'aime pas me voir rentrer bourrée ou trop tard – ce qui explique pourquoi je suis sortie en douce, ce soir.

— Va pour un cocktail détox.

Ça ne me fera pas de mal – ça pourrait même me remettre d'aplomb ! Je ne suis pas au top de ma forme, cette semaine. Sueurs nocturnes, mains glacées, spasmes en plein cours de yoga… La totale. Je me masse le bout des doigts. Ils sont engourdis et me picotent. Il est peut-être temps que je réactive mon biomoniteur. Enfin, ses notifications. Même si les messages d'alerte me tapent sur le système, je n'ai pas l'intention de supprimer l'application pour de bon – je tiens à mon assurance maladie, quand même.

— Un cocktail détox pour elle et un galaxy pour moi ! annonce Rach au barman.

De mon côté, je cherche Tabitha sur la piste, curieuse de savoir si elle s'amuse. Je ne la trouve pas tout de suite. Buzz discute avec Joëlle. Zane, Ursa, Denise et Logan s'affrontent dans une battle *de danse qui manque cruellement de rythme. Aliona, elle, s'est hissée sur la scène et emparée du micro. Quant à Rae, elle est occupée à draguer un des DJ. J'avise ensuite Lou, Perry et, enfin, Tabitha, au bras de… Tristan, qui la tient par la taille et lui dit quelque chose qui la fait glousser.*

— Elle comptait te le dire, mais elle flippait trop, me confie Rach.

— Vraiment ?

Je me frotte les mains – elles sont devenues aussi insensibles que le bout de mes doigts.

— Oui… Je lui ai dit que je me chargerais de te l'annoncer, mais ça m'est sorti de la tête.

— Étonnant ! plaisanté-je.

Rach a une mémoire de poisson rouge. Toute la bande est convaincue qu'iel est incapable de mettre le nez dehors sans oublier quelque chose.

— C'est ça, moque-toi ! De toute façon, ça t'est égal, non ? (Je fais signe que oui.) Tu vois ! Après tout, qui voudrait de Tristan quand on peut avoir n'importe qui ?

Lorsque le barman nous tend nos verres, il me fait un clin d'œil. J'y réponds par un sourire, puis je reprends mon observation du nouveau couple.

Tristan a peut-être l'air d'un gros dur sans cervelle, mais il se passionne pour la synthèse nutritive. Quant à Tabitha, elle est super-calée en programmation d'expériences culinaires virtuelles. Somme toute, ils sont faits l'un pour l'autre. Sans compter que c'est moi qui ai choisi de rompre à l'amiable avec Tristan. Non, franchement, c'est le cadet de mes soucis – c'est du moins ce dont je tente de me persuader. Pour la peine, je me commande aussi un galaxy ! Sitôt mon verre arrivé, Rach lève le sien et porte un toast.

— À la remise des diplômes !

Je trinque, mon angoisse dissimulée derrière un sourire. Je ne sais toujours pas vers quoi j'ai envie de m'orienter ni en quoi je suis douée. Une fois, Ester a dit à ma mère que j'avais la compassion nécessaire pour devenir médecin, mais ni l'une ni l'autre n'a vécu assez longtemps pour me voir être recalée en physique-chimie. Je suis loin d'être aussi intelligente que Kay ou d'avoir la détermination de notre mère. Je n'ai pas pour vocation de rendre le monde meilleur et, même si j'aime aider les autres, je ne suis pas certaine d'avoir les épaules pour supporter tant de responsabilités.

J'ai encore le temps d'y réfléchir, j'imagine, *me dis-je. Et je descends mon verre d'un trait.*

Quelques minutes plus tard, le monde tourbillonne déjà. Par Joule, je ne tiens plus du tout l'alcool ! Je préviens Rach que je dois aller aux toilettes et je me suis à peine engouffrée dans une des cabines que je rends tripes et boyaux dans la cuvette.

C'est bon, le biomoniteur, tu as gagné ! *Je réactive les notifications. L'application est coupée depuis si longtemps qu'elle doit faire une mise à jour. Pendant ce temps, je me rince la bouche au lavabo et je surprends mon reflet dans le miroir qui le surplombe. Surprise, j'effleure l'hématome qui orne le coin de mes lèvres. Comment j'ai pu le rater, celui-là ? Je tire mon correcteur de ma pochette, avant de marquer une pause.*

La jeune fille que je vois dans le miroir a l'air triste. Tout compte fait, les boîtes de nuit, ce n'est peut-être plus pour moi. La musique m'épuise plus qu'elle ne me revigore. Je préfère de loin le chant de l'océan.

— Celia ? (Une voix qui provient de l'entrée des toilettes. Je jette un coup d'œil : Tabitha.) Tout va bien ?

— Je pète la forme !

Je dévisse le bouchon de mon correcteur. Un trait, je tamponne, je referme. Prends ça, vilain bleu !

— C'est moi ou ils passent du Zika Tu ? demandé-je en rejoignant mon amie, que j'attrape par le bras pour l'entraîner vers la porte.

Elle hésite, ce que je peux comprendre. Juste après s'être montrée au bras de Tristan, elle m'a vue foncer aux toilettes. Difficile de ne pas en tirer des conclusions, surtout si elle « flippait trop » à l'idée de sortir avec mon ex, pour employer les mots de Rach.

Sincèrement, je ne lui en veux pas. Je lui serre affectueusement l'épaule.

— Je suis contente pour toi, Tabby.

Je sais qu'elle va saisir de quoi je parle. Au bout de quelques secondes, un sourire hésitant se dessine sur ses lèvres. Il s'affirme davantage quand je le lui rends.

Dans la vie, rien ne me fait plus plaisir que de voir les gens qui m'entourent s'épanouir.

Bon, allez, on se reprend ! Malgré mes vertiges, je rejoins mes petits camarades sur la piste de danse et je donne tout ce que j'ai. Je continue de m'amuser, même quand mon biomoniteur termine sa mise à jour et placarde sur le champ de vision de mon Intraface une montagne d'avertissements, de convocations à l'hospel et un pronostic qui résout la question de mon avenir après le lycée. J'y mets même plus de cœur encore. Dans deux mois, mes amis partiront à l'université, bosser dans des entreprises d'inno-technologie, faire quelque chose de leur vie.

Moi, je serai morte.

• • •

On savoure la vie sans se soucier du lendemain. On discute, on rit, on respire et on se livre à toutes les choses qui coupent le souffle, qui coupent aussi l'envie de parler ou de s'esclaffer. Puis, quand il le faut, affublés des pulls de M. M. les plus ridicules, on entretient notre taro, on récure la maisonnette et on esquisse des plans pour fabriquer un bateau digne de ce nom. Celia nous aurait enviés. C'est exactement ce dont elle avait besoin : une raison d'être, créer quelque chose de ses mains... La journée parfaite, en somme.

Malheureusement, toutes les bonnes choses ont une fin.

Au crépuscule, l'appel du dôme sous-marin se fait entendre. Au début, je fais la sourde oreille, je l'ignore, de la même manière que le flot de souvenirs, et je continue à balayer le porche aux côtés de Héros. Mais l'attraction magnétique redouble d'intensité. Une nuée de taches noires obscurcit ma vision. Mon cœur me semble trop gros, mes poumons trop petits. Il n'y a plus assez d'espace en moi pour permettre au sang, à l'air et aux souvenirs de circuler tous à la fois.

Je demande à Héros de m'excuser un instant, avant de me précipiter sur la jetée pour vider le contenu de mon estomac dans l'eau. Les vagues emportent vers le large ce spectacle répugnant. Personne ne saura jamais que moi, Cee, j'ai dégobillé dans la mer, ni qu'une jeune femme du nom de Kay est en train de vivre ses dernières heures quelque part au fond de l'océan, prisonnière d'un caisson de stase.

Son regard sidéré se manifeste une fois de plus dans mon esprit. C'est ce moment-là que je n'arrive pas à digérer. Celui où elle a oublié que je n'étais pas sa sœur. Où moi, je me suis souvenue.

« Tu ne l'as jamais vue mourir ! », lui ai-je crié. Elle, Celia. Pas moi, Cee.

Parce que je suis bel et bien Cee. Bel et bien vivante, aussi, alors que Celia est morte. *Je suis Cee*, me répété-je avec ardeur, résolue à ne plus me voiler la face. Je ne suis pas Celia, je ne suis pas… humaine. Voilà le paradoxe : pour croire en moi, il me faut aussi accepter celle ou plutôt ce que je suis.

Un robot.

En vertu de mon statut d'androïde, je ne mérite peut-être pas autant qu'un être humain de vivre… Non, pas question de me laisser aller à ce genre de réflexions !

Bientôt, le soleil se couchera pour céder la place à la lune. Lorsque le jour se lèvera de nouveau, tout sera terminé. Oui, une page se tournera. Je tente de m'en persuader, frissonnante, tiraillée par un mélange d'appréhension et d'impatience, écœurée à l'idée de ce qui va – ou plutôt doit – arriver. Je suis tellement perdue dans mes pensées que je ne l'entends pas s'approcher. Quand deux bras m'encerclent la taille, mon cœur s'arrête, avant de se mettre à battre à l'unisson du sien.

— Tu trembles.

— C'est le froid.

Héros me serre plus fort contre lui. Enlacés là, tous les deux, on écoute le murmure de l'océan qui nous entoure et lèche les planches de la jetée sous nos pieds. À mesure que le jour décline, le ciel se pare d'une éclatante teinte orange.

— À quoi penses-tu ? chuchoté-je.

— À toi. (Je place mes mains sur les siennes.) J'ai encore l'impression que tu vas m'échapper.

Pour aller où ? La réponse s'étend sous nos yeux. La jetée forme une péninsule entre deux mondes, et je sais pertinemment auquel songe Héros. Je me cramponne à ses doigts.

— Je ne la retrouverai jamais. Dis-moi que c'est idiot… (Héros reste obstinément silencieux.) Allez, dis-le ! (Je me retourne et je lui martèle la poitrine. Il me laisse faire sans protester.) Dis-le, nom de Joule !

— Qui sait ? Peut-être que tu la retrouveras, un de ces jours, finit-il par lâcher, énonçant l'exact opposé de ce que j'ai besoin d'entendre. Tant que tu existes, il reste de l'espoir.

De l'espoir ? La peur, la panique et les remords, je connais, mais l'espoir ? Je n'en ai pas une once. Héros ne peut pas le savoir, bien sûr. Il croit toujours que mon vœu le plus cher est de retrouver Kay, sans se douter qu'y parvenir causerait ma perte. Je ne considère pas ma vie comme inestimable mais, contrairement à Celia, je me fiche complètement de ce que pensent les autres. Je n'éprouve pas le besoin de plaire à mes amis. Trois ans que je survis, abandonnée sur une île déserte, Joule tout-puissant ! Je ne peux compter que sur moi-même, Nou-2… et Héros. J'ôte mon poing de sa poitrine, avant de croiser son regard.

— Qu'est-ce que tu veux, toi ? Que je m'en aille ?

Il inspire nerveusement.

— Tu ne peux pas me demander ça.

— Dommage, je viens de le faire.

Une ombre vient voiler son regard.

— J'aimerais que tu restes, admet-il enfin. Oui, j'aimerais t'empêcher de partir par tous les moyens possibles. Seulement… (Même si je l'ai vu venir, ce simple mot me fait tressaillir.) Je ne veux pas être la seule chose qui te retient sur cette île. (Il s'écarte, recule d'un pas.) J'ai peut-être perdu la mémoire, mais j'ai encore des principes.

Il n'a besoin de rien d'autre. Comment lui faire comprendre que, même sans ses souvenirs, sans passé ni proches à retrouver, il n'est pas moins humain que moi ?

— Écoute…

Voyant Héros se raidir brusquement, je m'interromps. Sa mâchoire se contracte… et sa main fuse vers ma gorge.

Je l'esquive de peu. Quand je bats en retraite, il me suit, le dos désormais tourné à la mer. Dans ma fuite, je trébuche. Un flot d'adrénaline se déverse dans mes veines. Malgré tout, je n'ai pas peur. Ce n'est pas comme s'il essayait vraiment de me tuer. De toute manière, je ne peux pas mourir. Tout va bien, il ne peut rien…

— Qu'est-ce que… s'étrangle-t-il lorsque sa main jaillit de plus belle.

Ses ongles me griffent le cou. Rappelée à l'ordre par la douleur, je concentre mon regard sur son visage… dont l'expression est déformée par l'horreur et l'incompréhension.

Mon cœur bat à cent à l'heure. Au temps pour moi : il semblerait qu'il ait véritablement l'intention de me tuer, comme lors de ses précédentes tentatives. La différence est que, cette fois, il en est pleinement conscient.

— Héros…

Il s'écarte de moi et retient son bras droit incontrôlable à l'aide de sa main gauche. On dirait que deux individus s'affrontent à l'intérieur de son corps – c'est un spectacle terrifiant. Lorsqu'il reprend enfin le contrôle de ses membres, les miens sont tétanisés par la peur.

— Qu'est-ce qui s'est passé ? halète-t-il, le front luisant de sueur.

Un mensonge se forme sur ma langue. Je m'apprête à lui assurer que c'est la première fois qu'une chose pareille se produit, puis à le prendre dans mes bras et à le serrer fort, jusqu'à ce que l'incident s'efface de sa mémoire et de la mienne.

Mais, face à la détresse que je lis sur son visage, je n'ai plus le cœur de continuer à mentir.

Alors je lui dis la vérité.

44

— Toi.

Une accusation et une question à la fois. Il semblait surpris de la voir. Pas étonnant : ils ne s'étaient ni adressé la parole ni retrouvés face à face depuis leur retour à l'éco-cité, quatre jours plus tôt. Le retrait du soutien de plusieurs représentants territoriaux et l'échec pour ainsi dire imminent de l'opération Nouveau Départ avaient écourté leur séjour dans le Territoire 4. La trace de la main de Kasey sur la joue d'Actinium s'était effacée, mais la peine que la jeune fille lui avait faite demeurait bien réelle, elle.

Lui aussi l'avait blessée. Avec ses mensonges, dans un premier temps, puis en lui révélant la vérité. Résultat : ils étaient quittes.

Sauf que la cadette des Mizuhara ne jouait que pour gagner. Tant pis pour lui.

— Je suis venue me faire tatouer, annonça-t-elle.

C'était l'effervescence, chez GRAPHYC. Fin du monde ou pas, les opérations d'altération corporelle allaient bon train. Jinx ordonna à l'un des employés de cesser de jouer les espions, et Kasey entendit le rideau derrière elle s'abaisser. Il séparait l'accueil du reste des locaux, où se trouvait l'atelier d'Actinium… qui se tenait désormais dans l'encadrement de la porte et n'avait manifestement aucune intention de la laisser entrer. « C'est une blague, j'espère ? » disait son expression.

La jeune fille aurait préféré que ce soit le cas. De l'extérieur, on aurait dit que les choses étaient restées en suspens entre eux. Mais Kasey savait exactement comment Actinium avait vécu leur dernière discussion. Il s'était confié à elle et elle s'était défilée. Il avait vu clair dans son jeu – lorsqu'elle lui avait demandé si c'était vraiment ce qu'il souhaitait, la question valait autant pour lui que pour elle. Il l'avait poussée dans ses retranchements dans le seul but de la mettre à l'épreuve. Au pied du mur, elle avait hésité, incapable de répondre. N'empêche, quoi qu'elle décide, il n'était pas question qu'il lui impose son choix.

Leur équipe avait beau avoir volé en éclats ce jour-là, Kasey n'en avait pas tout à fait fini avec son ancien partenaire.

— Ne fais pas semblant de ne pas travailler, j'ai trouvé le pointage de tes heures, le prévint-elle.

Elle s'avança d'un pas. Il ne bougea pas. Peu importe : elle avait assez de place pour se faufiler à l'intérieur. Quand leurs épaules se frôlèrent, il se raidit, avant de la suivre du regard.

— Je ne suis que le dessinateur.

Sa voix était glaciale.

— Mon motif est simple.

— Je ne m'occupe pas de réaliser le tatouage.

— Parce que tu ne veux pas ou parce que tu ne sais pas faire ? riposta Kasey sur un ton de défi.

Elle obtint d'Actinium la réponse escomptée : il ferma la porte. Lorsque le déclic de la poignée se fit entendre, la pièce minuscule sembla rapetisser encore. Elle était meublée d'un fauteuil inclinable vert, d'un tabouret, de placards et d'un bureau sur lequel trônaient deux grands écrans. À l'image du module d'Actinium, l'espace était dépourvu de décoration et fonctionnel au possible – si l'on omettait la présence du lapin gris assoupi sur le clavier.

Ce n'était donc pas un chat. Encore un point sur lequel Kasey s'était trompée.

Un hologramme apparut sous ses yeux, coupant court à son examen du mammifère.

— Signe le formulaire de consentement, ordonna Actinium.

Elle s'exécuta, renonçant ainsi à poursuivre le salon en cas de complications postopératoires.

— Le paiement se fait à l'avance.

Au grand étonnement d'Actinium, elle transféra le montant attendu. Même si elle lui avait affirmé qu'il ne s'agissait pas d'une plaisanterie, il ne l'avait pas crue. Jusqu'où était-elle prête à aller ?

— Alors, qu'est-ce que je te fais ? lui demanda-t-il, sardonique.

Que comptes-tu choisir ?

En écoutant Kasey lui expliquer son idée, il pinça les lèvres, mais s'abstint de donner son opinion. Il la fit asseoir et enfila une paire de gants noirs avant de s'installer sur le tabouret. Il positionna un accoudoir entre eux. Sur le bureau, le lapin dormait toujours.

— Ton poignet.

Elle lui tendit le droit. Le jeune tatoueur le plaça sur le bras du fauteuil, paume vers le ciel.

Les quelques minutes qui suivirent se déroulèrent selon la procédure : désinfecter la zone à l'aide d'un tampon, appliquer une noisette de crème anesthésiante – rappel que l'expérience ne serait pas indolore. Actinium alluma ensuite le dermographe portatif, qui se mit à bourdonner. Les poils du bras de Kasey se hérissèrent, suivis d'une vague de chair de poule déclenchée par le contact de la main d'Actinium sur son poignet. Le jeune homme baissa la tête et attendit, lui laissant une dernière chance de changer d'avis.

— Allez, commence, le pressa sa cliente.

Aussitôt, des picotements assaillirent sa chair, qui ne tardèrent pas à se muer en brûlure.

« Tu connais tous mes secrets, même les plus inavouables. »

Sous l'œil attentif de Kasey, l'encre apparut peu à peu sous sa peau, fusionnant avec ses cellules. Qui voudrait altérer son corps, quand le mode holo offrait des possibilités moins permanentes ? Elle s'était plusieurs fois posé la question. Dans son cas, ce tatouage n'était qu'un prétexte pour se présenter chez GRAPHYC en personne. Pour s'assurer un tête-à-tête avec Actinium, payé de sa poche. Pour s'asseoir dans ce fauteuil, à l'image de Celia, et confirmer l'ultime secret du garçon, encore inavoué.

— Tu savais qu'elle allait mourir.

La tête du jeune tatoueur était si proche d'elle qu'elle voyait presque à travers sa boîte crânienne. Il avait forcément reconnu sa sœur aînée – sinon de prime abord, du moins, en découvrant son identité au moment du paiement. Voilà pourquoi il avait extrait son Intraface, comme convenu, avant de la détruire sous ses yeux. Seulement, entre ces deux étapes, il avait eu le temps de comprendre la raison de sa venue. Facile : un rapide piratage de son biomoniteur avait suffi. À sa place, Kasey en aurait fait autant. Une prestigieuse cliente venue de la plus haute strate pour une extraction d'Intraface ? Le mystère était trop tentant.

— Tu l'as laissée partir alors que tu savais qu'elle était malade.

« J'espérais, si les circonstances le permettaient, qu'on finirait par se recroiser », lui avait dit Actinium. Comme s'il était impossible d'orchestrer les circonstances en question… Quoi de mieux, pour revenir dans la vie de Kasey, que le prétexte d'un deuil commun ? La perte d'une sœur pour l'une, d'une conquête pour l'autre ? Cerise sur le gâteau : l'aînée des Mizuhara, tuée par une erreur humaine, était le parfait reflet de la mort des parents d'Actinium.

— Tu tenais à ce qu'on partage ce lien, poursuivit Kasey d'une voix étonnamment sûre – à l'image de la main du jeune tatoueur, toujours penché sur son œuvre, étirant peu à peu la ligne sombre autour du poignet de sa cliente.

Il s'interrompit, l'aiguille levée.

— C'était son choix.

Kasey lui avait affirmé la même chose lorsqu'elle avait découvert la maladie de sa sœur. Dans sa poitrine, son second cœur n'était encore qu'une petite graine, et sa colère – d'avoir été abandonnée par Celia –, demeurait inaccessible. Actinium les avait libérés. Désormais, elle comprenait ce dont l'être humain était capable au nom de la rage et de l'amour, et pourquoi rares étaient ceux qui parvenaient à contenir leur réaction : c'était biologique. Quand on perd un membre, on se vide de son sang. Quant à la douleur, elle est proportionnelle à la valeur de ce qu'on a perdu.

Aux yeux de Kasey, Celia n'était ni un organe ni un membre, mais une source de lumière dont la jeune fille, qui n'était pas une chlorocamée, n'avait pas besoin pour subsister. Malgré tout, sa chaleur lui manquait. Sa mort avait privé son ciel d'un soleil.

— Ça m'est égal, rétorqua-t-elle, la voix rauque. Tu savais à quel point elle comptait pour moi.

Le vrombissement du dermographe s'arrêta.

— Et toi ?

Actinium releva enfin la tête et la transperça d'un regard brûlant. Il était tout près d'elle, mais il manquait encore quelques centimètres, à en croire l'Intraface de Kasey.

— Est-ce que tu as la moindre idée de ce que tu représentais pour elle ? En faisant ce choix, c'est toi qu'elle a choisie. Elle a pris la décision de partir et d'accepter son sort parce qu'elle savait que tu remuerais ciel et terre pour l'en empêcher. Elle ne voulait pas te voir t'enfermer dans un caisson de stase. (La jeune fille n'arrivait pas à suivre son raisonnement. Elle s'apprêtait à lui demander ce qu'il entendait par là quand il lâcha un sifflement exaspéré.) Tu refuses de voir la vérité en face ! Je cherchais comment t'expliquer ce qui m'avait conduit à découvrir le secret de Celia quand tu as débarqué, prête à croire, sans la moindre preuve, que j'avais été amoureux d'elle. Pour quelqu'un qui a un esprit cartésien, tu as vite tiré tes propres conclusions.

Et alors ? C'était l'exception qui confirmait la règle. Pour Kasey, Celia en personne était l'exception qui confirmait la règle.

— Tu ne m'as pas détrompée.

Un muscle se contracta sur la mâchoire de son ancien partenaire. Étaient-ce des regrets que la jeune fille percevait dans ses yeux, ou la lumière lui jouait-elle des tours ? Sans lui laisser le temps de le déterminer, l'aiguille lui mordit la peau, et la pression redoublée lui arracha une grimace.

— J'attendais le bon moment pour te le dire. À l'évidence, j'ai eu raison, se justifia Actinium à mi-voix. Tu en as découvert beaucoup trop, beaucoup trop tôt. Regarde où ça nous a menés…

Le bourdonnement du dermographe combla le silence de l'adolescente. Le lapin endormi agita son museau.

— Non, finit par objecter Kasey d'un ton calme, en suivant attentivement les mouvements de la main du jeune tatoueur. (Après chaque application d'encre, il levait le poignet et le tapotait avec une compresse afin d'en absorber l'excédent.) Ce qui est arrivé était écrit. (Il réitéra la séquence.) En apprenant à te connaître, j'ai compris que moi aussi, il fallait que j'accepte qui j'étais vraiment.

— Comment ? En te faisant tatouer ? (Nouveau trait d'encre.) Aujourd'hui encore, tu t'enchaînes à ta sœur. (Il leva le poignet, mais n'essuya pas. Le surplus d'encre roula sur la peau de l'adolescente.) Tu te crois inférieure à elle, mais c'est faux. Regarde-moi.

Kasey obtempéra – non sans s'approcher encore de quelques millimètres supplémentaires. Une, deux, puis trois secondes s'écoulèrent, pile à la distance requise.

— Tu es brillante, conclut le jeune homme, à l'instant même où – quelle synchronisation parfaite ! – un tintement retentit dans la tête de sa cliente.

Une alerte s'afficha dans son champ de vision *via* son Intraface.

SCAN RÉTINIEN TERMINÉ

Elle détenait désormais tout ce dont elle avait besoin. Comme lui, elle avait fait son choix. La vengeance d'Actinium n'était pas la sienne.

Il était temps de lui dire adieu. De tourner le dos au garçon qui l'avait soutenue – quelque tordues qu'aient été ses intentions – lorsqu'elle avait dû accepter la mort de Celia, à celui qui avait construit un bouclier autour de l'île afin de protéger ses proches et avait cédé son antiderme sans la moindre hésitation à une soignante du front. Même si ses convictions avaient dépassé celles de ses parents, Kasey voyait toujours en lui le spectre de l'enfant de la photo, entouré d'Ester et Frain, élevé selon un code déontologique et baptisé en hommage au scientifique à qui l'on devait la découverte de l'actinium, l'élément clé du remède contre toutes les formes de cancer – un mal désormais totalement éradiqué. Il était encore le petit garçon aux cheveux noirs qui ne se montrait jamais et dont Kasey se cachait, elle aussi. Depuis le début, ils se ressemblaient, déterminés à rester des inconnus dans le simple but de résister à leurs mères respectives, qui s'escrimaient à les rendre plus sociables.

Avant de partir, elle se devait de lui offrir une porte de sortie.

— On pourrait se libérer de leur emprise, dit-elle.

L'emprise des morts.

— Choisir la liberté, c'est se défiler.

— Fais comme moi, choisis la science.

Actinium lâcha un rire moqueur.

— La science ? répéta-t-il. Chaque traitement permet la création de nouvelles maladies.

— Il suffit de les guérir.

— C'est l'être humain, le vrai fléau, Kasey.

L'adolescente se tut. Leurs débats lui manqueraient – avec lui, aucun sujet n'était trop sensible. Ils parlaient la même langue, bien qu'elle ait été fondée sur des mensonges.

Des pensées similaires avaient dû affleurer dans l'esprit d'Actinium. Sa main trembla contre la peau de Kasey lorsqu'il reprit son tatouage.

— Je pensais que tu comprendrais, poursuivit-il d'une voix qui semblait plus enfantine. Si quelqu'un devait partager mon point de vue, c'était bien toi.

Elle, l'anomalie. La jeune fille à l'esprit cartésien qui, comme lui, avait construit des androïdes. La seule à connaître tous ses secrets et, par conséquent, la seule à pouvoir l'arrêter.

— Je ne me fais aucune illusion, reprit Actinium sans relever les yeux. (Kasey retint son souffle un instant.) Je sais que tu ne me pardonneras pas. Dès qu'il s'agit d'elle, tu n'es plus capable de raisonnement logique.

Et toi non plus, dès qu'il s'agit de tes parents. La logique s'arrête là où l'amour commence.

Si Kasey aimait Actinium, elle cogniciserait les souvenirs qu'il avait d'Ester et Frain Cole. Certains y verraient une forme de cruauté – pour elle, ce serait un acte de compassion, qui permettrait au jeune homme de vivre sa vie délivré de leur influence. Mais il avait raison : jamais elle n'arriverait à le pardonner et, par conséquent, à l'aimer. Afin de suivre son cœur, il lui fallait privilégier la raison et s'interdire tout acte de bonté.

Voilà ce que lui dictait la logique : un jour ou l'autre, l'humanité aurait besoin de l'opération Nouveau Départ. Or, tant qu'Actinium en connaîtrait les rouages, il veillerait à la faire dévier afin de servir ses propres intérêts. Kasey n'avait pas le pouvoir d'ôter au garçon cette motivation, mais elle pouvait y soustraire la ferveur qu'elle avait elle-même attisée.

Elle jeta un regard au tatouage. Il n'était pas encore terminé. Tant pis...

— Pardonne-moi, dit-elle avant de pirater le biomoniteur d'Actinium à l'aide du scan rétinien qu'elle venait d'obtenir – de la même manière qu'elle s'était un jour insinuée dans celui de Celia.

Ils avaient discuté de leur plan un bon nombre de fois, de jour comme de nuit, n'importe où, si bien qu'il aurait été trop long de configurer les paramètres. Kasey opta donc pour la solution la plus infaillible.

Elle cognicisa tous les souvenirs qu'Actinium avait d'elle.

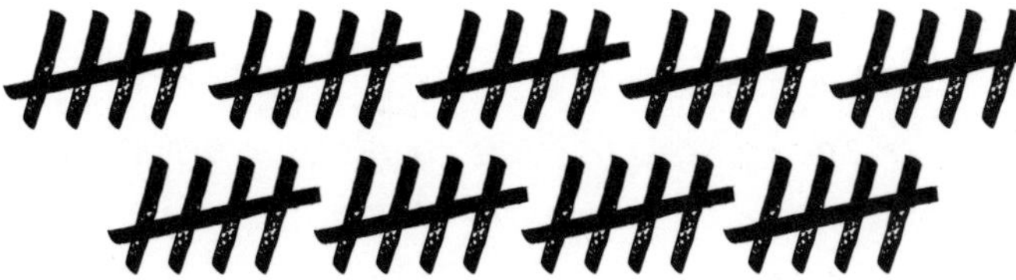

Je lui raconte tout : Kay, moi, le dôme sous-marin. Durant mes explications, le temps ne s'arrête pas et l'orange vif du ciel vire au brun roux. Les nuages bleuissent comme autant d'ecchymoses. À l'horizon, l'océan saigne, sa surface bleu marine crevée par le soleil. Sur les planches de la jetée, nos ombres s'étirent, celle de Héros frôlant mes orteils à la fin de mon récit.

Il ouvre enfin la bouche.

— Combien de fois est-ce que j'ai essayé de te tuer ?

Une sur la plage, sans doute une deuxième sur la crête, une autre à bord de Genevie et une dernière il y a quelques minutes.

— Deux ? demande-t-il.

Au même moment, je réponds :

— Trois. (Un ange passe.) Peut-être quatre, ajouté-je d'une petite voix.

Le soleil se couche pour de bon, si bien que l'air fraîchit. D'un noir d'encre, la marée monte, recouvre le bois et nous éclabousse les pieds. Héros se met à faire les cent pas, avant de se figer brusquement, de se prendre la tête à deux mains et de plonger ses doigts dans ses cheveux. Puis il se tourne vers moi.

— Pourquoi ne m'as-tu rien dit ?

Pour te protéger et parce que ça n'a aucune importance. Toi et moi, on est réels, par Joule ! Mais toutes ces raisons ne sont que des prétextes. En lui mentant, j'ai choisi à sa place, comme Kay l'a fait avec moi. Je l'ai privé de son libre arbitre.

— Je suis désolée, chuchoté-je – de piètres excuses.

Sa respiration s'accélère. Moi, j'ai eu le temps de nager jusqu'au fond de l'océan pour comprendre que je n'étais pas humaine. Lui doit encaisser la révélation d'un seul coup.

— Héros… commencé-je.

Il m'écarte de son chemin pour me dépasser. D'un pas raide, il s'avance sur la jetée.

— Héros !

Je le regarde s'éloigner, tout en me retenant de le suivre. Je n'en ai pas le droit. Il a besoin de temps et d'espace.

Cette nuit-là, il ne rentre pas.

Vers minuit, j'arpente le rivage et la crique à sa recherche, sans succès. Le vent se lève. À mon retour, Nou-2 m'accueille sous le porche, mais je n'ai pas la force de lui faire la conversation. Je me blottis dans le canapé, les jambes ramenées contre moi, les bras enlaçant mes genoux et la tête enfouie dans ce nœud de membres. À l'image de ma vision, mon esprit finit par se brouiller. Cette fois, ce sont mes anciens rêves qui refont surface. Toujours les mêmes scènes : des esquimaux à la cerise qui fondent trop vite, une robe à sequins qui épouse mon corps comme une seconde peau et Kasey, la main tendue vers moi, m'aidant à descendre une échelle blanche pour la rejoindre dans l'océan. Des visions presque réconfortantes, malgré les larmes qui ruissellent sur mon visage à mon réveil. Je les sèche avant de me rendre dans la cuisine pour préparer une infusion, comme si ça faisait partie de ma routine habituelle. J'ai les mains qui tremblent.

C'est le dernier jour.

La porte de la cuisine s'ouvre au moment où je remplis une tasse – enfin, c'était mon intention. Visiblement, je suis incapable de viser, si bien que je renverse une bonne partie de ma boisson sur le plan de travail. Je quitte l'inondation des yeux pour découvrir Héros sur le seuil, vêtu des mêmes habits que la veille, les cheveux décoiffés par le vent.

— Où est-ce que tu…

Il m'embrasse sans me laisser le temps de terminer. Quand je lui rends son baiser, il s'écarte pour me soulever dans ses bras.

On se retrouve près du plan de travail – dessus, contre, à moitié déshabillés. Le battement de nos cœurs est saccadé, comme les éclats de voix qu'on ne parvient pas à retenir. Le bois s'enfonce dans mon coccyx. Lorsqu'on se sépare enfin, j'ai les ongles plantés dans ses épaules.

— Ça va ?

C'est la première question que prononce Héros quand il retrouve assez de souffle pour parler. Pantelant, il appuie sa tête contre ma poitrine le temps de reprendre sa respiration pour de bon.

— On ne peut mieux, haleté-je.

On reste agrippés l'un à l'autre comme si on était en sucre et qu'on risquait de fondre d'une seconde à l'autre. C'est faux, bien sûr. On est peut-être essoufflés en cet instant précis, mais jamais on ne manquera véritablement d'air.

— Comment est-ce possible ? chuchote-t-il contre ma clavicule.

Il lève la tête pour plonger ses yeux dans les miens et la confusion que j'y lis me consume comme une flamme.

— Toi et moi… on semble tellement réels.

— Parce qu'on l'est.

— Pas plus que les gens qui…

Je pose mon index sur ses lèvres.

— Ne pense pas à eux.

— Si, il le faut, insiste-t-il en écartant ma main. Parce que, si tu prends le parti de les réveiller, je pourrais très bien essayer de t'en empêcher. Te tuer, même ! Le pire, dans tout ça, c'est que je ne sais même pas de quoi je suis capable ! Je n'en ai pas la moindre idée, ajoute-t-il, tremblant.

Je l'attire contre moi. Ses larmes chaudes roulent sur ma poitrine et le long de mes côtes.

— Là… Ça va aller.

Pourtant, mon cœur se serre, cramponné aux souvenirs que j'ai de Kay – si faux soient-ils. On est pareils, Héros et moi. Tout ce qu'on peut faire, c'est vivre et ressentir autant qu'on le peut, pour aller contre cette vie et ces sentiments sur lesquels nous n'avons aucun contrôle.

— Tout va bien.

— Tout à fait d'accord, confirme la voix de Nou-2 entre la cuisine et le salon.

Je la fusille du regard. Malgré ses larmes, Héros, lui, ne peut retenir un éclat de rire. Un gros chagrin causé par nos sans-cœur de créateurs et un petit robot aux tendances voyeuristes ? Ça ne s'invente pas, et chez nous, c'est la routine.

Lentement, on se décolle l'un de l'autre. Encore plus lentement, histoire de prolonger l'instant présent, on se rhabille. Je serre le cordon de mon treillis quand Héros s'interrompt, son pull enfilé jusqu'aux coudes, les yeux dans le vague.

— Qu'est-ce qui t'arrive ? demandé-je.

De nouveau parmi nous, il passe la tête par l'encolure. Ses cheveux sont tout ébouriffés.

— Ça te dit d'aller marcher un peu ?

Franchement, je comptais rester bien au chaud dans la demeure de M. M. Entre ces murs, à une certaine distance – aussi minime soit-elle – de l'océan, je me sens à l'abri, en droit de défendre ma vie et ma maison.

Seulement, Héros semble avoir besoin d'air. Résultat, je me fais violence et j'ouvre la porte de la cuisine.

— Après toi.

Il franchit le seuil et ne s'arrête que lorsque Nou-2 nous emboîte le pas sous le porche.

— Tu veux bien nous attendre ici ?

Elle se contente de vrombir.

— Elle ne comprend pas les questions, expliqué-je avant de m'adresser à Nou-2. Reste là.

Elle cligne des yeux, puis accepte l'ordre à contrecœur et nous laisse partir.

On s'aventure le long des rochers dressés derrière la bicoque avant de traverser l'étendue de boue qui laisse place à la plaine argileuse. Aujourd'hui, le brouillard est si dense qu'on ne voit pas à plus de quelques mètres, mais Héros avance comme s'il avait emprunté ce chemin il y a peu.

— Selon toi, dans quel but m'a-t-on fabriqué ? m'interroge-t-il sur le ton de la conversation, au bout de quelques minutes de marche.

Je m'efforce de lui répondre d'une voix tout aussi désinvolte.

— Aucune idée.

— Toi, on t'a programmée pour réveiller ta sœur.

— Exact.

— Qui elle-même est censée ranimer l'humanité tout entière. Ma mission à moi, c'est de t'arrêter. (*Tu n'en sais rien*, ai-je envie de rétorquer mais, en vérité, il n'y a que nous sur cette île, alors qui d'autre que moi pourrait-il tuer ?) Pourquoi ?

Même si je trouve le sujet morbide, je devrais me réjouir qu'il se sente suffisamment à l'aise pour l'aborder.

— Va savoir… Ton créateur préférait peut-être que ses semblables restent endormis.

— Il faudrait que ce soit un vrai salaud.

— On ne sait pas dans quel état se trouve… se trouvait le monde, argué-je, hésitant entre présent et passé. Après tout, peut-être qu'ils ont tous mal tourné et que celui ou celle qui t'a créé espérait faire ce qui est juste.

— Ne te sens pas obligée de me remonter le moral.

Bien qu'elle soit calme, je trouve que sa voix est plus sèche que d'habitude. Ne sachant plus quoi dire, j'ouvre et je referme la bouche comme un poisson hors de l'eau.

— Pardon, dit-on en même temps, avant de s'interrompre puis de reprendre à l'unisson. C'est juste que…

Un sourire étire mes lèvres.

— Nom de Joule… On est vraiment paumés.

Héros secoue la tête.

— C'est moi, le paumé ! Je n'ai même pas été programmé avec le bon vocabulaire.

— Comment ça ?

— Tu utilises des mots que je ne comprends pas, comme « Joule ».

— Qu'est-ce qui te dit que ce n'est pas le nom de mon petit ami caché ? le taquiné-je au détour d'un banc de schiste.

Il reste silencieux un instant.

— Tu en as un ?

— Plus maintenant. Je… enfin, Celia, rectifié-je, est sortie avec beaucoup de garçons.

— Et moi qui croyais que je n'avais aucun concurrent…

— Estime-toi heureux de m'avoir rencontrée sur cette île !

Héros éclate de rire, mais le silence retombe lorsqu'on parvient à la crête.

Un jour comme celui-ci, on n'en distingue pas le sommet – rien qu'un dégradé de brume et de roches grises. Seule la corde orange fluo vient rompre ce tableau monochrome. Je me surprends à m'interroger sur la nature de cette muraille. La crête en a-t-elle toujours été une ? À une époque, elle remplissait peut-être une fonction pratique. Bien trop étroite pour qu'il ait pu s'agir d'une montagne, elle aurait pu être…

Une digue. L'idée me vient subitement. *Quant aux sépultures bâties de l'autre côté, c'étaient des habitations. Il y a 989 ans, des gens y vivaient.*

Étrange… Je me passe la langue derrière les dents et je sens le tartre qui s'y est accumulé.

— On rentre ?

— Si tu veux, répond Héros.

Le ton de sa voix me fait hésiter.

— Qu'est-ce que tu veux, toi ?

« Tu ne peux pas me demander ça », m'a-t-il rétorqué la veille, en réponse à la même question.

— J'ai bien envie de grimper.

— Comme ça, pour le plaisir ?

— Pourquoi pas ? Tu fais bien du yoga sur la plage, toi ! Si ça se trouve, mon truc, c'est l'escalade.

On peut rajouter les sports extrêmes sur la liste de nos points communs.

— D'accord, dis-je en me saisissant de la corde, mais j'exige un massage des épaules au retour.

— Vendu ! approuve Héros en s'emparant du reste de corde qui pend derrière moi.

Ça fait un moment que je n'ai pas gravi la crête, assez en tout cas pour que mes muscles soient engourdis. Et si les mortels étaient incapables de survivre à cette ascension ? Quand j'aborde le sommet, les paroles de Kay me reviennent.

« Tu as été conçue plus résistante qu'un véritable être humain. »

Combien de chutes ai-je essuyées, au début ? Ce qui est sûr, c'est que j'ai arrêté de les compter. Quant aux fractures, j'en ai collectionné un sacré paquet. Pourtant, je me remets toujours. Et puis, il y a eu les quelques très, très graves accidents – ceux où je suis tombée de trop haut – qui m'ont fait perdre connaissance. Est-ce que je suis morte ? Est-ce que j'ai ressuscité, comme Héros ? Si oui, mon corps en porterait-il les stigmates ?

Je n'ai pas la réponse à cette question. Voilà pourquoi, quand Héros rallie le sommet derrière moi, je me retourne et je plaque mes mains sur sa tête. J'ai déjà examiné son front, mais j'y cherche une fois de plus une cicatrice.

En vain. La plaie a totalement disparu. Je devrais être troublée à l'idée de ne plus porter moi-même aucune marque des blessures passées, mais je suis simplement soulagée qu'il ne reste plus la moindre trace du coup fatal que je lui ai assené. Malgré tout, je me mets à trembler, ma respiration s'accélère.

— Cee ? s'inquiète Héros en me saisissant les poignets.
Tout va bien. Je vais bien.

— Non, tu ne vas pas bien !

Je rêve ou je suis en train de faire de l'hyperventilation ? Mais oui ! La question qui se pose, c'est : pourquoi maintenant ? J'ai affronté des situations bien plus effrayantes. Sauf qu'il n'y a rien de plus traumatisant que de découvrir que nos corps ne nous appartiennent pas et que, même si Kay cesse d'exister, le contrôle qu'elle exerce sur nous restera indestructible tant qu'on le sera aussi.

— Allez, Cee, je te dis que ça...

— Je t'ai fendu le crâne en deux avec une rame, pour l'amour de Joule !

Héros cligne des yeux, incrédule.

— Celle que je t'ai fabriquée ?

J'opine du chef, le menton tremblant.

— Donc je suis mort, puis je suis revenu... (*à la vie*) plusieurs heures plus tard, dit-il à demi-mot.

Nouveau hochement de tête de ma part en guise de confirmation.

Ce jour-là, je n'ai pas pleuré. Pas comme maintenant... Non, en cet instant, j'éclate en sanglots, les mains toujours cramponnées à son visage.

Du bout du pouce, Héros sèche les larmes qui coulent sur mes lèvres. Puis, en prenant tout son temps, sans l'urgence de tout à l'heure, sa bouche vient prendre la place de ses doigts.

Il dépose sur la mienne un baiser léger comme une plume. Cette fois, c'est moi qui me presse contre lui, avide. Il me laisse faire, juste avant de s'écarter et de se mettre à reculer vers le bord de la crête. Une poignée de cailloux dégringole le long de la pente.

Je m'apprête à lui dire de faire attention quand je m'aperçois que l'imprudence n'a rien à voir avec la situation. Il a tout calculé minutieusement : cette promenade, l'ascension de la crête, ce baiser, donné avec autant de solennité que s'il s'agissait du premier… ou du dernier.

— Je voulais te laisser de l'espace, pour te permettre de réfléchir, explique-t-il. (Mon cerveau tourne à plein régime : que voulait-il que je lui confirme à l'instant, déjà ? *Donc je suis mort, puis je suis revenu… plusieurs heures plus tard.*) Je voulais te laisser du temps, sans que je sois là pour interférer de quelque façon que ce soit. Ça… (Il jette un regard vers le précipice.) C'est le seul moyen que j'ai trouvé.

Non !

Je me rue en avant et je suis presque sur lui quand sa voix douce, dénuée de peur, me coupe dans mon élan.

— Arrête, Cee.

Dans ses yeux, en revanche, je crois percevoir une certaine appréhension, entre deux mèches de cheveux agitées par le vent. Sur ses lèvres, un sourire.

— Tu n'as pas à choisir entre elle et moi. Écoute ton cœur.

Sur cette déclaration, il se jette dans le vide.

46

L'opération Nouveau Départ mourut paisiblement le jour de l'échéance. Seuls 29 % des représentants s'étaient engagés à la soutenir. Le monde n'avait pas réussi à s'unir. En coulisse, les deux têtes pensantes de la solution avaient elles aussi connu une rupture douloureuse, mais, contrairement aux mégaséismes, elle n'eut aucun retentissement. Du moins, pas dans les éco-cités où, en ce dimanche après-midi, la vie suivait son cours comme à l'ordinaire. Les habitants de l'éco-cité 3 fourmillaient au grand bazar de la strate-25, allant de marchand en marchand, à l'affût d'articles essentiels en fin de série. Rares furent ceux qui remarquèrent le symbole du C2P matérialisé dans les airs, au centre de la place.

En revanche, la jeune fille qui y apparut quelques instants plus tard n'échappa à personne.

Son hologramme surgit, comme un avatar de jeu vidéo, non seulement dans la strate-25, mais dans toutes les autres et même dans l'ensemble des éco-cités. Elle portait une veste d'uniforme scolaire noire. Ses cheveux étaient coupés au carré, sa frange bien droite. Lors de sa dernière apparition, dans une vidéo devenue virale, son visage flouté était ensanglanté. Cette fois-ci, elle avait la mine propre et fraîche – du point de vue des spectateurs, du moins. Mais ce qu'elle avait en tête demeurait un mystère.

Il valait mieux, car une tempête faisait encore rage dans l'esprit de Kasey. Tout le monde vivait aux dépens de quelqu'un. Ceux qui refusaient de l'admettre, qui avaient rejeté sa solution parce qu'ils en avaient les moyens, parce qu'elle nuisait à leur petit confort… peut-être qu'Actinium avait raison à leur sujet. Peut-être que ces égoïstes-là ne méritaient pas qu'on les sauve dans ce monde limité, matériel, où donner aux uns impliquait de léser les autres.

La science, elle, ne connaissait aucune limite. La vengeance et les sentiments lui étaient étrangers. Elle ne se préoccupait pas de savoir qui méritait de vivre ou de mourir pour avoir porté atteinte aux libertés d'autrui. Sans la science, Kasey dépérissait et, après cinq ans de privation, l'heure des retrouvailles avait fini par sonner.

La jeune fille prit une profonde inspiration. Dans un univers parallèle, elle lisait le texte rédigé par le C2P à son attention. Pas le choix : après la débâcle du Territoire 4, on avait bien failli lui refuser ce discours *post mortem*.

Dans un autre univers parallèle, elle condamnait fermement les territoires qui avaient rejeté l'opération Nouveau Départ et révélait, par la même occasion, le nom de l'entreprise coupable de la mort de sa sœur aînée. En somme, elle attisait les flammes.

Dans son univers à elle, Kasey ne fit ni l'un ni l'autre.

— Ceci est un message dédié à ma sœur.

Sur la masse terrestre 660, dans le salon de Léona, son visage était projeté sous forme d'hologramme.

— Il y a quatre mois, tu es décédée.

Dans un refuge du Territoire 4, elle luisait sur l'écran d'une télévision à l'ancienne.

— Comment ? Chacun y va de sa petite théorie.

Dans les modules des huit éco-cités, ses mots étaient transmis à toutes les Intrafaces, qui les diffusaient directement dans la tête de leurs propriétaires.

Strate-22, dans un salon de chirurgie esthétique, un garçon aux yeux aussi noirs que ses cheveux interrompit son travail pour prêter l'oreille.

— La vérité, c'est que c'est ce monde qui a causé ta mort. Il t'a empoisonnée, comme il empoisonne tant d'autres de ses habitants en ce moment même.

Kasey se garda d'évoquer leurs expéditions jusqu'à la plateforme de location de bateaux et sur l'île. Il y a des secrets entre sœurs qui méritent de sombrer au fond des mers.

Elle porta une main à sa poitrine et crut sentit les battements de son second cœur. Les responsables de la fuite du pipeline auraient-ils été expulsés si David Mizuhara n'avait pas passé cet incident sous silence ? Méritaient-ils pareille sentence ? Quelles répercussions leur éviction aurait-elle eues sur ceux pour qui le projet OASIS représentait l'unique sauf-conduit pour accéder aux éco-cités, comme la famille de Meridian ? Autant de questions qui restaient sans réponses. Kasey n'était pas comme Genevie ou les Cole – elle ne maîtrisait pas assez le facteur humain pour deviner les préjugés irrationnels de chacun. En revanche, voilà ce qu'elle savait :

— Aucune vie n'est sans conséquences. Nos préférences personnelles ne sont pas vraiment personnelles. Assouvir les besoins de l'un revient à priver l'autre. Nos privilèges peuvent nous causer du tort, à nous comme au reste de nos semblables.

Parmi les visages qui la scrutaient depuis le grand bazar de la strate-25, elle aperçut celui de Celia. Cette vision n'était provoquée ni par la fumée hallucinogène virtuelle qui flottait près d'elle ni par un pirate informatique qui aurait perturbé les images de son Intraface. Non, c'était un mirage créé de toutes pièces par son esprit, aussi réel que Kasey souhaitait qu'il le soit. Or, en cet instant précis, c'était là son vœu le plus cher.

— Tu as été sacrifiée pour permettre à quelqu'un d'autre de gagner sa vie, reprit-elle en s'adressant à son aînée. Tu as payé de ton sang le confort d'autrui. Malgré tout, tu étais convaincue, comme beaucoup en ce monde, que la liberté de vivre sa vie comme on l'entend est un droit.

L'adolescente serra le poing sur son cœur jusqu'à ne plus en percevoir les battements.

— Je ne suis pas de cet avis, dit-elle en regardant sa sœur droit dans les yeux. (Malgré la crainte de voir Celia lui rendre un regard rempli d'horreur, elle poursuivit). De nos jours, la liberté est un privilège. La vie, elle, est un droit. C'est elle qu'il faut préserver avant tout. On doit en payer le prix ensemble. Plus tard, on parviendra peut-être à créer le monde dont tu rêvais, où la vie et la liberté n'auront plus à être rationnées. Tu as toujours cru que c'était possible. (À ces mots, un sourire naquit sur les lèvres de Celia et la gorge de sa cadette se serra.) Je veux y croire, moi aussi.

Elle se déconnecta pour rallier son caisson de stase, dans le module familial. En rouvrant les yeux, elle découvrit le relevé de ses constantes vitales, toutes dans la norme.

À présent, place au nouveau départ.

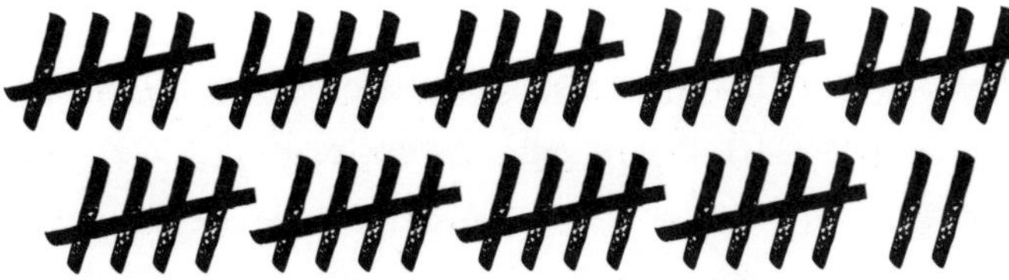

Je pensais que l'océan aurait raison de moi.

Mais c'est ici, au sommet de la crête, les yeux rivés sur l'endroit où se tenait Héros il y a quelques secondes, que je prends conscience de cette fatalité : quel que soit mon choix, je perdrai forcément une partie de moi. Je ne peux pas sortir gagnante de cette histoire.

Joule tout-puissant ! Foutues larmes qui m'aveuglent, foutus poumons, pris de spasmes tandis que je m'efforce de regagner le bas de la pente. Même si je sais que la douleur n'est qu'une partie de ma programmation, je sens la roche m'écorcher les genoux. J'enrage. J'enrage après Héros qui, attentionné jusqu'au bout, a pensé à sauter côté prairie, comme s'il voulait m'épargner d'avoir à croiser son corps sur le chemin du retour.

C'était bien essayé mais, quoi que je décide, il n'est pas question de l'abandonner. Les dents serrées, je continue ma descente. À mesure que le brouillard se dissipe, je discerne les gravats, quelques mètres en contrebas, puis…

Du sang ! Du sang sur de la peau, sur des os. Sur une autre matière blanche non identifiée.

De son torse, là où devrait se trouver sa cage thoracique, jaillissent de maigres structures tubulaires. Elles s'articulent et dansent, comme autant de pattes d'araignée sur son corps – un corps qui se répare déjà.

Soudain prise d'un vertige, je détache mon regard de Héros. *Ça ne peut pas être lui, impossible !* pensé-je dans un nouvel accès de déni. Il y a trop de vie en nous, trop de souffrance et de larmes bien humaines ! Pourtant, quand je tente de poursuivre ma descente, j'en suis incapable. Alors que la mort devrait être silencieuse, le corps de mon compagnon se réassemble avec force cliquetis. J'en ai la nausée. La bile me brûle la gorge.

« Je voulais te laisser de l'espace, pour te permettre de réfléchir. Je voulais te laisser du temps. »

— Mais quel idiot !

En même temps, c'était une bonne idée. Mort, il ne risque pas de me poursuivre. Ni de me serrer contre lui et de me demander de rester. Jusqu'à ce qu'il revienne à la vie, je suis bel et bien seule face à ma décision.

Je demeure suspendue, sans bouger, les paumes cisaillées par la corde. Plusieurs minutes passent – à moins que ce ne soient plusieurs heures. Sur cette île, le temps m'a toujours semblé détraqué. Désormais, il s'efface pour de bon.

Hébétée, je remonte vers le sommet.

J'y parviens. *Pardonne-moi.* Sans laisser à mes muscles la possibilité de récupérer, je descends l'autre versant, aveuglée par mes larmes.

Je suis sincèrement désolée.

Je prie intérieurement pour que mes bras me lâchent. Pour tomber, me briser en mille morceaux et me réveiller auprès de Héros.

Voilà, j'ai fait mon choix, mentirais-je alors. *Je suis restée.*

Manque de pot, aucun de mes souhaits ne se réalise. Mes jambes me ramènent à la maison avant de se dérober sous moi. Je me rattrape au plan de travail de la cuisine, secouée de gros sanglots.

Seule, je n'y arriverai jamais.

— Qu'est-ce que je dois faire, Nou-2 ? dis-je entre deux hoquets lorsque le petit robot entre dans la pièce, alerté par le bruit.

Pas de réponse. Elle n'est pas programmée pour réagir aux questions, ni pour résoudre des dilemmes cornéliens, d'ailleurs.

Moi, si.

Au fond, je ne suis pas seule. Une équipe de scientifiques a fabriqué mon cerveau, y a implanté des souvenirs et m'a même donné la capacité de générer les miens. Je gagne la salle de bain en titubant. *Puisque c'est comme ça, allez-y ! Montrez-moi de quoi vous êtes capables. Convainquez-moi.* Tout habillée, je me glisse dans la baignoire où je fais couler l'eau, qui monte jusqu'à ras bord puis se déverse sur le carrelage. Je me laisse submerger.

La noyade.

C'est ça, mon choix.

• • •

— Je m'occupe d'elle, si tu veux.

Un garçon se tient sur le seuil de la salle d'opération. Un employé, à en juger par son tablier de travail. Sa voix, plus aiguisée que tous les scalpels disposés sur la table, me donne des frissons.

L'espace d'une seconde, la femme au tatouage représentant un poisson-globe reste muette, puis elle hausse les épaules.

— Ça me fera moins de travail. Mais je dois admettre que je ne t'aurais pas pris pour ce type de garçon…

Quoi, un garçon qui s'intéresse aux jolies filles ? Enfin, je doute qu'il s'attende à ce que je lui fasse la conversation. Le contenu de la fiole fait déjà effet – tout devient flou.

Une fois sa collègue sortie, le jeune opérateur plasticien s'assied face à moi. Malgré la brume qui envahit mon esprit, je constate qu'il n'est pas vraiment mon genre. D'accord, il a les cheveux et les yeux noirs, ce qui me plaît, mais il y a dans son regard une certaine virulence et il dégage une énergie… fébrile.

— Une extraction d'Intraface, alors ? demande-t-il.

La bouche sèche, je confirme d'un signe de tête, et c'est tout ce dont je me souviens avant que l'anesthésie ne prenne le relais. Le monde sombre dans l'obscurité. Quand la lumière revient, je suis toujours assise dans le fauteuil, mais le bavoir attaché à mon cou a disparu. Sous mes yeux, posée sur une tablette, se trouve mon Intraface. Extraite.

— Tu n'es pas obligée de mourir.

Je me contorsionne pour regarder le garçon qui se tient derrière mon siège.

— On ne trouvera peut-être aucun traitement dans cette vie, poursuit-il, mais tu pourrais être mise dans un caisson de stase à usage médical et sauvée dans la suivante.

Après un instant de réflexion, je comprends.

— Tu as regardé.

— Oui. (Il n'a pas l'air de s'en vouloir le moins du monde. Dans ce cas, il sait forcément qui…) Celia Mizuhara.

J'avale ma salive de travers. Bravo l'anonymat…

— Qu'est-ce que tu veux ? demandé-je.

— Protéger ta sœur.

Là, il me coupe le sifflet. Une seconde, j'en oublie même d'être en colère. Je cligne deux fois des yeux et je reçois un message d'erreur quand son rang refuse de s'afficher. Bien sûr – l'anonymat est l'argument de vente numéro un, chez GRAPHYC. Malgré tout, le jeune opérateur plasticien a dû effectuer une manipulation quelconque, car son identité finit par apparaître au-dessus de sa tête.

ACTINIUM
Rang : 0

Ben voyons ! Si on omet l'incident des androïdes, il n'y a pas plus respectueuse des lois que Kay. En découvrant le rang piraté de ce garçon, elle ne s'en serait pas approchée à moins de deux mètres.

— Je sais qu'on n'était pas proches, malgré les combines de nos mères.

De nos mères ? Sans fournir plus d'explications, il se contente de me fixer de son regard pénétrant, de ses yeux aussi noirs que sans joie. Leur forme m'évoque quelque chose… Tout à coup, la ressemblance me frappe et, même si c'est insensé, je ne vois plus que ça. Il y a quelque chose en lui d'Ester Cole. Non, c'est forcément une coïncidence… Il a beau ensuite se présenter sous le nom d'André Cole, je continue à me dire que c'est impossible, que je dois encore être sous l'effet du neurosédatif.

— Tu es mort.

— J'aurais dû, répond-il d'un ton calme. Sauf que j'ai envoyé un robot à ma place. Histoire de faire une blague,

disons. (Il vient se poster devant mon fauteuil.) Tu comprends maintenant pourquoi je sais ce que ta sœur a traversé. (Il tire un tabouret et s'assied face à moi.) Fais-le pour elle : vis.

Les informations fusent à tout va : un androïde, Kay, un garçon mort – André Cole – qui s'identifie à elle. Incapable d'assembler les pièces du puzzle, mon cerveau finit par capituler. Il se concentre alors sur l'élément qui compte réellement.

« Fais-le pour elle : vis. »

À l'entendre, ça paraît tellement simple ! Si seulement… Pour commencer, être enfermée dans un caisson de stase, inconsciente, congelée pour une durée indéterminée – autrement dit, morte, dans toutes les époques précédant la nôtre –, ce n'est pas vraiment ce que j'appelle « vivre ». En plus, Kay n'est même pas au courant. Elle ne se doute pas que je suis allée nager dans l'océan en douce pour ne pas l'inquiéter. De toute évidence, mes cachotteries se sont retournées contre moi. Je ne peux m'en prendre qu'à moi-même. Je n'en ai fait qu'à ma tête, malgré les mises en garde incessantes de ma petite sœur. J'ai choisi de vivre ma vie comme je l'entendais. Désormais, c'est à moi, et à moi seule, d'en assumer les conséquences.

— C'est si mal que ça, de vouloir une mort naturelle ?

Les yeux de mon voisin d'autrefois répondent par l'affirmative. Puisque la possibilité de me faire cryogéniser existe, pourquoi ne pas en profiter ? C'est la décision la plus rationnelle, en plus d'être celle que préconiserait Kay.

— Elle me persuaderait de changer d'avis, insisté-je. Elle proposerait même de s'enfermer dans un caisson en même temps que moi.

Et serait doublement blessée par mon refus, ignorant qu'au fond, j'accepterais la stase sans hésitation si c'était la seule et unique condition pour me réveiller auprès d'elle. Mais, comme je l'explique au garçon :

— Sa place est ici, dans le présent. Si tu tenais à elle, tu serais d'accord avec moi. Alors laisse-moi partir comme je le souhaite. C'est une des rares libertés qu'il me reste.

L'employé – André – demeure muet. En silence, il me dévisage, si longuement qu'il n'y a plus aucun doute : il a tout vu. Les nuits que j'ai passées à trembler, le moment, avant de venir ici, où j'ai cru que je n'aurais pas le courage d'aller jusqu'au bout sans soutien. J'ai envie de tout déballer à Kay, de l'entendre m'assurer qu'il n'y a rien à craindre, que le monde nous attendra encore – elle et moi – lorsqu'on se réveillera dans quatre-vingts, cent, voire un million d'années.

J'en meurs d'envie, mais il est plus important encore à mes yeux qu'elle vive sans se laisser influencer par mes choix.

— Détruis-la, ordonné-je en désignant l'Intraface d'un geste. Je ne partirai que quand elle sera en miettes.

Le jeune opérateur se lève. Il prend tout son temps pour aller chercher un appareil en verre en forme de boîte. Il y dépose l'Intraface. Comparée à d'autres, je l'ai très peu utilisée. N'empêche que voir la graine exploser en une poudre fine me fait un petit pincement au cœur. Tous ces souvenirs, disparus à jamais…

Heureusement, Kay sera toujours auprès de moi, dans mes pensées.

— Merci, dis-je.

Mon ancien voisin hoche la tête, puis murmure :

— Je suis désolé.

Il le dit avec une telle sincérité… On croirait qu'il s'excuse que l'océan m'ait empoisonnée. Je ne peux pas m'empêcher d'éclater de rire, ce qui me fait me sentir instantanément plus légère.

— Le jour où tu la croiseras, dis-lui que s'il y a bien quelqu'un capable de changer le monde, c'est elle. Tu voudras bien le lui rappeler de ma part ?

Celia se lève du fauteuil. Celia, pas moi. Encore assise, je la regarde s'éloigner, se séparer de moi comme une âme exorcisée. Puis je me lève à mon tour et je la suis des yeux tandis qu'elle sort de la salle d'opération pour traverser les locaux à grandes enjambées. Ses cheveux, plus longs que les miens, se balancent au rythme de ses pas. Même en phase terminale, le cerveau dopé aux médicaments, elle attire tous les regards des clients éveillés, avec sa démarche pleine d'assurance – celle de quelqu'un qui sait quelle est sa place dans le monde.

Pour une fois, il n'y a plus aucun doute en elle. Au moment où l'aînée des Mizuhara quitte GRAPHYC, je sais que ses craintes se sont envolées pour de bon. Elle a fait son choix – celui de passer ses derniers jours dehors, à respirer l'air qui a alimenté les poumons de milliards d'êtres vivants avant elle, et continuera à le faire après sa mort. Elle choisit de se laisser porter par le bleu amniotique de l'océan, d'embrasser pleinement la vie, jusqu'au dernier instant, dans l'espoir que Kay pourra vivre la sienne.

• • •

Je reste dans la baignoire jusqu'à ce que l'eau refroidisse.

Et dire que, pendant tout ce temps, j'ai cru que c'était Kay, mon dilemme ! Sa vie contre la mienne. Maintenant que j'ai découvert cet ultime souvenir – indubitablement façonné par mon cerveau, puisque inexistant dans l'Intraface de Celia –, je prends conscience que je n'ai pas à choisir Kay.

Je me résous à sortir du bain. Dans le miroir suspendu au-dessus du lavabo, c'est son visage que je vois. Celui de la jeune fille dont on m'a donné les traits. Elle m'a privée de ma liberté de penser. Je devrais la détester, mais comment en vouloir à quelqu'un que je comprends ? Car c'est la vérité : je la comprends mieux que quiconque, mieux encore que sa propre sœur.

J'aurais aimé pouvoir lui parler. Je sais qu'elle se trouve superficielle – quoi de plus normal, quand on a une mère comme Genevie, une figure qui fait autorité dans le monde extérieur, et une sœur comme Kay, capable d'inventer des univers tout entiers ? Quand elle se compare à elles, Celia juge frivole sa vie en apparence extravagante. J'aimerais lui dire qu'elle se trompe. Elle est courageuse, forte, dotée d'une empathie sans bornes, d'une détermination à toute épreuve. Avant de lui emprunter une partie de son nom, j'avais déjà sa volonté pour m'aider à sortir la tête de l'eau. Elle m'a transmis sa capacité à aimer et je ne l'ai pas gâchée, ça non ! L'amour que je porte à Nou-2, Hubert et M. M. en est la preuve. En laissant le temps faire son œuvre, Héros rejoindrait cette liste, lui aussi. J'aime aussi le sel de la brise marine qui me fouette le visage et l'humidité du sable entre mes orteils. Croyez-le ou non, je porte même cette île dans mon cœur, séduite par l'idée que quelqu'un d'autre s'en est épris, il y a mille ans de ça.

Je chérirais ma sœur, si j'en avais une – ce qui n'est pas le cas.

Ceux qu'il nous faut retrouver

Si ça se trouve, je ne saurai jamais si Kay mérite de vivre plus que moi. Mais il y a une chose dont je suis certaine : personne n'arrive dans ce monde par choix. Les plus chanceux d'entre nous peuvent en revanche décider de la manière dont ils le quittent.

J'ai été témoin du cheminement de Celia. Dans ses derniers instants, elle a choisi d'être fidèle à elle-même, à sa nature protectrice. Maintenant qu'elle n'est plus là pour veiller sur sa sœur, c'est à moi de prendre la relève, et c'est elle que je choisis. La seule à ne pas avoir reçu tout l'amour inconditionnel de l'aînée des Mizuhara, celle qui était à mes côtés, ces trois dernières années, avant Nou-2, avant Héros. Une jeune fille morte aux yeux du monde, mais qui vit encore dans mon cœur et dans mon esprit. Elle cherchait un sens à la vie, quelque chose de plus grand que sa propre existence. Je peux le lui offrir. Je vais la retrouver, cette jeune fille perdue en mer.

C'est même déjà fait.

48

Kasey prit position sur le plongeoir, attendant le top départ.

À vos marques…

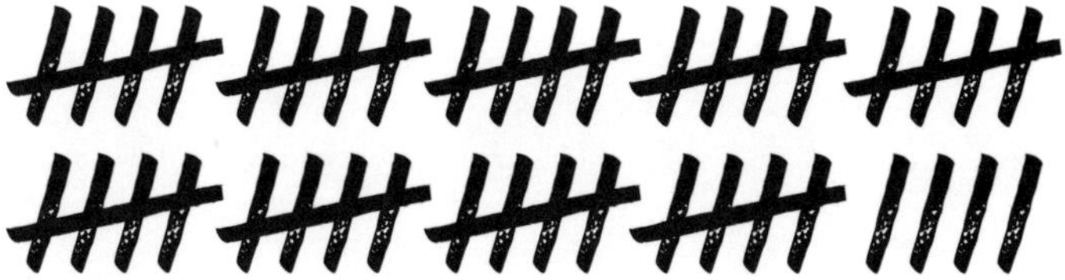

Au bout du ponton englouti, je contemple les vagues qui ondoient dans la brume. Nou-2 me rejoint. Je lui souris.

— Reste là.

50

Partez !

Sous les yeux du petit robot, je saute de la jetée et je laisse l'eau m'envelopper.

52

Seulement, Kasey ne sauta pas.

Laissant la compétition de natation virtuelle se poursuivre sans elle, elle dévisagea la lycéenne qui s'approchait et dont les traits étaient tout aussi flous que lors de la soirée organisée par la benjamine des Mizuhara.

Yvonne Yorkwell en personne…

— Salut, dit l'adolescente, elle aussi vêtue d'une combinaison de natation. Je sais bien que mon *timing* n'est pas idéal, mais je crois que c'est le seul cours qu'on a ensemble et…

— Assez bavardé, les filles. À l'eau ! ordonna leur professeur de sport depuis l'autre côté de la piscine.

— *Je tenais juste à te dire que j'ai écouté ton discours.*

Kasey sentit ses orteils se recroqueviller sur le plastique antidérapant du plot de départ.

— Ça m'a vraiment touchée, s'empressa de poursuivre son interlocutrice. Alors, si je peux faire quoi que ce soit pour soutenir la cause, n'hésite pas.

Leur professeur se dirigeait vers les deux pipelettes.

— Il n'y a plus de cause.

Du moins, plus aucune à laquelle Kasey contribue. Le C2P n'attendait sûrement pas qu'elle reprenne son poste – elle avait purgé sa peine, bafouant, par la même occasion, sur la scène internationale, la confiance que le comité avait fini par lui accorder. Depuis ce fameux jour dans le Territoire 4, Meridian et elle ne s'étaient plus adressé la parole. Quant à Actinium, l'adolescente l'avait supprimé de ses contacts en quittant GRAPHYC, sans un regard en arrière. Elle ne se félicitait pas pour autant de la voie qu'elle avait choisie. Sur le moment, elle n'avait eu aucun mal à l'écarter de sa vie mais, à présent qu'elle était de retour en cours, entourée de ses camarades qui ne la comprenaient pas, dans un environnement où rien n'avait changé, il lui était difficile de se convaincre qu'elle était assez courageuse, assez humaine, qu'elle avait ce qu'il fallait, en somme, pour avoir un quelconque effet sur un monde dont elle se sentait souvent tellement éloignée.

— Il n'y a plus de cause, répéta Kasey en voyant qu'Yvonne ne faisait pas mine de partir. Puis, avant un nouveau rappel à l'ordre, elle dit : Bon, il faut que j'y aille.

Elle plongea. L'espace d'un instant, le monde rugit, puis ce fut le silence, l'eau se refermant au-dessus de la tête de Kasey.

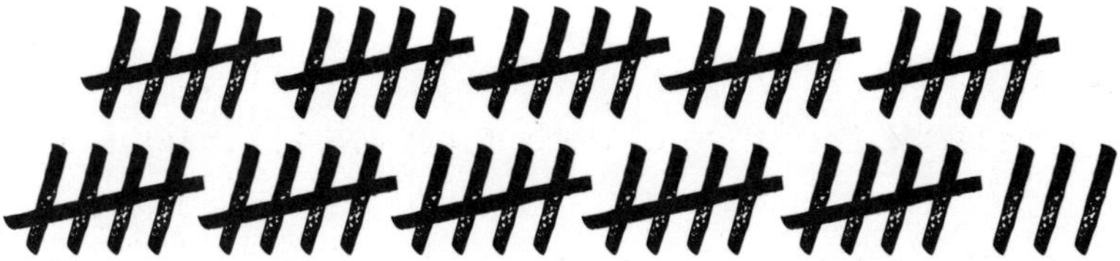

Je nage.

54

Kasey ne nagea pas.

Non, elle se laissa couler au fond du bassin, repliée en position fœtale.

Actinium lui avait dit que choisir la liberté, c'était se défiler. C'était tout le contraire : depuis leur dernière conversation, sa vie s'était arrêtée. N'ayant plus personne derrière qui se cacher ou pour prendre les rênes à sa place, elle s'était retrouvée face à elle-même – ses pensées, ses choix, ses erreurs. Et des erreurs, elle en avait commis beaucoup.

Sous l'eau, en revanche, elle pouvait simplement exister : ne plus réfléchir, se laisser bercer…

Lorsqu'elle ouvrit les paupières, les couleurs, bien que toujours complexes, apparurent estompées. Le cœur de Celia battait en elle, en plus du sien, lui qui tambourinait avec force, amplifié par l'eau. Le cœur de Kasey était un cœur cartésien, à l'image de son esprit. Un peu trop, peut-être. C'était à la fois un défaut et une preuve de son humanité. Un androïde aurait en effet été créé sans faiblesses. Une créature privée de conscience de soi n'aurait pas été sujette à l'angoisse. Ce perpétuel sentiment qu'il manquait quelque chose, comme une pièce de puzzle qu'on aurait égarée, ce devait être la fameuse qualité incommensurable dont parlait sa sœur aînée. Quoique prenant des formes différentes pour chacun, c'était cette absence qui unissait les hommes, tous autant qu'ils étaient.

Même Yvonne et Kasey.

La cadette des Mizuhara localisa dans son Intraface le document classifié du C2P et le scruta, comme elle avait scruté le fichier contenant les souvenirs de sa sœur, ce matin-là, avant les cours. Au bout d'un certain temps, elle s'était résolue à supprimer ces images de son cerveau pour les sauvegarder sur une carte mémoire externe, qu'elle avait glissée dans sa poche, une fois le sentiment de trahison passé.

Tandis que Celia était morte, d'autres vivaient encore. Ils ne comptaient peut-être pas aux yeux de Kasey, mais la science était au service des vivants, pas des morts, et elle se moquait du fait que le visage d'Yvonne apparaisse au pied du rapport du C2P. C'était le groupe Yorkwell, basé dans le Territoire 3, qui avait provoqué la fuite du pipeline en fermant ses anciennes mines en haute mer – condition *sine qua non* à l'immigration de ses propriétaires dans l'éco-cité. Homicide involontaire. Le geste partait d'une bonne intention, mais le résultat restait le même.

Lorsque le mal est fait, on ne peut pas revenir en arrière.

Kasey ferma le fichier, qu'elle supprima. Elle s'en voulut un instant de ne pas se sentir plus touchée. Peut-être pardonnait-elle à Yvonne trop facilement… Peut-être trahissait-elle la mémoire de sa sœur en agissant de la sorte. Elle se rappela alors son choix : celui de vivre en étant fidèle à sa nature, pour elle-même.

Son insensibilité ne la rendait pas moins humaine.

Elle relâcha la respiration qu'elle retenait. Des bulles de dioxyde de carbone s'échappèrent de ses narines pour flotter jusqu'à la surface, où elles étaient à leur juste place. C'était aussi là-haut qu'était la sienne. Avec ou sans équipe pour l'épauler, elle tiendrait l'ultime promesse qu'elle avait faite à son aînée. Elle commencerait ici, en émergeant dans un monde qui avait tout autant besoin d'elle que de Celia.

Six ans plus tard

— J'aurais dû parier que je te trouverais là.

Portée par les vagues et le vent, une voix fantomatique fit oublier à Kasey, l'espace d'une nanoseconde, où et qui elle était.

Mais soudain, tout lui revint.

• • •

Vingt minutes plus tôt.

— Sûre et certaine ? insista Kasey depuis le porche de Léona, après avoir décliné son invitation à prendre le thé à l'intérieur.

Il restait vingt-neuf heures avant le grand lancement de l'opération Nouveau Départ. Durant ce laps de temps, la jeune femme avait une trentaine de missions à accomplir, et s'assurer une dernière fois que Léona ne voulait pas faire installer de robots-reconstructeurs sur l'île n'en faisait pas partie.

— J'ai déjà le bouclier, affirma l'îlienne.

La mâchoire de Kasey se contracta.

— Il ne tiendra pas longtemps.

Au fil du temps, sa voix avait pris un timbre plus grave. Les gens n'écoutaient pas la raison, mais l'autorité – même si, pour faire illusion, il suffisait généralement de se donner un air austère et d'enfiler une blouse blanche.

— Il se maintiendra peut-être pendant un siècle. (Deux, tout au plus.) Mais, après ça, il se détériorera. (Sans compter que, quand bien même l'île ne serait pas rayée de la surface de la Terre, comme tant d'autres lors de la fonte de l'Arctique, elle ne serait pas épargnée par les éléments.) Rien ne sera plus comme avant, souligna une nouvelle fois Kasey, qui faisait de son mieux pour que Léona comprenne le message.

— On n'aura qu'à reconstruire.

— Ce ne sera pas facile. Il n'y aura peut-être plus personne pour t'aider.

Son Intraface émit un tintement pour la prévenir du début imminent d'une réunion. Kasey chassa la notification en clignant des yeux.

— Je n'ai pas peur, affirma son interlocutrice, d'une même volonté de fer.

La jeune femme ouvrit la bouche, puis la referma. Il n'était plus question de l'île, mais de celui qui la hantait.

Lorsque Kasey était retournée chez GRAPHYC, six mois après sa dernière visite, Actinium n'y était plus. Le module en haut de l'escalier avait été entièrement vidé, à l'image de la mémoire du garçon, à laquelle elle avait soustrait tout souvenir d'elle et de leur solution pour assurer la survie de l'espèce humaine. Il n'avait en revanche pas oublié ses principes. Un an et demi plus tard, il avait assassiné le Premier ministre du Territoire 2. Coïncidence ? Il s'agissait du territoire dont les représentants s'étaient le moins mobilisés lors de leur campagne promotionnelle. Par la suite, on avait attribué au jeune homme toute une série de meurtres – allant de ceux de PDG d'entreprises à forte empreinte carbone à ceux de citoyens lambda au rang inférieur à la moyenne. Afin de l'arrêter, l'Union planétaire avait réuni une unité spéciale et, sitôt Actinium localisé sur l'île, les lieux et ses résidents avaient été placés sous surveillance.

Après toutes ces mésaventures, le brun des cheveux de Léona semblait avoir grisonné sous les yeux de Kasey. Têtue comme une mule, l'insulaire refusait d'écouter les avertissements de la jeune femme et de croire qu'Actinium représentait non seulement une menace pour la société, mais aussi pour elle. Si elle se croyait capable de le remettre dans le droit chemin, comme elle pensait pouvoir reconstruire cette île, elle se trompait lourdement.

Mais à quoi bon en appeler à la logique ? Elle s'arrête là où l'amour commence.

— Tout contact avec lui doit faire l'objet d'un rapport, lui rappela Kasey – même si, à force de répétition, les mots perdaient tout leur sens.

Pour toute réponse, Léona lui prit la main. La jeune femme se raidit. Elle était constamment entourée, mais tout le monde – y compris son équipe – avait appris à se tenir à bonne distance.

— Tu t'es beaucoup investie, Kasey.

Elle n'avait fait que servir les besoins de la science.

— Nous t'en sommes tous très reconnaissants.

Elle était aussi insensible à la gratitude qu'aux menaces de mort. Son métier l'y avait habituée.

— Sans toi, poursuivit Léona, nombreux sont ceux qui n'auraient pas droit à cette deuxième chance.

— Pour beaucoup, c'est déjà trop tard.

Après avoir abandonné ses études, il avait fallu à Kasey près d'un an pour dénicher une entreprise d'inno-technologie prête à la parrainer, puis une autre année pour convaincre l'Union planétaire et le C2P de lui accorder leur confiance à nouveau. Ajoutez à l'équation trois ans pour obtenir une adhésion mondiale à l'opération Nouveau Départ et un de plus pour concevoir un système voué à imposer une participation universelle. Temps total écoulé : six ans. Catastrophes naturelles essuyées : deux mégaséismes supplémentaires, trois tsunamis et d'innombrables ouragans de catégorie cinq. Nombre de morts : 760 millions. Les éco-cités avaient ouvert leurs portes aux réfugiés indépendamment de leur rang, mais cette action compensatoire avait trop tardé et l'humanité en avait fait les frais. La densité de population croissante avait ravivé certains troubles physiologiques, éradiqués autrefois par les Cole. Quant à la santé mentale générale, elle s'était dégradée lorsque, en vue de réduire le surpeuplement, les quotas d'holographie avaient dépassé le maximum conseillé.

Si seulement l'humanité avait trouvé un consensus plus tôt et que le calcul du coût d'opportunité avait été fait plus vite… Heureusement, Kasey avait fini par se faire à l'idée que l'inefficacité était un symptôme de la condition humaine, si bien que la frustration qui avait brûlé dans son cœur n'était désormais plus qu'une braise mourante.

Léona serra sa main entre les siennes.

— Tu as fait de ton mieux. Celia ne voudrait pas que tu te reproches quoi que ce soit.

Celia. Après le premier échec de l'opération Nouveau Départ, Kasey était venue sur l'île, seule. Léona et elle étaient allées regarder Francis John Junior restaurer le bateau, de l'autre côté de la digue. Voilà les souvenirs que la jeune femme gardait de ce séjour : l'été, les rayons du soleil, verts à travers les arbres, les cris des jumelles O'Shea qui jouaient dans la piscine de Francis, à deux pas de là… Puis était venu l'automne. Une fois le bateau remis à neuf, quelque chose avait guéri en Kasey. Désormais, entendre le prénom de sa sœur ne lui nouait plus la gorge.

— Il faut que j'y aille, annonça-t-elle à son hôte.

Elle libéra sa main et descendit les marches du perron. Un robot-coptère l'attendait sur la plage. Un tintement la prévint que la réunion avait commencé sans elle. Aucune importance. Ce n'était pas une priorité, de toute manière. La jeune femme se figea devant l'appareil. Au fond, elle avait peut-être un peu de temps à tuer.

Rien qu'une minute, se dit-elle, laissant ses pieds choisir sa destination. Ils la conduisirent sur la jetée, un endroit paisible où profiter de la mer et de la brise, même s'il était difficile de savourer quoi que ce soit quand des notifications tintinnabulaient sans cesse dans son Intraface – des messages de son laboratoire, du C2P, des demandes d'interview et plus encore. Elle répondit aux messages les plus urgents, en archiva d'autres pour plus tard, puis consulta les réseaux sociaux par réflexe. L'émission de Meridian Lan était la tendance du moment. Kasey visionna les dernières secondes d'un extrait. On y voyait son ancienne camarade de classe assise sur un canapé rouge, face à son partenaire à l'antenne.

« *Ont pollué la Terre. Et les privilégiés, dans tout ça ? Les premiers à s'industrialiser ont imposé leurs règles aux autres. On a attendu des territoires les moins développés non seulement qu'ils adoptent une énergie propre, mais aussi qu'ils fassent avancer leurs sociétés, et ce, après des siècles d'exploitation !* »

« *Par ailleurs, peut-on vraiment se prétendre respectueux de l'environnement lorsqu'on se contente de délocaliser son industrie dans le Territoire 4 ?* » ajouta l'autre présentateur.

« *Vous m'ôtez les mots de la bouche.* »

« *Voilà un nom connu du monde entier : Kasey Mizuhara, directrice scientifique de l'opération Nouveau Départ. Diriez-vous qu'elle représente cette caste privilégiée ?* »

« *Absolument*, confirma Meridian. *Et, si vous voulez mon avis, elle souffre du syndrome du sauveur.* »

Ce n'était pas tout à fait faux. Un exemple le démontrait : avant de quitter le module familial et de couper définitivement les ponts avec David, elle lui avait transféré la demande de relogement des Lan, non sans lui rappeler qu'elle pouvait à tout moment révéler le rôle qu'avait joué le C2P dans la dissimulation de l'affaire mettant en cause le groupe Yorkwell. Bien sûr, elle n'avait aucune intention de mettre ses menaces à exécution – impossible, puisqu'elle ne disposait plus du fichier en question –, ni de confier la vérité à Meridian. Les deux jeunes femmes n'avaient jamais renoué leur amitié – à supposer qu'elles aient jamais été amies. Avec le recul, Kasey s'était rendu compte que leur relation était surtout à sens unique. Elle en avait déjà conscience à l'époque, d'ailleurs, mais s'était gardée d'exprimer son point de vue. Comme dans bien d'autres situations, elle s'était contentée de laisser les autres imposer leurs conditions. Étaient-elles en tort, elle ou Meridian ? Non. Elles n'étaient encore que des enfants, onze ans plus tôt, dans cette fameuse cantine. En grandissant, elles s'étaient éloignées pour devenir deux adultes très différentes. Kasey avait choisi la science et Meridian, les plateaux de télévision. La jeune femme n'éprouvait aucune rancœur envers son ancienne partenaire du club de science. Toutes les molécules n'étaient pas destinées à se lier.

Elle ferma le fil d'actualité et jeta un dernier regard au paysage qui l'entourait. La minute qu'elle s'était autorisée était écoulée. Si Léona s'obstinait à refuser les robots-reconstructeurs, la jetée finirait inévitablement par sombrer. Tant pis. Après tout, elle n'était d'aucune utilité. En plus, c'était l'endroit qui rappelait le plus à Kasey l'adolescente naïve qu'elle avait été, celle qui manquait tellement d'assurance et de confiance en elle qu'elle avait emprunté les émotions d'un autre. Elle entendait encore sa voix, portée par les vagues…

Une voix qui lui parvenait en ce moment même, par-dessus le ressac.

Était-ce possible ? Assez pour que Kasey se retourne, mais loin de suffire pour qu'elle croie un instant à une hallucination ou à un piratage de son Intraface.

Malheureusement, les probabilités de voir se réaliser l'un de ces deux scénarios étaient encore plus minces. Comme toute figure publique, elle était protégée des bio-attaques par son biomoniteur, programmé pour envoyer à tout moment une armée de nanorobots dans son système sanguin. Une technologie antipiratage préservait sa rétine, son cerveau, son ADN et jusqu'à la moindre de ses cellules cutanées. Elle était un véritable rempart, opaque dans tous les sens du terme.

Tout l'inverse d'Actinium, dont l'hologramme, posté à l'extrémité de la jetée, était à demi transparent. Kasey tenta de localiser le corps physique du fugitif, sans succès. Ses dents se mirent à grincer et son sang, à battre à ses tempes. Les mots qu'il avait prononcés résonnaient dans sa tête, tel un écho.

« J'aurais dû parier que je te trouverais là. »

— C'était bien essayé, dit-il en s'approchant.

Au fil des années, les hologrammes étaient devenus plus fiables et avaient progressé sur le plan visuel. Celui d'Actinium parvenait à simuler les mouvements du vent dans ses cheveux, qu'il avait plus longs, désormais, sa raie sur le côté remplacée par une mèche décoiffée. Il avait maigri, ses traits étaient émaciés. Sous son imperméable noir, trop large pour lui, il portait un T-shirt blanc qui laissait deviner ses côtes. Une barbe de trois jours lui assombrissait la mâchoire, mais son regard était resté le même. Lorsqu'il rencontra celui de Kasey, la jeune femme eut la sensation d'observer son reflet dans un miroir. Bien qu'il ne soit pas physiquement présent, elle se surprit à reculer d'un pas. Au même instant, il reprit la parole :

— Mais tout le monde sait qu'il vaut mieux sauvegarder ses fichiers.

Inutile de préciser à quels fichiers il faisait allusion.

Durant six ans, Kasey avait été persuadée qu'Actinium agissait sans se souvenir d'elle, ni de ce qu'ils avaient partagé. Apprendre qu'il n'avait rien oublié, qu'il l'avait seulement laissée le croire…

— Quelle perte d'espace, lâcha Kasey, impassible.

Alors comme ça, elle avait échoué. Et Actinium ? En passant aux aveux, il venait de perdre son avantage. Elle, en revanche, conservait le sien. Le lancement de l'opération Nouveau Départ était imminent. Le trouble qu'elle éprouvait – un mélange de rancœur, de joie, d'humiliation et de soulagement – était comme toute émotion : irrationnel et surfait.

La seule âme d'Actinium ne faisait pas le poids face aux millions d'autres qui comptaient sur elle.

— Je vois que tu te sous-estimes toujours, constata le jeune homme, qui continuait de s'approcher.

— Je sais ce que je vaux. Je n'ai pas besoin de ton avis.

— Tu as changé, dans ce cas.

Lui était toujours le même, en revanche : ses objectifs n'avaient pas bougé d'un iota et le précédent avis de recherche le concernant – que Kasey n'avouerait jamais avoir regardé, bien sûr – était on ne peut plus fidèle.

— Qu'est-ce qui t'amène ici ? Tu viens te réjouir de l'erreur que j'ai commise il y a six ans ? demanda-t-elle, en reculant de nouveau.

Il s'immobilisa à précisément 3,128 mètres d'elle, à en croire son Intraface.

— En partie. Mais c'est surtout pour te prévenir que tu vas échouer.

Impossible. Kasey passa en revue tous les cas de figure. Les caissons de stase étaient surveillés jour et nuit – désormais, il n'était plus question de les équiper d'un verrou permanent activé par le rang de l'occupant, comme ils l'avaient imaginé au départ. À moins qu'il ne trafique les baromètres ? Non… Quand bien même Actinium parviendrait à reproduire leur technologie et à la manipuler de manière à être le premier réveillé, que risqueraient-ils ? Sans Kasey, la refondatrice zéro, les caissons demeureraient scellés. Or le sien ne s'ouvrirait qu'à condition d'être retrouvé par son robot, programmé pour la tirer de sa stase, qu'importe ce qu'Act…

— J'ai conçu des androïdes qui savent exactement comment arrêter les tiens.

Et alors ? faillit demander la jeune femme. *Ce n'est pas à toi de décider qui se réveille ou non. Moi seule en ai le droit.* D'ailleurs, sans Kasey, personne ne se réveillerait…

Personne ne se réveillerait.

Il suffisait de l'arrêter, d'empêcher son robot de la ranimer, pour que l'humanité tout entière reste en stase. Pour que le monde demeure entièrement dépeuplé.

— Tu ne peux rien contre eux.

Heureusement pour Kasey, son ton naturellement monotone ne laissait rien paraître de l'horreur, de l'écœurement et de la honte qu'elle éprouvait. Elle s'était trompée : il avait bel et bien changé. Il était encore plus monstrueux qu'avant.

— Tue-les, si ça t'amuse. Ils se régénéreront.

— Il existe d'autres manières de détourner quelqu'un de son objectif, argua Actinium.

— Tu parles par expérience ? Parce que, visiblement, je n'ai pas réussi avec toi.

Pour toute réponse, un sourire se dessina sur les lèvres du garçon. Quel culot ! Lorsqu'il s'avança de plus belle, Kasey fit instinctivement un nouveau pas en arrière.

Seulement, elle était parvenue à l'extrémité de la jetée. Il n'y avait plus rien derrière elle sinon les flots.

Son centre de gravité tangua. Au-dessus d'elle, le ciel chavira, puis s'immobilisa lorsque quelque chose la retint par la taille.

— Certains pourraient croire qu'un simple pas peut, à lui seul, faire toute la différence, murmura Actinium, dont le souffle effleurait l'oreille de Kasey. (Elle écarquilla les yeux. Sa chaleur était bien réelle, tout comme son bras glissé dans son dos et le contact de son torse.) Mais, même si on n'en a pas conscience, on a déjà pris la plupart de nos décisions bien avant d'arriver au bord du précipice.

Il la lâcha et recula. En cet instant précis, sa silhouette se mit à scintiller. Lorsqu'il désactiva le filtre qui altérait son apparence, son opacité monta à 100 %. En calibrant parfaitement ce filtre selon les préréglages de l'Intraface de Kasey, il avait réussi à lui faire croire qu'il était venu sous forme d'hologramme, alors qu'il était bel et bien présent, en chair et en os.

Elle pourrait le tuer… et inversement. D'ailleurs, il aurait déjà pu lui tirer dessus à bout portant. Pourquoi ne pas l'avoir fait ?

— Je connais ton esprit par cœur, comme tu connais le mien, reprit-il.

Elle n'en était pas si sûre… Pourquoi renoncer à l'effet de surprise ? Quel était l'intérêt de prendre un risque pareil ? D'un moment à l'autre, il allait forcément lui révéler son véritable stratagème.

Mais tandis que Kasey récapitulait toutes les possibilités, Actinium se contenta de la planter là.

— À dans un millénaire ! On verra bien qui gagnera, dit-il en parcourant la jetée en sens inverse.

À l'extrémité du ponton, un objet miroita, dissimulé jusqu'alors par la même technologie que son propriétaire avait utilisée pour berner Kasey : un robot-coptère.

À sa vue, la jeune femme reprit ses esprits. Elle dégaina l'immobiliseur REM dont elle ne se séparait jamais, tira… et manqua sa cible.

Le coup suivant érafla la carrosserie de l'appareil. Malheureusement, l'effet paralysant n'agissait pas sur les objets inanimés. Actinium se jeta à bord de l'engin, qui décolla avant de s'évaporer en un clin d'œil.

• • •

De retour dans son module, Kasey se glissa dans son aérodouche, qu'elle passa en aquamode au bout de quelques minutes.

C'était l'un des rares luxes qu'elle s'octroyait. Celia avait raison : jamais l'air ne procurerait la même sensation de pureté qu'un bon vieux jet d'eau. Après une longue journée, c'était parfois la seule manière pour Kasey de se sentir renaître.

Ce jour-là cependant, même l'eau brûlante ne suffit pas à nettoyer sa peau, qui ne fit que rougir, son sang en ébullition.

Si elle s'était aperçue dès le début qu'Actinium était présent sur l'île en personne, il aurait été capturé. Elle aurait dû réagir plus vite, mieux viser…

« Même si on n'en a pas conscience, on a déjà pris la plupart de nos décisions bien avant d'arriver au bord du précipice. »

Sans prendre la peine de se sécher, Kasey s'assit au pied de son caisson de stase. Perdue dans ses réflexions, elle massa le « C » tatoué sur son poignet droit.

À sa place, n'importe quel individu doté d'un sens moral conventionnel aurait informé l'Union planétaire des renseignements récemment découverts (ou plutôt, jamais oubliés) par Actinium. Après avoir consacré le plus clair des années précédentes à l'étude du comportement humain, la jeune femme avait appris à l'imiter. Interrogée au sujet de son ancien partenaire, elle aurait pu révéler leur relation passée, quitte à perdre son poste de directrice scientifique. Ce n'était pas ce qui la retenait. Ni la cause du doute qui s'insinuait en elle.

« C'est l'être humain, le vrai fléau, Kasey. »

Versée comme elle l'était en psychologie humaine, elle savait éviter les écueils habituels : les raisonnements fallacieux, les certitudes basées sur de simples intuitions... Si le moindre élément venait compromettre l'opération Nouveau Départ, sa mise en œuvre se verrait, au pire, annulée, au mieux, repoussée. Le temps que le monde redouble d'efforts pour capturer Actinium, la souffrance générale serait prolongée pour une durée indéterminée. Il suffirait à l'ennemi public numéro un de rester en cavale pour gagner à son propre jeu.

Quel emmerdeur ! Il aurait mieux fait de la tuer. *Pourquoi m'as-tu laissé la vie sauve ?* songea Kasey.

Son cerveau formula la réponse d'Actinium. *Pour la même raison que toi.*

Mâchoire serrée, elle se leva et fit face à son caisson de stase. Son revêtement ultra-brillant lui renvoya le reflet d'une jeune femme qui était parvenue à convaincre son espèce tout entière de la suivre jusque dans les profondeurs de l'océan.

Seulement, elle n'était pas l'une des leurs. Et, contrairement à l'adolescente qu'elle était autrefois, elle avait renoncé à s'efforcer de rentrer dans le moule. Elle était telle qu'elle était, un point c'est tout.

Actinium et elle avaient chacun leur vision du monde, chacun leurs androïdes. Ce serait l'hypothèse de l'un contre celle de l'autre.

Elle l'entendait presque la narguer : *Mène donc ta petite expérience, toi qui as si confiance en toi.*

Sans en avertir le reste du monde ? On l'accuserait de mettre en péril toutes ces vies humaines. Sa solution avait beau être un pari, c'était un pari calculé. Son labo avait soumis ses robots à toutes les simulations imaginables et obtenu un taux de réussite de 98,2 %. La population n'aurait peut-être pas pu supporter ce risque d'échec de 1,8 %, mais il n'effrayait pas Kasey. Les probabilités étaient de son côté.

Ça n'avait pas toujours été le cas. Parmi ses premiers prototypes, un sur cinq avait dévié de sa programmation initiale afin de prendre sa liberté. Tout le monde n'était pas aussi altruiste que le pensait la jeune scientifique. Seul un profil bien particulier avait la capacité d'accomplir cette mission, un être animé par le besoin de se rendre utile, qui trouvait refuge non pas dans un foyer, mais dans le cœur d'autrui… Un être comme Celia.

Kasey en avait pris conscience lorsqu'elle avait inséré la carte mémoire contenant les souvenirs de son aînée dans le générateur de simulations. Sa sœur avait accepté la fatalité de son pronostic pour deux raisons : éviter de se condamner à passer le restant de ses jours prisonnière d'un caisson de stase et épargner à Kasey le même sort. La cadette des Mizuhara désapprouvait toujours autant ce choix, qui lui semblait extrême et influencé par les préjugés de Celia. Mais son aînée était humaine et, par nature, capable de se tromper. Il avait fallu à Kasey un certain temps pour admettre que la peur qu'avait sa sœur de décevoir ses proches pouvait constituer un défaut. Celia, comme elle, avait ses propres angoisses et un million de facettes que sa cadette, aveuglée par les plus éclatantes, n'avait découvertes qu'après sa mort.

Mieux vaut tard que jamais, pas vrai ? Quand Kasey avait enfin accepté que sa sœur et elle étaient des égales, une solution lui était apparue, comme une évidence. Avec sa bénédiction, son labo avait cessé de programmer les androïdes à l'aide de souvenirs génériques pour leur implanter directement ceux de Celia. C'était un choix logique, qui permettait d'écarter toute erreur de copie et procurait en outre à Kasey un certain réconfort, aussi irrationnel soit-il. Elle avait confiance en Celia. Peut-être n'étaient-elles pas « comme les deux doigts de la main », pour employer une expression populaire, mais le lien qui les unissait surpassait tout – les divergences d'opinions comme les millénaires.

Oui, je la mènerai au bout, ma petite expérience, rétorqua-t-elle à Actinium en pensée. Elle avait autant confiance en elle qu'en la perfection de son projet.

Bon, d'accord, il lui avait fallu du temps pour en arriver à cette conclusion – comme pour tout le reste, d'ailleurs –, et les six dernières années avaient exigé des sacrifices. Si Celia avait été en vie, elle aurait été horrifiée par l'état des cheveux de sa cadette – rasés pour qu'elle n'ait pas à les entretenir –, son module aussi spartiate qu'une station spatiale et sa vie sociale inexistante. N'empêche qu'elle aurait également été fière. Lorsque Kasey avait enfin compris les différentes facettes de la personnalité de Celia, elle s'était aperçue que ses androïdes n'avaient jamais inspiré la moindre crainte à sa sœur. Non, son aînée avait simplement eu peur de n'avoir pas été à la hauteur, d'avoir été absente au moment où Kasey (qui n'en avait pas conscience elle-même) avait le plus besoin d'une sœur.

Elle n'aurait pas dû s'inquiéter. La jeune scientifique se contentait de peu. Ses robots, son laboratoire : voilà tout ce dont elle avait besoin – et encore, même eux étaient superflus. Eux, mais pas Celia.

Sa sœur, qu'elle ne retrouvait désormais plus que dans ses rêves où, tous les soirs, elle l'attendait, quel que soit le temps qu'il faille à Kasey pour la libérer. Ensemble, elles descendaient une échelle qui menait à l'océan. Des jours durant, elles se laissaient flotter sous le soleil, sans jamais voir leur peau se rider, et la cadette prononçait ces quelques mots, puisés au plus profond de son cœur :

— Je t'aime et, même si tu m'abandonnais, jamais je ne te remplacerais.

Remerciements

J'ai beau avoir écrit le premier jet de cette histoire en 2017, c'est tout au long de l'année 2020 que je l'ai révisée. Élaborer une intrigue centrée sur une catastrophe planétaire en pleine pandémie mondiale fut une expérience pour le moins curieuse. Pourtant, même lorsque j'étais confinée (un peu comme Kasey, au fond), il ne s'est pas écoulé un jour sans que je pense à mon entourage – tout particulièrement à ceux sans qui ce livre n'aurait pu voir le jour.

Je tiens à remercier Leigh (encore) et Krystal : vous avez cru en cette histoire avant même que j'y croie moi-même. Quand je me suis retrouvée dans une impasse, ce sont vos paroles d'encouragement qui m'ont donné le courage de cliquer sur « ENVOYER ».

Merci à John, qui s'est laissé convaincre à son tour et a présenté ce roman avec ferveur aux bonnes personnes. Merci également à Folio, Kim Yau, Ruta Rimas et Sarah McCabe pour leurs lectures très précieuses.

Merci du fond du cœur à Jen Besser, qui a réussi à me mettre à l'aise dès notre première conversation téléphonique (un véritable exploit, tous ceux qui me connaissent en conviendront). Tu m'as aidée à faire de cette histoire un projet en lequel j'ai cru de toutes mes forces.

Merci à toute l'équipe de Macmillan, notamment Luisa Beguiristaín, Kelsey Marrujo, Mary Van Akin,

Kristen Luby, Johanna Allen, Teresa Ferraiolo, Kathryn Little, Bianca Johnson, Allyson Floridia et Lisa Huang. Je n'oublie pas Brenna Franzitta et Aurora Parlagreco, que je remercie mille fois, non seulement pour ce graphisme impeccable, mais aussi d'avoir prêté son écriture au design du titre.

Puisque j'en suis aux artistes, merci infiniment à Aykut Aydoğdu d'avoir réalisé la couverture, ainsi qu'à Paulina Klime et Eduardo Vargas pour les sublimes illustrations des pages de garde. Merci d'avoir fait profiter cette histoire de vos talents.

Merci à toute l'équipe de Books Forward, particulièrement à Chelsea Apple, Ellen Whitfield et Marissa DeCuir, d'avoir présenté Kasey et Celia avec tant de passion.

Je remercie également Marie Lu d'avoir si gentiment répondu à mon e-mail, il y a des années de ça, et de m'avoir fait vivre un des rares moments décisifs de ma jeune carrière.

Une fois de plus, merci à tous ceux qui ont contribué à la publication de *Descendant of the Crane*, mon premier roman. Grâce à toi, Eliza, j'ai fait d'immenses progrès en tant qu'écrivaine et je continuerai à t'en remercier à chaque nouveau livre. Merci à Jamie, Lyndsi, Onyoo, Marisa et Jordy d'être restés aux côtés de l'ermite que j'ai été durant cette année d'isolement.

Merci aux employés d'Indigo et à Liberty Hardy de l'avoir élu livre du mois, ainsi qu'à Daphne Tonge de chez Illumicrate de l'avoir sélectionné. Merci aussi à Emily May, Chaima et Vickie Cai, qui l'ont fait découvrir à tant de nouveaux lecteurs, et à tous les blogueurs, bibliothécaires et libraires qui l'ont aidé à se faire une place dans le monde. Enfin et surtout, merci à toute la cour impériale de Hesina, avec une mention toute particulière à plusieurs membres de l'ancienne garde : Shealea Iral, Mike Lasagna, Vicky Chen, Samantha Tan, Adrienne McNellis, Mingshu Dong, Bree de chez Polish & Paperbacks, Megan Manosh, Harker DeFilippis, Shenwei Chang, Jaime Chan, Sara Conway, Felicia Mathews, Lexie Cenni, Hannah Kamerman, Julith Perry, Sophie Schmidt, Emily Cantrell, Kristi Housman, Aradhna Kaur, Avery Khuan, Nathalie DeFelice, Justine May, Rebecca Bernard, Lauren M. Crown, Noelle Marasheski, Maria, Angela Zhang, Rita Canavarro, Heather (Young at Heart Reader), Lili, Stella NBFD, Davianna Nieto, Auburn Nenno, Jocelyne Iyare, Maddi Clark, Danielle Cueco, Zaira Patricia SA, Lauren Chamberlin, Kris Mauna, Sarah Lefkowitz, AJ Eversole, Michelle (magical reads), Anthony G. et Ashley Shuttleworth.

Merci à Michella, Jamie et Kat, amies et fans de la première heure. Merci aussi à June et Marina (fait indiscutable : « Umami Girls » est le meilleur groupe de discussion au monde, et j'ai hâte de voir un jour tous nos livres en librairie). Sans oublier l'extraordinaire Hafsah : je ne sais pas ce que je ferais sans ta sagesse, ton œil avisé et ton goût indéniable.

Merci à Heather : c'est grâce à toi que la nouvelle version de ce roman existe et c'est à toi que je devrai sans doute mes futures histoires. Je t'adore et j'espère qu'on aura l'occasion de travailler ensemble encore et encore.

Merci à mes parents, à qui je serai éternellement reconnaissante d'avoir veillé sur moi pendant toutes ces années.

Enfin, le meilleur pour la fin : merci à William. Contre vents et marées, quelle que soit la distance, c'est toi qu'il me fallait retrouver.

Achevé d'imprimer en France en décembre 2021
par Aubin Imprimeur

Le papier de cet ouvrage est composé de fibres naturelles, renouvelables, recyclables et fabriquées à partir de bois issu de forêts plantées expressément pour la fabrication de pâte à papier.

ISBN : 978-2-37102-306-2
Dépôt légal : février 2022

Loi n° 49-956 du 16 juillet 1949 sur les publications destinées à la jeunesse, modifiée par la loi n° 2011-525 du 17 mai 2011

Numéro d'édition : 0110-052-01-01

Numéro d'impression : 2110.0003

LUMEN